卑弥呼の秘密

記紀神話と聖書と魏志倭人伝より生まれた歴史ロマン

安達勝彦
Adachi Katsuhiko

たま出版

序文にかえて

本書は、邪馬台国の女王卑弥呼とその時代を描いた歴史小説である。

といってもふつうの歴史小説とは趣《おもむき》を異にしている。

著者の私があえてこの一文を書いているのは、読者が教科書や歴史書から得た知識、従来の常識といったものをいったん保留し、そのうえで、これから説明することを頭の中にインプットしながら、むしろ歴史ファンタジーとして読んでほしいと思ったからだ。


邪馬台国は果たしてどこで、卑弥呼とはいったい何者なのか。

このことは、古代史ファンだけでなく、多くの国民が関心をもっていることだろう。

私は、本作において、邪馬台国阿波説に基づきながら、中国の史書「魏志倭人伝《ぎしわじんでん》」に登場する卑弥呼を、天照大神《アマテラスオオミノカミ》と同一人物とした。さらに、古代イスラエル人渡来説に基づいて、ヒミコ＝アマテラスを、古代イスラエルのダビデ王の末裔とした。そのように描くことによって、古代の秘密の覆いを取りのぞき、これまで謎とされていた日本建国の真実、曖昧だった日本人のアイデンティティを明らかにしようとするものである。

おそらく、このようなテーマを本格的にとりあげた小説は、これまで誰も書いたことがなく、私が初めてだと思う。

そして、聖書で永久《とこしえ》につづくと約束されたダビデの王位継承争いと、失われた契約の聖櫃《アーク》の行方をめぐって展開される、波乱に富んだ世界的なスケールの物語をめざした。

ヒミコ＝アマテラスの孫で本作品の主要人物である火火出見《ホホデミ》（山幸彦）は、神日本磐余彦天皇《カムヤマトイワレビコスメラミコト》（神武天皇）と同一人物という説があり、本作でもこの説を採《と》った。

ヒミコの時代（弥生時代末期）については、確実な史料はほとんどない。

古事記と日本書紀（記紀）におけるその時代の記述は、何らかの歴史的事実を反映しているかもしれないが、しょせんは神話に過ぎない。魏志倭人伝は、あくまで中国人が書いたもので、ごく限られた情報しかもたらさない。

聖書には、直接日本のことは書かれていないようにみえるが、その実、日本と深いかかわりがある。また聖書は歴史書としての信憑性が高い。

私は、記紀神話、聖書、魏志倭人伝をベースにして、直感と洞察力を働かせながら、想像力をふくらませて、幻想的で神秘的な物語を織りあげた。

◎邪馬台国阿波（徳島）説
邪馬台国の都が徳島にあり、その都が奈良へ移って大和朝廷が成立したという説。その根拠を次に示す。
①前方後円墳の起源は、徳島にあることが考古学的に証明された。
②徳島県と奈良県の地名の類似（例・吉野川）。
③記紀神話において、最初に生まれたのが淡路島で、アワジは「阿波への道」を表している。
④古代中国の地図では、日本列島は九州を北にして縦につらなっており、その地図によれば、魏

志倭人伝に書かれた邪馬台国の位置は、四国の徳島地方がふさわしい。
⑤ヒミコ＝アマテラスの墓が徳島県下気延山の天石門別八倉比売神社《あまのいわとわけやくらひめ》内にあり、宮殿跡も同じく高根《こうね》の山腹にある。
⑥ヒミコの宮殿があった高天原地方は焼畑農業がさかんで、その山肌は変な馬が台のように横たわたっているように見えた。それが、魏志倭人伝における邪馬台国命名の由来となっている。
⑦魏志倭人伝にしるされているように、近くの山で丹《に》（辰砂、硫化水銀）が採れた。

この他にもいろいろあり、ここでの詳述はさけたい。

この邪馬台国阿波説は、古代史研究家大杉博氏が邪馬台国四国山上説として熱心に主張されており、著書も複数ある。

◎古代イスラエル人渡来説（日ユ同祖論）
わが国の言語、風俗、習慣と、古代イスラエルとの関連から、古代イスラエル人（ユダヤ人）が渡来してわが国の礎《いしずえ》をつくったという説。

この説は、古くは江戸期のケンペル、シーボルト、明治初期のマックレオドなどの外国人によって唱えられ、その後、国内の小谷部全一郎、佐伯好郎、川守田英二、国外ではアイデルバーグなどによって引き継がれ、現代においても国内はもちろん、海外でも根強い支持がつづいている。

近年、この説は、テレビでみのもんた司会による歴史ミステリーとして放映され、大きな話題を呼んだ。この番組では、邪馬台国阿波説もとりあげられ、少なからぬ反響があったと聞いている。

古代イスラエル人渡来説は、学研、徳間書店、たま出版などから、トケイヤー、久保有政、飛島昭雄などの関連本が多数刊行されている。

現在、我が国は混迷、閉塞の時代を迎えているが、本書は、この国とわれわれ日本人が誇りと自信をとりもどすことを願い、長年の調査と熟考を重ね、精魂こめて書きあげたもので、できるだけ多くの人々に読んでいただきたいと思っている。

なお、この作品には神、ヨシュア（イエス）、聖書という言葉がよく出てくるが、キリスト教をはじめ現今のいかなる宗教ともかかわりがないことを付記しておく。

ついでながら、本作の出版にあたっては、手書きの原稿を迅速かつ正確にパソコンで打ち込んでくださった久保在久氏、原稿を読んで、この作品のテーマと内容は我が社にふさわしいと、いち早く手をあげてくださった、たま出版専務中村利男氏、それから、協力と励ましをいただいた「倭国研究会」（会長・大杉博氏）「聖書と日本フォーラム」（会長・畠田秀生氏）の会員諸氏、それぞれに感謝の意を表したい。

二〇一一年二月

安達　勝彦

大いなるしるしが天に現れた。ひとりの女が太陽を着て、足の下に月をふみ、その頭に十二の星の冠をかぶっていた。この女は子を宿しており、産みの苦しみと悩みのために泣き叫んでいた。もうひとつのしるしが天に現れた。見よ、大きな赤い龍がいた。……………龍は子を産もうとしている女の前に立ち、生まれたなら、その子を食いつくそうと待ちかまえていた。女は男の子を産んだが、彼は鉄の杖ですべての国民を治めるべき者である。

（新約聖書ヨハネの黙示録12章1〜5）

ほむべき者、父のような母、この憐れみに富む者が、彼女の子孫の中にかたちをとるであろう。

（ヨハネのアポクリュフォン）

1

鬱蒼《うっそう》とした森の奥、霧とも靄《もや》ともつかず模糊として煙る隠沼《こもりぬ》のほとりから、低くくぐもった音が伝わってきたかと思うと、次第に大きくなり、やがてはっきりと聞こえるようになった。それは土を踏むざらついた音と、甲《かん》高く澄んだ歌声だった。

かごめ　かごめ
籠《かご》の中の鳥は
いついつ出やる

手をつないで輪になった束髪於額《ひさごはな》の童子と垂髪《うない》の童女《わらわめ》らが、両手で顔をおおってうずくまっているひとりの童女のまわりを、ぐるぐるとまわりながら歌をうたっていた。

夜明けの晩に

鶴と亀がすべった
後ろの正面だあれ

歌声と足音がぴたりとやんで、しんと静かになった。手をつないで輪になったまま立ちどまった六人の童子女《わらべ》は、輪のまん中でしゃがんでいる鬼に扮した童女のほうをうかがう。鬼の童女は両手で目をおおったまま一心に考えこんでいる。その背後に立った童女は、いたずらっぽい笑みを浮かべた。

「だめよ、だめ」

とつぜん、どこからか現れた女人《おみな》が、遊戯にふけっている童子女に向かって叫びたてた。

「どうして？　童子が入っちゃいけないの？」

手をつないだ輪の中のひとりの童女が不服そうに言った。

「そういうことじゃなくて、汝《なれ》らは十二人じゃなければならないのよ」

「だって十二人も集まらないんだもの」

「それに十二人もいたんじゃ、だれだか当てられやしないわ」

鬼に扮した童女も立ちあがって口をとがらせた。

「わたしの言うことがきけないの」

女人は声を険しくさせて童子女を見まわした。

「それじゃ訊《き》くけど、どうして十二人でなけりゃならないの？」

今度は童子のひとりがむきになって言った。

「しょうがないわね」

女人はいまいましそうに舌を鳴らして、「ほんとうは十二人なのよ。なんだか知らないけど、昔からそういう決まりなの。よく覚えておきなさい」と言い捨てると、現れたときと同じようにどこへともなく姿を消した。

ふたたび手をつないだ童子女は、鬼の童女の周囲をまわりながら歌う。

かごめ　かごめ
籠の中の鳥は
いついつ出やる
…………

「童子女はどこじゃ、童子女はいずこぞ」

西の空へ傾いて、冷たく妖《あや》しげに輝く満月が、神領邑落《ジンリョウむら》を包んだ靄をどぎつい朱色に染めたとき、地底から湧きあがってくるように、あるいは天から降ってくるように喧《かまびす》しい音がまきおこった。そのとたん、二羽の鴉《とび》が不気味に鳴き交わしながら、底知れぬ闇とやがて訪れる夜明けの気配がせめぎあう邑落はずれの上空へ、黒い影となってよぎっていった。

邑落の広場の中央に立つ、葉を落とした枝をひろげる槻《つき》の木のまわりで、住人が群れをなして踊っていた。土笛、角笛、太鼓、銅の鐸《すず》の音に合わせて両手を振り、腰をひねり、足をはねあげ、ときにはからまりあいながら踊りの波はたえまなくつづく。白髪やはげ頭の老人、働き盛りの中年、元気旺盛な若者、はにかみがちな乙女、酒に酔って足をふらつかせたり、大きな鳥の羽根を背負ったり、仮面をかぶった者もいた。頭からすっぽり頭巾をかぶった男たちを、きちんとした身なりの男女が囲むという奇妙な一団もいた。真冬だというのに半裸の男もいて、その男の背中に描かれた龍の入れ墨が月影を浴びて浮かびあがった。

見物客もひけをとらなかった。押しあいへしあい、後方の者は爪先立って、踊り狂う連中をはやしたてたり、冷やかしたりしながら自分たちも楽しんでいた。その中にひときわ目をひく一組の若い男女がいた。男は後ろで束ねた髪を木綿《ゆう》で結《ゆ》い、麻の上衣にきっちりとした褌《はかま》をはいて蔓草《つるくさ》の腕輪をはめていた。女は髪をまげに結って朱塗りの木櫛をさし、ゆったりとした衣《ころも》に横幅の腰布をつけ、貝殻でつくった耳輪をつけていた。二人はぴったりと寄り添いながら、踊りの行列へ熱っぽい視線を送っている。

童子女はどこじゃ、童子女はいずこぞと声をかけながら数名の男たちが、見物客でごった返す広場を走りまわっていた。

厚い雲が月をおおうと、篝火《かがりび》の灯が一段と明るんで踊りの群れへ投げかけられ、半裸の男はとうとう褌をぬいで下帯ひとつになった。見物客の中から一斉にどよめきや拍手がまきおこり、笛、太鼓、銅鐸の音が高まって、童子女はどこじゃ、童子女はいずこぞという声は、その音にのみこまれてしまった。そのとたん、「童子女を見つけたぞ」と言う男の上ずった声があがった。

牧《マキ》は、はっとしてその声のほうへふり向いた。人ごみを押し分けて、二人の男が一散に走っていくのが見えた。

トヨヒメ！　と心の中で叫んで、マキははじかれたように駆け出し、二人の男を追った。被布が風をはらんでまくれあがり、あわてて手でおさえる。

二人の男は、人が群れる広場から暗闇がひろがる道へ走りこんでいく。道の両側は小さな水路が流れ、その向こうに平屋建ての住居が並んでいた。

マキは、二人の男を追って暗くひっそりとした道を走った。とつぜん、誰かとぶつかりそうになった。童子女を追っていた二人の男だった。

「ちくしょう、ここへ逃げられたんじゃやな」

ひとりの男がくやしそうに言った。

男たちの目の前の平屋の表口には、茅萱《ちがや》を数本ぶらさげた山蔓の注連縄《しめなわ》が張りわたされ、赤く塗られた二本の柱が立ち常磐木《ときわぎ》が飾られていた。男たちが追っていた童子女は、この平屋へ逃げこんだようだ。

マキは行き場を失ってうろうろしながら、とりつくろうようにひとりの男に訊いた。

「汝《な》らが追っていたのは童女でしたか？」

「いいや、童子だった。けど僕《やつがれ》は童子、童女のどちらでもかまわんのじゃ」

猪《いのしし》の皮を着て濃いあごひげを生《は》やした猟師らしいその男は、マキをじろじろ見ながら答えた。

マキは、男らが追っていたのが童子とわかって安心した。でもトヨヒメはどこへ行ってしまったのだろう。もしものことがあればと思うと、気が気でなくなってくる。

二人の男はいぶかしそうにマキを見、それから童子が入りこんだ住家を見守っていたが、童子が出てくる気配がないのがわかると、あきらめて広場のほうへ引き返そうとした。

エッサ　エッサ
ワッショイ　ワッショイ

威勢のよい掛け声が聞こえてきて、男たちの一団が近づいてくる。男たちは、御輿《みこし》と呼ばれる方形の箱を運んでいた。それは、黄金色の飾り縁がついた木造の箱で、その屋根の上には、金色の鳥の彫像が二羽向かいあって左右の羽根をひろげ、箱の基部の四隅につくられた環に二本の棒が通され、その棒を、何人かの白衣をまとった男たちがエッサ、エッサと声をかけあって担ぎ、その周囲を白鉢巻をしめた男たちが、領布《ひれ》や木綿四手《ゆうしで》をつけた木の枝や団扇《うちわ》をふりまわして踊りながら、ワッショイ、ワッショイとはやしたてていた。道端にたたずむマキの目の前を、御輿と男らの一団が月明かりに浮かびあがったかと思うと、ワッショイ、ワッショイという声を残して、ふたたび闇の中へのみこまれていった。

ひとりの男が静かに歩いてきた。ヤマブシと呼ばれる男だった。細身の白衣を着て手甲と脛巾《はばき》をつけ、額の上に黒く小さな箱を拷紐《たくひも》で結び、腰には法螺貝をぶらさげている。その男も闇の中へ消えていった。

マキは、広場のほうへもどろうとして気づいた。去っていく御輿の一団とヤマブシを、闇を透かすようにして見送っている男がいた。異国風の男だった。黒髪を肩まで垂らし、浅黒く彫りの深い顔立ちで、旅人らしく袈裟《けさ》状に着た長く白い衣はうす汚れていた。ひときわめだったのは、その男がこのあたりでは見かけたことのない馬を引いていることだった。白い毛並みにおおわれ、均斉のとれた馬体。噂では聞いていたが、この目で見たことがない馬を目《ま》のあたりにし、しかもそれが見事な白馬とあって、マキは胸をつかれた。なおもその馬に見入っているとき、「童子女を捕らえたぞ」と叫ぶ声がさんざめく広場のほうから伝わってきた。

マキは、身をひるがえして駆け出した。先程の二人の男を追い抜いていくと、被巾がまくれあがって顔があらわになった。

「高天原《たかまがはら》の女ぞ。虚空《そら》の」

「そうじゃ。卑弥呼《ヒミコ》の宮殿の女官だな」

マキとすれ違った中年の夫婦《みょうと》連れが囁きかわした。

マキは、その声を背後で聞いて広場へ駆けこんでいく。互いに腕をまわして寄り添っている二人の男女とぶつかりそうになり、かろうじてかわした。相変わらず熱狂の渦がまいている踊りの群れとは離れた、疎《まば》らな木立の中で人垣ができていた。マキが人垣を押しわけて進んでいくと、立木の幹にひとりの童子女が荒縄で縛りつけられている。篝火からは遠のいて暗闇が立ちこめ、トヨヒメかどうかもわからず、童子、童女の区別さえつかない。身なり、からだつきはトヨヒメに似ているようにも思える。さらに人ごみを押しのけて近づいていったとき、ゆらめき立つ篝火の灯を背に受け影に包まれた男が、童子女の前に立って腕を振りかざした。その手に握られた刀《とう》子《す》がきらめいて童子女の頭上へ——マキの口から悲鳴がほとばしった。

その瞬間、全身白づくめの男が現れて、刀子を振りおろそうとする男の手を引っ掴み、男のからだを突き飛ばした。刀子は男の手を離れて地面に落ちた。白装束の男が刀子を拾いあげて、童子女を縛りつけていた荒縄を切りほどくと、童子女は声をあげて泣き出す。童子の声だった。トヨヒメではない。童子の父親らしい中年の男が飛び出してきて、泣きくずれる童子を抱きすくめた。

白装束の男が手をあげて合図すると、人垣の中から数名の男たちによって鹿が引き出されてくる。鹿といっても生ける鹿ではない。太い木の幹に藁束《わらたば》をまいて胴体をつくり、その上から鹿の皮をかぶせ背中に白和幣《しらにぎて》をつけ、木の枝を使って頭部と角、四本の脚を仕立てた模造の鹿だった。

弓矢を携《たずさ》えた猟師らしい三人の男が、人垣の背後に立った。人々はさっと身をひいて道をあけ、三人の猟師は弓に矢をつがえて鹿を狙う。白装束の男が合図を送ると、猟師たちの矢は一斉に放たれて模造の鹿に命中した。まわりから拍手と歓声がまきおこる。鹿を運んできた男たちと、鹿を射た猟師らが倒れた模造の鹿を担ぎあげて、「エンヤラヤー、エンヤラヤー」と歌いあげた。それにつれて周囲からもエンヤラヤーと和唱する声があがった。

2

「妾《あ》はもう童女ではありませぬ」

台与《トヨ》はきっぱりと言った。トヨは、貝紫の被布をかぶり白い絹の衣を着、裾をひいた茜色の裳《も》をはいて、手首に貝の腕輪をはめ、胸には大珠の翡翠《ひすい》の勾玉《まがたま》を飾っていた。十三歳になる。背は低くからだつきも小柄でその歳に見えたが、目は聡明そうに鋭く光り、一文字に結んだ唇は気性の烈《はげ》しさをあらわし、自身で言うように大人びた印象を与える。

「申しわけございません、トヨヒメ」

マキは素直に詫びた。黒っぽい被布をかぶり、紵麻《ちょま》の白い衣と朱色の裳をはいて、胸に蛇紋岩《じゃもんがん》の首飾りと、耳に鮫《さめ》の歯の耳輪をつけていた。トヨが幼い頃より乳母として仕えてきたマキにとっては、十三歳になったトヨを今でも幼女のように思え、今夜この邑落で踊りを見物している間に、いつのまにかその姿を見失っていらぬ心配をしてしまったのだ。

「それに、妾がここにいることくらいわかりそうなものじゃ」

トヨは、童女と思われたことがよほど悔しかったらしく、なおも言い募った。

そこは社《ヤシロ》だった。

小道から石段をあがって、赤く塗られた鳥居と呼ばれる二本の柱の間を入ると、竹矢来《たけやらい》で仕切られ平らな川原石が敷きつめられた境内である。岩をくりぬいてつくられた手洗い場があり、木彫りの獅子の像が並んで立つ間を通って、松葉葺きで千木《ちぎ》のある屋根と、檜づくりの建物の前に立つ。そこが拝所だった。拝所の庇屋根《ひさしやね》の下には太くねじれた注連縄が掲げられ、その間からじぐざぐの白い木綿四手が垂れさがり、また注連縄の付け根には鈴石がとりつけられ、そこから太く赤い綱がおりていた。

マキは、トヨに促されて拝所に立ち、手をうって頭をさげた。さて、なにをお祈りしよう。米や麦、粟などの穀物、牛蒡《ごぼう》、瓜《うり》、胡麻、紫蘇《しそ》などの畑作物が豊作でありますように。病気や怪我、死者や動物の悪い霊から守ってくださりますように。吾《あれ》の魂が夜中に抜け出したりしませんように。

でもここにいるのはどんな神さまなのだろう？　山、海、川、森、田や畑などあらゆるところに神さまがいると言うけれど、ここにいる神さまとどうちがうのだろう？　――こんなことを言っていると、また大日霊女貴尊《オオヒミコムチノミコト》（天照大神の別名）に叱られそうだ。大日霊女《オオヒミコ》は、汝《なれ》らが言うように至るところに神がいるわけではない。たしかにそこには神の霊が働いてはいるが、本当の神とは、天におられるただおひとりのおかたじゃ。その神に向かって祈りなさいと言うけれど。オオヒミコやトヨヒメは、大陸をこえたはるか西の国からこの国へやってきた、天神《あまつかみ》の子《みこ》とかいわれる特別な人たちの子孫。……

吾はそうではない。

杉板で仕切られた拝所の奥では、七枝に分かれた燭台の灯が燃えつづけ、銅の鏡、酒の入った高坏《たかつき》、十二個の餅が円形に並ぶ三方《さんぽう》が置かれていた。三方の四隅には小さな角が設けられている。その奥に安置されているのは、先程マキが見かけた御輿だった。

社の右手の林の道を入っていくと、石組みの磐境《いわさか》がある。自然石を方形に積みあげて、中に礫《つぶて》を敷きつめ、奥に小さな祭壇が立っている。社が建つ以前は、この磐境で神を祀《まつ》り、祈りが捧げられていた。

磐境がある木立の向こうにジンリョウ邑落の全景がひろがっている。首長と一族が住む、棟飾りのついた屋根がある高殿がそびえ立ち、つづいて並んでいるのは重臣や属臣の館、それから食料などが蓄えられた切妻づくりの高倉がつらなり、あちこちに物見櫓が立っている。小高く盛りあがっている墳丘は墓地である。それらの区画と、兵士や下民が暮らす一帯とは、張りめぐらされた環濠、木柵によって隔てられている。整然と並ぶ兵士、下民の平屋群の間に道と水路が縦横に走る。今、踊り狂う人々や見物客が集まる広場は、この平屋群の中央にあり、昼間は交易の市がひらかれ、このときも多くの人々で賑わいをみせる。

広場を出はずれたところに頑丈《がんじょう》な造りの工房がある。木や石が加工され、青銅器がつくられ、鉄の鍛冶も行われる。また古川（吉野川）でとれる青玉（結晶片岩）や近くの山で採取される辰砂《しんしゃ》（朱丹、硫化水銀）の精錬、それから藍草の染料づくりもこの工房で行われていた。

下民の平屋群がつきるところにまた環濠と木柵がめぐらされ、その向こうに田畑がひろがり、石立山（剣山）に源を発する脚昨川《アシクイ》（鮎喰川）が流れ、かなたに喜野辺山《キノベ》が盆を伏せたように横たわっている。この辺一帯は、アシクイ川が山峡の岩盤を砕きながら土砂を堆積させた沃野《よくや》で、いろいろな作物がよく実って、この地の人々に多大の恩恵をもたらしていた。

「あれをごらんなさい」

トヨが言った。マキがふり向くと、トヨは目の前の山塊を眺めている。

黒ぐろとした影をまとってひろがる山並み、その山肌のあちこちに小さな灯火がきらめいている。夜空に浮かぶ星々と見まちがえるほどである。灯火は蒔《ま》いたように散在しながら、かなたの石立山のほうへたえることなくつづいていた。朝は霧におおわれ、昼は雲が流れるそのあたり一帯は、高天原や虚空、あるいは上山《かみやま》とも呼ばれ、はるか昔、漢大陸の向こうの遠い西の国から移り住んできた、それも身分の高い人たちが住むところである。

その一郭に、ここからはせり出した山の稜線で隠れて見えないが、邪馬台国《ヤマトノクニ》の女王ヒミコの宮殿がある。ヤマトノクニは、九州の筑紫、豊前、肥前や安芸、吉備《キビ》、出雲、越《コシ》など三十余国の連合国の盟主であり、ヒミコは女王として君臨していた。

トヨはヒミコの宗女で、ヒミコの跡を継いで女王になる身だった。ヒミコがオオヒミコと呼ばれるのに対して、トヨは稚《わか》ヒミコと呼ばれたりする。

トヨは、この夜ヒミコや女官長の宇受売《ウズメ》の許しを得て、マキを案内役に、お忍びで邑落のお祭り騒ぎを見物するために出かけてきたのだ。マキは邑落の出身だった。

ジンリョウ邑落は、ヒミコやトヨと同じように大陸のさらに西の国から移住してきた者の末裔と、マキのように漢大陸や韓《から》半島出身の者が混在しながら、武器や諸道具、食料品の調達、諸国からの上納品の収集、兵士の養成などを行って、いわばヒミコの宮殿の拠点集落ということができた。

きょうは新しい年が始まる日、正月の元日。

ヒミコの宮殿や高天原をはじめ、この邑落でも、昨日は住居の隅から隅まできれいに大掃除をし、夜はなにかが通り過ぎるのを待つように静かに引きこもり、真夜中を過ぎると、解き放たれたように一斉に家族で遊び興じたり、外へ出てお祭り騒ぎをする。そのあと社や磐境へ出かけて祈りを捧げた。朝になると、家族がそろって無事きょうの日を迎えたことを祝って酒を飲み、前日から用意していた餅を副菜とともに食べた。三日間くらいはいっさいの仕事を休み、餅は七日間くらい食べつづける。その間、住居の表口には赤く塗った柱を立てたり常磐木や榊《さかき》を飾ったりした。これは毎年つづけられる習《なら》慣《わし》だった。どうした理由で毎年そんなことがくり返されるのかわからなかったが、大陸の向こう、はるか西の国からやってきた人々から始まった習慣だといわれている。

ハッケヨイ　ノコッタ
ハッケヨイ　ノコッタ

社の広場の片隅で、鉢巻をしめ、筒袖の上衣に短い褌をつけ腰に大幅な帯を巻きつけた男が、同じ身なりをした男と取っ組みあい、二人の周囲で白装束の男が、ハッケヨイ、ノコッタ、ハッケヨイ、ノコッタと声をかけていた。相撲といわれるものだった。

その傍で別の男がひとり相撲を行っていた。目に見えない相手と取っ組みあい、押し倒そうとしたり、足をかけて投げ飛ばそうとし、逆に投げ返されて倒れそうになりながら、体勢を整えてまた襲いかかっていく。やがて必死の力をふり絞って相手を倒すと、その男は社へ向かって恭《うやうや》しく腰をかがめた。

マキがトヨの袖をひいた。トヨがふり返ると、先程御輿を見送っていた、白馬をひいた異国風の男が、取り組みあっている二人の男と、ひとり相撲を行っている男を見つめていた。食い入るようなその眼差しを見て、トヨは胸騒ぎを覚えた。外国からきたのかもしれないこの見知らぬ男が、これからヒミコや自分の運命に大きくかかわってくるのでは、とそんな気がしてしかたがない。どうしてそんな気持ちになったのかはわからなかった。

トヨは眉をひそめた。

白馬をひいた男の向こう、白みかけたほのかな明かりの中に男の姿が浮かびあがった。難升米《ナシメ》だった。黒っぽい荒絹の上衣に錦織の褌をつけ、頭椎《かぶつち》の太刀を佩《は》いて手に弓矢を携え、左手首には麦藁をつめた高鞆《たかとも》をまいていた。がっしりとしたからだつきで、武骨そうな顔立ちに太い眉とぶあつい唇と濃い口ひげがめだち、粗野で傲岸そうな様子をしている。漢大陸の出身で、以前はこの邑落に住居をかまえていたのだが、数年前近衛《このえ》大将に抜擢されて、ヒミコの宮殿で寝泊まりするようになっていた。

そのナシメがどうしてこんなところにいるのだろう、とトヨは思った。トヨやマキの護衛に当たっているとは思えないし、なにかほかに目的があるのだろうか。

ナシメが好きになれなかった。単に出自がちがうということだけではない。誰であれ他人にそのような感情をもつのはよくないと思い、実際そのように接しているのだが、ナシメに対してはどうしようもなかった。

ナシメは男たちの相撲を眺めながら、白馬の男をちらりと見たり、トヨのほうを盗み見ていた。

アワ、アワという声がどこからともなく伝わってくる。

トヨはマキの手を引っ張って走り出す。ナシメの前を見向きせず通りすぎる。ナシメはトヨには目もくれず、相撲を見守っていた。

「行きましょう」

トヨとマキが広場のほうへ駆けていくと、踊りを見物していたとき見かけた二人連れの若い男女が、暗がりから飛び出してきてぶつかりそうになった。若い男女は、詫びもせず手をとりあって一散に走りすぎていく。数名の男たちが叫び声をあげながら、トヨたちの横を駆けぬけていく。

男たちは若い男女を追っているようだった。次いでトヨの前に現れたのは祈祷師だった。白く長い衣を袈裟状に着て、嘴《くちばし》が突き出た仮面をかぶり、頭髪に鳥の羽根を飾って、さらに大きな鳥の翼を背に負い、右手に戈《か》、左手には和幣《にぎて》を垂らした榊を掲げている。

「あの二人は夫婦ではない。兄妹なのじゃ」

祈祷師は周囲の人々へ訴え、それから「とっつかまえろ、天罰を与えてやれ」とわめきたてながら駆けていくと、男女を追っていた男たちが立ちどまっていた。「どうしたのじゃ」と祈祷師は声をかけた。男らは黙って目の前を顎で示した。

「ちくしょう、ここへ逃げこんだのか」

祈祷師は悔しそうに唇をかみしめた。

蘇塗《そと》といわれる場所だった。石づくりの道祖神が立ち並ぶ小道を入った疎らな木立の中、頭頂に鳥形をつけた木柵にかこまれた一郭である。その奥に男女一組の祖霊像が立って、しんと静まり返っている。どのような罪を犯した人間でも、ここへ逃げこんでしまえば手出しすることはできない、という掟が定められていた。先程の若い男女はここへ入りこんでしまったのだ。

「罰あたりめ！」

祈祷師は、通りすがりの住民に向かって叫びたてた。「祟《たた》りがあるぞ。なにかよくないことがおきるぞ」

その声を聞いてあちこちから住民が集まってくる。祈祷師は戈をふるい榊を掲げながら、住民に向かって声を張りあげる。

「鳥見国《トミノクニ》の長髄彦《ナガスネヒコ》が攻めてくるぞ、祟りじゃ。あの二人のせいじゃ。ナガスネヒコが攻めてくるぞ」

祈祷師のその声は、風にあおられてはちきれんばかりに大きくなったかと思うと、低くとぎれたりしながら、住民の間をこえてトヨの耳元にも届いた。

トヨは身ぶるいした。ナガスネヒコとの戦争《いくさ》の噂は聞いていた。ナガスネヒコ軍が強力で残忍だということも。そのナガスネヒコ軍がこのヤマトノクニの本拠地に攻めこんでくるというのは本当だろうか。

祟りじゃ、ナガスネヒコが攻めてくるぞ、と言う祈祷師の声をつんざくように、アワ、アワという威勢のいい声が広場のほうから聞こえてくる。

トヨとマキは、広場へ向かって走った。東の空は一段と明るくなり、星々の光は褪《あ》せてあたりには夜明けの気配が漂っていた。アワ、アワの声に誘われて四方から老若男女が集まってくる。

広場では大勢の人垣に囲まれながら、日焼けした漁師らしい男たちが、各自手にもった竹竿を掲げ、アワ、アワと叫び声をあげて、宙に浮かぶ藁束でつくられた日輪《アワ》を突きあげていた。とり囲んだ群衆も、漁師のかけ声にあわせてアワ、アワと合唱する。漁師たちの竹竿に突きあげられて、日輪は、ほのかな夜明けの光をうけて勢いよく回転したり、小躍りしている。

さらにあたりが明るんでくると、漁師らのかけ声は熱を帯び、日輪を突きあげる竹竿は早拍子になり、それにつれて群衆の声も高まって、広場の中央に立つ槻の木の枝をわななかせた。

東の空に横たわる雲が朱色に染まり、山の峯が一段と輝きをましたときだった。漁師たちの竹竿によって日輪が空中に放り投げられ、群衆の背後から高らかに鞆の音が鳴り響き、大気を切って唸りながら飛来してきた矢が、宙を舞う日輪を刺しつらぬいた。日輪は一瞬、反転して空中にとどまっていたが、まっすぐ落下して地面へ転がった。矢を放ったのは人垣の背後に立ったナシメだった。ナシメは、手応えをたのしむように突っ立ったまま、日輪を射抜いたあたりの空間をにらみすえていた。

わあっとどよめきがおこった。かなたの山の峯から真っ赤に灼《や》けた太陽が現れ、神々《こうごう》しい黄金色の光を放った。漁師らは東空に昇った太陽に向かって、手を合わせて頭を垂れた。群衆も一斉にそれにならう。トヨとマキも合掌して頭をさげた。どこかでヤマブシが吹き鳴らす法螺貝の音も聞こえてくる。

「エンヤラヤー！」

誰かが叫んだ。周囲からそれに和合する声があがり、さらに輪になってひろがっていくと、広場全体がエンヤラヤーという声で満ちた。群衆は夜明けの輝かしい光の中で、喜びにあふれた互いの顔を見かわし、その声は、ますます高まりながら怒濤《どとう》のようにあたりへ谺《こだま》していく。

3

静かに廊下を踏む女人の足音が部屋に近づき、杉戸をあけて中へ入った。小ぢんまりとした部屋の中は暗闇に包まれていたが、トヨがまっすぐ窓際へ歩み寄って鎧戸をあけると、赤みがかった朝陽が勢いよく流れこんできた。トヨは朝陽の届かない奥まった暗がりにしゃがんで火をおこし、その火を油皿に移す。炎は静かにゆらめき立った。床板には菅で編んだ畳が敷かれ、まわりの壁は杉の羽目板を張り合わせ、天井は素通しで屋根が狭まるにつれて暗くなっていた。領布を結んだ日陰の蔓《かづら》が板壁に立てかけられ、つくりつけの棚に置かれた銅の鏡が朝陽に映えている。窓からは冬陽を浴びた広場が見える。広場にある泉の水を汲んだ甕《かめ》を運ぶ女官の姿が見えるだけで、あたりは静けさに包まれ、聞こえてくるのは小鳥の囀《さえず》りだけだった。

部屋の中央に機《はた》がすえられていた。

機はすでに整経を終えており、柱につながれた千切《ちきり》（経巻具）と千巻《ちまき》（布巻具）の間に経糸《たていと》が張りわたされ、千巻の前に低い木の台が置かれていた。白絹の衣裳《いも》姿のトヨはその台へ腰をおろした。それから窓越しの太陽へ向かって、合掌し祈りを捧げる。

トヨは、けさも早く起き出して沐浴し、この高天原でとれた作物を主にしたささやかな食事を済ませていた。

ひと月ほど前のことである。ヒミコは、トヨを呼び出して神衣《かむみそ》を織るように命じた。布地は絹ではなく、麻にするのですよとヒミコは念をおした。神衣は白い絹で織るのが習慣だが、それを特にヒミコは麻と指定したのである。高齢になり、最近とくに衰えがめだつようになったヒミコを見守りながら、トヨはこれにはなにか大切な理由があるのでは、とそんな予感めいた気持ちを抱いた。

千巻を腹部に当て、腰にあてがった織帯の両端を結んで固定する。目を閉じ、深く息を吸いこんでから上体をそらせ、経糸を強く張り、中筒を垂直に立てて上糸と下糸の間に杼道《ひみち》（開口部）をつくると、筬《おさ》（緯打具）を通して空打ちをする。その空打ちは筬の両端を持って手前へこじあけるようにして、経糸をしめ糸のもつれや絡みをなくす。それから筬を立て杼道をひろげ、麻糸を巻きつけた杼《ひ》（緯越具）を入れて緯《よこ》糸を通す。そして筬を水平にして、緯糸を手前へ打ちこむ。そのときドスンと音がする。打ちこむときは、筬の刃面で経糸をしゃくりあげて緯糸をこじ入れるようにすると、織り味がよくなると教えられていた。

つづいて筬を抜いて中筒を水平に倒し、からだを前にこごめて経糸をゆるめる。綟《もじ》り（綜絖）を持ちあげて、下糸をあげ下糸と上糸の間に杼道をつくる。上下の糸が分かれない場合は、経糸を叩いたり指ではじいて上糸を落とす。杼道に筬を入れて空打ちしたあと、筬を立て杼を入れて緯糸を通し、さらに筬を水平にして打ちこむ。ドスン。

こうして上糸と下糸を交互に上げ下げし、その間に緯糸を通し、筬でしめながら布は織られていく。織られた布がたまったところで千巻に巻きとり、そのぶん、織り手は千切のほうへ前進していく。

トヨは機織りに没頭していた。

はき出す白い息は、朝陽をかすめて朱色に染まり、目は熱を帯びて一点を見つめたまま動かず、両手は自分のものでないように自由に動きまわって、まるで自分が機織り具に化したかのようだった。

阿《ア》（経糸）と波《ワ》（緯糸）を杼《ヒ》で結ぶ、ドスン。

いつのまにかそんな言葉が、トヨの口をついて出ていた。

天《ア》と地《ワ》を日《ヒ》で結ぶ、ドスン。

あたりから聞こえてくる小鳥の囀り、アワをヒで結ぶというトヨの口をついて出る言葉、ドスンという筬を打ちこむ音が、からまり重なりあって窓から流れ出していく。トヨの意識も、その音にのり移ったように窓の外へ運ばれていった。

トヨは鳥のように、あるいは風のように空中を飛んでいた。目の前に高天原、虚空ともいわれる上山の山地がひろがっている。稜線が幾重にも折り重なりながら、この山脈の盟主である石立山へ向かって、はげしくあるいはゆるやかな起伏がつらなり、なだらかな台地があるかと思うと、急峻に谷へ落ちこむ。山肌をおおう森林があちこちでとぎれて、作物を実らせた耕地や、冬枯れの萱《かや》や草におおわれた荒地があり、山全体は斑《まだら》模様を描いていた。

　ゆるやかな斜面や台地には焼畑《こな》がつくられていた。焼畑といっても種々相がある。昨年の秋、山林の伐採《かりあけ》を終えて、切り倒された樹木の幹や枝葉が横たえられて春の火入れを待っていたり、輪作中の春の植えつけに備えていたり、黄金色の麦を実らせていたり、雑草や薄《すすき》、灌木《かんぼく》、叢林《そうりん》におおわれた休閑地《あらしこな》があり、休閑後、二十年から三十年経ったところでは深い森林になっていた。

　焼畑は、山焼きの直後から四～五年かけて輪作が行われる。初年度は主として蕎麦、麦、稗《ひえ》が多く、二年目は粟、稗、三年目は大豆、小豆、四年目は里芋といった順序だ。粟、稗、豆類は春、蕎麦は夏、麦、菜種《なたね》は秋に植えつけられる。

　火入れは、伐採され細分された樹木が並べられた耕地の周囲に防火線《ひみち》をつくり、耕地の上部から火をつけて焼きおろす。夕暮れどきから始まるときは、その炎が夜の闇に浮かびあがって、眺める人々の心をなごませる。そして焼きあがった直後から、一斉に種や苗の植えつけが始まるのである。

　トヨの目は、焼畑で作業する人々の姿をとらえる。うららかな冬の陽差しを浴びながら、秋の伐採のとき、切り倒された木の幹を、石斧でさらに細かく切り分け、あるいは輪作中に荒れた土を鍬《くわ》や鋤《すき》で耕していた。トヨには、その音や人々の息遣いさえ聞こえていた。

　山の中腹をぬい、あるいは尾根を伝って道が縦横に走り、登ったり下ったりしながら石立山へ延びている。山道に沿って至るところに大小の溜池が鏡のように光り、その近くに人家や高倉が散在している。一軒の平屋建ての住家の前で、初老の夫婦者が石立山へ向かって遙拝《ようはい》していた。

雲間からもれた朝陽が、石立山の頂上をひときわ輝かせた。

石立山を目におさめると、トヨは、ヒミコの宮殿へ引き返す。

宮殿は、上山の中腹にひらけたなだらかな高原に位置する。周囲は高い木柵が張りめぐらされ、北側は険しい懸崖《けんがい》になって、麓からは急登になる。その懸崖を登ったところにいかめしい楼門があり、頭に鉢巻をしめ右手に矛《ほこ》、左手に盾《たて》を掲げた二人の兵士が立っていた。楼門の近くに望楼がそびえ立ち、そこからも兵士が監視の目を光らせている。その奥には兵舎と、女官や侍女が寝起きする平屋群が並び、つづいて幾棟もの高倉が急勾配の屋根をつらね、その間にまた望楼が立つ。そんな建物群がぐるりとめぐっている。

楼門を入って通路を通っていくと、木柵にかこまれたところに大門があり、そこをくぐると広場に出る。広場の片隅、草むらに囲まれて泉があり、年じゅう湧水《ゆうすい》がたえることはない。その泉のほとりは、いっとき女官や侍女たちの談笑で賑わう。

広場をめぐって大小の建物群が並ぶ。女官や侍女が働く、炊事場や工房が入った「女人の郷《さと》」と呼ばれる大きな建物があり、そこでは炊事、洗濯、蚕の飼育や紡糸、機織り、染め物、薬草づくり、楽曲の稽古などが行われる。大陸風の屋根飾りがついた客殿では、今は魏国《ギノクニ》からの特使張政が滞在していた。

思金《オモイカネ》、児屋《コヤネ》、布刀王《フトダマ》の三重臣が住む居館、高木王《タカギ》（高御産巣日神《タカミムスビノカミ》の別名）や王族が住む高殿がつらなる。そこからさらに奥まったところにまた門があり、木柵にかこまれてひときわ高く祭殿が建っている。その隣に屋根つきの廊下でつながれた脇殿があり、外来の客が待機するときなどに使われる。

祭殿は、急傾斜の大屋根とゆるい勾配の廂屋根に分かれ、大屋根には千木が高く組まれ、金銅製の五角形の棟飾りが目をひく。一階は巫女や女官、侍女が詰める部屋で、二階は外来客との応接や、王族の会議などに使われる大広間があり、そこから広場へ向かって露台がつくられ、朱塗りの御簾《みす》が垂れさがり衣笠が立てかけられていた。三階には神を祀り祈る礼拝の間があり、そこから廊下でつながれた奥にヒミコが起居する宮室がある。

ヤマトノクニの女王ヒミコは、かなり以前から、弟王のタカギと三重臣のほかには誰とも会おうとせず、終日宮室に引きこもっていることが多かった。外出といえば、時折女官長のウズメを伴ってまだ暗いうちに出かけ、宮殿奥の高台にある天寓岩《てんぐういわ》や台石と呼ばれるところで、朝陽に向かって祈りを捧げるくらいだった。

ヤマトノクニ及び九州の筑紫国、豊国、肥国、日向国さらに安芸国、吉備国、出雲国、丹波《タニハ》国、越国などの連合国の政治《まつりごと》は、三重臣と謀《はか》らいながらタカギが一手に引きうけ、重要な判断が必要なときはヒミコに神意をうかがい、それに従うという祭政二重王権がとられていた。ヒミコとタカギの橋渡し役をするのは、三重臣のひとりコヤネである。コヤネがヒミコにタカギ王の命を伝え、ヒミコにくだった神意を聞いてタカギに復命する。そのほかにもコヤネは宮室へよく出入りして、ヒミコの食事や湯浴み、着替え、就寝まで日常の起居に関する指示を、女官、侍女に与える役目も負っていた。

ヒミコがヤマトノクニの女王になったのはおよそ六十年前のことである。それまでは、先祖が大陸の向こうの西の国から移り住んできて以来、ずっと男王がつづいていた。

その頃、倭国は百あまりの国に分かれ、そのなかで勢力が盛んだったのは、ヤマトノクニと、出雲の須佐之男《スサノオ》、筑紫の饒速日《ニギハヤヒ》だった。スサノオ、ニギハヤヒも、ヒミコやタカギと同じく大陸の西の国に源を発する種族の末裔である。スサノオ、ニギハヤヒの先祖は、倭国へ渡来した当初、ともに四国に住みついた。ニギハヤヒの先祖は古川近くに居をかまえ、故国の地名にちなんでそこを阿波と名づけたが、時が経って人口が増えてくると、ヤマトノクニの高天原に追い出されるように、スサノオは出雲へ、ニギハヤヒは筑紫へと移り住んでいった。

ヒミコがヤマトノクニの女王になった頃、スサノオは、大陸や半島から鉄材を仕入れ、習得した鍛冶の技術により、剣や矛、戈などの鉄の武器を手に入れると、倭国の統一支配の野望を燃やして兵をあげた。はじめに安芸、吉備へのりこんで一気に征服し、さらに九州へ攻めこみ、ニギハヤヒと連携しながら騎虎の勢いで諸国を制圧した。抵抗する者は容赦なく殺したり、虜《とりこ》にして奴婢《ぬひ》や奴隷《どれい》にしたり、あるいは九州南部や掖久《ヤク》（沖縄）へ追いやった。帰順する者は能力にしたがって属臣にとりたて、または兵士にした。ニギハヤヒは、筑紫から丹波へ移った。

スサノオは、ヤマトノクニに対して同族のよしみで帰順を求めたが、ヤマトノクニが応じないことがわかると、敵意をあらわにして攻めのぼってきた。鉄の武器と屈強な兵をそろえたスサノオ軍に対し、非戦的だったヤマト軍は窮地に追いこまれた。

このとき、決然と立ちあがったのがヒミコだった。十八歳だったヒミコに神霊がおりたのである。弟のタカギの許しを得て、先祖代々伝わる秘宝を持ち出したヒミコが陣頭に立って戦うと、奇蹟がおきた。たちまち攻守は逆転し、スサノオ軍は壊滅的打撃をうけて敗走した。その後も追撃の手をゆるめることなく、ヒミコの千軍万馬の活躍によって、とうとうスサノオ軍は九州諸国、安芸、吉備を放棄してもとの出雲へ逃げ帰った。ヒミコは、奴隷にされていた兵士を解放し、逃亡していた王家の者や重臣を呼びもどして諸国を回復させた。

　スサノオは、ヤマトノクニに対し恭順を示し、そのしるしとして地元の豪族から奪ったという宝剣叢雲《ムラクモ》を、ヒミコに献上した。

　筑紫を引きあげたニギハヤヒは、丹波から山城、河内を経て、葛野《くぬ》とも呼ばれていた鳥見国《トミノクニ》（奈良地方）へ進出し、地元の豪族ナガスネヒコの妹を娶《めと》ってナガスネヒコを抱きこんだ。

　ヒミコの働きによって復活した九州諸国や安芸、吉備は、ヤマトノクニの連合国になることを望み、同時にヒミコが連合国の女王の地位につくことを願った。もとよりタカギや二重臣に異存はなく、こうしてヤマトノクニと連合国の女王ヒミコが誕生したのである。同時にタカギも王位について、二人で協力態勢をとることが決定した。

　九州の主要国伊都に一大率という地方官を配して、租税、賦役、交易、市などをとりしまった。また王族の邇邇芸《ニニギ》や鵜草葺不合《ウガヤフキアエズ》を九州へ送りこみ、諸国を巡回させた。

　出雲では、スサノオが死んで養子の大己貴《オオナムチ》が王につくと、ふたたび倭国制覇の野心を抱いて、ヤマトノクニへ反攻を企てた。いち早く察知したヤマトノクニ側が兵を送って鎮圧しようとしたが果たせず、ようやく重臣のひとり建御雷《タケミカヅチ》が出馬するに及んでオオナムチは屈服し、倭国統治はヤマトノクニに譲ることを承諾した。その条件として、オオナムチは大陸の西の故国にあった神殿と同じような社を、出雲の地に建立することを約束させた。

　こうして倭国の主だった国はヤマトノクニの支配下に入ることになったが、トミノクニだけは別だった。ニギハヤヒ自身は恭順を示したが、妃の三炊屋媛《ミカシキヤヒメ》の兄に当たるナガスネヒコが承知しなかった。ナガスネヒコは、ニギハヤヒの老齢につけこんで実権を握るようになり、出雲や丹波から鉄の武器を入手して兵力を強め、木国《キノクニ》から熊野国まで勢力をのばすようになった。トミノクニをはじめそれらの国で、祭祀《さいし》に銅鐸を使うように命じ、その銅鐸の製造に励んだ。ナガスネヒコ軍は猛者《もさ》ぞろいで蛮勇を誇り、連射の矢も得意だった。

さすがのヒミコもうかつに手出しすることができず、ナガスネヒコ軍もあえて攻めてくることもなく、両軍は対峙したまま年月は過ぎていった。やがてヒミコが老境を迎え、もはや以前のように陣頭に立つことができなくなると、その時期を待っていたかのようにナガスネヒコが動き出した。ナガスネヒコは、今こそヤマトノクニを滅ぼし、天神の子であるニギハヤヒとその子孫が倭国統一の王にならなければならないと主張し、淡路国《アワジノクニ》への進攻を企てた。アワジノクニは、ヒミコの宮殿があるアワとトミノクニにとって、要衝の地だけでなく、大きな製鉄場《タタラバ》と鍛冶工房があり、そこから鉄の武器の供給をうけているヤマトノクニにとっては死命を握る地だった。

ヒミコとタカギは、景初二年、ナシメと都市午利《トシゴリ》を魏国へ使節として送った。交易の促進のこともあったが、なによりもナガスネヒコ軍の進攻にそなえて、魏国という大国の後ろ楯がほしかったのだ。

ナシメとトシゴリは、魏国の属領帯方郡の大守の案内で都へ入り、魏の天子と拝謁して、男女の生口《せいこう》（奴隷）十人と班布を献上した。

魏の天子は、ヒミコの意向を大いに歓迎して、ヒミコに金印紫綬《きんいんしじゅ》を下賜《かし》して親魏倭王《しんぎわおう》の称号を与えた。ナシメを率善中郎将、トシゴリを率善校尉に任命し、各種の高級な布地や真珠、ヒミコが好むものとして銅鐸百枚など豪華な品を授けた。

ヒミコは、トミノクニに対し親魏倭王の称号を誇示してみせたが、ナガスネヒコは無視した。

逆にナガスネヒコは攻勢を強め、ついにアワジノクニへ兵を進めて、アワジノクニの中枢大野の内膳《ナイゼン》王城を急襲した。そのときは、かろうじて防戦してナガスネヒコ軍を撤退させたが、その後も攻勢はゆるむことなく、今度攻めてきたときは防ぎきれるかどうかわからなかった。ナイゼン王城が奪取されたなら、アワジノクニ全土が制圧されることになり、ヤマトノクニの安泰も危うくなる。

ヒミコとタカギは、相次いで魏国へ使者を送った。正始八年、載斯《サイシ》と烏越《ウエツ》が遣わされ、ナガスネヒコ軍の脅威を訴え保護を求めた。だが、帯方群に政変が起こっていたこともあって、帯方群太守王頎《オウキ》の特使塞曹椽使《さいそうえんし》の張政が、黄撞《おうどう》と詔書を携えてヒミコの宮殿を訪れてきたのは、その翌年の秋のことだった。

ヒミコとタカギが張政の到着を伝えると、さすがのナガスネヒコ軍の攻勢も沈静化したように見えた。しかし、それも束の間だった。

ナガスネヒコは、倭国はニギハヤヒの子孫が王位について統治すべきだという信念を変えず、張政にはいずれわかってもらうと言い、さらに兵力を増強して戦意を昂揚させ、いつ大野のナイゼン王城へ向かって攻めこんでくるのかわからない、といった緊迫した状態がつづいていた。

4

えいっ、やあという鋭い掛け声が静かな朝の大気をつんざき、土を踏みつける足音と、木剣のふれあう乾いた音が風に流されていく。

広場で、貴公子然とした二人の男が、剣の立ち合い稽古を行っていた。稽古を始めてからかなり時が経っているらしく、二人とも汗を垂らし息遣いも荒い。

木剣を上段に構えているのが火火出見《ホホデミ》。白い絹の衣に細身の褌をつけ、倭文布《しずり》の帯をしめて、たてひだのある短い褶《ひらみ》をつけ足結《あゆ》いをし、なめした動物の皮を縫い合わせた沓《くつ》をはいていた。色白の端正な顔付きでのびやかなからだつきをし、艶《つや》やかで黒い頭髪を中央で分けて、耳元から肩先に垂らした下みづらを結っていた。

木剣を低くうねらせながら構えている相手の男は、兄の火照《ホデリ》だった。兄弟とあって顔立ち、背格好もホホデミとよく似て見まちがえるほどだったが、その表情は、おだやかな弟とはちがって険を含み、髪形も頭頂部から垂髪にして振り分け、側髪をみづらに結い、後頭の髪を背中へ垂らしていた。

隠れていた朝陽が雲間からもれた瞬間、ホホデミは身を躍らせて、ホデリの頭上へ木剣を振りおろす。ホデリはさっと身をかわして、反撃の剣をホホデミの横身へ打ちこむ。ホホデミは、その鋭い一閃を木剣で受けとめた。そのまま両者はからだをくっつけあってはげしい鍔ぜりあいとなる。歯を食いしばってにらみあい、渾身の力をこめてせめぎあう。両者は一歩もゆずらなかった。

「よし、きょうはこれまでだ」

ホデリが喘ぎながら、兄らしく尊大ぶった口調で言った。ホホデミもうなずいて木剣をさげた。秀でた額から汗が滴り落ちた。

「どういうことじゃ」

ホデリも額の汗を手で押し拭って、解《げ》せないというように目をしばたたかせながら言った。「稽古のときは、こうしてまったくの互角だというのに、戦争ともなれば……」

ホホデミは、なにか言いかけたがやめた。一礼して立ち去る素振りをみせた。

「我《わ》の言葉が聞こえなかったのか」

ホデリは気色ばんだように声を荒げた。

「兄上は、なにを申されたいのですか」

ホホデミは、表情は変えなかったが少しきっとなって言った。ホデリは、ふんと鼻を鳴らした。しばらくためらっている様子だったが、思いきったように言った。

「今度の戦争のときは、汝《いまし》のムラクモを、この我に貸してくれぬか?」

おだやかだったホホデミの表情がこわばって「それはなりませぬ」と断固とした口調になった。

「兄者が言うのだ、頼むぞ」

「兄上の頼みでも、それは無理というものです」

ホホデミは冷ややかに突っぱねて、それから、ホデリの顔を咎めるようにのぞきこんで言葉をついだ。

「兄上は、我が戦争で手柄をたてるのは、あのムラクモのせいだと申されたいのですか？」

「違うのか」

「違います」

「それでは貸してくれてもよさそうなものではないか。長くとはいわん。ほんのいっときでいいのじゃ」

「無理だと申しあげたはずです」

ホホデミは突き放すように言った。「たとえいっときであっても、あの剣を手放すことはできませぬ。ムラクモは……」

「もうよい」

ホデリはさえぎって、「二度と頼まぬ」と腹立たしそうに言い捨てると、急ぎ足で立ち去っていった。

ホホデミは兄を見送って、しばらくその場で佇んでいた。ムラクモの剣は、出雲のスサノオが恭順のしるしとしてヒミコに献上したものだ。ヒミコはその剣を、ヒミコの養子でタカギの血族である忍穂耳《オシホミミ》に与え、そのオシホミミが息子のニニギ、ホデリ、ホホデミ、ウガヤフキアエズの中から、ホホデミを選んで与えたのだ。オシホミミはすでに病死し、ヒミコ、タカギのお声がかりがないかぎり、兄の頼みであってもムラクモを貸すわけにはいかなかった。それに、ホホデミが戦場でめざましい働きができるのは、ヤマトノクニへの愛国心と、ヒミコ、タカギに対する忠誠心を燃やすからで、ホデリがほのめかしたように、けっしてムラクモの剣によるものではない。

「いかがなされました？　ホホデミノ尊《みこと》」

ホホデミがいつになく屈託した表情を浮かべているのを見て、声をかけたのはトヨだった。

「稚ヒミコではないか」

ホホデミは、おだやかな表情をとりもどして笑顔になり、その目もなごんだ。トコは、降りそそぐ朝陽の中で眩しそうにホホデミを見ながら、いつものようにたのもしさと心の安らぎを感じた。

「次の戦争のとき、兄上からムラクモを貸してくれと無心されたのじゃ」

ホホデミは率直な調子で言った。

「ホデリノ尊が、ムラクモの剣を？」

トヨは心外そうに声を上ずらせ、「それでどうご返事なされました？」とせきこんで訊いた。

「もとより、お断りしました」

トヨは安心したように言った。「あのムラクモは、ただの剣ではないのですから」

ホホデミも、わかっているというようにうなずいてみせた。

「当然です」

名剣、宝剣といわれるムラクモは、ヤマトノクニの王位継承のしるしであり、タカギ王の跡を継ぐ日嗣《ヒツギ》の皇子《ミコ》に与えられるものである。

聡明で純粋な心をもち、確固とした信念と勇敢な行動力に富むホホデミに対して、ホデリは傲慢で狷介《けんかい》、冷淡な性格だった。ほかの王子たち——ニニギ、ウガヤフキアエズは九州に派遣されて国許にはいない。ホホデミがヒツギノミコであることは、ヒミコやタカギはもちろん、国の誰もが認めている。ホホデミがムラクモの剣をもつのは当然のことだった。

そのホホデミが、先程トヨのことを稚ヒミコと呼んでくれたのである。トヨは思わず笑みを浮かべた。ホホデミがタカギの跡を継いで王になるのなら、このトヨはヒミコの後継者として女王になる。……

トヨは笑顔を消した。広場の向こうの木陰を、ホデリとナシメの二人が連れ立って歩いているのが目に入ったからだ。

あの二人、とトヨが声をかけようとしたが、ホホデミは背を向けて歩み去っていくところだった。

ホデリとナシメは肩を並べて歩きながら、熱心な様子で話しあっている。トヨは眉をひそめた。ホデリは妻子のある身でありながら、ナシメの妹と特別な間柄になっていた。男は複数の妻をもつことが許されており、それはしかたないとしても、ホデリとナシメの間には、その関係以上にうさんくさく忌むべきものがひそんでいるような気がする。トヨは急いでその場を立ち去った。

「ナシメ殿」

ナシメがホデリと別れて、広場から露地へ歩きかけたとき、呼びとめたのはオモイカネだった。三重臣のひとりオモイカネは、錦織の上衣を着、茜染めの褌をはいて手首に貝の腕輪をはめ、額が広く唇を一文字に引き結び、目は思慮深そうに光っている。その沈着で鋭い知力にはタカギがもっとも信頼をよせていた。

ナシメは立ちどまって、油断ならないといった様子でオモイカネを見返した。きょうのナシメは、黒っぽい荒絹の衣に倭錦《やまとにしき》の褌をつけ、頭椎の柄と黒熊皮の鞘の太刀、さらに刀子を腰にさし、頭は横一文字髷《まげ》にし側髪をみづらに結っていた。

「張殿は出かけられたようだが、どこへ参られたのじゃ」

オモイカネは、さりげない様子で訊いた。

魏国からの使者張政は、ヒミコの宮殿へ訪れて以来、魏国へ派遣された際、天子から率善中郎将に任命されたナシメをなにかにつけて頼りにし、まるで自分の部下のように接しているところがあった。張政が魏国の軍旗である黄幢を手渡したのもナシメだった。その張政がけさ早く、二人の部下を引き連れてどこかへ出かけていた。

「また石立山へ登られたようです」

ナシメは殊勝らしい様子で答え、「あの山にはなにかあるのでしょうか」と口調をあらためて反問した。漢大陸の出身で、最近この宮殿に起居するようになったナシメにとって、ヒミコの宮殿や高天原一帯のこと、そこに住む一族についてはわからないことが多い。わかっているのは、ヒミコの一族が石立山を特別扱いしていることだった。

「なにもありはせぬ」

オモイカネはこともなげに言うと、頭をめぐらせて石立山の方へ目をやりながら語を継いだ。

「あの山の頂上近くに、鶴石、亀石と呼ばれる大きなふたつの岩が立っておってな、それで鶴亀《ツルギ》山とも呼ばれておる。頂上は平らな台地になっており、大きな磐座《いわくら》もあるのだが、そのあたりからの眺めが申し分ないのじゃ」

ナシメは感心したようにうなずきながら、オモイカネの視線を追って石立山のほうを見たが、前方にそびえ立つ山塊がその山を隠していた。


トヨは機織り殿へもどった。

機の前に腰をおろしたが、ヒミコの神衣を織る気にはなれない。なんとなく胸が騒ぐ。不安と不吉、そんな予感めいた気持ちだった。それは、熱心に話し合っていたホデリとナシメを見かけたときから始まり、今だにつづいていた。

広場の向こうから、騒がしい声が聞こえてきた。楼門守衛の兵士とナシメの声だった。

「オオヒミコムチノ尊に会いたいといってきかないのです」

兵士がいらだたしそうに言った。

「何者だ？」

ナシメが横柄に訊いている。

「ヨセフと名乗り、なんでも大陸の西の果てイスラエルとかいう国から参ったと申しております」

「イスラエル？　そんな国は知らんな」

ナシメはにべもなく言った。「それで用件はなんだ？」

「それが、言わないんです。オオヒミコムチノ尊にお会いすればわかっていただけるはずだとか、そんなことばかり申しておって」

「追っ払うんだ。オオヒミコがそんな男に会うはずはない」

「そう言っているのですが、オオヒミコムチノ尊にお会いするまではとくいさがって、ひきさがろうとはしないんです」

トヨは、その声を聞いて兵士の困惑ぶりが手にとるようにわかった。どうしてもヒミコに会わせてくれとねばる男と、いかなる客にも会おうとはしないヒミコ。見知らぬ男ならもちろんのことである。ナシメが拒否するのは当然のことだった。

「うち捨てておけ。そのうちあきらめて帰るだろうよ」

ナシメは冷たく言い放つと、さっさと歩み去っていった。兵士はしかたなさそうに、のろのろと楼門へ引き返していく。

トヨの頭に浮かんだのは、正月元日の未明、ジンリョウ邑落で見かけた白馬を引いた男の姿だった。イスラエルとやらいう国からヒミコに会いたいと訪ねてきた男というのは、あの男ではないのかとそんな気がした。社で行われていた相撲や、御輿を担いだ行列を、一心に見守っていたあのときの男の面影が頭に焼きついてはなれない。その男がどうしてもヒミコに会いたいという理由は一体なんなのだろう。イスラエルという国は、大陸の西の向こうにあるらしい。ヒミコやタカギ、ホホデミ、ホデリなど自分たち一族の先祖も、はるかな昔のことだが、大陸の西の果てからやってきたと聞いている。


その夜、ヒミコの宮殿に緊張が走った。

ぎらぎらと目を光らせたホデリが広場へ飛び出し、つづいて静かな闘志を秘めたホホデミが現れ、タケミカヅチ、手力男《タジカラオ》も色めきたって出てきた。その男たちはそろって祭殿の二階を見あげる。二階の窓からはほのかな灯《あか》りがもれていた。

二階の大広間。顔をこわばらせたタカギを囲んで、オモイカネ、コヤネ、フトダマの三重臣が坐っていた。隙間風が入って燭台の灯が躍っている。

「いよいよそのときがきたのか」

タカギが、思いつめたように熱っぽい声を唇から押し出した。三重臣も唇をかみしめ、拳を握りしめながらうなずきあう。

トミノクニのナガスネヒコと側近が、ニギハヤヒの子息宇摩志麻治《ウマシマジ》と高倉下《タカクラジ》の不在を奇貨とし、年老いたニギハヤヒを軟禁して酒色におぼれ、連日乱痴気騒ぎに浮き身をやつしていると、密偵《しのび》が報告したのだった。

ナシメが飛びこんできた。

「なにをぐずぐずなされているのですか。早くご命令を」

ナシメは、四人の前に立ちふさがって性急な口調で催促した。

タカギは黙っていた。三重臣も冷ややかにナシメを見返しただけだった。ナシメがもどかしそうになにか言いかけたとき「おちつけ」とオモイカネがたしなめた。

「おちついている場合ではありませんぞ」

ナシメは叩きつけるように言うと、床板を踏み鳴らして四人の前を行きつもどりつした。

燭台の灯がゆらめき立って、ナシメ、タカギ王、三重臣の影がものの怪《け》のようにゆれ動いた。

「トミノクニのナガスネヒコが必ず攻めこんでくると、ジンリョウ邑落の祈祷師がそう申しております。その前にやつらの出鼻をくじかねばなりませぬ。今がそのときではありませんか」

ナシメは顔を紅潮させてまくしたてた。「すぐ出陣のご命令を出してくださりませ」

タカギは、腕を拱《こまね》いて宙を見つめたまま、なにも言わなかった。三重臣も口をつぐんでいる。

四人をにらみつけていたナシメは、「よし」と言うと広間を横ぎって窓際に近づき、広場へ向かって「狼煙《のろし》をあげろ」と叫んだ。

「待ちなさい」

凜とした声が響いた。ナシメがぎょっとしてふり向く。白い柱のように人影が立っていた。ヒミコだった。白髪を長く垂らし、ゆったりと白い衣をまとっている。ナシメはタカギの目に促されて、その場に坐り両手をついた。ヒミコは言った。

「まだそのときではないぞ。今は天の理、地の気配に目を向け耳を傾けねばなりませぬ」

タカギが顔をあげた。

「お言葉ですが、あの高慢なナガスネヒコの鼻をへし折るには、またとない好機ではありませぬか。このときを逃せば必ず悔いが残ることになりますぞ」

「吾《あれ》もそのとおりだと存じます」

オモイカネが遠慮がちに口をそえた。

「わからないのですか。これは、ご先祖の神の声なるぞ」

ヒミコはぴしゃりと言って、さらに声を張りあげた。

「神のみ言葉にしたがいなさい！」

タカギはわかりましたと言うように頭をさげ、三重臣もひれ伏した。ナシメも両手をついたまま、悔しそうに唇をかみしめた。

　大広間の戸口で、ホデリ、ホホデミ、タケミカヅチ、タジカラオが凝《こ》りかたまったように突っ立っていた。

5

ヒミコは静かに玉座に腰をおろすと、左隣に坐ったタカギに会釈し、頭をめぐらせて右隣に控えたトヨへうなずいてみせた。それから、両側に並ぶホデリ、ホホデミ、三重臣、タケミカヅチ、タジカラオを見て、末座に控えたナシメへ目をやった。ナシメは苦りきった表情を浮かべていた。

ヒミコは、一座の中央にかしこまっている異国風の男を見つめた。その男はヒミコを見返し、恐れ入ったように頭を垂れた。

祭殿二階の大広間。窓の外は晴れあがった青空がひろがり、広場には忙しそうに行き交う女官、侍女の姿が見え、反対側の窓からは木立の中に社が見え隠れしていた。

トヨは、広間の中央に坐った男を見てやはりと思った。あの夜、ジンリョウ邑落で見かけた白馬を引いた男だった。

大陸の西、イスラエルからきたという、ヨセフと名乗るこの男は、先日ヒミコに面会を申しこんで拒絶され、その日は引き返したが、きょうまた性懲りもなくやってきて、どうしてもヒミコに会いたいと執拗に食いさがった。守衛の兵士はナシメに命じられて、先日同様追っ払おうとしたが、そのことを伝え聞いたヒミコが、会ってもよいと言ったのだった。

ヒミコは、長く垂らした白髪を貝紫で染めた布で巻いて、顔を領布でおおい、まっ白な絹の御衣《みけし》を着、ゆったりとした紅丹《ほに》色の裳をはいて、その上から襲《おすい》をまとい、胸元には翡翠の大珠の勾玉を飾っている。ほっそりとした手首に芋貝を輪切りにした腕輪をはめ、右手には鹿の角を模した碧玉の飾りがある玉杖を握って、木で組み立てられ、金糸銀糸で織られた布張りの椅子に坐っていた。

ひれ伏しているヨセフと名乗る男を、興味深そうに見つめるヒミコの顔は、額が豊かで彫りが深く整った目鼻立ちをし、うすく白粉《おしろい》を塗って眉を三日月形に描き、弁柄《ベンガラ》で頬を染めて、目はおだやかに澄みながら底光りを放っている。その全身から漂ってくるおかしがたい威厳は隠しようがなかった。

ヨセフは、顔をあげてヒミコをじっと見つめ、「とうとう念願がかなってお会いすることができました。われはうれしさと懐かしさで胸がいっぱいでございます」と声を詰まらせた。

ヒミコは、いぶかしそうな表情を浮かべてタカギをかえり見、それからヨセフに向かって言った。

「ヨセフとやら、異《い》なことを申すのう。妾《あ》はそのようなことをいわれる覚えはないぞ」

ヨセフはさっと顔をあげて、

「これは、思いがけないお言葉」

と心外そうに言った。「われがイスラエルから参ったと言えば、おわかりいただけるものと思っておりましたが」

「イスラエルのう」

ヒミコは相変わらず素っ気ない。「それもはじめて聞く名じゃ」

ヨセフは落胆した様子を示したが、すぐ思い直したように言った。

「それでは、カナンあるいは南ユダの国といえば、おわかりになるかもしれません」

「それも存じおらぬ」

ヒミコはまたきっぱりとはねつけた。ヨセフはがっくりと肩を落とした。

「汝《なれ》はイスラエルとやらいう国から参ったと申したの。それにしてはどうしてそのように我が国の言葉を巧みに話すことができるのか」

ヒミコはなおも解せないといった様子で訊いた。ヨセフは胸を張って誇らしげに答える。

「この倭国を訪れてから長い年月が経っております。その間、この国のあちこちをめぐり歩いて、いろいろな人たちと話しました。それゆえ、われはあなたがたと同じように、聞き、話すことができるのでございます。それに――」

「我《わ》からも尋ねるがの」

タカギがさえぎって言った。「汝が申すイスラエル、カナン、南ユダとやらの国と、我らがなんらかのかかわりがあるとでも申すのか」

タカギはきらびやかな金銅製の冠をかぶり、その下から胡麻塩の頭髪を垂らし、白絹の御衣を着て同じく白絹の長褌をはいて藍染めの袍《いくい》を打ちかけ、幅広な倭錦の大帯をしめ、環刀太刀を佩いて、藺草《いぐさ》を編んだものの上に絹の敷物を重ねた座布団に坐っていた。広い額に太く濃い眉と高い鼻梁がめだち、恰幅のいいからだつきをしていた。

「それでは、われから申しあげましょう」

ヨセフはしかたなさそうに意を決して言った。

「はるかな昔のことですが、あなたがたのご先祖は、大陸の向こうの西の国、南ユダで暮らしていたのですが、理由《わけ》あってこの倭国へ移り住んできたのでございます。あなたがたはイスラエルという名の先祖をもつ、イスラエルの民なのであります。このわれもイスラエルの民の末裔でございまして、あなたがたとは同じ血が流れており、いわば同朋《ともがら》、兄弟ともいえる間柄でございます。これだけ申せば、われがはじめてあなたがたにお目にかかって、うれしさと懐かしさで胸がいっぱいだと、そう申したことがおわかりいただけると存じます」

言い終わると、ヨセフはタカギを見、ヒミコを見て、それから一同を見渡した。

「我らは、汝が申すような者ではない」

タカギは険しい口調で言った。

「そういうことじゃ」

ヒミコが引きとって冷ややかに言った。「妾らのご先祖は、イスラエルや南ユダはもとより、どこの国からきたのでもなく、もともとこの国の者じゃ」

「どうしてそのように隠しだてなさるのですか。われにはさっぱりわかりませぬ」

ヨセフは信じられないといった様子で首を左右に振った。

「隠しだてなどしておらぬぞ」

末座に坐っていたナシメが怒声を張りあげた。

タカギが手をあげ、ナシメを制した。

「オオヒミコムチノ尊が申されたとおりじゃ。我らの母国はこの国しかない。汝はなにか勘違いを致しておるようじゃな」

「勘違いなどではございませぬ」

ヨセフはきっとなって言った。「長年われは世界じゅうを探しまわり、ようやくこの倭国にたどり着きました。九州諸国、安芸、吉備、出雲、丹波、越、鳥見、淡路などをめぐり歩いたのですがその途中二人の部下を病《やまい》や変事で亡くしてしまいました。それでもなんとかヤマトノクニのこの高天原の宮殿を訪れ、オオヒミコムチノ尊にお会いすることができまして、われは本懐をとげたと喜びました。それなのにあなたがたは、このわれを冷たくあしらって……われは悲しゅうございます」

ヨセフは、声をつまらせて涙ぐんだ。袈裟状に着た白い衣はすりきれていたし、日は落ちくぼみ、頬もそげ落ちて、その姿はいかにも長い旅路を思わせた。

一同は思わずヨセフから目をそらした。ナシメは、嘲《あざけ》るように含み笑いをもらした。

「思いこみが強いようじゃのう、お気の毒に」

ヒミコは、ヨセフという男を憐れに思ったらしく、表情をやわらげた。

「汝がそのように思いこむようになったのは、どうしてじゃ。その理由を申してみよ」

「よくぞ尋ねてくださいました」

ヨセフは急に元気づくと、態度をあらためて言った。

「われが倭国へ渡ってきて、九州筑紫国の伊都に足を踏み入れたときは、それはおどろいたものでした。まるでわが祖国イスラエルへ帰ったような気がしました。見るもの聞くものわが祖国と似通っており、わが目わが耳を疑ったほどでございました。それは伊都だけではありません。倭国の至るところで同じように感じました。行方がわからなくなっているイスラエルの民が、倭国のあちこちに住みついていることがよくわかりました。このヤマトノクニは申すに及びますまい」

「汝はイスラエルという国とこの国がよく似ていると申したが、たとえばどういうことじゃ？」

タカギがためらいがちに訊いた。

「ハイ、まずは言葉でございます」

ヨセフは勢いづいて言った。「この国の言葉と、われらがイスラエルで使っていたヘブライ語はよく似ています。先程申しあげようとしたことですが、言葉が似ているからこそ、われはすぐ聞いたり話すことができたわけです。われは今、ハイと申しましたが、これはわれらのヘブライ語で、われはここにおりますという意味です。あなたがたはそこに坐っておられますが、この坐るは、われらの言葉でもスワルと申します。あなたがたはこの宮殿に住んでおられますが、この住むという言葉も、われらではスムと申します。このように同じ音と意味をもった言葉がほかにもいくらでもあります。

食べる、測る、取る、困る、憎む、ゆるす、凍る、書く、曲がる、積もる、避ける、ばれる、映える、かぶる、ひっかける、匂い、火傷《やけど》、物、壁、塀、例、法、何時《いつ》、打破、辺《あた》り、ハレ、ケなどがそうですし、ヘブライ語から訛《なま》ったもの、変化した言葉になりますと山ほどあり、それこそ数えきれるものではありません」

ヨセフは、そこでひと息ついたが、すぐまた語を継いだ。「訛ると申しましたが、これも音と意味は同じです。それから数えきれないと申しましたが、ものを数える言葉、ひぃ、ふう、みぃ、よ、いつ、むう……もわれらの言葉から由来しています。

われはあのうとは申しません。アノーとは、われらの言葉でわれが代わってお答えします、という意味です。またうるさいとも申しません。ウルサイは、われらのヘブライ語で敵を追っ払えということを意味しています。

われはありがとと言います。アリガトは、アリ・ガドで、われにとって幸せということです。われはあなかしこと言います。アナカシコは、アナ・カシイドコで、あなたに恵みがありますように祈るという意味です。われはさらばといいます。サラバはサラマで、あなたの平安を祈るということを表しています。

あなたがたはあまり文字というものを使わないようですが、書かれている文字を見ますと、われらの祖国のものとよく似通っていることがわかります。さて、これだけ申しあげればおわかりいただけると存じますが」

言い終わると、ヨセフはどうだというように一座を見まわした。

タカギはけろりとして言った。

「この倭国には、世界じゅうからいろいろな人々がやってきておってな、その人たちは、世界各地を渡り歩いてさまざまな言葉を使う。汝が申したイスラエルとやらの言葉がまじっておってもふしぎではない」

「仰《おお》せのとおりじゃ」

コヤネがしかつめらしく口添えした。「言葉だけをとりあげてみてもな」

「言葉だけではありません」

ヨセフはコヤネに向かって言った。「イスラエルの民がこの国へ移り住んできたという証《あかし》は、この国の人々の暮らしぶりや風習《ならわし》にもあらわれております。たとえばあなたのその衣類ですが、われと同じように長い衣を着て帯をしめているではありませんか」

ヨセフの言ったとおりだった。コヤネは、ヨセフと同じように白く長い衣を袈裟状に着て倭文布の帯をしめていた。オモイカネもそうだった。

ヨセフはホデリ、ホホデミへ目をやって、

「あなたがたは上衣と下衣と分けて着ていますが、わが祖国でもそうですし、刀剣を帯の間にさすのも同じです。また下々《しもじも》の男子《おのこ》は、鉢巻をしめていますが、それも一緒であります」

ヨセフが言ったようにホデリ、ホホデミは上衣と褌をつけ帯に剣を佩していた。ヨセフはホデリ、ホホデミから三重臣、タケカヅケ、タジカラオ、ナシメを見渡して、

「あなたがたのその髪形は、みづらと呼んでいますが、わが祖国でも同じような髪形をしておりました。われらは神のみ言葉が書かれた聖書《カキイム》にもとづいて暮らしておりますが、その聖書には頭の鬢《びん》の毛は、けっして剃り落としてはならないとしるされているのです」

ナシメは自分の耳元に結ったみづらを手で触り、それからホデリ、ホホデミ、三重臣の耳元を見た。

ヨセフはつづけて言った。

「あなたがたは、今着用なさっているかどうかわかりませんが、この国では足袋《たび》というものをはいております。わが祖国では、蹄《ひづめ》が二股に分かれた動物の肉しか食べてはならないという定めがございまして、そのことをしっかりと心に刻みつけるために、あなたがたは足袋というものをは

くようになったのでございましょう」

ナシメは自分の足元を見、それからまた一座の足元を見まわした。

「失礼ではございますが、オオヒミコムチノ尊のお顔のそのおおいは、わがイスラエルの女性《にょしょう》の習慣でもあります」

ナシメは、今度はヒミコを見た。ヨセフが指摘したとおり、ヒミコはうすい絹の領布を顔の前に垂らしていた。

「この高天原では焼畑農業が盛んで米はつくっていないようですが、今や倭国の至るところで米をつくっています。あなたがたはその米を蒸《む》して飯にし、あるいは餅にして食べ、また粟や稗を団子にこしらえて手で掴んで食べています。わが祖国でも米を食べていますし、小麦粉をこね、種を入れ焼いてパンにし、急ぐときは種を入れずにうすくのばし餅にして焼き、手でさいて食べます。また粟や黍《きび》に麦粉を加えて団子をつくり、肉、野菜とともに煮て食べております。また両国ともイナゴを食べています」

ヨセフは、言葉を切って一同を眺めた。一同は黙っていた。ナシメはホデリと視線を交わした。ホホデミは、静かに目を閉じてヨセフの話に聞き入っているようだった。

「この国の建物の屋根の形は、われらの先祖がエジプトという国から、カナンへ長い旅をしたときに使った天幕にそっくりです。あなたがたは常にからだを清め、衣類を清潔にし、手を洗い足を洗う。住居に入るときは沓をぬいであがる。社では手を打って拝み、日常においてもなにかのときはよく手を打つし、他人と挨拶するときはお辞儀をし、身分の高い人に対しては跪《ひざまず》いて頭をさげ、あるいは床や地面にひれ伏す。塩をよく使い塩で清める。白い色を尊び白い色を聖なるものに使う。加工した石ではなく、自然な石を立てて神を祀り祭壇をつくる。宴席では酒の飲みまわしをし、笛、鼓、琴、鐸、鉦《かね》を奏して歌舞を好む。これなどもわが祖国イスラエルと同じでありとくに塩、白色、自然石のことは幾度となく聖書にしるされております」

髷を結った三人の若い侍女が入ってきて、持ってきた甕から白湯《さゆ》を椀に移し、その椀をヒミコ、タカギ、トヨ、ホデリ、ホホデミへと順に一同へ配った。ヨセフは「アリガト」と礼をいって椀をうけとり、うまそうに飲んだ。一同は椀を手にとろうとしなかったが、ナシメだけは椀を引っ掴むと一気に呷《あお》った。ヨセフは話をつづける。

「あのジンリョウ邑落には、蘇塗と呼ばれる、どのような罪人でもそこへ逃げこめば捕らえることができないという場所がありましたが、われらの国においても、のがれの町といって同じような所があります。

また歌垣と称して、大勢の男女が輪になって歌い踊りながら、好む相手を見つけて夫婦の契《ちぎ》りを結ぶことがありますが、ときによっては、男が好む女人を引っさらっていくこともあります。これもわれらの祖国から伝わったものであります。

われらには守り札というものがあって、これを門口に貼りつけます。われは旅の途中でなくしましたが、この守り札と同じようなものを腰につけたり、ふところに入れたりもします。もしかすればあなたがたもそうなさっているのではありませんか」

ヨセフは、興味深そうに一座を見渡した。ナシメは腰へ手をのばしかけ、あわててやめた。タジカラオもふところへのばしかけた手をとめた。

「あなたがたは先日、元日を迎えましたが、その前日は、どこの住居でも家族そろって隅から隅まで掃除をし、門口の柱を赤く塗ったり、常緑樹の葉を飾ったりし、その夜は静かに時が流れていくのを待ち、真夜中を過ぎると外に出て皆でお祭り騒ぎをしたり、社や祭殿で参拝していました。それから住居へもどり家族一同感謝をこめて、前日からこしらえておいた餅を、山葵《わさび》、大根《おおね》などの苦菜《にがな》や副菜をそえて食べたことでしょう。その苦菜や副菜は、持ち運ぶことができるように箱に詰めてありました。餅は七日間くらい食べつづけ、元日からの三日間くらいは、どのような仕事もせずゆっくりと寛いで過ごす。あなたがたはこの正月の行事を、先祖代々毎年欠かさずつづけておられますが、この習慣は一体どこからきたと思われますか?」

ヨセフは、また一座を見まわした。だれも答えようとはしなかった。

ヒミコはなにかを考えこむように顔をうつむけていた。ナシメは、両膝を握りこぶしで叩いていらだちを隠そうとはしない。トヨは、この広間に張りつめている重苦しい空気を感じて胸がせつなくなった。窓の外からしきりに雉《きじ》の鳴き声が聞こえてくる。

6

一同を見渡し、ヨセフは話をつづけた。

「あなたがたのこの正月の習慣も、やはりわれらの先祖から伝わる過越《すぎこ》しの祭りにもとづいているのであります。この過越しの祭りについて少しお話ししましょう。

われらの先祖が、エジプトの国で、奴隷のようにこき使われて苦しんだ時期がありましたが、そのときモーセという偉大な人物の働きによって、エジプトから脱出することができました。われらの過越しの祭りは、そのことを記念したものです。

モーセは神の召命により、苦しむイスラエルの民をエジプトから脱出させようとして、エジプトの時のファラオに願い出ました。しかしファラオは断じて認めようとはしません。それで神は、エジプトの国と民にいろいろな禍《わざわい》をもたらして、イスラエルの民を出国させるよう迫りましたが、それでもファラオは許してくれません。神は最後の手段をとりました。神はモーセを通してイスラエルの民に命じられました。小羊の血を入口の柱と鴨居に塗り、種入れぬパンを苦菜をそえて食べ、それを七日間つづけなければならない。その間はいかなる仕事もしてはならない。前日に住居を掃除してパン種をとり除かなければならない。この日をはじめの月とし、年の正月とし、そしてあなたがたの子孫は、代々永久《とこしえ》の定めとしてこの日を守らなければならない、と神はイスラエルの民に約束させました。

イスラエルの民は神が命じられたとおり、門口の柱と鴨居に小羊の血をヒソプで塗り、種入れぬパンを苦菜をそえて食べ、その夜は静かに過ごしました。するとどうでしょう、夜明けになってエジプトじゅうから泣き叫ぶ声があがりました。国じゅうの長子と家畜の初子《うい》はすべて殺されていたからです。しかしイスラエルの民の長子と家畜の初子はすべて無事でした。神から遣わされた死の天使は、門口に小羊の血を塗っていたイスラエルの民の住居を過ぎ越していったわけです。

これを聞いたファラオは、さすがに折れてイスラエル人《びと》の出国を許しました。喜び勇んだイスラエルの民は、用意していた種入れぬパンと、苦菜といわれる副菜を箱に詰めて、カナンへめざして旅立っていったのであります」

ヨセフは椀を手にとって白湯を飲み、ひと息ついてからまた語を継いだ。

「これであなたがたが正月を迎えるにあたって大掃除をし、門口の杵を赤く塗り、ヒソプの代わりに常磐木を飾り、種入れぬパンすなわち餅を、苦菜ともいわれる箱詰めにした副菜とともに食べ、餅は七日間食べつづけ、三日間いっさいの仕事を休む、そのわけがおわかりになったことでしょう。種入れぬパンのことを、われらの言葉でマッツアといいます。餅の呼び名はそれにもとづいているのでしょう。

永久に守らなければならないと神が定めたこの過越しの祭りを、こうしてあなたがたは先祖代々とだえることなくつづけておられるわけですが、そのことこそ、あなたがたがイスラエルの民であることを証しているのではありませんか」

ヨセフは力強く言い放って、ヒミコとタカギを見た。ヒミコは顔を伏せたまま身じろぎもせず、タカギはうめくように唇をかみしめていた。ホデリ、ホホデミ、三重臣も打ちのめされたようにからだをこわばらせて黙りこんでいる。ナシメが膝をもそもそと動かし、やたらと両手で顔をこすった。

「先程も申したように」

タカギが気をとり直したように言った。「この倭国には、世界じゅうのいろいろな国を渡り歩いて、その国の暮らしぶりや習慣を身につけた人々が、大勢出入りしたり住みついておる。汝が申したようなことは、その見よう見まねで始めたのであろう。こんなことはどこの国でもよくあることじゃ」

「タカギ王の仰せのとおりじゃ」

ナシメが我意を得たように小躍りしながらわめいた。「たわ言《ごと》もいいかげんにするんだな」

「まあ、まあ」

ヨセフは、なだめるようにナシメへ手をあげた。「今われは、まあ、まあと申しましたが、これもわれらのヘブライ語で、控えなさい、待ちなさいというような意味があります」

それから、おだやかだったヨセフの顔が険しくなり、目は鋭い光を放って一同を見渡しながら言った。

「それでは申しあげましょう。これを聞けば、今のようなことは二度と言うことはできませんぞ」

一座をめぐっていたヨセフの目は、ふたたびナシメにとまってにらみすえた。

「われらイスラエル人は、この天地をつくり、われら人間をおつくりになった神に選ばれた民として、神の道を歩んでおります。同様にあなたがたも天神の子として、神の道を歩んでいるではありませんか。

ジンリョウ邑落で見た、あの社についてお話ししましょう。石段を登り、鳥居と呼ばれる朱色に塗られた二本の柱の間を入っていきますと、木柵でかこまれたり垣根でしきられた境内に出ますが、その片隅に手を洗い口を漱《ゆす》ぐ手水舎《てみずや》があり、さらに進んで木か石でつくられた一対の獅子の像が向かいあって立ち、その向こうに神を拝む檜《ひのき》づくりの拝所と、奥に本殿が建っております。その屋根には、VかXの形で千木が交差しています。この社のほとんどのものが、われらの祖国にあった神を礼拝する幕屋や神殿とよく似ています。

拝所には鏡や酒、餅、初穂が三方にのせられて供えられていましたが、神をかたどった偶像などは見当たりませんでした。同様にわれらの幕屋、神殿にも偶像はありません。三方は、われらの先祖が動物の犠牲をささげるときに使った、四隅に角のある生《い》け贄《にえ》台と、大ささは違いますが形はそっくりです。銅の鏡はわれらの国でも、とくに女性がよく使いますが、そもそも鏡は太陽信仰に使われるものです。この国でも太陽信仰は盛んですし、このことはオオヒミ、コムチノ尊がよくご存じのはずです。餅についても、十二個の餅が円を描くように並べられていましたが、われらイスラエルの民は十二の部族に分かれており、十二個の餅はそれをあらわしているのです。

神域を木柵や垣根でかこうのは、聖書に、聖域は境を設けなければならない、としるされているとおりです。

拝所の廂の下に太い注連縄が飾られ、その間からジグザグの形をした白い木綿四手が垂れさがり、注連縄の付け根あたりから鈴石をとりつけた太く赤い綱がおりていました。あなたがたが神に祈るときその綱を振りますと、ガラガラと大きな音がします。これは雷鳴です。そして太くねじれた注連縄は雲、白いジグザグの木綿四手は稲妻をあらわしています。これはなにを意味しているのでしょう。あなたがたはご存じのはずですが、われから申しあげましょう。

聖書には、神が臨在するとき、必ず雲が湧いて稲光りがし雷鳴がとどろくとしるされております。つまりあなたがたは社で、われらの神に向かって祈っているわけです。われらの先祖をエジプトからカナンへ導いたのは火の柱でしたが、鈴石をとりつけた赤い綱は、その火の柱をあらわしているのでしょう。

このようにあなたがたは、神をあらわしたり数えたりするときに柱という言葉を使っていますが、われらの聖書にも神を柱としてあらわしている箇所が数多くあります。

社に鳩が棲《す》みついているのを見ました。われらの神殿にも鳩が群れておりました。拝所の中には七枝に分かれた燭台が燃えつづけていました。これもわれらの神殿で使うメノーラとよく似ており、火を絶やさないというのも同じです。それから——」

ヨセフは、椀を手にとり残っていた白湯を飲み干した。

「社の本殿には、御輿と呼ばれる大きな箱が安置されていました。箱の屋根の上に羽根をひろげた二羽の鳥が立ち、黄金色に塗られた箱の下にとりつけられた環に通した二本の棒を、白衣の男たちが担いで、エッサ、エッサと声をかけながら運んでいました。その周囲を大勢の人たちがかこんで、ワッショイ、ワッショイとはやしたてていました。この御輿は、われらの民がもっとも大切にするアーク（契約の聖櫃）という秘宝とそっくりです。踊ったりはやしたてながら運ぶ様子も似ています。御輿を運ぶ男たちがかける声、エッサ、エッサは、ヘブライ語で担ぐ、運ぶといったような意味があります。ワッショイ、ワッショイは、神を讃える言葉です。ミコシという呼び名は、われらの言葉で聖所を意味するミコダッシュに由来しているのでしょう。

このアークは、神と人間の契約の証として、われらの偉大なるご先祖モーセが神から授けられた十戒をしるした石板をおさめるために、神の命令によってつくられたもので、イスラエルの民が命にかけても守らなければならないものであります。アークには、もともと十戒の石板のほかに、アロンの杖とマナの壺も入っておりまして、われらはこれらを、三種の神器といっております。あなたがたは鏡、勾玉、剣を三種の神器としていると聞いておりますが。……

十戒の石板、アロンの杖、マナの壺と、これらが入っていたアークのいずれも、いつのまにかわが故国の神殿からなくなり、今はどこにあるかわかりません。命にかけても守らなければならないこの大事な神宝がなくなってしまうことは考えられません。世界のどこかにあるはずです。今は散り散りばらばらになっているイスラエルの民の誰かがどこかで大切に隠している、とわれはにらんでいるのですが」

ヨセフはにやりと謎めいた笑みを浮かべて一座へ目を走らせた。ヒミコ、タカギははっとしたようにヨセフを見たが、ヨセフと視線があうとあわててそらした。

「アークとよく似た御輿があるということは、本物のアークがあることを示しているのではないでしょうか。本物のアークがないのなら、どうしてそれとそっくりの御輿があるのでしょう。

あのアークは、十戒の石板などをおさめるだけのただの箱ではありません。偉大なる神のはかりしれない恐ろしい力があの箱には秘められており、わが祖国の戦争においても、たびたび大きな戦果をあげました。オオヒミコムチノ尊がお若いとき、先祖伝来の秘宝を持ち出して戦い、めざましい働きをなされたということですが、もしかしたら……」

ヨセフはヒミコの表情をうかがう。ヒミコは顔をそむけた。

「たわけたことを申すでない」

タカギは鋭く叱咤した。

「わかりました」

ヨセフは苦笑しながら、「それでは話をもとにもどしましょう」とまた真顔になって話をつづけた。

「われらの国では、子供が生まれるとほどなく神殿へ連れて行って神を拝し、子供が十三になったときは、一人前の人間になったとして儀式を行いますが、あなたがたも同じように、童子女が生後間もないときと十三になったとき、両親、兄弟とともに社へお詣りしているではありませんか。

われらは神と人間の契約、すわなち、十の戒めを守るならば、神は雨を降らせ作物を実らせるという契約を心に刻みつけて生きていますが、社の屋根に高く掲げられた千木のあの形は、その契約のしるしであります」ヨセフは手でVを描いて千木の形を示した。「このヤシロという呼び名は、われらの言葉で神を礼拝するところという意味があります。われらは神に選ばれた民といわれておりますが、あなたがたは天神《あまつかみ》の子《みこ》、あるいは天孫《あめみま》と呼ばれているようです。これまでわれがいろいろ申しあげたことを考えれば、われらイスラエルの神の民が、この国へやってきて、天神の子、天孫と呼ばれるようになった、そういうことではありませんか。——いかがですか?」

「もはや聞いておれぬ」

ナシメはわめいて立ちあがり、床板を踏み鳴らして大広間を出て行った。だれも制止しようとはしなかった。

トヨは、遠ざかっていくナシメの足音を聞きながら、ナシメがヨセフに対して、どうしてあのようにいらだち腹をたて、あげくの果てに出て行ってしまったのかわからなかった。やはりナシメは好きになれない。それにひきかえヨセフというお人は。……

トヨは、ジンリョウ邑落で御輿を運んでいく行列を一心に見つめていたヨセフの姿を思い浮かべた。今また熱意に満ち心のこもったその口調と態度を目《ま》の当たりにしていると、ヨセフが嘘をついていたり、間違ったことを言っているとはとても思えなかった。

ヨセフの祖国は、イスラエルとか南ユダとかいう国らしい。トヨはその国のことは知らないが、なんでも大陸の向こうの西にあるとか。大陸の西といえば、妾らの先祖もその方面から移り住んできたと聞いている。ヨセフが言っていることは、もしかしたら。……

しかし、ヒミコやタカギは、ヨセフの言うことを頭から認めようとしない。果たしてどちらが本当なのだろうか。これから先、この場はどうなるのだろうと思うと気が気でなかった。

ヨセフは、ナシメが怒って出て行ったことも意に介する様子もなく、さらに語りつづけた。

「ジンリョウ邑落の近くには、磐境がありました。自然な石を積み立てて三方をかこみ、その奥に小さな社を祀っていましたが、これはわれらの祖国で、幕屋や神殿ができる以前、神に祈りを捧げていた場所と同じです。イワサカという呼び名は、神を賛美するというわれらの言葉の訛ったものでしょう。

社の境内で行われていた相撲というものも見ました。二人の男が取っ組みあういっぽうで、男がひとり相撲を行い、見えない相手と組んずほぐれつの戦いをしていました。社で行われるあの相撲は神に捧げる神事といわれるものでしょう。

これは、われらの父祖イスラエルがまだヤコブと名乗っていた頃、神のみ使いと取っ組みあいをして、見事神のみ使いを打ち負かし、そのとき神からイスラエルと名前をあらためるように命じられました。あなたがたの相撲は、われらイスラエルの民が大切にしているこの故事をもとにしているのにちがいありません。

シュモウという言葉が聖書に何度か出てきますが、これは〝彼の名前〟という意味で、神のみ使いとの取っ組みあいに勝って、神の命令によりわれらの父祖ヤコブがイスラエルと名をあらためたことを指しています。スモウはこのシュモウが訛ったものでございましょう。

相撲の審神《さにわ》をしていた人が、ハッケヨイ、ノコッタと声をかけていましたが、これもヘブライ語で、やっつけろ、敵を打ち破ったと言っているのであります。

われは恐ろしいものをも見ました。大の男がいたいけな童子を捕らえて、縄で縛りつけ刀子を振りおろして殺そうとしたのです。そのとき、神のみ使いらしい白装束の男が現れて、その男をとりおさえ童子を救いました。白装束の男は童子の代わりに鹿を殺すように命じました。

あるとき、われらイスラエル人の太祖であるアブラハムは、神から息子のイサクを犠牲《いけにえ》にせよと告げられました。アブラハムは息子を殺すことなどとてもできないと思いましたが、神の命令ならしたがうほかないと、心を鬼にして岩の上に坐らせたイサクへ刀子を揮おうとした、まさにそのとき神はアブラハムの神への深い信仰を讃えて、イサクを殺すのをやめさせ、その代わり羊を犠牲にするように命じられました。われらの民がもっとも誇りにしているこの故事が、この倭国という国でうけつがれているのを目の前で見たわれは、胸を打たれたものでございました。この国は湿気が多くて羊が育ちにくく、羊の代わりに鹿が犠牲になったのでしょう。模造ではありますがその鹿を矢で射ち殺し、周囲から一斉にエンヤラヤーと叫ぶ声があがったとき、わたしは思わず涙ぐんでしまいました。エンヤラヤーは、まさにわれらの神を讃えるという言葉でございます」

言い終わると、ヨセフはそのときを思い出したらしく目頭をおさえた。タカギがたまりかねたように腰を浮かし、もうよいと言うように手をあげた。

7

「あれをごらんください」

ヨセフは言って窓の外を指さした。タカギが浮かしかけた腰をおろして見ると、白衣をまとったひとりの神官が、祭殿奥の社のほうへ向かって歩いていた。反対側の広場の片隅では、しきりになにかを話しあっている張政とナシメの姿が見える。

「あの神官は、帽子をかぶり白い上衣と褌をつけていますが、上衣の両袖と褌の裾の四隅に房をつけています。また矩形《くけい》の白い布を肩から胸へかけ、両手で笏《しゃく》を捧げています。イスラエルの神官も、帽子をかぶり白い衣を着てその袖と裾に房をつけ、肩から胸へ白い布――エポデをかけて笏を持っています。衣服の袖と裾の四隅に房をつけるのは、民がその房を見て神が定めた戒めを思いおこし、それを行わせるために神が命じられたものであります。

神を祀るとき、この国の神官は、川であるいは水を浴びて身の汚《けが》れを清める禊《みそぎ》を行いますが、われらの国の神官も同じことをします。われらの神官は、ヒソプという木の枝を払って清めの儀式を行いますが、あなたがたの神官は、祓《はら》い幣《ぬさ》や榊、あるいは日陰の蔓を使ってお祓いをします。

ついでに申しますが、われはジンリョウ邑落でヤマブシと呼ばれる男を見かけました。ヤマブシが額につけている黒く小さな箱は、われらが神に祈るとき額に結びつけるフィラリティとそっくりですし、ヤマブシが吹き鳴らすホラ貝は、われらのショーファという角笛と形も音色もよく似ています」

ナシメがつかつかと入ってきて、バツの悪さをごまかすように、ことさらにヨセフをにらみつけてからもとの座に坐った。ホデリがナシメに向かってうなずいてみせた。

ヨセフはじっとヒミコを見た。ヒミコはどぎまぎしたように視線をさまよわせる。ヨセフの熱い眼差しは、ヒミコの胸元に釘づけになった。

「その胸元を飾っている勾玉の形にどういう意味があるか、オオヒミコムチノ尊はもちろんご存じのはずですが……申しあげましょう。その勾玉の形は、われらの神をあらわす文字をかたどったものにほかなりません。この国をヤマトノクニと名づけておられますが、このヤマトこそ、ヘブライ語で神の民という意味でございます。これだけ申しあげても、あなたがたは、われと同じイスラエルの民の末裔ではないと申されるのですか」

ヨセフは、有無をいわせないきびしい口調でそう言うと、ゆっくりと一同を見まわした。タカギは目を閉じ、唇をかみしめて黙りこみ、ヒミコは目のやり場に困ったように顔を伏せた。両膝に置いた手はかすかにふるえているようだった。その手で、ヨセフが指さした胸元の翡翠の勾玉をおし隠すような仕草さえ見せた。トヨは、いよいよそのときがきたのだと思った。ヒミコ、あるいはタカギがヨセフの言ったことを認めるにちがいない。しかし聞こえてきたのは、感情をおし殺した素っ気ないヒミコの声だった。

「汝の話は、それで終わりなのですか」

ヨセフはがっかりしたように頭を垂れた。信じられないというように、首を二、三度振り、嘆息をもらした。だがそれも長くはつづかなかった。

「それではあえて申しあげましょう。ここまで申すことはないと思っておりましたが、こうなればしかたがございません」

ヨセフは覚悟を決めたように語を継いだ。「われは倭国のあちこちをめぐり歩いたと申しあげましたが、かの出雲国へも立ち寄ってオオナムチノ尊にお会いしました。オオナムチノ尊は、スサノオノ尊の死後、義父の跡を継いで王となっておりました。尊はあなたがたとはちがって、正直にまことのことを話してくださいました」

ヨセフはヒミコとタカギの表情をうかがった。ヒミコは顔をこわばらせてそっぽを向き、タカギは太い眉根にしわを寄せた。

「われらイスラエルの民は、十二の部族に分かれていると先程申しあげましたが、オオナムチノ尊は、その十二部族のうち、ガド族の末裔だと認めてくださいました」

ヒミコとタカギは、顔を見かわした。ナシメはまたいらだちをおさえるように、膝を両手で叩いていている。

「オオナムチノ尊の父スサノオノ尊のご先祖は、大国の侵攻によって故国を失い諸国を遍歴したあと、ペルシャのスサという都に住みつくようになり、そこで実力が認められて王になりました。スサの王からスサノオという名がつけられ、その名が受けつがれていったのでしょう。時が流れてスサノオはスサを出て、イスラエルの民のルベン、半マナセ族と合流して倭国へ入り、一旦は四国に住みつきましたがやがて出雲へのりこみ、そこで先住民のエソ人と戦って制圧しました。ふしぎなことにエソ人は、祖国のカナンでもイスラエルの民に追放されたのですが、また倭国においても同じような憂《う》き目《め》にあったようです。スサノオのご先祖はそれを憐れんで、エソ人の故国にあるエドモという地にちなんで、その地を出雲と名づけたということであります。

オオナムチノ尊の義父スサノオの時代になって、倭国統一を企てて兵をあげ、安芸、吉備、九州諸国を攻略し、その勢いでここヤマトノクニへも攻めこんだところ、オオヒミコムチノ尊の見事な働きによって敗北し、九州諸国、安芸、吉備を捨てて出雲へ逃げ帰りました。オオナムチノ尊が王になって反攻ののろしをあげましたが、そこにおられるタケミカヅチノ尊の山陣によって鎮圧されました――そのことは、われが申しあげるまでもないことですが。オオナムチノ尊が倭国統治を譲るに当たって申し出られた幾つかの要求のことは、ご存じないかたもおられるでしょう」

ヒミコ、タカギはうつ向いたままなんの反応も示さず、ホデリとホホデミは、ちらりと視線を交わしただけでなにも言わなかった。ナシメは、吾は知らん、その要求とは一体なんだったのかというような顔付きでヨセフを見た。

「スサノオの出身のガド族、及びルベン、半マナセ族は、かつて祖国イスラエルのヨルダン川東岸に高層な神殿を建てていましたが、それと同じ高さの社を出雲の地に建て、さらにその神座は西向きにするよう要求しました――すなわち大陸の西の故国へ向かってであります。

そして、あなたがたの王族が倭国統一の大王《おおきみ》になったときは、大王の名称にミカドを使うように望まれた。ミカドというのはヘブライ語でガド族出身という意味です。オオナムチノ尊はガド族ですから、その部族の名を後世にのこしておきたかったのでしょう。そしてミカドの紋章として十六の菊花紋を使うように要求しました。この十六の菊花紋は、スサノオのご先祖がペルシャのスサで王を務めていたとき、その紋章として用いていたものです。

オオナムチノ尊は、祖国イスラエルで神へ動物の犠牲を捧げるときに使っていた、四隅に角のある生け贄台をかたどって四隅に突き出しのある王墓をつくっており、それをあなたがたの大王の陵《みささぎ》にも使うように勧めましたが、あなたがたはさすがにそれは断ったと聞いております」

ヨセフは、いかがですか？　と言うように、ヒミコ、タカギから一同を見渡したが、誰もなにも言わなかった。ナシメが、なんだ、そんなことだったのかと言いたげに、ふんと鼻を鳴らしただけだった。ヨセフは椀を手にとって飲もうとしたが、椀に白湯は残っていなかった。舌で唇を潤《うるお》して話をつづける。

「それから、われはトミノクニのニギハヤヒノ尊を訪れたのです。ニギハヤヒノ尊は、丹波から山城、河内を経てトミノクニへ入り、そこの豪族ナガスネヒコと和合してその妹を妃に迎えました。尊が老齢になるにつれてナガスネヒコが権力を握るようになったことは、われが申しあげるまでもありますまい。しかしニギハヤヒノ尊が、イスラエル十二部族のうちのエフライム族の末裔だということを知る人はほとんどいないでしょう」

ヒミコ、タカギは観念したかのように目を閉じて、ヨセフの話に聞き入っているようだった。

「あるときからわが祖国は、エフライム、ガド、ダン、マナセなど、十部族からなる北イスラエル王国と、ユダ、ベニヤミンの二部族の南ユダ王国とに分かれましたが、エフライム族は北の王国の代々の王を務め、ニギハヤヒノ尊は王家の血筋でした。それゆえ、尊を慕ってダン、セブルン、半マナセ族などもトミノクニへ移り住んでくるようになりました。
ニギハヤヒノ尊は、はじめ、倭国統一する王はわれとわが子孫でなければならないと思っていましたが、やがて、倭国の大王になるのはユダ族、南王国の代々の王を務めたダビデ王の血脈でなければならないと考えるようになりました。

ばらばらだったイスラエルの国を統一したのはユダ族のダビデ王でしたし、聖書にはユダの杖とエフライムの杖を合わせてひとりの王をたてなければならないとしるされています。また、ダビデの王統が、はっきりとした形で永久につづくと書かれていることを、ニギハヤヒノ尊は知っていたからであります。

しかしナガスネヒコは承知せず、ニギハヤヒノ尊とその子息が倭国の大王にならなければならないとして、あとにひかないことはご存じのはずです」

タカギ王は、目を閉じたまま知らず知らずのうちに軽くうなずいているおのれに気がついて、はっとしたように目をむいた。ニギハヤヒか、そうでなければ子息のウマシマジをこの国の大王にするために、アワジノクニからヤマトノクニへ攻撃をしかけてくるナガスネヒコ軍に悩まされている昨今だった。

「われは、ニギハヤヒノ尊が考えていることは正しいと思います。ダビデの王座が誰にもわかるような形で永久につづくと約束している聖書の言葉は、成就しなければならないからです。

しかし実際には、北イスラエル王国は周辺の大国に攻めほろぼされ、次いで南ユダ王国も他国から蹂躙《じゅうりん》されて、両国の民は祖国を失い、ダビデの王統もとだえてしまいました。

われは聖書の言葉を信じています。永遠《とわ》に約束されたダビデの王座は、われらにはわからなくとも、どこかでなんらかの形でつづいているにちがいないと思い、世界じゅうを探し歩いて、ようやくこのヤマトノクニの高天原にたどりついたわけでございます」

ヨセフの声は一段と熱を帯び、その目は鋭い光を放ってヒミコとタカギを見つめた。

「それでは申しあげましょう。あなたがたこそイスラエルの民、ユダ族、ダビデ王の血をひく者であります。このことはオオナムチノ尊、ニギハヤヒノ尊が認めるところです」

「でたらめ言うな」

ナシメが歯をむき出してどなり声をあげた。

「オオヒミコムチノ尊、タカギ王、こんな男にだまされてはなりませんぞ」

ヨセフは、ナシメを無視して窓の外を指さし、

「あの社の前に立っている像はなんですか？　あれは獅子ではありませんか。どうして、この倭国には棲息《せいそく》していない獅子の像があるのですか……われから申しましょう。あの獅子こそ、先祖から伝わるユダ族の紋章なのです」

さらにヨセフは、窓の外から見える山塊を指して語を継いだ。

「われらの神殿があったエルサレムも山の上にあり、ちょうどこの高天原あたりと同じ高さです。聖書には、神の山をうけつぐ者をユダから見出す。神が選んだ者がこれをうけつぎ、神のしもべはそこに住む、としるされています。

高天原にある、あなたがたの代々の王の墓を見てまわりましたが、どの王墓も古川流域でとれる青石で葺《ふ》かれ、五角形にかたどられていました。青い石は神の玉座の栄光をあらわし、五角形はダビデ王家の紋章である五茫星をあらわしています。それから――」

ヨセフは、今度は階上の礼拝の間を指さして、

「あなたがたが偉大な先祖として祀っている伊邪那岐尊《イザナギノミコト》のイザナギは、われらの言葉で救いたまえダビデ王統を、という意味ですぞ」

ヨセフは階上へ向けていた指を、ヒミコとタカギへ突きつけて、

「これでもあなたがたは、ユダ族で、ダビデ王の血統ではないと言いはるのですか」

ヒミコ、タカギへ向けていた指を引っこめると、ヨセフはその場に坐り直して両手を突いた。

「なにを隠しましょう。このわれもユダ族の末裔であります。そのわれ……さんざん苦労し、二人の部下を失ってまでここへたどり着いた、このわれに向かって、あなたがたはまだ否《いな》やと申されるのですか?!」

ヨセフは声をつまらせ、嗚咽《おえつ》をこらえながら、眦《まなじり》を決して詰めよった。「どうなんですか。われがここまで申しあげれば、もはや否やとは……」

ヒミコは打ちのめされたように胸を喘がせ、タカギは宙の一点をにらんで、背負わされた重い荷物を耐えるように上体をしゃちほこばらせた。ホホデミが二人に代わってなにか言いかけたとき、隣のオモイカネがホホデミの膝をおさえて思いとどまらせた。ナシメはなにか言いたそうにしながら、なにを言っていいのかわからず、動物のように唸り声をあげるだけだった。トヨは胸苦しさを覚え、座を立ってこの大広間から出ていきたい衝動にかられた。

ヨセフの荒い息遣いが聞こえ、ヨセフをかこんだ一同は雨に打たれる岩のように黙りこんで、重苦しい空気が張りつめる。その空気は渦をまいて荒れ狂い、一同をのみこみそうになるかと思うと、熱気を発して今にも燃えあがるような気配を漂わせた。

とつぜん、甲高い笑い声がはじけた。

その笑い声は重い空気をひき裂くように高く、あるいは押しつぶされるように低くくぐもって、ヨセフと一座の間を駆けめぐった。

ヒミコだった。上体をそらせたり、頭を垂れて笑っていた。一同は、樫の棒で打ちたたかれたようにヒミコを見た。ヨセフも呆気《あっけ》にとられたように目をしばたたかせて、笑いつづけるヒミコを見た。

ヒミコは笑いやめた。

「アリガト、・・・、おもしろい話ではあった」

ヒミコは、ヨセフへ向かっておだやかに言った。そのとたん、表情が険しくこわばった。

「言っておきますが、今の汝の話と妾らはなんのかかわりもありませぬ。よく承知しておくがよい」

打ちすえるように言い放って、ヒミコはすっと立ちあがり、「ではサラ・バ・じゃ」という言葉を残して背を向けると、長い裳裾をひきながら歩み去っていった。

8

その夜、ヒミコの宮殿に緊迫した空気がみなぎった。

広場ではあかあかとした篝火《かがりび》が燃え、剣、矛などの武器や、甲冑《かっちゅう》の金具の音が静かな夜気を破り、あわただしい足音が交錯し、指示を与える声や応答する声が飛び交っていた。

環頭飾りのついた剣を腰にさしたホデリが闘志を燃やし、ホホデミは愛剣ムラクモを佩いて決然とした表情を見せ、ギラギラと目を光らせたナシメは手首に鞆を装着し、短甲をつけたタケミカヅチ、衝角付兜《しょうかくつきかぶと》をかぶったタジカラオも姿を見せた。高天原の各所から駆けつけた兵士も加わって、その男たちの姿が篝火をうけて浮きあがり、また闇にのみこまれる。近くの峯の狼煙台から、煙が月光をかすめて流れていく。

トミノクニのナガスネヒコ軍が、兵をあげて木国の木川を下ってアワジノクニへ向かっている、と密偵が報告してきたのだった。

「今こそ、天神の子の力を示すときじゃ」

広場に集まったホデリ、ホホデミ、タケミカヅチ、タジカラオ、ナシメや兵士たちを見まわしながら、祭殿の露台に立ったヒミコが、おごそかに声を張りあげた。ヒミコの両隣にタカギ王とトヨが立ち、二人の背後にオモイカネ、コヤネ、フトダマの三重臣が控えていた。

「恐れるものはなにもない」

タカギがいかめしい様子で檄《げき》をとばす。

「汝《いまし》らにはオオヒミコムチノ尊がついておる。必ず神のご加護があるはずじゃ」

おう、とホデリとホホデミが剣を掲げて応え、それから「エンヤラヤー」と謳《うた》いあげた。その声につれてタケミカヅチ、タジカラオ、兵士たちも「エンヤラヤー」と唱和した。

トヨは、ヒミコの肩越しに見つめていた。ムラクモの剣を突きあげて、エンヤラヤーと雄叫《おたけ》びをあげる、凜々《りり》しいホホデミの姿を。


トヨは窓際に立って、ぼんやりと広場へ目をやっていた。

朝陽を浴びた広場には、忙しそうに行き交う女官や侍女だけで兵士や男の姿は見えず、剣の稽古に励むホデリとホホデミの姿もなかった。

けさ起き出したときは、いつものようにヒミコの神衣を織るつもりでいたのだが、朝食をすませたときにはその気持ちは消え失《う》せていた。そうかといって、文字の読み書きを習う気にもなれない。神への祈りはいつもの倍近くも行っていた。

きょうはどうしてこんな気持ちになったのだろう。それはよくわかっていた。戦争だった。ヤマト軍とナガスネヒコ軍との戦い。ナガスネヒコ軍が強敵だということは誰でも知っている。

だが、ヤマト軍にはタカギ王が言ったように、ヒミコがいて神のご加護がある。いつもならそう思ってヤマト軍の勝利を信じて疑わないのだが、今度はちがった。なにかがちがうという思いにとらわれ、どうしてそんな気持ちになるのかわからないまま、言葉には言いあらわせない不吉な予感が、胸にわだかまってくるのをどうすることもできなかった。

「いかがなされたのですか？」

声が聞こえてふり向くと、マキだった。マキは片隅に押しやられた機織り具へちらりと目をやって、とがめるような顔になった。トヨは返事をしようとしたが、男の声を聞いて口をつぐんだ。

「相変わらず美しいのう」

マキの背後から現れたのは張政だった。魏国からの特使、賽曹椽使である。ヒミコの要請に応じ、昨秋黄撞と詔書を携えてヒミコの宮殿を訪れて以来、ずっと宮殿に滞在していた。黒く長い髪をふたつに分けて背へ垂らし、先のとがった高い帽子をかぶり、鮮やかな錦繍《きんしゅう》の衣を足元まで着おろし、浅黒い顔に落ちくぼんだ目が抜け目なさそうに光り、口ひげを伸ばしている。いやにぶ厚く赤い唇がめだっていた。

「心配することはない。ヤマト軍の勝利はまちがいないのじゃからな」

張政はトヨの気持ちを察したように、やさしそうな口調で言った。しかしこの言葉も、トヨの胸には響いてこない。

張政はここを訪れる前、本国で倭国の言葉を十分に習得したといい、聞き話すことに不自由することはなかったが、トヨは、得意気に話すその張政の言葉が鼻についていた。ナシメと同じようにこの張政も好きになれなかった。

マキは立ち去り、トヨと張政は向かいあって坐った。張政がなんのために訪れてきたのだろうといぶかしく思っていると、張政はさりげない様子で意外なことを言った。

「今度《こたび》の戦いでは、ホホデミノ尊よりは、ホデリノ尊のほうがめざましい働きをするだろうな」

張政がどうしてそんなことを言ったのかわからなかった。稽古のときはともかく、実際の戦闘においてはホデリよりもホホデミのほうが、いつも段違いの戦いぶりをしていることは誰でも知っている。張政も聞いて知っているはずだ。張政はなにを言おうとしているのだろうと思いながらその顔を見つめると、張政ははぐらかすようにそっぽを向いた。それから急に口調をあらためて、

「トヨヒメは、昨日のヨセフとやら申す男の話を、どう思っているのじゃ？」と探《さぐ》るようにトヨの表情をうかがった。

張政は、ナシメからヨセフのことを聞いたのだろう。そういえば昨日の大広間で、ヨセフの話に業を煮やして中座したナシメが、広場で張政になにか言われていた。あのとき、ヨセフとヒミコらの話を最後まで聞くように説得されて、ナシメはまた大広間へ引き返してきたのにちがいない。

「妾にはわかりませぬ」

トヨはつっけんどんに言った。そう答えるほかはなかった。

「そなたたちの祖先は、ヨセフが申すようにイスラエルとやらの国からやってきたのではないのか。われもそんなことを、どこかで聞いたような気がしておる。そうでなければヨセフごとき男は、さっさと帰してしまえばよいではないか」

ヒミコの指示により、ヨセフはしばらくの間滞在を許され、張政と同じ客殿の一室で寝起きするようになっていた。

「オオヒミコムチノ尊が、そうでないと仰せられたのですから、そのとおりなのでしょう。妾はなにも申しあげることはありません」

熱意と真情がこもったヨセフの言葉と態度がトヨの頭をよぎったが、ヒミコの言うことにまちがいがあるはずはないのだ。

「トヨヒメは、オオヒミコの宗女。オオヒミコの跡を継いで女王になるのはそなたじゃ」

張政は笑顔をつくり賺《すか》すように言って、「その汝《いまし》が知らないと言うのか。どうして隠しだてするのじゃ」と語気を荒げた。

ヒミコの跡を継いで女王になるのはトヨだと張政は言った。張政はトヨにとってはいやな男だが、なにしろ魏国という大国を背負って、ヒミコの宮殿でも大きな力をもっている。トヨの胸は騒いだ。

「なにも隠してはおりませぬ。張さまに隠しだてなどするわけがないではありませぬか」

「それが、あるんだな、秘密にするわけが」

張政はにやりと謎めいた笑みを浮かべた。


「張殿がそのようなことを申したのか」

ヒミコは言った。

女官長のウズメから、ヒミコがお呼びですと告げられて、ヒミコの宮室を訪れたトヨは、なによりも先に張政が言ったことを伝えた。

久しぶりにヒミコの前に坐ったトヨは、近頃のヒミコの変貌ぶりを思った。トミノクニのナガスネヒコが、ニギハヤヒを軟禁して放縦な日々を送っていることを知り、ホデリやホホデミ、ナシメらが兵をあげると血気にはやったとき、一喝して思いとどまらせたヒミコ。誰と会うことも拒んでいたにもかかわらず、イスラエルからやってきたという見知らぬ男ヨセフには会い、その夜ナガスネヒコ軍がアワジノクニへ進攻していることを知って、敢然として出撃を命じたヒミコ——若いときの勇ましいヒミコが復活したのではと思ったくらいだったが、今、目の前にいるヒミコは、年相応の老女《おみな》のように見えた。白く長い衣を無造作にまとい、アシカの皮を重ねて絹の敷物でおおった座布団に坐ったそのからだはやせ細って、頭髪も半白でごわごわしている。目は光を失って淀み、肌はざらついて刀子でえぐられでもしたように深い皺が刻まれていた。

宮室の窓の外は山の峯と深い森林が立ちはだかって、目隠しされたように、どこからも誰からの視線にもさらされることがない。その窓から昼下がりのやわらかな冬陽がさしこんでくる。

「妾は、どうしてもあの張さまが好きになれませぬ」

トヨはそう言ったが、張政のこともさることながら、ヒミコがわざわざトヨを呼び出したのはなんのためだろうと、そのことが気にかかっていた。

「なんといっても張殿は魏国からの使者ゆえ、大切に扱わなければなりません」

ヒミコはたしなめるように言った。

「この倭国は、広い世界にあっては小国にすぎませぬ。その小国が生きていくためには、魏のような大国の援助がいるのじゃ。あの男の機嫌を損じてはなりませぬ」

ヒミコはそれから口調をやわらげた。

「しかし、しょせんは異国の男、腹の底ではなにを考えているやもしれぬ。けっして心を許すでないぞ」

トヨははっとした。思い当たることがあった。

「それでは、あのヨセフさまの申されたことは……まことのこと……」

トヨは言葉をとぎらせてヒミコを見つめた。張政と通じているナシメの手前、あのときは本当のことが言えなかったのにちがいない。

「そうではありませぬ」

ヒミコは、トヨから目をそらし、声を険しくさせて言った。

「妾は、いついかなるときも神とともに生き、神のみ心のままに歩んでいる。妾の話す言葉、行いはすべて神から出ているのじゃ。あのときもそうであったし、これからもそれは変わらないであろう」

トヨの気持ちの中では、ヨセフの言ったことが本当であってほしいと、そんな気がしていたのだが、あのときの言葉は神から出たのだとヒミコは言った。神から出た言葉にうそいつわりはない。

「汝《いまし》には、いずれ話さなければならないときがくるであろう。それもごく近いうちに」

トヨを呼び出して、話したかったのはそのことらしい。ヒミコは立ちあがって窓辺へ歩み寄った。

いつのまにか黒い雨雲が張り出していた。雲は切れ目なくつらなって、アワジノクニのほうの空をおおっている。その雨雲の下でくりひろげられているであろう、ヤマト軍とリガスネヒコ軍の壮烈な戦い。鬨《とき》の声や叫喚が飛び交い、剣や矛がひらめき火花を散らし、血しぶきがあがる。

目を血走らせ、必死の形相をした兵士の顔、顔、顔。

ヒミコは、ヤマト軍の陣頭に立っていた。ヤマトノクニの危機を救えという神の声を聞いたヒミコの初陣だった。目の前には、兵士の数と武器の豊富を誇るスサノオ軍が怒濤のようにおし寄せていた。ヒミコの指示により、兵士が先祖から伝わる秘密の箱をヤマト軍の前線に担ぎ出したとき、その箱からすさまじい光と音響があがった。その光は稲妻のように天と地を切り裂き、音は落雷のように大地をゆるがしながら、スサノオ軍に襲いかかった。

凍りつく兵士たちの姿が閃光の中に浮かびあがり、絶叫と悲鳴が聞こえた瞬間、真っ黒な煙が立ちこめて兵士たちをのみこんでしまった。光が消え音がやみ、静かに黒煙がうすれていくと、剣や太刀、矛を振りかざして突撃しようとしていたスサノオ軍の兵士はすべて倒れ伏し、後衛の兵士たちが一散に逃げ去っていくところだった。倒れたスサノオ軍の兵士はすべて死んでいた。うつ伏したり仰向いたり折り重なったり、中には坐ったまま死んでいた。どの兵士にも傷や出血は見当たらなかった。兵士たちの顔や手足、甲冑が焼け焦げたように黒ずんでいるだけだった。

ヤマト軍の兵士は、勝利の歓声をあげることも忘れて、この信じられない光景を見つめた。それから、思い出したように、すさまじい光と音を発した秘密の箱を見た。箱の上には、背中に羽根をひろげた鳥とも人間とも知れないふたつの像が立っていた。

9

ホホデミは、ひそかに焦《あせ》っていた。

赤い衝角付兜をかぶり、赤の短甲に頸鎧《くびよろい》、肩鎧、草摺《くさずり》と脛巾、籠手《こて》をつけ革沓をはき、腰には刀子を帯び、環頭飾りのついた無反りのムラクモの剣を掲げているのはいつもの戦争のときと変わりはなかったが、その戦いぶりはいつものそれではなかった。

今もナガスネヒコ軍の兵士を斬り伏せたのだが、以前の戦いでは苦もなく倒せるような相手だったにもかかわらず、四、五合やりやって、ようやくしとめるといった有様《ありさま》だった。別に体調が悪いというわけではない。気力も充実している。ヤマトノクニのため、ヒミコやタカギのためなら命も惜しくない、という覚悟で戦っているのもいつもと同じだ。しかしどこかがちがう。どこかが微妙にちがっていた。どうしてそう思うのかわからないまま、この軍の指揮がホホデミに任されているだけに焦りは募るいっぽうだった。

ホホデミの従者伍市《ゴイチ》もホホデミの異変に気づいたらしく、敵兵と戦いながら、時折ホホデミのほうへ気遣わしそうに目を走らせていた。ゴイチは頭に鉢巻をしめ、厚い木材をくりぬいて三角文を色分けした木胴を胸につけ、右手に矛をさげ左手に盾を持っている。ほかの兵士たちは丸太をくりぬいてつくられた短甲や藤甲、胸当てをつけ、太刀、矛、戈、盾を掲げ、あるいは何本もの束ねた矢をいれた靫《ゆき》を背に負い、弓を持っていた。干飯《ほしい》や乾肉が入った袋を背負っている者もいた。

ジンリョウ邑落や奴《ナ》国、烏奴《ウナ》国などの衛星国から兵を集めたヤマト軍は、アワの古川を下ってアワジノクニへ向かった。狼煙の合図により、ナガスネヒコ軍の動静はわかっていた。木国の賀太《カダ》からアワジノクニの由良《ユラ》へ入ったナガスネヒコ軍は、そこの高地砦を襲って奪取すると、さらに進軍して周辺の高地砦を制圧しながら、大野のナイゼン王城へ向かって、須本《スモト》川に沿った幹道を進んでくるはずだった。

ホホデミは、ナイゼン王城の手前でナガスネヒコ軍を迎え討つことにした。秀麗な三角の山容をみせる先山を背にして立つナイゼン王城を通りこして、朝香《アサカ》の丘という小高い丘の森の中で兵をひそませた。そこからナガスネヒコ軍が進んでくるはずの幹道がよく見えた。

前回の戦いのときはホデリが指揮をとったのだが、ナガスネヒコ軍の動きを読みそこねて出し抜かれ、まんまとナイゼン王城へ攻めこまれてしまった。そのときは駆けつけたヤマト軍の別働隊により、かろうじてナガスネヒコ軍を撃退し、事なきを得たのだった。

今度もあのときの二の舞になるのでは、とホホデミは心配だったが、木立の向こうから進軍してくるナガスネヒコ軍を見つけたときは、しめたと思った。

風が吹き荒れていた。雲が厚く垂れこめた空から、ついに雨が降りだしてくる。

降りしきる雨の幕を通して、赤を基調とした軍服を着たヤマト軍の兵士と、黒を基調とした戦闘服のナガスネヒコ軍の兵士が、入れ乱れからみあう。ヤマト軍の軍服につけた韮《にら》が強い匂いを発散している。

雄叫びや呼応の声、怒号があちこちであがり、剣や太刀、矛、戈、盾が打ちあいからまりあって、その音が静かな森の中にこだました。闘志、殺気、憎悪、狂気、恐怖をむき出しにした兵士の顔が、離れてはぶつかりあって武器をふるう。うめき声があがって、風に煽《あお》られた雨脚を、飛び散る血汐が赤く染めた。地に伏した死者や、のた打つ負傷兵がふえていく。

ホホデミは目をみはった。

ホホデミと同じく衝角付兜と短甲で身をかためたホデリが、鮮やかな戦いぶりを発揮していた。三人の敵兵にとりかこまれたホデリは、身を躍らせると、正面で矛をかまえている兵士の眉間へ剣を振りおろし、そのまま横に飛んで二人目の兵士の胴をなぎ払い、次の瞬間には、背後から斬りかかろうとしていた敵兵の胸元へ剣を突き刺していた。

電光石火の剣のさばきだった。敵兵の胸元から剣を引き抜きながら、ホデリは呆気にとられて見ているホホデミに向かってにやりと笑ってみせた。ナシメがそのホデリを誇らしげに眺め、それから冴えない戦いぶりを示しているホホデミへ冷たい目を向けた。

そのとき、黒い眉庇付冑《まびさしつきかぶと》をかぶり、黒の桂甲をつけ、目のまわりに入れ墨をしたナガスネヒコ軍の屈強そうな兵士が、剣をひらめかせながらホデリへ向かって突進してきた。

「まかせろ！」

とっさに叫んで、ホホデミがその兵士の前に躍り出た。その兵士は、ホホデミをにらみすえて剣をかまえた。剣の腕は立ちそうだったが、以前のホホデミならそれほど手をやく相手ではなかっただろう。しかし今はちがっていた。ホホデミのからだは金縛りにあったように硬直して思うように動くことができない。相手の剣勢に押されて、じりじりと後退するだけだった。相手の兵士は跳躍して、正面から打ちおろすとみせかけ、胴をなぎ払ってきた。ホホデミは飛びすさってその鋭い一閃をかわすのが精いっぱいだった。反撃することもできず、胸を喘がせた。

「我がやる!」

叫んで、ホデリが二人の間へ飛びこんでくる。しかたなくホホデミは後退し、ホデリとナガスネヒコ軍の兵士は、剣をかまえて向かいあった。剣が雨を引きさいてひらめき、二人のからだが交錯したかと思うと、ナガスネヒコ軍の兵士はのけぞって倒れていた。ホデリは、血汐が滴る剣を高く掲げて雄叫びをあげた。ヤマト軍から歓声があがった。

ナガスネヒコ軍は浮き足立った。

ホホデミは、二人の敵兵と戦っていた。ひとりは年配で、もうひとりは若者だった。二人とも戦意を失っているのは明らかだった。それでも若い兵士は、勇を鼓して矛を突き出してきた。そのとき、横合いから飛び出してきたゴイチが、矛をふるってその兵士を突き伏せた。

年配の兵士はおびえていた。ホホデミはかまえていた剣をおろし、その剣で向こうの木立を指し示して、立ち去れと合図を送った。年配の兵士はしばらくためらっていたが、思いきったように矛を引くと背を向け、木立のほうへ走り去っていった。

「いかがなされたのですか?」

ゴイチがいぶかしげに訊いた。

「あの男にも親、兄弟がおる。妻や子もいることだろう。そう思うととても……」

ホホデミは首をふって言葉をとぎらせた。

ホホデミはその勇敢さをもてはやされていたが、半面やさしい心の持ち主だった。そこに人望があり、ヒミコ、タカギが、ニニギやホデリなどの兄弟の中で、ホホデミをヒツギノミコに選んだのもその理由によるものだろう。

しかし戦争のときは別だ、そんなやさしさが命とりになることもある、とゴイチは戒めたかったのだが、今言いたいことはそういうことではなかった。ゴイチは言った。

「きょうの戦いぶりは、いつもの尊とは思えませぬ。なにかあったのですか？」

ホホデミはうめくような声をもらしただけで、どう返事していいかわからなかった。ゴイチに言われるまでもなく、きょうの不甲斐なさについては自分でもよくわかっていたし、その理由を今も考えているところだった。

「引けえ」

ナガスネヒコ軍の指揮官の声が聞こえて、敵兵は敗走していった。ひとしきりつづいていたヤマト軍の勝ち鬨もとだえて、木立にかこまれたこの草原には、ホホデミとゴイチのほかに人影はなかった。近くに一本杉が立ち、向こうから渓流の音が伝わってくる。その渓流は、小さく蛇行しながらスモト川へ合流する。

とつぜん、ホホデミがあっと言う声をあげた。それから剣の鞘を腰から抜きとり、剣とともにゴイチの前へ差し出した。宝剣ムラクモだった。環頭飾りを目釘でとめ、無反の刀は雨の中でも鋭い光を放っている。

「今はじめてわかったぞ」

ホホデミは喉《のど》から声を絞り出すように言った。

ゴイチは、敵兵を斬ったときの血汐を雨が洗い流した剣と、藤葛の蔓で巻いた鞘を見つめた。だがそれはいつも見なれた剣と変わりがなく、ホホデミがなにを言おうとしているのかわからない。

「まだわからないのか」

ホホデミはムラクモの剣をゴイチに突きつけながら、いらだって言った。そう言われてもゴイチは、依然としてなんのことかさっぱりわからず、首を振った。

「無理もない」

ホホデミは溜息まじりに言った。「我でさえ、つい先程まで気がつかなかったのだからな」

ゴイチはホホデミの顔を見て、それからあらためて剣と鞘を見直してみたが、わからないことに変わりはなかった。

「きょうの兄上の戦いぶりを見たであろう」

ホホデミはムラクモの剣をゴイチの前から引いて、ホデリが鮮やかな戦闘ぶりを見せた森のほうへ目をやった。

「拝見しました。お見事というほかはありません」

ゴイチも、この合戦におけるホデリの獅子奮迅の働きは知っていた。そのことと、ホホデミの精彩を欠いた戦いぶりとはなんのかかわりがあるのだろうか。そしてムラクモの剣。ホデリとホホデミの戦闘の模様がよみがえり、今またホホデミが目の前に差し出したその剣を見直した。そのとき、頭の中がひらめいた。「まさか」とゴイチは思わず口走っていた。

「それじゃ、そのまさかなのだ」

ホホデミは、やっとわかってくれたのかというように声をはずませた。

「兄上は、次の戦争のとき、ムラクモを貸してくれとねだってきかなかったことがあった。もとより断ったが」

ホホデミは、またムラクモをゴイチの前に突きつけ、手にとって見ろというような手付きを示した。ゴイチは乞《こ》われるまま、その剣を手にとって見直してみたが、ホホデミさえわからなかったものが自分にわかるはずはない。だが、この剣が巧みにつくられたにせ物で、ホデリが持っていた剣こそ本物のムラクモだということだけは理解した。その結果、二人のきょうの戦いぶりがいつもとは逆になったということも。

しかし、ムラクモの剣を持つか持たないかのことが、あれほど人間と戦いぶりを変えてしまうのだろうか。宝剣、聖剣といわれるムラクモは、人にははかりしれない魔力を秘めているのかもしれない。それにしても、どうしてホホデミが知らない間ににせのムラクモの剣を持ち、ホデリが本物のムラクモを持つようになったのだろうか。ゴイチの頭は混乱し、胸騒ぎがおさまらなかった。

ホホデミは唇をかみしめ、憮然とした様子で突っ立っている。雨はやんでいた。小鳥の囀りが聞こえるようになり、上空では鵄が飛び交っている。一陣の風が吹いて、ホホデミの兜の雉の羽根飾りをゆらし、黒く豊かなみづらをはねあげた。

その風がやんだとき、鋭く空気を切る音がし、あっと声をあげてホホデミがよろめいた。ゴイチがおどろいて見ると、ホホデミの背中に一本の矢が突き立っていた。ゴイチが駆け寄ろうとするとまた矢が飛んでくる。ホホデミはよろめきながら、かろうじてその矢をかわした。ゴイチは矢が飛んできた木立のほうを見た。人影は見あたらない。しかしまた、そこから矢はホホデミを狙って飛来してくる。敗残兵が森の中にひそんでいるにちがいない。剣を持たないホホデミは、飛んでくる矢を斬り払うことができない。ゴイチは走り寄って、にせのムラクモの剣をホホデミに手渡そうとしたが、足がもつれてつんのめった。ゴイチの太股《ふともも》にも矢が突き刺さっている。それでも立ちあがろうとしたが、今度は矢が肩先を射ぬいた。血がふき出て痛みが走る。からだを動かすことができない。

「ホホデミノ尊！」

ゴイチは叫び声をあげた。背中に矢が突き立ったまま、飛来してくる矢をかわそうとして、必死にもがいているホホデミの姿が見えた。草摺のあたりにまた矢が命中する。ホホデミはうずくまりかけたが、すぐ体勢を整え、雨にぬれたゆるやかな斜面を、よろめいたり転んだりしながら駆けていった。その周辺に矢が飛び交う。ホホデミのからだが跳ねあがった瞬間、その姿は消えた。そこは崖縁だった。崖の下からは渓流の音が聞こえてくる。ホホデミは崖下へ転落したのだろうと思ったとたん、目の前が真っ暗になり、なにもわからなくなった。

ゴイチがふたたび意識をとりもどしたのは、ホホデミノ尊はいかがなされた、尊はどこじゃと言う声を聞いたときだった。倒れている自分のからだを見ると、肩先、腰、太股に矢が突き刺さり、血まみれだった。ホホデミを呼ぶ声と、何人かの足音が次第に近づいてくる。味方にちがいない。ゴイチは叫ぼうとしたが、声は出なかった。

矢が落ちているぞ、草に血がついていると言う声が聞こえ、つづいて誰かが倒れているぞと言う声とともに、数名の兵士がゴイチのほうへ走ってくる。

「ゴイチだ、ホホデミノ尊の従者ですぞ」

　ゴイチの傍に立った兵士が叫んだ。

　そのとき、崖縁を探し歩いていたホデリが落ちていた剣を拾いあげて、

「ムラクモの剣だぞ！」

　と大声を張りあげた。「ホホデミは敵の矢弾をうけて、ここから崖下へ落ちたのだ。血痕をみればわかることじゃ」

　ホデリは、集まってきたナシメやタケミカヅチ、タジカラオ、兵士たちに向かって手ぶり身ぶりをまじえて説明した。ナシメは、感心したように大きくうなずいてみせた。タケミカヅチとタジカラオは、信じられないといった様子でそのあたりを見てまわった。ホデリが言うように、草原から崖縁へ向かって血痕が落ちている。崖縁の草葉は乱れて、血糊も付着し、人がすべり落ちたような形跡があった。

「弟は崖下へ落ちる前にムラクモをここへ残したんだ。この剣を我に譲るためじゃ」

　ホデリはムラクモの剣を高く掲げてみせた。

「ムラクモは、ホデリノ尊のものになったのだぞ」

　ナシメはホデリが突きあげている剣を指さしながら、集まっている兵士たちへ向かって威丈高になってわめきたてた。

　ムラクモの剣はホデリノ尊のものになった、と言うナシメの声が遠のいていって、ゴイチはまたなにもわからなくなった。

10

トヨが仕切りの戸をあけて入っていくと、異様な臭気が鼻をついた。板囲いの部屋の奥にしつらえた竈《かまど》の火が燃えたち、その上にかけられた甕《かめ》から白い湯気《ゆげ》が立ちのぼっていた。臭気はそこから発していた。

女人の郷にある薬の局《つぼね》。

数名の女官がきびきびとした様子で働いていた。いちように黒い筒袖の上衣と、同じ色のきっちりとした裳をはいた女官たちは、竈の火加減をみたり、杵と臼で木の実をつぶしている。洗い場では、木の葉や実、草の実や茎、根などについている泥を洗い落としていた。板壁にとりつけられた棚には、薬草名がしるされた甕や壺が並んでいる。

ヒミコの宮殿では、病に冒《おか》されたり怪我を負った者に対して、巫女《みこ》が祈祷や呪術を行い、それとともに薬草による治療も試みていた。

薬の局では、昔からこの地に伝わるもののほかに、異国や倭国内の各地からもとりよせてひととおりの薬草はそろえていたが、さらに新しい薬草の発見に努めていた。山野へ出て、種々の樹木や草花から薬用になるようなものを採取しては、陰干して乾燥させたり、あるいは煮たり焼いたりしたうえで、効能や実害の有無を調べるために、犬や猿、猪、兎、鹿、狸などの動物で試した。ある程度の薬効や実害のないことを確かめてから、女官にも飲用させた。効果が出たときは一同が喜びあった。逆に効能は認められたものの、発熱や腹痛、下痢などをおこしたり、中には重篤な症状を呈した女官もいた。いずれも命に別状はなかったが、薬草にはすばらしい効能と恐ろしい害毒が隣合わせになっていることを思い知らされた。

「これでございます」

ひとりの女官が近づいてきて、トヨに菰《こも》包みを手渡した。

「これは異国からとりよせた貴重なものです。高山に棲む麝香《じゃこう》鹿の下腹部の臓物を焼いて乾燥させたものでございます。あの者には、きっとよい効き目があらわれることでございましょう」

女官は真摯な様子で言った。

ナガスネヒコ軍から受けた矢傷が化膿して、高熱を出し昏睡状態をつづけている、ホホデミの従者ゴイチの姿がトヨの頭の中に浮かんだ。

アワジノクニ大野のアサカの丘におけるナガスネヒコ軍との戦いで、矢傷を負って帰ってきたゴイチのことを知ったトヨは、ゴイチの枕元で神に祈り、巫女にも呪術を行わせてみたが、容態は一向によくならなかった。そこで薬の局の女官に頼んで、白及《びゃっきゅう》という植物の球茎をすりおろして泌《し》みこませた布を傷口にあてがい、独活《つちたら》の根茎を水洗いし、輪切りにして日干ししたものを煮て飲ませたり、陰干しした吸花《すいばな》の花を煎じて飲ませたりしたが、高熱、昏睡状態に変わりはなかった。そんなとき、この女官がいいものが手に入ったと知らせてくれたのだった。外国の珍しい動物の臓物だから薬効が期待できるという。

　トヨは、礼を言ってそこを出た。廊下を歩いていくと間仕切りがあり、各部屋に分かれて、大勢の女官が炊事、洗濯、紡錘車《ぼうすい》を使った糸紡ぎ、機織り、この山地でとれる藍草による染色などに従事していた。

　トヨが廊下から戸口へ向かって歩いているとき、「トヨヒメ」と呼びとめたのはウズメだった。女官長のウズメは、長くゆったりとした衣を狭織《さおり》の帯でしめ、その上から領布をまとって、手首に貝輪をつけ、髪には鹿角製の櫛をさしていた。

　ウズメは、険を含んだ目付きでトヨを見つめた。ウズメはヒミコの崇拝者だった。ヒミコの跡を継いで女王になるはずのトヨをいいように思っていないのは、ふだんの何気ない口ぶりや態度にもあらわれていた。

「いかがなされたのですか?」

　ウズメはいんぎんな口調で言ったが、その表情は冷ややかだった。トヨは、思わず手に持った包みを隠そうとした。ウズメは見逃さなかった。

「それを、どうなさるおつもりじゃ」

　トヨは返事に窮した。

　ウズメは、ふんと鼻先で笑った。トヨが持っている包みの中味を、ウズメは知っているのかもしれない。

「あのような者の世話は、女官に任せておかれませ。皇女《ひめみこ》ともあろうおかたが、気遣うことはないではありませぬか」

ウズメはぴしゃりと言って、「それとも、女官たちの仕事ぶりが気に入らないとでも申されたいのですか」とさらに辛辣な口調になった。

トヨが、ホホデミの下僕《しもべ》にすぎないゴイチの世話をやいたり、その治療に口出しすることについて、ウズメはもちろん、女官や侍女までが不審や非難の目で見ていることはわかっており、そんなことは気にとめないようにしていたのだが、実際にウズメから厳しくそう言われてみると、胸はひとしきり疼《うず》いた。

ゴイチにはどうしても回復してもらい、訊き出さなければならないことがある。トヨは気をとり直し、なんとかその場をごまかしてゴイチの住居へ向かった。

アサカの丘における合戦で、ヤマト軍がナガスネヒコ軍を撃破したという知らせが入ったときは、ヒミコの宮殿はその喜びで沸きかえった。しかしそのあと、ホホデミが敵の矢弾をうけて崖下へ転落し、行方がわからなくなっていることが伝えられると、戦勝祝いの雰囲気は吹き飛んでしまった。

タカギ王の命令により、ホホデミが落ちた崖下と、その周辺から渓流に沿い、スモト川まで遡《さかのぼ》って念入りに探させたが、ホホデミの姿はもとより、ホホデミが身につけていたものもなにひとつ見つけられず、付近の住民にあたってみても、なんの手懸《てが》かりも得られなかった。

宮殿や高天原の住人、とくに女官や侍女は悲嘆に沈んだ。泣き叫ぶ者さえいた。

「ホホデミはどこかで生きている。いつか必ず帰ってくる」というヒミコの言葉をタカギが伝えると、少しは希望をとりもどしたようだったが、実際にホホデミの姿を見るまでは、女官や侍女に平安が訪れることはない。

元気だったのはホデリとナシメだけだった。ナガスネヒコ軍に勝利したのはホデリの抜群の働きによるものだったと強調し、それにひきかえホホデミの戦いぶりを悪《あ》しざまに言いたてた。ホホデミはみずからの非力を悟って、ムラクモをホデリに譲る気になったのだろうなどとナシメが言いふらすと、ホデリは誇らしげにムラクモの剣を掲げながら、宮殿じゅうをまわって見せびらかした。

ホホデミの行方不明は、トヨにとっても堪《た》えがたいほどの衝撃だった。しかし、ホホデミが敵の矢の攻撃をうけて崖下へ転落したというのは本当だろうかと思ったし、ムラクモの剣をホデリに譲るために崖縁に残していったという、ホデリやナシメの説明も納得がいかなかった。ムラクモはどんなことがあっても手放さない、いっときであれホデリに貸すわけにはいかない、とホホデミが断言したのをトヨは聞いているからだ。ホホデミの不甲斐ない戦いぶりをあげつらい、ホデリのめざましい活躍をはやしたてるのもいい気がしなかった。ほかの兵士の証言もあり、誇張はあるものの、それは事実だったかもしれないが。

それにつけても思い出すのは、今度の合戦では、ホホデミよりもホデリのほうがよい働きをするだろう、と言った張政の謎めいた言葉である。もしかしたら、張政は前もってなにかを知っていたのではないか。そしてホデリとナシメも。三人の顔が入れ代わり立ち代わり浮かんできて、これにはなにかある、なんらかの秘密が隠されているにちがいない。ホホデミが崖下へ落ちたとき一緒だったというゴイチが真実を知っているかもしれない。ゴイチに訊けばなにかわかるだろうと思いついたのだった。

しかし、手当てのかいもなくゴイチの昏睡状態はつづいていて、なにも訊き出すことができず、焦燥の日々を送っていた矢先、薬の局の女官の尽力でこの貴重な薬物が手に入ったのだ。今度こそはとトヨの気ははやった。

昼下がりの陽光が照りつける広場を通って、ゴイチの住居のほうへ向かって歩いていると、「トヨヒメ」と今度は男の声で呼びとめられた。ホデリだった。

「元気そうではないか。トヨヒメ」

ホデリはにやにやしながら言った。

トヨは、得意気なホデリの笑顔とその言葉を聞いて思わずかっとなったが、「妾が元気なはずがありませぬ」とできるだけ冷静に答えた。元気なのは汝《いまし》ではないのか、とよっぽど言い返してやろうと思ったが、それよりも、少しでもホデリと顔をつきあわせているのがいやで、その場を立ち去ろうとした。

そのとき、ふといたずら心がめばえた。トヨは言った。

「ホデリノ尊は、ムラクモをあの崖縁で見つけたということですが、それは本当《まこと》のことですか?」

「本当かとはどういうことだ?」

ホデリは気色ばんだ。

「弟はな、我の実力を知り、おのれの非力を悟って、ムラクモを我に譲ろうと決めたのだろ。さすがあっぱれな弟じゃ」

「ホデリノ尊は、今度の戦争で見事な働きをなされたとのことですが、これにはなにかわけが…」

「わけもなにもない」

ホデリは語気荒くさえぎったが、すぐ表情をやわらげて、「これまでは、どういうわけか思うような働きができていなかったのだが、今度は十分に力を出すことができた。これからの合戦でもそうなるであろう」

ホデリは自信ありげにそう言うと、腰に佩した剣の柄へ手をやった。その剣がムラクモにちがいないと思ったが、トヨはわざと見ないふりをして訊いた。

「ムラクモはいかがなされました?」

「ここに持っておる。けっして手放すことはない。なにしろこの剣は……」

ホデリはそこで言葉を切ったが、その目は、この剣はヒツギノミコのしるしなのだと言っていた。ホホデミに代わってホデリがヒツギノミコになるというのは、トヨにとっては考えられないことである。ヒミコやタカギが、ホデリの手からムラクモの剣をどうして取りあげないのか、ふしぎでならなかった。

「汝尊《いましみこと》がその剣を持っているのもいっときのこと、ホホデミノ尊が帰ってくれば返さなければなりませぬ」

「弟は、帰ってくることはない」

「どうしてそんなことを申されるのですか」

トヨはむきになって言った。「ホホデミノ尊はどこかで生きている。必ず帰ってくると、オオヒミコムチノ尊はそう申されたではありませぬか」

ホデリは一瞬鼻白んだように見えたが、「弟は死んだのじゃ」とトヨをにらみつけながら冷淡に言った。

トヨは怯《ひる》むことなく、「それでは尋ねますが、ホホデミノ尊の亡骸《なきがら》は見つかったのですか」と切りこんだ。

　ホデリは口ごもった。陽光を背にうけ陰に包まれた顔の中で、目がぎらぎらと光っていた。なにか言いかけたとき、「ホデリノ尊の申されるとおりですぞ、トヨヒメ」と言う声が聞こえた。トヨがふり向くと、いつのまにかナシメが立っていた。ナシメはそこで二人の話を聞いていたにちがいない。

「ジンリョウ邑落の祈祷師に占ってもらったのだ。鹿の肩の骨を焼いてそのひび割れの状態からわかったそうだが、ホホデミノ尊は、もうこの高天原に生きて帰ってくることはないだろう、ということだ」

　ナシメはしかつめらしい様子で言った。

「ナシメ。汝《なれ》はオオヒミコムチノ尊の言葉よりも、その祈祷師とやらの占いを信じろと言うのですか」

　トヨが鋭く詰問した。

　ナシメは動ずる気配はなく、平然としている。

「あの祈祷師は、ナガスネヒコ軍がアワジノクニへ攻めこんでくると言っておったんだが、実際そのとおりになったではないですか」

　トヨがなにか言いかけたとき、ナシメが手をあげて制した。「ナガスネヒコ軍が遊興に耽っていると知らせが入って、吾《あれ》らが出陣しようとしたとき、それをおしとどめたのはオオヒミコですぞ。もしあのまま出兵してやつらを叩きつぶしていれば、ホホデミノ尊はこんなことにならずにすんだかもしれないのだ」

あのとき、出陣へ向けて気勢をあげていたホホデミやホデリを制止したヒミコの凜とした声がよみがえり、トヨはナシメの言うことにも一理あるかもしれないと思った。しかし、次に言ったナシメの言葉は許せなかった。

「オオヒミコももう歳じゃ。神の声が聞けなくなったのかもしれん。そろそろ隠退を考えることだな」

「そのような言葉、聞き捨てなりませぬ」

トヨは声を張りあげて叱咤した。

「鼻息が荒いのう」

ナシメはおどけた様子で、にやりと笑って言った。「さすがオオヒミコの跡を継いで女王になるだけのことはありますな」

「そのようなことは……」

トヨは言いかけて声をのんだ。胸が騒いでいた。からかい気味の口調ではあったが、ヒミコが隠退して、トヨが女王になると言うナシメのその言葉が、耳の奥や頭の中で地虫の声のように鳴り響いて胸苦しくなり、そのようなことを言うのはやめなさい、とナシメをたしなめようとして口をもそもそと動かすだけで、その声は喉の奥にのみこまれてしまった。

「張殿がお呼びです」と言う声が聞こえて、ホデリとナシメは連れ立って客殿のほうへ歩いていった。

ひんやりとした土間と、荒壁に囲まれた部屋の中はうす暗く、中央に設けられた炉の火がほのかな明かりを投げかけている。ゴイチは、片隅の藁を敷いた寝床に横たわっていた。

トヨは、ゴイチの枕元の枯れ葦《あし》の上に坐り、膝元に菰包みを置いた。ゴイチの足元に控えた下働きの老女は、別に変わったところはありませんと告げた。

ゴイチの顔をのぞきこむ。ゴイチは静かに眠りつづけていた。その顔は黒ずんで蒼く、髪はばらばらに乱れて額へかぶさり、口のまわりから顎へかけてひげが伸び放題で、頬のあたりがげっそりと落ちこんでいる。時折首すじのあたりがぴくぴくと脈打った。相変わらず高熱がつづいているのだろう、額へ垂れた髪の毛が、寝汗のためにべっとりと濡れていた。

ゴイチの顔を見守りながら、心の中で問いかけた。「汝《な》はなにかを知っているはずじゃ。あのアサカの丘で一体なにがあった。ホホデミノ尊が敵の矢の攻撃をうけて、崖下へ落ちたというのは本当のことか。ホデリがその崖縁で、ムラクモの剣を拾ったというのはまちがいないのか。ホホデミノ尊があの戦いでよい働きができなかったのは、なにか理由《わけ》があったのではないのか。汝は知っているにちがいない。汝はホホデミノ尊の下僕だし、尊が敵の矢をうけ崖下へ転落したというあのときも、尊の傍にいたのだから。さあ、話しておくれ」

ゴイチはなんの反応もしめさなかった。半ばひらいたうすい唇から、静かな息遣いがもれてくるだけだった。

トヨは神へ祈った。神さま、どうかこのゴイチに憐れみを、そして妾にお恵みを。

神へ祈りを捧げながら、部屋の外で照り輝く太陽を頭の中に描いた。ヒミコもそうして祈っている。ヒミコの祈りはかなえられ、神の声も聞くことができる。ヒミコの跡を継いで女王になるのなら妾にも同じことが……そう妾にも……そしてもう一度祈った。ふたたび、ゴイチの顔をのぞきこみながら語りかける。「さあ、話しておくれ。汝が知っていることを、この妾に」

ゴイチの様子に変わりはない。眠りつづけるゴイチは、道端に転がっている朽木《くちき》にすぎなかった。しかたがないとトヨは思った。麝香鹿の臓物に望みを託すほかはない。そう気を励ませて、「食事のあとに、この薬物をのませておくれ」と老女に念をおし、そっと立ちあがった。心残りを断《た》ちきるようにして戸口へ向かって歩く。今度はいつこれるのだろう。ウズメや女官の目がうるさく、そうたびたび訪れることはできない。

板戸に手をかけたとき、「トヨヒメ」と言う老女の声を聞いた。トヨがふり返ると、老女は目を光らせながら、手でゴイチの方を指し示していた。トヨは引き返して、またゴイチの枕元に坐りゴイチの顔をのぞきこんだ。ゴイチの瞼がかすかに動き唇もうごめいている。

「ゴイチ」とトヨは呼びかけた。ゴイチの頬のあたりがほんのりと赤味がさしている。瞬きをくり返していた瞼が、とつぜんぱっとひらいた。うす暗い空間をぼんやりと見つめている。

「ゴイチ」

トヨがもう一度熱い声をかけたとき、ゴイチの目が動いてトヨの顔でとまった。


「ゴイチがそんなことを言ったのですか」

タケミカヅチはおどろきを隠さなかった。

「そうです。長い間の眠りからさめたゴイチが、正直にすべてを話してくれました」

トヨも声をはずませた。

二人は、タケミカヅチの部屋で向かいあって坐っていた。中央の壁際に神棚が祀られ、その前に剣、矛、弓矢、甲冑などの武具がおかれ、窓からはそびえ立つ祭殿の五角形の棟飾りが見える。

タケミカヅチは白い衣と藍染めの褌をはいて、頭髪を中央で分け耳元でみづらを結って肩先へ垂らしていた。色白で華奢《きゃしゃ》なからだつきだったが、全体から精悍な印象が伝わってくる。かつて反逆の狼煙をあげたオオナムチに対して、ヤマト軍が幾度となく将兵を送りこんで鎮圧しようとしたが、そのたびに抵抗されて手をやいていたとき、出雲へのりこんでオオナムチを屈服させたのが、このタケミカヅチだった。タケミカヅチはそれほどの勇者であるばかりでなく、トヨにとってては、なにかにつけて相談にのってくれる頼りになる人物だった。

「ホデリノ尊は、ムラクモを崖縁で拾ったと言いふらしていますが、それは嘘です。戦争のはじめからムラクモを持っていたということが、ゴイチの話によってわかりました。ホホデミノ尊が持っていたのはにせのムラクモだったということも。これで、二人の戦いぶりがいつもとは逆になっていたその理由もはっきりとしました」

トヨは、喜びに表情を輝かせながら一気に話した。聖剣、名剣といわれるムラクモは、それだけの力を秘めているにちがいないとそう思う。トヨの言葉はとまらなかった。「にせの剣は巧みにつくられていて、ホホデミノ尊さえまったく気づかなかったということです。ホデリノ尊はムラクモの剣をほしがっていました。ホホデミノ尊に次の合戦のときには、ぜひ貸してくれと頼んだくらいです。ですからきっと、ホデリノ尊が……」とトヨは顔を紅潮させて、タケミカヅチのほうへにじり寄った。

「まさか」

タケミカヅチは、信じられないというように首を振って言った。「しかし、誰かがひそかに、ホホデミの尊が持っていたムラクモをにせの剣とすりかえ、そのうえで本物の剣をホデリノ尊に渡したと……そういうことなのですか」

「そうです。その誰かとは……その男は……」

トヨはその男の名前が口をついて出そうになったが、さすがにのみこんだ。その代わりにその男の顔を、自分の頭の中にくっきりと描いた。タケミカヅチは、トヨの頭の中を察したかのようにうなずいてみせた。

「それから」

トヨは喘ぐように言った。「ホホデミノ尊に矢を射かけたのも敵兵ではなく、もしかしたら……」

「しかし」

タケミカヅチは冷静になって言った。「ゴイチの話はそのまま信じてよいのでしょうか。なにしろゴイチは、矢傷が化膿し高熱を出して眠りつづけていたのですぞ。その間に覚えがうすれたり、夢や幻を見たり、あるいは悪い霊にとりつかれたのかもしれません」

「そんなことはありませぬ」

トヨは断固として言った。「ゴイチはあのとき、ホホデミノ尊から手渡されたにせのムラクモの剣を、ひそかに隠したそうです。その場所も打ち明けてくれたのですから」

「それでは、ゴイチにその剣をとりに行かせましょう。ゴイチがにせの剣を持って帰ってくれれば、あの男の話は本当だったことがわかるというものですぞ」

「それが……」

トヨは急に表情をくもらせた。「ゴイチは妾にその話をしたあと、またもとのように眠りこんでしまいました」

ゴイチはアサカの丘の戦いにおいて、自分が見たこと、聞いたこと、感じたことを、問わず語りに何度も息を整え間をおきながら語ったのち、トヨがよく話してくれましたと礼を言うと、ふたたび引きこまれるように昏睡に陥っていった。薬の局の女官がとり寄せてくれた貴重な薬物をのませているが、今のところその効果はあらわれていない。

「そうですか。それは残念ですね」

タケミカヅチはがっかりしたように言った。「ゴイチがにせの剣を隠したというその場所さえわかれば、あの男に代わってこの吾がとりに行けるものを」

「先程申したではないか」

トヨは明るい表情になって言った。「ゴイチはその場所を、妾に教えてくれたと」

11

「きょう呼んだのは、汝《なれ》の話を聞きたいと思ったからじゃ」

倭錦の帳《とばり》をめぐらした玉座に坐ったヒミコは、大広間の中央の席でかしこまっているヨセフへ向かって声をかけた。

きょうのヒミコは、碧玉、硬玉、丸玉、小玉をつらねた玉かずらを頭に巻き、紫色の絹の衣を着て、赤、紫、黄、白と織り分けた倭錦の裳をはいて、朱色の狭織りの帯を結び垂らし、肩から透目絹の領布をかけ、手には檜扇を持っている。ヒミコの両脇にはタカギとトヨが控え、オモイカネ、コヤネ、フトダマの三重臣、タジカラオ、ナシメが居並んでいたが、いつもの席にホホデミの姿はない。ホホデミを探しにいく、と言ってアワジノクニへ出向いたタケミカヅチもいなかった。

「この国と汝の国とはなんのかかわりもないことは、先日申したとおりだが」

ヒミコはおもむろに言った。「汝の申したとおり、たしかに両国は似通っているところがある。それで妾らの学びのために、イスラエルとやらいう国がどのようなお国柄で、どのような歴史《くにつふみ》をもっているのか、そんな話を聞かせてたもれ」

ヒミコは、ホホデミの席のほうへはことさらに目をそむけていた。それがかえってホホデミの行方不明を気遣っていることを物語っている。こうしてヨセフを呼びつけて話を聞こうとしているのも、そんな憂慮をまぎらわせるためかもしれない。

「承知しました。しかし、その前に申しあげたいことがございます」

ヨセフはひれ伏していた顔をあげて、ヒミコを見つめながら言った。

この宮殿に滞在するようになったヨセフは、旅の疲れがとれたのか血色がよくなり、ふっくらと肉もついたように見える。衣服も洗濯してもらったらしく、汚れがとれて白さがめだつようになった。だが、心をこめて話をしたにもかかわらず、ヒミコやタカギに一向に認めてもらえなかったその鬱屈は隠しようがなかった。こんなことで挫《くじ》けてはならない、こうしてふたたび、ヒミコ、タカギと話ができる場が与えられたことを喜ぶべきだと、ヨセフはそう自分の胸にいいきかせているのだろう。

「先日ヤマト軍が、アワジノクニへ攻めこんできたナガスネヒコ軍と戦って打ち破りましたこと、大変喜ばしいことでございました。われはけっして戦争は好みませんが、神のみ心を成就させるためには、やむを得ないことと存じます。さらにトミノクニへ攻めこんでナガスネヒコ軍を滅ぼし、そのうえでニギハヤヒノ尊と話しあい、ヤマトノクニの皇孫《すめみま》が、倭国の大王となってこの国を治めなされませ。

聖書には、先日、申しあげたようにユダの杖とエフライムの杖を合わせてひとつにし、ひとりの王が彼ら全体の王となり、彼らは重ねてふたつの国民とはならず、ふたたびふたつの国に分かれることはないとしるされています。もとよりユダの杖はあなたがたのことで、エフライムの杖はニギハヤヒノ尊一族のことであります。あなたがたは、ユダ族の中でもダビデ王直系の子孫です。聖書にはダビデの家系と王国は、神の前に永久《いっ》までもつづき、ダビデの王座は永久までも堅く立つとしるされており、ダビデの王位は、太陽の前のようにつねに神の前にあると書かれています。

つねに神の前に、太陽の前にです。ということは、この高天原も結構なところではありますが、あなたがたはいつまでもここに隠れ住んでいるのではなく、この国の中央トミノクニへ出て、倭国の大王にならなければなりません。それでこそ、ダビデの王座は神の前に、太陽の前に、という神のみ言葉が成就されることになるわけです。われがここへ参って申しあげたいことのひとつは、このことであります」

「そのようなことは、汝の思いこみにすぎぬと先日申したはずじゃ。妾が知りたいのはまことの話なるぞ」

ヒミコは冷ややかに言った。

そうじゃ、まことの話をしろ、といらいらしながら聞いていたナシメが、たまりかねたようにわめいた。

「われは、まことの話をしているのですぞ」

ヨセフはナシメをにらみつけ、それからヒミコへ向かっておだやかに言った。

「われはまことの話を申しあげているのですが、おわかりいただけないのか、それとも、なんらかの理由《わけ》があってお隠しなされているのか——そのどちらかと存じますが。まあ、いいでしょう。

われらの祖国についてお話し致します」

ヨセフは、侍女が運んできた白湯をうまそうにのんでから、おもむろに語り出した。

「はじめに、われらの神についてお話ししなければなりません。われらの神と申しますのは、山や海、木、岩などあらゆるところに在《おわ》すといった漠然としたものではなく――もとより、そのようなところにも神の霊は宿っておりますが、われらの神ははるかかなたの天におられ、この世のあらゆるものとわれら人間をおつくりになった、ヤハウェと申される神のことでございます。この神がおつくりになった最初の人間が、アダムとイヴです。その夫婦から子孫がどんどんふえていきましたが、やがて神にそむいて堕落してしまいました。それをお怒りになった神ヤハウェは、信心深く廉直だったノアと家族以外の人類を、大洪水をおこしてすべて滅ぼしてしまわれました。

時代は過ぎ、ノアの子孫、ハム、セム、ヤペテのうちセムの末裔にアブラハムという偉大な人物が出ました。アブラハムはメソポタミヤのハランという国で農牧に従事していましたが、七十五歳のとき、神の声を聞いてカナン（現在のパレスチナ）へ移住し、そこで子孫が繁栄してわれらの民の太祖となりました。それゆえわれらの民の故郷というのはハランでありまして、ハランはタガーマという国に属しております。あなたがたがこのあたりをタカマガハラ（高天原）と呼んでいるのは、このタガーマ、ハランに由来しているのでしょう。

アブラハムが神から与えられた約束の地カナンに住んでいたあるとき、子であるイサクを犠牲にするよう神から命じられた話と、イサクの子ヤコブが、神のみ使いと取っ組みあいして勝利し、神からその名をイスラエルとあらためるようにと言われた話は先日致しました。ジンリョウ邑落の社で行われていた神事の相撲はこのことに……」

「しつこいぞ」

さえぎったのはホデリだった。

「その話はやめろと、オオヒミコムチノ尊が申されたではないか」

ムラクモの剣を傍に置いたホデリは、ヒツギノミコとしての自覚をもって、ヒミコへおもねる気持ちが働いたのだろう。

そうじゃ、ホデリノ尊が申されるとおりだぞ、とナシメは図にのってわめきたてた。ヒミコは、ホデリとナシメを無視し、促すようにヨセフへ目をやった。ヨセフは話をつづける。

「ヤコブ、すなわちイスラエルの子孫から、ルベン、シメオン、ユダ、ダン、ナフタリ、ガド、アシェル、イツカサル、セブルン、エフライム、マナセ、ベニヤミンの部族に分かれるようになりました。これがイスラエル十二部族といわれるものであります。この十二部族とは別に、領土をもたず祭祀を司るレビ族もおりました。

あるとき、カナンは飢饉に襲われ、十二部族の子孫はエジプトの国へ移り住むようになりました。イスラエルの民は、エジプトでしばらく安穏に暮らしていましたが、次第に不当に扱われ、しまいには奴隷のようにこき使われるようになりました。このとき、神の召命により立ちあがったのが、われらの偉大な指導者モーセであります。モーセと神のみ業によって、イスラエルの民がエジプトから脱出することができたことは、先日お話ししたとおりです。

喜び勇んでエジプトを出国したイスラエルの民は、約束の地カナンへ向けて旅立ちました。しかし、追ってきたエジプト軍によって、イスラエルの民は紅海の海岸へ追いつめられてしまいました。目の前にはエジプト軍、背後は断崖と海。絶体絶命です。モーセは神に祈りました。すると奇蹟がおこったのです。海水が底からふたつに分かれて、そこから対岸まで道が通じたのです。イスラエルの民はその道をとおって対岸へたどり着きました。そのあと海水はもとへもどって、イスラエルの民を追っていたエジプト軍の兵士をのみこんでしまいました。

こうしてイスラエルの民は旅をつづけましたが、その間、毎朝空からマナという食物が降ってきて、一行は飢えをしのぎました。マナというのは米によく似た食物です。

シナイ山でモーセは神と会い、イスラエルの民が守らなければならない十の戒めをしるした石板を渡されました。この戒めを守るならば、神はイスラエルの民を祝福すると約束されたのであります。そして、その十戒の書をおさめる箱をつくるように命じられました。その箱こそアークであります。そのアークと、あなたがたがとても大事にし、社に祀っている御輿がよく似ていることは……」

ヨセフは、じろりとにらみつけるホデリを見て、「もうそのことは申しません」と言ってまた話を進めた。

「カナンにたどり着いたイスラエルの民は、先住民との戦いに勝って彼らを追い出し、ようやく念願がかなって独立した自由な生活を送ることができるようになりました。

それからまた長い年月が経って、ユダ族からダビデが生まれました。聡明で行動力に富むダビデは、幾多の困難をのりこえて王となり、それまでばらばらだった国を統一して安定した国家をつくりあげました。それだけではなく、ダビデは詩を書き歌舞を好んで国民から愛され、偉大なる王として崇拝されたのであります。

ダビデのあと、息子のソロモンが王位について、エルサレムに壮大な神殿をつくり、産業や通商を盛んにして、さらに栄華を誇るようになりました。

しかし、祖国の繁栄はそこまでで、ソロモン王が死んでからは急に国力は落ち、国じゅうが乱れるようになりました。やがて祖国は、北イスラエル王国と南ユダ王国のふたつの国に分裂してしまいました。南ユダ王国は、ユダとベニヤミンの二部族、北イスラエル王国は、エフライム、ガド、ダンとそのほかの七部族が集まりました。北イスラエル王国はエフライム族が王位について、サマリアに新しい神殿を建て、南ユダ王国はユダ族が王座を継承し、これまでどおりエルサレムの神殿で祈りました。

時は流れ、北イスラエル王国は異教の神を祀るなどして神の怒りにふれ、とうとうアッシリアという大国に攻め滅ぼされ、多くの民はアッシリアに連行されてしまいました。神の道を歩んでいた南ユダ王国も堕落して神を見失い、ついにバビロン帝国に滅ぼされ、ほとんどの民はバビロンへ連れて行かれてしまいました。その後、ペルシャ軍がバビロンへ攻めこんで勝利し、ペルシャの王キュロスは、捕らわれていた南ユダの民を解放して、故国へ帰ることを許したのであります。

南ユダ王国へ帰った民は、エルサレムに第二神殿をつくるなどして祖国再建の道を歩むようになり、その国はユダヤと呼ばれるようになりました。したがってユダ族のわれやあなたがたは、ユダヤの民、あるいはユダヤ人というのが正しいのかもしれません。しかしユダヤの民といってしまうと、北イスラエルの十部族はその中に含まれないことになります。われらは、北イスラエルと、南ユダの十二部族を合わせてひとつの民と思っておりまして、それでわれらの父祖であるイスラエルの名をとって、イスラエルの民とそう呼んでいるわけでございます。

北イスラエルの十部族は、アッシリアに連れて行かれたあと、そのアッシリアも滅亡してしまい、その後行方がわからなくなっていたのですが、騎馬民族のスキタイに連行されたりして、漢大陸から韓半島を経て、この倭国にもたどり着いていることがわかったのは、われがこの国を訪れてからのことでした。

ユダヤの国の復興はなりましたが、以前とはちがい、いろいろな国の支配をうけ、やがてローマ帝国の属国になってしまいました。もはやユダヤは真の独立国ではなくなり、われらの国の王を立てることも許されませんでした」

ヨセフは肩を落として大きな吐息をついた。故国に降りかかった悲運に思いをはせているのだろう。

「話はそれで終わりだな」

ナシメはやれやれといった様子で言った。

「いいえ、話はこれからでございます」

ヨセフは決然として言った。

「この者に、まだ話をつづけさせるおつもりですか」

ホデリが険しい顔付きで、ヒミコとタカギを交互に見た。

「まだ終わっていないと申しておるではないか」

タカギがホデリをたしなめる。「話は最後まで聞くものだぞ」

「ありがとうございます」

ヨセフはタカギに礼を述べると、また語りはじめる。

「滅ぼされる以前の北イスラエルと南ユダには、すぐれた預言者が輩出しました。預言者とは、神の言葉を聞いて民に伝える者のことですが、彼らはやがて祖国に救世主《メシア》が現れて、苦しむ民を救うであろうと語るようになりました。その預言のとおり、ローマ帝国圧制下のユダヤのベツレヘムに、そのメシアが誕生したのであります。ユダ族ダビデ王の末孫から、神の子としてお生まれになったそのおかたは、ヨシュア（イエス）と申します。

このヨシュアのことは、われが申しあげるまでもなく、あなたがたはご存じかもしれません」

ヨセフは、ヒミコとタカギをうかがった。ヒミコはなにも答えようとはせず、タカギが素っ気なく首を横に振った。ヨセフはひとりうなずいて話をつづける。

「ヨシュアは成人してヨシュア・メシアと呼ばれるようになり、ユダヤの民に神の福音を伝えました。それはユダヤの民が犯した罪は、ヨシュアを信じることによってゆるされるというものでした。

またヨシュアは、叡智《えいち》に富んだ言葉で神の真理を説き、神の義と愛に生きることをすすめながら、病人や怪我人をいやしたり、死人を生き返らせたりして神のみ業を行いました。各地から大勢の病める人や悩める人がヨシュアのもとに駆けつけ、救われました。ユダヤの民の喜びはいかばかりだったでしょう。その喜びは今でもわが血の中に流れているのであります」

ヨセフは声を詰まらせ、感に堪えない表情になった。ナシメはますますいらだって舌を鳴らし、ホデリはあきらめたように宙をにらみ、ヒミコ、タカギ、トヨ、三重臣は黙ってヨセフの話に聞き入っている。ヒミコは、目頭《めがしら》をおさえているヨセフを見た。その目にはそれまでの冷ややかさは消えて、慈《いつく》しむような光さえ宿っていた。ヨセフは急に表情をくもらせた。

「そのいっぽうで、ヨシュアは、律法にがんじがらめになっていた律法学者や、バビロンに捕らわれていたとき異教に染まった人々をきびしく非難し、正しい神の道へ返るように説得しました。しかし、その人たちは、ヨシュアの言葉をうけいれるどころか逆に怒って、ヨシュアは神の子やメシアなどではなく、神を冒涜する邪悪な人物として指弾し、あげくの果てにローマ帝国から派遣された総督ピラトへ訴え出て、ヨシュアを処刑するように要求しました。ピラトはヨシュアを捕らえて取り調べ、なんの罪科もないことがわかって釈放しようとしましたが、律法学者や異教に染まった者たちにたきつけられたユダヤの民はそれを許さず、ヨシュアを十字架にかけて処刑するように求めました。それでやむなくピラトは処刑を命じ、ヨシュアは十字架にかけられて……」

ヨセフは絶句して頭を垂れた。頭髪が小刻みにゆれている。

「殺されたのか、哀れな男よのう」

ナシメは嘲るように言った。「せっかく教えを説いたり、病を治してやった民にうらぎられ、殺されたようなものだからな」

12

「ヨシュアはたしかに死にました。ところがです」

ヨセフはいかめしく言い、じっと目を据えてナシメを見つめた。

とつぜん大広間がうす闇におおわれて、ヨセフの顔だけがぽっかりと浮かびあがったように見えた。その目は、天空から降りそそいできた光の球が、茫漠とした湖底で輝きを放っているようだった。

ヨセフの語るその声は、ヨセフの口からではなく、ヨセフの頭上の高みから湧きたってくるようで、一語一語ゆっくりとくぎられたその言葉は、なにかの生物のようにあたりへ渦まきながら流れていった。

「聖書に予言されているように、またみずからが語ったようにヨシュアは十字架にかけられ、死んで、その三日後によみがえったのであります」

「よみがえった？　どういうことじゃ。生き返ったということか？」

ナシメは目をしばたたかせながら問いただした。

「さようでございます」

「馬鹿なことを申すな」

ナシメは歯をむき出してどなった。「一度死んだ人間が、生き返るはずはない！」

「静かに、静かになさい」

ヒミコがナシメを叱咤した。ナシメは唇をわななかせなにか言いかけたが、ヒミコとタカギににらみつけられ、目を白黒させながら口をつぐんだ。ヒミコは、話を促すようにヨセフを見た。

ヨセフはヒミコを見返しながら、おごそかな表情と口調で語を継いだ。

「神は全能です。ヨシュアはその神の子であります。神とその子にできないことは、なにもありません。

ヨシュアの処刑とよみがえりという出来事は、われらの民ばかりではなく、世界じゅうの人々にとって、とても大事な意味をもっています。ヨシュアの十字架上の死と復活によって、天と地、神と人間は結ばれたのであります。われらの罪はゆるされ、またわれら人間が肉のからだだけではなく、けっして死ぬことのない霊体の持ち主であることを示されたのです。

われは、神は全能と言いましたが、その神についてぜひとも申しあげなければならないことがあります」

ヨセフは、椀を手にとって白湯を飲み、身繕いしてから語りつぐ。

「はじめにヤハウェ神が天と地、人間をつくったと申しあげましたが、しかし、ヨシュア・メシアを地上へ遣わされたのは全能のまことの神であって、ヤハウェ神ではありません。ヤハウェも神ですから、人間にははかり知れない力をもっておりますが、ヤハウェは、すぐ怒って人を殺すように命じたり、互いに争わせて戦争をおこさせたり、目には目、歯には歯をというように復讐や妬《ねた》みを旨《むね》とし、動物の犠牲を要求し、律法をきびしく守らせ、金、銀、宝石などを献上させました。ヤハウェはそのような神であって、いってみれば次元の低い神なのです。

そのヤハウェがつくったこの世は、肉体と物の世界にとじこめられ、戦争や争いがたえまなく、人間は苦しみや哀しみを味わっています。そんなわれらを憐れみ救うために、全能のまことの神が、おのれのみ子であるヨシュアをこの世に遣わされたのであります。ヨシュアが父と呼ぶまことの神は、ヤハウェより上位で、言葉ではとても言いあらわせない至高の神でありまして、剣をとる者は剣によって滅びる、みずからを愛するように他人を愛せよ、天国は人間各自の心の中にある、などとヨシュアが語ったように愛とまことと平和の神であります。

このまことの神について、ヨシュアは、誰もその姿や声を見たり聞いたことがなく、ただヨシュアのみが知っており、ヨシュアをとおしてのみ、神がいかなるものかを知ることができると申されています。それゆえ、イスラエルの民がヨシュア以前に見たり聞いたりしたヤハウェは、ヨシュアが父と呼ぶまことの神ではないのです。われら人間が、神とヨシュアと同じ霊の持ち主であることを、ヨシュアをとおして知り、ヨシュアをとおしてまことの神のもとへ帰ることができるというわけであります。

あなたがたも聖書を読めばヨシュアのことがわかり、まことの神を知ることができるようになりますが、あなたがたは、やがてヨシュアを、みずからのその目で見るようになるでしょう。ヨシュアは失われたイスラエルの民のもとへ必ず訪れると、聖書の中で約束されているからです。失われたイスラエルの民というのは、行方がわからなくなっているイスラエルの民、すなわちあなたがたのことを指しています。あなたがたにお伝えしたかったことのひとつは、このことです」

ヨセフは残りの白湯を飲み干してひと息つくと、窓の外へ目をやった。うららかな陽差しが降りそそぐ広場で、女官たちが談笑しながら手鞠《てまり》遊びに興じていた。その足元へ数羽の鳩が舞いおりてくる。

「ひとつ、汝《なれ》に尋ねたいことがあるがの」

ヒミコが静かに口を切った。

「汝が申す、ダビデ王の血をひく者がどこかの国に住んでおるとして、その者たちは、ユダヤとか申す本国へ帰ることを願っておるのではないのか」

「そうなのですか。あなたがたは、祖国へ帰ることを望んでおられるのですか？」

ヨセフは元気づいて膝をのり出した。

「どこかほかの国に住んでいる者、と申されたではないか」

タカギは苦りきった表情で言った。「我らのことではない」

「そうですか」

ヨセフはがっかりしたような様子を示したが、すぐ気をとり直して言った。

「ユダヤの国がどうなったかについては、これからお話し致しましょう。

ヨシュアが死んでよみがえったことを、みずからの目で見、みずからの手で触って確かめた弟子たちは、さまざまな困難にたえながら、ヨシュアの教えをひろめるために働きました。その教えは、ユダヤの民だけではなく、世界じゅうの人々にとっても大切なことと考えたからでありま
す。

ヨシュアの教えは次第に各地へひろがっていきました。しかし、ユダヤの国は相変わらずローマ帝国の支配下にありました。ユダヤの民は独立を求めてローマ軍と戦いましたが、ユダヤは小国、とうとう大国のローマ軍に敗れ、ユダヤの民はもちろん王族も、祖国を失って世界各地へ散っていくという過酷な運命を背負うことになったのであります。ヨシュアは十字架にかけられたとき、ヨシュアの処刑を望んだユダヤの民に向かって、『わたしが流した血は、あなたがたの子孫に降りかかるであろう』と言われたのですが、実際そのとおりになったのでございます。

しかし、ご安心くだされ。あなたがたのご先祖は、ヨシュアが誕生するはるか以前にユダヤの国を離れて、この地へ移り住んでおりました。それゆえに、あなたがたはヨシュアの処刑とはまったくかかわりがありません」

ヒミコとタカギは、顔を見合わせてうなずきあった。

「しかし、先程も申しましたように、ユダヤの国はなくなり、再建の見通しもまったくありません。つまりは、あなたがたに帰る国はないということです」

ヒミコとタカギはまた顔を見合わせ、今度はうなずく代わりに首を傾《かし》げた。ヨセフはあわてて言った。

「帰る国がなくてもいいのです。あなたがたにはこの国があるではありませんか。この倭国こそ、神が約束された地カナンなのです。

あなたがたはこの倭国のことを、豊葦原瑞穂国《とよあしはらのみずほのくに》とも呼んでおりますが、これはヘブライ語で、東のカナンという意味です。カナンはカナ・ヌーで葦原を、瑞穂はミズラホで日出づるところ、つまり東をあらわしています。あなたがたのご先祖は、われらの失われた西のカナンに代わるものとして、この倭国のことを、東のカナンとそう呼ぶことにしたのでしょう。

　この国は四方を海にかこまれ、山や谷が多く要害の地であり、また温暖な気候と水に恵まれた沃地《よくち》です。作物や草木が豊かに実り、まさにその名にふさわしい国ではありませんか。

　この国においてこそ、ダビデの王統は永久に守られるべきだと存じます。このことは何度も申しあげており、これ以上は……」

　ヨセフは、一座の空気を察知して言葉を濁《にご》し、「それでは、今度はわれ自身に関する話をさせていただきます」と話の矛先を変えた。

「われの祖先も、申しあげたようにユダ族でありまして、バビロン捕囚から帰ってユダヤの国に住み、ヨシュア・メシアの弟子のひとりでもありました。ヨシュアの処刑を望んだ者ではありません。ヨシュア亡きあと、その教えをひろめるためにエルサレム教団へ入り、ヨルダン川の東岸ベラに移り住み、さらにシリアへ移りました。われはそこで生まれたのです。われも親にならってヨシュアを信じ、その教えをひろめる働きをしようと思いましたが、その頃、われらが好んで読んでいた聖書の一部を、ローマの教会が異端の書として排斥しようとしていることを知り失望しました。

　それでわれは以前から考えていた、失われたダビデ王統を探す旅に出ました。聖書で永遠につづくと約束されているダビデの王座が、どこかの国で継続されているにちがいないと信じ、大変な苦労を重ねながら世界じゅうの国々を探し歩きました。でも結局それらしきものは、どこにも見つけることができませんでした。

　ある日、聖書を読みなおしてみました。そこで目にとまったのが、預言者のイザヤが書いたイザヤ書でした。イザヤは、南ユダ国がバビロン帝国に滅ぼされる直前に活躍した偉大な預言者です。

当時の南ユダ国の王ヒゼキヤは、バビロン王の歓心を買うために、王の使者にエルサレム神殿の宝庫をすべて見せました。宝庫には、金銀、宝石などの財宝をはじめ、アークもありました。そのことを知ったイザヤは危機を直感しました。いずれ必ず、バビロン軍が攻めこんできてこの国を蹂躙し、宝庫の財宝とアークを奪取するにちがいない、そしてダビデの王統もとだえてしまうと考えたイザヤは、神に相談したのです。

『誰を遣わそうか』と神は尋ねられました。イザヤは迷うことなく、『わたしを遣わしてください』と答えました。

こうしてイザヤは、ひそかにアークを持ち出し、ダビデ王の直系、ヒゼキヤ王の息子インマニエルと、イザヤの親族、腹心を引き連れて故国を出発しました。そしてイザヤが向かったのが、この倭国なのであります」

「この国に向かったと、どうしてわかったのじゃ」

タカギが鋭い口調で訊いた。「そのイザヤ書というものに、この倭国のことが書いてあるとでも申すのか」

「さようでございます」

ヨセフは、膝を打ち力をこめて言った。

「イザヤ書には地の果て、日出づる国、海沿いの島々と何度もしるされています。地の果て、日出づる国、海沿いの島々というのは、この倭国しか考えられません。イザヤ書には、イザヤ一行がこの国へ向かったとは一言も書いてありません。そんなことを書けば他国が攻めてくるからです。アークは神宝であるばかりでなく、偉大な力を秘めた武器として、多くの国々が狙っていたのですから。イザヤはわれらのために、あるいは後世の人々のために、考える手懸かりを残すことにとどめたのでしょう。

われはイザヤ書に導かれてこの国へたどり着き、あちこちを調べてまわりました。それでわかったことは、イザヤ一行が舟路をたどって、最初に上陸したのはアワジノクニだったということです。油谷《ユヤ》というところからアワジノクニへ入り、そこを根城にして住むべき土地を探し、結局石立山に近いこの高天原を選んだのです。先日も申しあげましたように、われらの神殿があったエルサレムも、ちょうどこの高天原のような山上にあったからでございます。

この地において、イザヤ一族と腹心たちがインマニエル王を支えながら国づくりを始めたのです。長い年月が経って、いやがうえにも子孫はふえ、ここは高天原と呼ばれるようになり、今はヤマトノクニと連合国の女王の宮殿として、このように栄えてまいったのであります。

聖書には、われらの神の知らない土地で、生ける神の子といわれるようになり、子孫は海の砂のように測ることも数えることもできないほどになり、ユダの人々とイスラエルの人々がともに集まり、ひとりの王を立てるとしるされていますが、これはあなたがたのことを指しているのでしょう。いかがですか。これでもあなたがたはまだ……」

ヨセフは言葉を切ると、ヒミコ、タカギを見、それからほかの者を見渡した。ヒミコは目を閉じて唇をかみしめ、タカギは腕を拱いて宙をにらみ、ホデリはなにやらうす笑いを浮かべ、ナシメはもうがまんがならんというように、今にも席を立ちそうな気配を見せた。

「お話ししましたように、イザヤはあなたがたにとっては太祖といえるお人でありましょう。このイザヤをイザナギノ尊として、あなたがたは祀り崇めているではありませんか。以前にも申しあげましたが、このイザナギは、救いたまえ、ダビデの王統を、という意味でございます。あなたがたのご先祖が願いをこめてそう名づけられたのでしょう。

社のことをイザワの宮と呼んだり、いざや見参というような言葉をお使いになっているのは、あなたがたの父祖であるイザヤという名を忘れないためなのでしょう」

「汝に尋ねたいことがあるのじゃ」

タカギがためらいがちに言った。「我らとはかかわりのないことだが、汝は、ヨシュア・メシアとやらを遣わしたのは、まことの神だと申したの」

「そのとおりであります」

ヨセフは、悠然と胸をそらして答えた。「ヨシュアをこの地に遣わされたおかたは、ヤハウェ神ではなく、まことの至高の神でございます。ついでに申しあげると、あなたがたはご存じかどうかわかりませんが、インドにお生まれになり、きびしい修行のすえ偉大な聖者となられ、その教えを多くの民に説かれたシャカも、実はこのまことの神が遣わされたのであります」

「そのシャカの話はいずれ聞くことになるだろうが、今尋ねたいのはヤハウェについてじゃ。ヨシュアを遣わしたのがまことの神なら、ヤハウェの神がイスラエルの民に守るようにと与えた、十戒の書をおさめたアークとやらも、それから永久につづかなければならないダビデの血統などというものも、どうなろうとどうでもよいことになるのではないのか」

タカギは、鋭い眼差しでヨセフを見つめた。

「そうではありません」

ヨセフはためらう様子もなく言った。「先程も申しましたように、ヤハウェは次元の低い神でありまして、その神がつくったこの世は、醜い争いや苦しみ哀しみがたえることがなく、それを救うために、まことの神がヨシュア・メシアを遣わされたのは確かなことであります。そう申しましても、ヤハウェも神にはちがいありません。

まことの神は、ヤハウェが民に示した教えや戒め、習慣の中で誤っていたことは正し、よいことは大事に守っていこうというお考えです。誤ったことというのは、戦争や暴力、きびしすぎる律法などのことで、まことの神は、いついかなるときでも戦争や暴力を排し、律法より信仰を尊ばれます。

アークやダビデの王統は、よいことのほうに入ります。なぜなら、アークは神と人間の契約の証であり、ダビデ王統は、神と人間の血の絆のしるしでありまして、この世がつづくかぎり、いつまでも遺《のこ》していかねばならないものであります。

これだけ申しあげれば、あなたがたの使命がいかに大切かということが、よくおわかりいただけたと存じます」

言い終わったヨセフは、またヒミコからタカギ、それから一座の者を見まわした。

13

高くそびえ立つ物見櫓の上から、矢筒を背負い弓矢を持った二人の兵士が、注意深く目を光らせながら眼下を見おろしている。物見櫓の周辺では、大溝の掘削工事が行われ、その作業に従事する男たちが黙々と働いていた。

トミノクニの纏向《マキムク》宮殿。

巻向川が形成した、なだらかに傾斜しながらひろがる扇状地に位置する。秀麗な三諸山（三輪山）、巻向山、竜王山が目前に迫り、田や畑、丘、疎林、荒地を隔てた反対側には、胆駒《いこま》山（生駒山）、二上山、金剛山が遠くつらなっていた。

宮殿といっても完成されたそれではなく、この地の豪族であるナガスネヒコが、妹婿のニギハヤヒか子息のウマシマジ、子息のウマシマジが倭国の大王になったときに備えて建設中の王城である。ニギハヤヒ、ウマシマジ、タカクラジが住む豪奢なつくりの居館、ニギハヤヒの眷《けん》族や重臣のための大小の高殿、属臣が住む高屋、平屋、貯蔵庫の高倉、各種の工房、長大を誇る祭殿などはほとんどできあがって、あとは棟飾りや回廊、門扉《もんぴ》、階段《きざはし》などの取付け工事が残っているだけだった。

今さかんに進められているのは大溝工事だった。この大溝は、いずれは山麓と宮殿、そして茅《ち》渟《ぬ》の海を結ぶ運河となり、主として物品運搬として使われる。戦争のときには敵襲の防御としての働きをもつ。宮殿の敷地をつらぬいて、初瀬川《ハッセ》へ通じる幅広く深い一本の大溝がすでにつくられていたが、その大溝から分かれ、三諸山側へ向かって、さらにもう一本の大溝が掘削されているところだった。

昼下がりの陽光が照りつけ、飛び交う鴉や鳶の黒い影が大空をよぎっていく。

大勢の男たちが働いていた。溝の斜面や、細い川が流れている溝の底で、鍬や鋤をふるって土を掘りおこす。次から次と男たちがやってきて、掘りおこした土砂を畚《もっこ》に詰めて天秤棒《おうこ》の両端につりさげ、その天秤棒を肩に担いで、山麓近くに築きあげた小高い台地の上へ運んでいく。付近では、護岸用の杉板をつくる作業も同時に行われていた。

土砂は重い。男たちは歯を食いしばる。肩が痛む。足がよろける。溝で土を掘る男たちのまわりや土砂を運ぶ男たちに沿って、武装した何人もの兵士が、蛇がとぐろをまいて絡みつく棍棒や鞭をもって見張っていた。「荷が少ないぞ」「もっと早く歩け」などと兵士は、男たちに向かって叱声を浴びせながら棍棒や鞭をふるう。

男たちは疲れきっていた。うつろな表情を浮かべのろのろと歩き、あるいは棍棒や鞭に追われてせかせかと動物のように動きまわっている。男たちの髪は乱れ、ひげが伸び放題で、顔や腕のあちこちに傷跡があり、あるいは入れ墨が描かれ、ごわごわした荒編みの粗末な衣服は泥にまみれ、破れ目がめだち、やせ細った脚から血を流している者もいた。

奴婢や奴隷だった。奴隷は、人を殺傷したり盗みを働いた罪人と戦争の敗残兵である。奴婢は罪人の家族。男子は重労働、女子は食事づくりや洗濯などの雑役に従事していた。

土砂を運ぶ行列の中にひときわ目をひく男がいた。頭に鉢巻を巻き、大麻の筒袖を着て、短い褌をはき、縄の帯をしめていた。筒袖も破れ目や汚れがめだち、頭髪は乱れひげも伸びていたが、のびやかなからだつきをし、ひきしまった端正な顔とおだやかに光る目からは、気高《けだか》さと精悍さがないまぜになって伝わってくる。

その男はシラヌという名で呼ばれていた。肩に担いだ天秤棒の両方の畚に山盛りの土砂が詰めこまれていたが、ほかの男たちほどには苦にする様子もなく、足取りもしっかりしている。

「遅いぞ、早くしろ」

指揮官らしい男が大声を張りあげた。それにつれて、見張りの兵士は土砂を運ぶ男たちへ棍棒、鞭を飛ばして急《せ》きたてる。男たちからうめき声や悲鳴があがった。

シラヌは心配そうにいっぽうを見た。台地へ向かって上《のぼ》り勾配へさしかかっていた。シラヌの少し先の行列で、天秤棒を担いだ男がふらついている。先程から、シラヌが気にかけている男である。蒼白くやせていた。天秤棒の畚があおられたようにゆらいだ。男は、畚に押し倒されるように片膝をついた。胸がはげしく喘いでいる。

「なにをしているんだ、佐橋《サハシ》」

叫びながら、駆けつけた長身の兵士が鞭をふるった。「これくらいの荷でへこたれやがって」とつづけて鞭を振りおろした。サハシと呼ばれた男は、からだをよじってうめき、両膝をついた。

「さあ立て、立つんだ」

兵士はつづけざまに、やせたサハシの肩や背へ鞭を打ちこんだ。サハシは泣き叫びながら立ちかけたが、畚の重さにたえかねてまたうずくまった。

「立ちやがれ、立たなければ殺してやる！」

兵士はわめいて腰の太刀を抜いた。そのとき、長身の兵士は突き飛ばされて地面へ転がった。兵士は突き飛ばした相手を見あげて、目をしばたたいた。シラヌだった。担いでいた天秤棒を投げ出して駆けつけてきたのだ。

太刀を振りかざして、太った兵士がシラヌの背後から斬りかかってきた。その瞬間、シラヌは太った兵士の胸元へ飛びこみ、その両手を引っ掴んで太刀をもぎとったかと思うと、ふり返りざま、太刀を振りおろしてきた長身の兵士の胴をなぎ払っていた。長身の兵士は、うめき声をあげて太刀を落とした。腰のあたりから血が噴き出ている。

一瞬の出来事だった。太刀を奪われた太った兵士は茫然として突っ立ち、腰を斬られた長身の兵士は、その場に這いつくばった。シラヌはサハシへ近づいていく。叫び声があがって、あちこちから兵士が駆けつけてきた。シラヌが太刀をかまえてにらみつけると、兵士たちは一斉に尻込みした。

大気を切りさいて、二本の矢がシラヌをめがけて飛んでくる。物見櫓からだ。シラヌの太刀が一閃すると、矢は飛び散った。その隙にひとりの兵士が矛を突き出そうとしたとき、「やめろ！」と鋭い声がかかった。

シラヌとシラヌをとりかこんだ兵士たちは台地を見あげた。小高い台地の上に二人の男が立っていた。一陣の風が吹いて、二人の男の頭髪をなびかせ、衣服をはためかせた。

「あの男は、いったい何者だ？」

ナガスネヒコはシラヌの方へ顎をしゃくって、傍に立っている菊池《キクチ》に訊いた。ナガスネヒコはゴマ塩の髪を総髪にして背中へ垂らし、浅黒い顔には太い皺が刻まれていたが、目鼻立ちは力強く、背をまっ直ぐに伸ばしている。きらびやかな倭綿の衣と、黄金色をちりばめた長褌を身につけ、動物の皮を縫い合わせた沓をはいていた。

ナガスネヒコは近くの唐古《カラコ》王城に住み、時折建設中のこのマキムク宮殿の視察に訪れては、こまかな指示を与えていた。大陸のかなたの西の国の貴い種族の血をひく義弟のニギハヤヒ一族のために壮大な宮殿を築くとともに、神山としていにしえから崇拝されている三諸山の麓に大王ニギハヤヒの陵をつくろうとして、大溝工事を利用しこの墳丘づくりもやらせていた。

「それが、わからないんです」

キクチは渋面をつくって答えた。キクチは、ナガスネヒコの懐刀といわれる男である。黒っぽい荒絹の上衣を着て、同じ色で細身の褌をはいており、素環頭の剣を佩し、がっちりとしたからだつきで、頬骨が高く目がまがまがしい光を放っている。

「アワジノクニ大野のスモト川の川原で倒れているところを、わが軍の密偵の者が見つけたのですが、なにを訊いても、覚えていない、名前すらわからないというのです。漁師かもしれません。漁をしているうちに川へ落ち、どこかで頭を打ちつけて正気を失ったのでしょう。まだ若くからだも丈夫そうで、とりあえず奴隷として使ってみようと、ここへ連れてきたわけです。名前をきくと、きまって知らぬと答え、それでシラヌと名づけておきました」

「漁師ではあるまい。あの太刀の腕前を見ただろ」

ナガスネヒコは厳しい口調で言った。

「吾《あれ》もそう思っていたところです」

キクチは、こちらを見あげているシラヌをあらためて見直しながら語を継いだ。

「あの男の背中や膝あたりに傷跡があります。それは矢によるものかもしれず、もしかしたら兵士かもしれないと思いましたが、それにしては武器や武具、装身具などはいっさい身につけておりませんし、着ているものも粗末な麻の衣でした。それで兵士ではないと考えたわけですが、今君《きみ》が申されたように……」

ナガスネヒコはキクチへ向かってうなずいてみせると、歳を感じさせない軽い足取りで台地の斜面をおりてシラヌのほうへ近づいていく。キクチもしたがった。溝の掘削や土砂運搬に携わっていた男たちは、手や足をとめて事のなりゆきを見守り、サハシはうずくまったまま肩で息をしていた。

ナガスネヒコはシラヌをとり囲んだ兵士たちを分けて、シラヌの前に立った。シラヌは太刀をさげたまま悪びれる様子もなく、ナガスネヒコと向かいあった。物見櫓の兵士は、弓に矢をつがえて、シラヌを狙っている。

「汝《なれ》はこれまでのことをなにも覚えていないということだが、それは本当《まこと》のことか？」

ナガスネヒコは鷹揚《おうよう》な口調で訊いた。

「本当だ。うそはつかん」

シラヌは堂々と答えた。「覚えているのは、アワジノクニのスモト川で倒れていた我《わ》を、汝の兵士が見つけここへ連れてきて、こうして働かされているということだけじゃ」

「それでは、あの男のことはどうだ」

ナガスネヒコは、倒れこんでいるサハシを指でさした。「知り合いなのか？」

「知り合いではない。あの男は病人だ。仕事をつづけさせるのは無理というものじゃ」

ナガスネヒコはにやりと笑うと、シラヌの周囲をゆっくりまわりながら言った。

「汝は奴隷にしておくのは惜しい男じゃ。本当のことを話せば、汝を奴隷の身分から解き放って、わが軍の兵士にとりたててやろう。戦場の働きによっては昇進の道がひらける。隊長になれるかもしれないぞ。どうだ、汝の名前は？　どこの国の者だ？」

シラヌは黙って首を横に振った。

「もう一度訊く。汝の名は？」

「知らぬ」

ナガスネヒコはキクチをかえり見て、苦笑いを浮かべた。

「それは、こちらで勝手につけた名じゃ。吾が知りたいのは、汝の本当の名前なのだ」

「覚えがないと言ったはずだぞ」

シラヌはいらだたしそうに言った。

「いいか、よく考えてみろ」

キクチがたまりかねたように口を出した。「強情を張ってなんの得になるというのだ。くる日もくる日もこんなつらい仕事をやらされるのだぞ。今のうちにナガスネヒコノ君の情けにすがっておくことだな。後になって泣き言《ごと》をいっても知らんぞ」

「この男の言うとおりじゃ」

ナガスネヒコはキクチを制して言った。「汝がこんな仕事をやることはないのだ。そのあたりの男たちにまかせておけ。汝は兵士になって、ニギハヤヒノ尊とお国のために働くがよい。そうなれば飯をたらふく食らい、うまい酒を飲んで女も抱ける。汝のためを思って言っているのだぞ。さあ、正直に話せ。これが最後じゃ。汝の名前とどこの国の者か、それを言うのだ」

ナガスネヒコはシラヌの前に立ちどまって、その返事を待った。シラヌは宙の一点をにらみつけ、瞼の瞬きをくり返して頭を働かせているようだったが、首を横に振って言った。

「我の名前はシラヌ。そのほかのことは、なんといわれようとなにもわからないのじゃ」

「シラヌ。太刀を捨てて仕事にもどれ」

キクチがきびしく命じた。

シラヌははじかれたように太刀をかまえて周囲の兵士をにらみつけ、「あの男を休ませるというのなら、この太刀は捨てる」とナガスネヒコ、キクチに向かって叫びたてた。キクチが手をあげて兵士へ合図を送った。ひとりの兵士が、へたりこんでいるサハシの胸元へ矛を突きつける。

「太刀を捨てなければ、あいつを殺すぞ」

シラヌは、がらりと太刀を投げ捨てた。その太刀を兵士が拾いあげる。シラヌは兵士たちの太刀や矛にかこまれながら、もとの場所へ歩いて天秤棒を肩に担いだ。サハシも兵士たちに促されて天秤棒を担ぐ。しばらく休んで体力が回復したのだろう。ふたたび溝を掘りおこす作業が始まり、土砂を運ぶ行列が動き出した。

ナガスネヒコとキクチは、語りあいながら引きあげていく。キクチがふり向いて、天秤棒を担いでいくシラヌのほうへ目を走らせた。シラヌは気遣わしそうにサハシを見ている。サハシが担いだ天秤棒の畚が左右に揺れ、サハシのやせた足元がふらついていた。

14

「なんだ、まだいたのか」

ナシメがすれ違った男へ声をかけた。男は立ちどまってふり返った。ヨセフだった。

客殿から広場へ通じる露地で、洗濯物を抱えた女官たちが通りすぎていく。ナシメは、小馬鹿にしたようにうす笑いを浮かべてヨセフを見た。

「われは、オオヒミコムチノ尊のお許しを得て……」

ヨセフが言いかけた。

「吾はゆるさん」

ナシメがさえぎって、「汝《な》みたいな男は、ここにいる値打ちはないのだ」と言い捨てると、背を向けて歩き出す。ヨセフのほうをちらりとかえり見て、威嚇《いかく》するように肩をそびやかせ客殿へ入っていった。

ヨセフは吐息をついた。ナシメほど露骨でないにしても、女官や侍女、属臣、兵士は、ヨセフに対して冷たい視線を浴びせかけることが多い。今もそんな鬱屈した気持ちをまぎらわせようとして外へ出てみたが、心は一向に晴れそうにもない。

広場へ出ると、そびえ立つ祭殿の五角形の棟飾りや千木、急傾斜の大屋根とゆるやかな勾配の廂屋根が陽光をうけてきらめいていた。あの大広間で、ヒミコやタカギなどを前にして話したことを思い出す。ナシメや女官たちが冷ややかな目を向けてくるのも、ヨセフが語ったことを、ヒミコやタカギが認めようとしないからだとわかっていた。認めてくれさえすれば、状況は一変するにちがいない。

世界各地をめぐり、倭国じゅうを調べ、このヤマトノクニの高天原にたどり着いて、ゆるぎない確信を得た。そのことを真摯に話しさえすれば、すぐにわかってもらえ、温かく迎え入れられるだろうと思ったが、案に相違して非情にあしらわれた。しかし、拒絶されればされるほど、むしろ確信は増すばかりだった。どういうわけで自分の言うことが認められないのかと途方にくれもしたが、時期がくれば必ずわかってもらえる、今はそう思って待つほかはないと心に決めていた。

「長旅で疲れているであろう。しばらくこの地に滞在して、ゆっくり休養していくがよい」

そう言ってくれたヒミコの言葉が、今のヨセフにとって救いでもあり、頼みの綱でもあった。

客殿から、張政とナシメが出てくるのが見えた。張政は二人の部下をしたがえている。四人は大門へ向かって歩いていく。張政とナシメ。ナシメもそうだったが、ヨセフは、張政をひと目見たときから油断のならない男だと思っていた。

四人はどこへいくのだろう。張政は、よく石立山へ出かけていると聞いたことがある。ツルギ山とも呼ばれる石立山は、高天原や宮殿はもとより、邑落やヤマトノクニの衛星国の住人が日夜崇《あが》める山である。あの山にはヨセフが知ることのないなにかがあるのかもしれない。そのとき、ヨセフの頭にある考えがひらめいた。

「あの男」

ナシメが、広場の片隅に立ってこちらを見ているヨセフへ目を走らせて言った。「あいつを見ていると虫酸《むしず》が走ります」

「短気をおこすでない」

張政がしかつめらしい様子でたしなめた。

「イスラエルとか、ユダヤの国がどうのこうのとぬかしおって」

ナシメはさらに言い募った。「あげくの果てに、ヨシュアとやらが死んで生き返ったなどと、たわけたことを」

「まだわかっていないようだな。この前言っただろ」

張政はいらだたしそうに言ったが、すぐに、脂《あぶら》ぎった顔ににやりと笑みを浮かべた。「われはな、いいときにあの男がここへ訪ねてくれたと喜んでいるのだ。見ていろ。今にヒミコやタカギが正体をあらわすぞ。われの目をごまかすことはできん。魏国からはるばるやってきた甲斐があるというものじゃ。あの件もいずれ……」

言いかけて、張政は口をつぐんだ。

門を通り抜けようとしながら、ナシメはふり向いていっぽうを見ていた。張政もつられて見ると、広場の中央で、ホデリとタジカラオが剣の立ち合い稽古を行っていた。

ホデリとタジカラオは木剣をかまえて、しばらくにらみあっていたが、両者が躍りかかって二合、三合、木剣のふれあう音がしたかと思うと、タジカラオの木剣が空中へはね飛ばされていた。

「はりきっておるな、ホデリノ尊は」

ナシメは満足そうに笑顔をつくって、視線を張政へもどした。

「ホデリノ尊は、今のうちにトミノクニへ攻めこんでナガスネヒコ軍を打ち破り、みずからが倭国の大王になるのだと、意気盛んなところをみせておる。吾からも、タカギ王にそう進言するつもりじゃ。張殿も……」

「わかっておる。われはそのためにここへ参ったのだからな」

張政は、また意味ありげににやりと笑った。

「どうした？　タジカラオ。汝《いまし》の腕もなまったものだな。こんなことでナガスネヒコ軍に勝てると思っているのか」

ホデリは、たたき落とされた木剣を拾いあげるタジカラオに向かって、さかんに吠えたてた。それから、かかってこいというように、また木剣をかまえた。その腰にムラクモの剣を帯びている。

タジカラオは、剣をホデリに突きつけながら唇をかんだ。ホデリは変わったと思う。以前なら、ホホデミにはかなわなかったが、ホデリにはけっしてひけをとらなかった。だが今はちがう。鋭い気迫、敏捷な動き、冴える剣さばき。ムラクモの剣を持つゆえのことだろうか。今もホデリの気迫におされて、じりじりと後退していった。

ふらりとした様子で、トヨが広場へ姿を現した。その瞬間、ホデリが土を蹴って跳躍し、タジカラオの頭上へ鋭く剣を打ちおろしてくる。タジカラオはその一閃を木剣で受けとめたが、手がしびれて足元がよろけた。ホデリは相手の剣をはずすと、横へ走りながらタジカラオの胴をなぎ払う。素早く飛びすさって、タジカラオはかろうじてかわしたが、さらに追い打ちの一打がタジカラオの肩先をとらえた。

「参りました」

タジカラオは潔《いさぎよ》く木剣を捨てて、ホデリの前にひれ伏した。

「もっと鍛えなおしてこい」

ホデリは居丈高に叱声を浴びせると、今度は広場じゅうを見まわしながら、「タケミカヅチ！タケミカヅチはどこだ？」と呼びかけた。「出てこい。我と勝負するのだ。我の相手になるのは、汝しかいないのだぞ」

タジカラオはすごすごと立ち去り、通りがかった女官は、ホデリから顔をそむけて足早に立ち去っていく。ホデリの前に立ったのはトヨだった。

「タケミカヅチなら、アワジノクニへ参りました」

トヨは切り口上で言った。「ホホデミノ尊を探すためです。そのことは、汝尊もご存じのはずではありませぬか」

「愚かな男じゃ」

ホデリはせせら笑った。「弟は二度とここへ帰ってくることはないと、ジンリョウ邑落の祈祷師がそう申しているのがわからないのか」

ホデリは言い捨てて背を向けると、さっさと広場を横切って自分の居館のほうへ去っていった。

その後ろ姿を見送りながら、トヨは唇をかみしめた。ホデリのえらぶった様子に吐き気を覚え、腰に差していたムラクモの剣が目に焼きついてはなれない。ホホデミの持ち物だったムラクモを、当人が知らない間ににせの剣とすり替えておのれのものにした。直接自分がすり替えたのではないにしても、事前にそのことは知っていたのにちがいない。もしかしたら、ホデリがとり替えるように頼んだのかもしれない。それが事実だとしたらゆるせない。怒りがこみあげてくる。

ゴイチが話したことをなんの疑いもなく信じたトヨだが、タケミカヅチが言ったように、瀕死の重傷を負って生死の境をさまよっているような男の話したことは、本当かどうかわからない。だが、ゴイチが教えた場所からにせのムラクモの剣を発見することができれば、トヨが信じたように、ゴイチの語ったことはまちがっていないことになる。そうなればどれほどうれしいことだろう。

しかし、タケミカヅチは未《いま》だ帰ってこない。ゴイチが告げたあの場所、アワジノクニ、アサカの丘の一本杉が立つ草原で、にせの剣を見つけることはできないのだろうか。やはりゴイチは昏睡に陥ってありもしない話をしたのだろうか……。そのことを考えていると胸が切なくなった。

ヒミコの神衣を織り継ごう、そうすれば気がまぎれるかもしれない。神衣はもう少しで仕上がるのだから。

気をとり直して機織り殿へ向かう。ほの暗い廊下を曲がった出会い頭に、ウズメと会った。素知らぬ顔をして通りすぎようとしたが、ウズメが言ったことは無視できなかった。

「ゴイチは亡くなったそうな」

ウズメは底意地悪そうに言った。

「いつのことですか？」

トヨはおどろいて尋ねた。

「けさ、付き添いの老女が部屋をのぞいたときには、もう冷たくなっていたということです。わざわざトヨヒメがすすめた貴重なお薬だけに、よく効きましたこと」

ウズメは唇をゆがめて、嫌味《いやみ》たっぷりに言った。

「無念です」

トヨはかろうじてそう言っただけだった。それ以上その場にいたたまれず、立ち去ろうとした。その袖を、ウズメは手をのばしてとらえた。

「ゴイチは、ヒメになにを話したのですか？」

ウズメは目を光らせて、トヨの表情をうかがうようにのぞきこむ。ゴイチが長い眠りからさめて、何事かをトヨに話したと、あの老女から聞いたのだろう。

「話したというよりは、ポツリポツリとうわ言のようなものでした。妾には、なにがなんだかさっぱりわかりませんでした」

ゴイチから聞いたことを、このウズメに正直に話すつもりはなかった。あの老女には、ゴイチの声が小さすぎて聞きとれなかったはずだし、トヨさえ黙っていれば隠しおおせるはずだ。

ウズメは疑い深そうにトヨの顔を見つめていたが、「妾には、トヨヒメの考えていることがよくわかりませぬ」とふてくされたように言うと、裳をひるがえして歩き去っていった。

その日の夕暮れ、タケミカヅチがアワジノクニから帰ってきた。

タカギ王に会って、残念ながらホホデミの行方はわからず、これといった手懸かりも得られなかったと報告をすませた後、湯浴みをし、衣服を着替え夕食をとると、ひそかにトヨの部屋を訪れたのだった。

「明日にしようと思っていましたが、じっとしておれませんでした」

タケミカヅチは声をはずませた。旅の疲れも感じさせず、ホホデミ捜索の不首尾をタカギに報じたときとは、明らかに様子がちがっていた。

「これです」

タケミカヅチは、隠し持っていた袋から剣をとり出してトヨの前に置いた。環頭飾りがついた見事な剣。トヨは息をのんで見守った。

「ゴイチが話した場所、アサカの丘の草原に立つ一本杉の根元でこの剣を見つけました」

タケミカヅチは喜びをかみしめて言った。トヨの胸は高鳴った。日の前に置かれているこの剣こそ、ホホデミさえ見分けられなかったムラクモの剣のにせ物だった。これが名剣ムラクモだと言われれば、誰の目にもそう映ったにちがいない。

ゴイチがトヨに語ったことは真実だった。力のない声でボソボソと話した、やせて蒼白いゴイチの顔が目の前に浮かび、喜びと感謝の思いがつきあがってきて、思わず涙がこぼれた。ありがとう、ゴイチ。よくぞ話してくれましたと、心の中で語りかけた。それとともにホホデミの無念さと、ホデリに対する怒りと憎しみが火で焙《あぶ》られたように胸にやきつけられた。

「これではっきりしたわけです」

タケミカヅチは確固とした口調で言った。「トヨヒメのお手柄です。このことをヒメから、オオヒミコムチノ尊かタカギ王にお話しくださりませ」

「妾の仕事は、まだ終わってはおりませぬ」

トヨは決然と眉をあげて言った。

「と申されますと？」

タケミカヅチは、いぶかしそうな表情を浮かべてトヨを見た。

「ホデリノ尊が持っている本物のムラクモを、このにせの剣とすり替えなければなりません」

それが仕返しというものだ。ホホデミに代わってこの手で仕返しを。いや、裁きをつけてやる。

トヨの決意はかたかった。

「そんなことは」

タケミカヅチは、苦笑しながら首を横に振った。「ホデリノ尊はムラクモの剣を、肌身離さず大事にしているのですぞ」

「妾に妙案があります」

トヨは自信ありげに言った。

15

「ホデリノ尊、吾《あれ》と手合わせをお願いいたしまする」

タケミカヅチは二本の木剣を、ホデリの前に差し出した。ゆっくりとたちどまったホデリは、冷たい目付きでタケミカヅチの顔と、差し出された二本の木剣を見た。その腰には、いつものようにムラクモの剣を佩している。広場には二人のほかに人影はなかった。

「そんな暇はない。忙しいのじゃ」

ホデリはぶっきらぼうに言うと、踵をめぐらせて立ち去ろうとした。

「ホデリノ尊」

声をかけたのは、広場の片隅の木陰から出てきたトヨだった。

「昨日この広場で、タジカラオを見事に打ち負かしたあと、タケミカヅチよ、出てこい、我と勝負しろと意気ごんでおられたのは、どこの尊でございましたか」

トヨは皮肉たっぷりに言って、ホデリを見つめた。ホデリはいまいましそうに舌を鳴らした。

それを見たトヨが勢いづいて言った。

「そう申されたホデリノ尊が、いざ手合わせを願い出たタケミカヅチから、逃げようとなさるのはどういうわけでございましょう」

「いつ、逃げた」

ホデリはむっとした顔付きになって、「タケミカヅチごときに背を向ける我ではない」とうそぶくと、タケミカヅチが掲げる木剣をひったくって、広場の中央へ進み出た。タケミカヅチも中央へ歩いて、ホデリの前に立つと丁重に一礼した。トヨは、二人の間の真《ま》ん中あたりの木陰に立って見守っている。

「尊、その剣がじゃまになりはしませぬか」

タケミカヅチはホデリが腰に差している剣を、指さして言った。

「じゃまにはならぬ。汝《いまし》が相手ではな」

ホデリは挑発するように言った。

二人は、木剣をかまえてにらみあう。近くにそびえ立つ望楼から兵士が見おろし、二羽の雉が鳴き交わしながら、宮殿奥の森のほうへ飛び去っていく。

タケミカヅチの目が鋭く光って、稽古とは思えない凄《すさ》まじい気迫をみなぎらせている。

ホデリは気おされて思わずたじろぎをみせた。タケミカヅチは、裂帛《れっぱく》の気合いを放って、ホデリの頭上へ打ちこんでいく。その剣をホデリはかわしたが、さらにタケミカヅチが追い打ちをかけて一閃、二閃、ホデリの腰の剣がはげしく揺れて、ホデリの木剣は空中へはね飛ばされた。

「この剣がじゃまをした」

ホデリはムラクモの剣を鞘ごと腰から抜きとり、見守っているトヨに近づいて、その剣を手渡しながら、「これがすむまで預かってくれ。そこを動くでないぞ」と厳しくいいつけると、落ちている木剣を拾いあげ、タケミカヅチと向かいあった。

「こんどこそ負けはしないぞ」

ふたたび二人は、木剣をかまえて対峙した。ホデリは強がってみせたものの、タケミカヅチの気迫は変わりがなくつけ入る隙がない。またしてもタケミカヅチの剣先に詰めよられて、後退させられる。

タケミカヅチの様子が変わった。目をしばたたきだした。斜めから降りそそぐ陽差しを気にしているようだ。ホデリはしめたと思った。剣の切先をつきつけながら右へまわった。タケミカヅチも威圧されたように左へまわる。ホデリがさらに右へ詰めて、タケミカヅチが思わず左へ踏み出すと、陽光は正面から照りつけてくる。二人を見守っているトヨの位置は、ホデリの背後へ隠れた。

タケミカヅチは眩《まぶ》しそうにしきりに瞬きをくり返している。ホデリはそのときを見逃さなかった。躍りあがって鋭い一撃を浴びせかけた。タケミカヅチはかろうじてその剣をかわしたが、そのときには先程のタケミカヅチではなくなっていた。すかさずホデリが剣をふるって襲いかかると、タケミカヅチの木剣ははじき飛ばされて、からころと砂地に転がった。

「参りました」

タケミカヅチは這いつくばって顔を地面につけた。

「我が本気になれば、こんなものじゃ」

ホデリは胸をあえがせ、傲慢そうにタケミカヅチを見おろして、「いずれナガスネヒコ軍と戦うことになるぞ。それまでに鍛えなおしておけ」と言い放った。トヨに歩みより、誇らしげににやりと笑ってみせながら、ムラクモの剣を受けとると、颯爽とした足取りで立ち去っていった。

「これほどうまくいくとは、思ってもいませんでした」

タケミカヅチは顔を綻《ほころ》ばせて言った「さすが稚ヒミコの思いつかれたことじゃ」

「いいえ、汝の立ちまわりが巧みだったからであろう」

トヨも笑顔で応じた。

トヨの居室。トヨとタケミカヅチが向かいあって坐り、その間に本物のムラクモの剣が置かれている。

ホデリとタケミカヅチの木剣による勝負で、一度目はタケミカヅチが勝って、ホデリがムラクモの剣をトヨに預けるように仕向け、二度目の立ち合いのときに、タケミカヅチが太陽を気にするふりをし、立つ位置を変えたホデリの背後になったトヨが、その間に木陰に隠しておいたにせの剣と本物のムラクモをとり替えたのだった。

トヨはムラクモの剣を手にとった。金銅の環頭飾りをつけた柄と、藤葛で巻いた鞘。ホホデミが愛してやまなかったその剣を、そっと撫でてみる。ホホデミのからだに触れたような気がして、手がふるえ、胸がおののいた。この剣をにせ物とすりかえられたばかりに、悲運にみまわれたホホデミ。今ごろはどうしているのだろう。けっして死んではいない。どこかで生きている。ヒミコもそう言った。いつの日か、ホホデミは必ずここへ帰ってくる。そのときこの剣を。——

「それでは」

タケミカヅチがあらためて言った。「この剣を持って、オオヒミコムチノ尊とタカギ王にこれまでのことをお話しなされませ。さぞかしおどろかれることでございましょう」

「それは……」

トヨは口ごもった。そわそわした様子で剣を置くと、こんどは両手で膝をさすり、胸元をおさえた。

「いかがなされました？」

タケミカヅチは、不審そうにトヨを見た。

トヨはためらっている様子だったが、思いきったように言った。

「この剣、このムラクモは、妾からじかにホホデミノ尊に渡しとうござります」

「それはどういうことですか。オオヒミコムチノ尊やタカギ王に、この話はしないということですか？」

「そういうことじゃ」

トヨははにかみを見せながら、こっくりとうなずいた。

「それはなりませぬ」

タケミカヅチは険しい顔になって言った。「このような大事なことを、オオヒミコやタカギ王に隠しておくことはできませぬ。第一、稚ヒミコの身が危険です。そのうちホデリノ尊は、剣がすり替えられたことに気づくはずです。そしてそれをやってのけたのはトヨヒメだと」

「いいえ、ホデリノ尊は気づかないでしょう。ホホデミノ尊さえわからなかったくらいですから」

「ホホデミノ尊は、あのように巧みにつくられたにせの剣があるとは思ってもいなかった。それゆえ気づかなかったのです。しかしホデリノ尊はちがう。にせの剣があることをよく知っている。だから……」

「いいえ、あの愚かなホデリノ尊には、わかるはずがありませぬ」

トヨは依怙地《いこじ》になって言った。

タケミカヅチは吐息をついた。

「吾は、トヨヒメのためを思って申しあげているのですぞ。ホデリノ尊は必ず気づいて、そしてナシメが……吾はナシメがこの件にひと口かんでいるとにらんでおりますが、あの男が黙って見逃すわけがありません。トヨヒメが危険にさらされます。タカギ王にすべてを話して、裁きをつけていただかねばなりませぬ」

タケミカヅチは、躍起になって口説《くど》いた。トヨはヒミコの宗女で聡明といっても、まだ十三歳。このままわがままを許すことはできない。

「タカギ王に話をすれば、この剣はとりあげられてしまいます」

「そのほうがいいではありませぬか。すべてタカギ王やオオヒミコにお任せすることです」

「妾は、この手でこの剣を、ホホデミノ尊にお返しすると、そう心に誓いました」

トヨはムラクモの剣を両手で引っ掴んで、胸に抱きしめながら凜とした口調で言った。タケミカヅチは目をみはった。トヨは、もはや自分が女王になったつもりでいるのではと、そう思ったくらいだった。

「……わからないのですか」

いつのまにか、タケミカヅチも語気を荒げていた。「トヨヒメに万一のことがあれば、この吾が……」

タケミカヅチが言おうとしていることに、トヨは気がついた。

「それでは、この剣は汝に預けましょう」

トヨは、ムラクモの剣をタケミカヅチの前へ差し出した。

「ホホデミノ尊が帰国したときには、妾に返してくださりませ。尊には妾の手から渡しますから」

トヨの目に涙がにじんでいた。

タケミカヅチは胸をつかれた。死んでしまったかもしれないホホデミの帰還を信じ、みずからの手でムラクモの剣を渡すのだ、という童女のひたむきな気持ちがひしひしと伝わってくる。タケミカヅチは考える。ホホデミのムラクモが、にせの剣ととり替えられたことをゴイチから聞き出したのも、ホデリからムラクモをとり返すことを思いついたのもトヨである。そのトヨがこうまで言うのだから、この際その意にしたがうほかはないだろう。トヨの言うとおり、ムラクモの剣は自分が預かろう。トヨの身も守らなければならない。そして、もしなにかあったときは自分がその責をとろうと覚悟を決めた。

その代わり、あと十日、十日経ってもホホデミノ尊が帰ってこないそのときは、ヒミコかタカギに話さなければならない。あと十日だけですぞ、とタケミカヅチは念をおした。

「わかりました」

トヨは、にっこり笑って応じた。

16

ナガスネヒコは立ちどまって見守った。陽が沈んで間もない薄闇の中、ナガスネヒコの脂ぎった顔にあかあかとした炎の影が躍っている。

製鉄場《タタラバ》。

堀立柱の上にかけられた板葺きの屋根の下で、耐火粘土でつくられた火処《ほと》(製鉄炉)から、炎が勢いよく燃えあがっていた。

そのまわりでたたら師《じ》と呼ばれる男たちが、忙しそうに立ち働いている。火処の脇に、木材でつくられた箱形の吹子《ふいご》が二基並べて置かれ、それぞれの上部に中央を固定された長い板が差し渡されている。番子と呼ばれる二人の男が、傍に立つ棒につかまりながら、一基の吹子の板の両端を交互に踏んで上下させ、下部に置かれた、丸はぎにした鹿の皮を縫い合わせた袋を縮ませたり膨《ふく》らませたりして、風を送風管へ送りこむ。その風は、送風管の横側に並んでとりつけられた羽口から炉内へ送りこまれて、木炭と鉄を燃やす。そのために強い火が必要で、四人の番子は板を踏む間合いをそろえて、二基の吹子から同時に風を送るようにしなければならなかった。

火処の傍に、もうひとり炭焚《すみた》きと呼ばれる男が、火の色を見ながら火吹竹を使って火勢を強めたり、積みおかれた木炭を炉内に投げ入れている。木炭を投じたときに火の粉がぱっと舞いあがり、そのたびに番子は、手に持つ板片で火の粉を払いのけた。

番子、炭焚きは頭髪を布でおおい、身につけている衣類は汗で肌にへばりつき、火焼けした顔には疲労がにじみ出ている。誰もナガスネヒコには見向きもしない。はげしく燃えさかる炎がじりじりと音をたて、男たちのかけ声と、吹子の板を踏む音がいつまでもつづいていた。

この製鉄作業は、三日三晩休みなくつづけなければならず、交代要員が近くの小屋で食事をとったり、休憩したり睡眠をとっていた。三日三晩の作業が終わると火を消しとめ、火処の底から鉄塊《けら》をとり出すことになる。不純物がまじった鉄滓《てっさい》は、今、火処の側面にとりつけられた小孔から、ドロドロと煮えたちながら吐き出されていた。

ナガスネヒコは、よしというように手をあげて合図を送り、踵をめぐらした。その様子は満足そうに見えたが、心の中はけっしてそうではなかった。不満だった。アワジノクニの製鉄場を知っていたからだ。

アワジノクニの製鉄場はこんなものではない。ここよりずっと規模が大きく技術も進み、製鉄の量もはるかに多い。鉄は大事だ。鉄からつくる剣、太刀、矛、戈、甲冑はもちろん、鍬や鋤、鎌などの農機具がものをいう時代である。どこの国よりも鉄を多く持った国が倭国を制覇することができるのだと、ナガスネヒコは信じて疑わなかった。

大きな製鉄場をもつアワジノクニを支配下に置いたヤマトノクニが、手強《ごわ》いのは当然のことだった。ヤマトノクニを打ち破ってニギハヤヒ一族を倭王にするためには、アワジノクニを制圧しなければならない。製鉄場が手に入るばかりではなく、アワジノクニは、アワのヤマトノクニの本拠地高天原を攻略するための拠点であり、要衝の地だった。

これまで何度かアワジノクニへ攻めこんだが、いずれも、あと少しというところで撤退を余儀なくされている。この次の戦争では、どうにかして宿願を果たさなければならないと決意を新たにした。

ナガスネヒコは部下をしたがえて、灯火がちらつく高屋、平屋の間の通路を歩いていく。その先で、茅葺きの屋根に、藤蔓でつくられ、大きな渦巻き状の棟飾りがついた二層高床の楼閣が、暮れのこる残照に映《は》えていた。

カラコのナガスネヒコ王城。

正面に秀麗な三諸山、巻向山などの山並みが横たわり、その麓から派生する丘陵を経て、西方へ扇状地がひろがる一郭に位置している。反対側には、田畑や丘陵を隔てて、胆駒山、二上山、金剛山がつらなっている。城内を流れるハツセ川を遡っていけば、三諸山麓近くに建設中のマキムク宮殿がある。

王城の周囲は、巨大な環濠と城柵、土塁がめぐらされ、城内にも幾重ともなく環濠が走って、要所に物見櫓と門が立って番兵が見張り、広場では夕闇に包まれた今でもなお、兵士が武術の訓練に励んでいた。ナガスネヒコはその兵士たちをちらりと見て、そびえ立つ居館に入っていく。

明るい灯火に照らされた居室で、熊皮の座布団に坐ったナガスネヒコが、侍女が運んできた茶湯をのんでいると、あわただしい足音がして入ってきたのはキクチだった。

「シラヌの正体がわかりましたぞ」

キクチはナガスネヒコの前に坐るなり、声を上ずらせた。

「シラヌ？」

ナガスネヒコはいぶかしそうにしたが、マキムク宮殿の大溝工事で奴隷として働かせている、過去のことはなにも覚えていないという、シラヌと名づけた男のことを思い出した。

「あの男が、とうとう泥を吐きおったのか」

「いいえ、そうではありません。あいつが正気を失っているのはまちがいないようです」

「それでは、どうしてわかったというのじゃ」

「吾の部下が知らせてくれました。部下の知り合いの兵士が、翡翠の勾玉の首飾りとボウフラの腕輪を売りさばこうとしていた男を不審に思って問いただしたところ、アワジノクニ大野のスモト川の川原で、矢傷をうけて倒れている兵士を見つけたと白状したのです。ほかの二人の男と一緒にその兵士を担いで、自分らの住居へもどり、傷の手当てをしてやったそうです。しかし兵士は、傷がよくなってもいつまでも眠りこけたままで、気味わるくなった連中は、兵士が身につけていた首飾りや腕輪、衣服、甲冑など身ぐるみはぎとり、代わりにやつらの着古した衣類を着せて、またもとのスモト川の川原へ捨ててきたと言います」

キクチはひと息つき、それからごくんと生唾《なまつば》を飲みこんでつづけた。

「男たちがその兵士を拾い、そして捨てた場所というのが、まさに吾の部下がシラヌを見つけた場所なのであります」

「ということは、あのシラヌという男は、やはり兵士だったということだな」

「それだけではありません」

キクチはにじり寄って熱っぽい声で言った。「ヤマトの高天原では、ホホデミという、ヒミコの孫に当たるヒツギノミコが、アワジのアサカの丘の戦い以来、行方知れずになっていることがわかりました。連中が兵士を拾い、捨てた川原から、スモト川を遡っていけばアサカの丘にたどりつきます」

「なんだと?!」

ナガスネヒコはうめくように言うと、ぎょろりと大きな目をむいた。

「翡翠の勾玉、ゴホウラの腕輪は、ともに高貴な身分の者がつけるもの」

キクチは喘ぐように言葉を継ぐ。「そしてホホデミは、ヤマトノクニでは誰もかなわぬ剣の達人……」

二人は熱い視線をかわした。ナガスネヒコはぎりぎりと奥歯をかみしめ、その歯の間からふるえを帯びた声を押し出した。

「シラヌという男は、ヤマトノクニのヒツギノミコ、ホホデミだったのか」

「相違ありません」

キクチの声もふるえを帯びていた。

ナガスネヒコは、動物のようなうなり声を発して腕を拱《こまね》き、宙の一点をにらみつける。その目がうつろになった。なにかを一心に考えているようだった。そうかと思うと、急に我に返ったようにそわそわしはじめた。キクチが声をかけようとしたとき、ナガスネヒコはすっと立ちあがって、部屋の中を行ったりきたりした。その足元はよろけたりけつまずいて、目は相変わらずうつろだった。

キクチは、ナガスネヒコがなにを考えているのだろうと思った。ナガスネヒコがこんな様子をするときは、きまってなんらかの妙案を思いつくときだ。ナガスネヒコは年老いて、体力の衰えは隠せなかったが、智力の鋭さはむしろ磨きがかかってきたように見える。これまでナガスネヒコが考え出した策略や奇計が、どれほど困難や危急をのりこえることに役立ったことだろう。その点でキクチは信頼をおいていた。今も、奴隷のシラヌがヤマトノクニのホホデミとわかったことで、なにか名案を思いついたのかもしれない。

キクチは期待した。しかし、ナガスネヒコが重い腰をおろして切り出した話は、とうてい賛同できるようなものではなかった。

「そんなことはとても……」

キクチは、苦笑を浮かべて首を横に振った。

「ホホデミはヤマトノクニにおいて、誰にも負けない剣の使い手だと、汝《なれ》は申したではないか。実際吾《あれ》もこの目で見た。ただの噂だけではなかったことがわかったのじゃ」

ナガスネヒコはキクチがなんと言おうと、おのれが考え出した案に酔っているように目をとろりとさせていた。

「それは、そのとおりでございましょう。しかし」

キクチはなおも不服をとなえた。「ヒミコやタカギが承知するわけがありません」

「あの者たちは神を敬《うやま》い信じておる。天神の子と称して、神のみ心にそって生きておるのじゃ。神の意を問い神のみ心をうかがう誓約《うけい》といえば、この申し出を断るはずがない、承諾せざるを得ないであろう」

ナガスネヒコの口調は自信たっぷりだった。だが、キクチは依然として首をふりつづけた。ナガスネヒコさえ、ときには誤った考えにとりつかれることもあるのだ。こんなことがヤマトノクニ側にうけいれられるはずはない。それに第一。……

「仮にヒミコやタカギが応じたとしてもですぞ、あの男が……あのシラヌが……」

キクチは一徹者らしいシラヌの顔を思い浮かべた。

「あのシラヌは正体をなくして、おのれがホホデミだということがわかっていないのじゃ。ヤマト軍の誰が相手であっても戦うであろう」

「あのシラヌは強情な男ですぞ。吾らの言うことをきくとはとても思えません」

「わからんのか」

ナガスネヒコは、にやりと笑って言った。「あのサハシという奴隷をうまく使うのだ。あの奴隷をつらい労働から解き放って、十分に休養をとらせ、そのうえに属臣にとりたててやるというのじゃ。シラヌはサハシの身を案じておった。必ず吾らの言うことにしたがうであろう」

キクチはそうかも知れないと思った。シラヌすなわちホホデミは、ヤマトノクニのヒツギノミコだけあって、勇敢なだけではなくやさしい心の持ち主でもあるのだろう。土砂をつめた畚の重さにたえかねて倒れこんだサハシをかばった、あのときのシラヌの様子を見ればわかる。そのサハシを奴隷の身分から解き放ってやるといえば、吾らの申し出に応じるだろう。それにあの腕前なのだ、剣の勝負といえば断るわけがない。おのれがホホデミだということがわかっていないのだから、相手がヤマトノクニの剣士であっても、意に介することはないだろう。それはナガスネヒコの言うとおりかもしれない。

それにしてもまだ問題は残っている。かんじんのヤマトノクニ側が果たして。……

「やつが勝てばアワジノクニは吾らの物になる。鉄は今まで以上に手に入るようになるし、アワジからアワ、高天原へと攻める足がかりができるというものじゃ」

ナガスネヒコは、当惑して黙りこんでいるキクチを尻目にひとり悦に入っていた。

17

広間は重苦しい空気に包まれていた。その空気にたえかねたように、燭台の灯がひとしきりゆらめき立つ。

上座に坐ったタカギをとりかこんで、オモイカネ、コヤネ、フトダマの三重臣が深刻そうな表情を浮かべて居並んでいる。その中央に楮紙《こうぞ》が置かれ、そこには文字がしるされていた。トミノクニのナガスネヒコから使者が来て、ヒミコ、タカギへといって差し出した使い文である。

四人は黙りこんでいる。タカギは燭台の灯りが届かない暗闇を見すえ、オモイカネは腕を拱き、コヤネは目を閉じ、フトダマはいらいらしたように両膝をこすっていた。フトダマは、がっちりとした体躯《たいく》で剛胆そうに見えたが、繊細な神経の持ち主であり、何事にも慎重を期するのを信条としていた。

「勝手なことを言いおって」

フトダマがたまりかねたようにタカギを見、それからオモイカネとコヤネを見た。「吾らをこけにしているのですぞ」

「そのとおりじゃ。あまりにも虫がよすぎる。やつらの思うとおりにはさせぬ」

コヤネが同意した。コヤネは色白で華奢なからだつきをし、気品のある顔立ちとやさしそうな目をしている。ヒミコの宮室に出入りし、ヒミコの意向をくんで女官や侍女に指図している男である。政治などで重要な判断が必要なときは、ヒミコに神意をうかがい、その言葉を、タカギやオモイカネ、フトダマに伝える役目も負っていた。

「しかし、やつらの剣士が負けたときは、アワジノクニには今後いっさい手出しはしないと言っているのですぞ」

オモイカネは腕組みを解いて、思慮深そうな目を光らせた。

「そうなれば、吾らは安心して眠れるようになり、あの張殿にも帰国していただけるというものじゃ」

ナガスネヒコがつきつけてきた果たし状。三日後の真昼刻《どき》、アワジノクニ大野のナイゼン王城において、ナガスネヒコ軍とヤマト軍からひとりの剣士を出し、その二人の剣士によって真剣勝負を行わせる。ナガスネヒコ軍の剣士が勝ったときは、ヤマトノクニに代わってトミノクニがアワジノクニを支配し、ナガスネヒコ軍の剣士が敗れたときは、今後アワジノクニにはいっさい手を出さないというものだった。これは神意をうかがう誓約である。この誓約には、どこの国の誰であってもしたがわねばならないと結んでいた。

「しかし、ヤマト軍の剣士が負けたときは、一大事ですぞ」

フトダマがむきになって抗弁した。「あのアワジノクニがやつらに奪われてしまう。アワジノクニは、われらのご先祖が倭国へ渡ってきたとき、最初に上陸したところじゃ。このアワとトミノクニの通り道にあたり、鉄の生産も、どこよりもさかんにやっておる。どんなことがあってもやつらにアワジノクニを渡すわけにはいかぬ」

「吾らの剣士は、けっして負けはせぬ」

オモイカネは、おだやかだがきっぱりとした口調で言った。

「ホホデミノ尊はいないのですぞ」

フトダマは力をこめて言った。

「ホデリノ尊がおるではないか。ムラクモを持つようになって、剣の腕前を一段とあげたともっぱらの噂じゃ」

「しかし、ナガスネヒコが」

コヤネが遠慮気味に口を挟んだ。「このような果たしあいを挑んでくるからには、よほど腕の立つ強者《つわもの》を用意しているのではありませぬか、そうでなければ……」

「そのとおりじゃ」

フトダマは、膝をたたいて相槌を打った。「ホデリノ尊では心もとない」

「ナガスネヒコが言っていることがわからないのか」

オモイカネは、中央に置かれた、ナガスネヒコからの果たし状を指さしながら、語気を強めて言った。「ナガスネヒコは神意をうかがう誓約だと言っているのだぞ。吾らは神にしたがい、神の道を歩むヤマトの天孫の民じゃ。神意をうかがう誓約だと言われて、後へひくわけにはいかぬ」

「やつらの思う壺です。ナガスネヒコの口車にのってはなりませぬぞ」

フトダマは執拗に食いさがった。

「いいや、のるとみせかけて、逆にこちらの手にのせてやるのじゃ」

「そんなことで勝てる見込みはあるのですか」

「吾らには神の加護がある。恐れることはなにもないはずじゃ」

「頭を冷やしなされませ、オモイカネノ尊」

フトダマは、業を煮やしたように語気を荒げた。

「わかった」

それまで黙って聞いていたタカギが、手をあげてオモイカネとフトダマを制した。

「汝《いまし》らの話では埒《らち》があかぬ。神意をうかがう誓約ならば、ここはオオヒミコムチノ尊に神のみ心をきいてもらわねばならぬ。神のみ言葉にしたがうのがなによりじゃ」

オモイカネは、待っていたというようにうなずいてみせた。フトダマはしばらく逡巡をみせたが、しかたなさそうにうなずいた。コヤネはすっと立ちあがり、タカギ王に一礼すると、広間を出て、ヒミコの宮室がある三階への階段を昇っていった。

ア、ワ、をヒで結ぶ、ドズン。
トヨは機織りをつづけていた。ヒミコの神衣は織り進んで、あとは裾のあたりを残すところまでこぎつけていたが、それからが大変だった。気ばかりあせって思うように進まない。どうかしたはずみに、邪念が入りこんで手がとまってしまう。今も手がとまったままだった。

頭に浮かんでくるのはホデリのことである。最近ホデリの周辺はいやに静かだった。気味が悪いくらいだ。ムラクモの剣をとり替えられたことにまだ気づいていないのだろうか。それにしても静かすぎる。もしかしたら、剣をすり替えられたことがわかり、それをやってのけたのがトヨだと気づいて、ひそかにムラクモをとり返そうと機会をうかがっているのではと思ってしまう。

タケミカヅチの部下がそれとなく見張ってくれてはいるが、十分とはいえない。今にもホデリかナシメか、あるいはその部下がこの部屋に押し込んでくるかもしれない。そう思うと機織りの手は動かず、胸が苦しくなった。タケミカヅチが言ったように、いっそのこと、タカギ王に一部始終を打ちあけて、ムラクモの剣を引き渡したほうがいいのかもしれないと考えたりもした。しかしそうなれば。……

何気なくトヨが窓の外へ目をやったとき、広場をよぎるオモイカネ、コヤネ、フトダマの三重臣の姿が見えた。どこへいくのだろう。三重臣がそろって出かけるのは珍しいことだし、三人の様子がいつもとはちがう。目をこらして見直そうとすると、一陣の風が広場を通りすぎて、その風に吹き飛ばされでもしたように三重臣の姿は消えていた。

広場から通路を歩いてまもなく、オモイカネ、コヤネ、フトダマの三人が足を止めたのは、ホデリの居館の前だった。三重臣はいずれも表情をこわばらせたまま居館に入り、階段を昇って廊下を歩いていく。

ホデリの居室の前に立ったとき、内側から戸がひらいて、出てきたのはナシメだった。ナシメは三人の前に立ちふさがって、板戸を後ろ手でしめながら、「何用ですか？」と横柄な口調で訊いた。

「汝《なれ》に用はない。そこを通せ」

オモイカネが鋭く言った。

「なんの用だときいておるのじゃ」

「オオヒミコムチノ尊のお言葉を、ホデリノ尊に伝えるために参ったのじゃ」

コヤネがいかめしく言った。そういえば、普段のナシメなら恐れ入って引きさがるはずだった。

だがきょうのナシメは違っていた。

「その話なら、吾が承《うけたまわ》ろう」

ナシメはふてぶてしく言った。

「オオヒミコムチノ尊のみ言葉だといったはずだぞ。汝はさっさと消えうせろ」

フトダマが恫喝《どうかつ》する。

ナシメは、にやりと不敵な笑みを浮かべた。

「ナガスネヒコ軍の剣士との果たしあいには応じられぬと、ホデリノ尊は申されておる」

「どうしてじゃ」

オモイカネは、感情をおさえて訊いた。

「無用の戦いというものぞ。あんなものは断ればよいのじゃ」

「オオヒミコムチノ尊は、そうは思っておらぬ」

コヤネがナシメの前へ進み出て言った。「この戦いには特別な意味があり、ヤマトノクニは受けて立たねばならぬと、そう申されておる。そして名指しされたのがホデリノ尊なのじゃ」

「それならホデリノ尊よりも、ホホデミノ尊のほうがうってつけであろう」

「なにを言うのだ。ホホデミノ尊は……」

フトダマは、気色ばんでナシメをにらみつけた。そのフトダマを制して、オモイカネが言う。

「今はムラクモの剣を持つ者が、この勝負をうけてたたねばならぬのじゃ。汝では話にならん、そこを」

オモイカネはナシメを押しのけて、板戸へ手をかけようとした。ナシメがオモイカネの手を押しもどしながら「そのムラクモのことだが」と言いかけたとき、部屋の中から「やめろ！」と言う鋭い声が聞こえてきた。

「ホデリノ尊」

オモイカネは、部屋の中へ向かって声をかけた。「オオヒミコムチノ尊のみ言葉を伝えに参ったのですが、このナシメが……」

「話は聞いた。返事は今、ナシメが申したとおりじゃ。帰ってくれ」

部屋の中から、ホデリが冷ややかな声で言った。

「尊と話がしとうござりまする。どうか吾ら三人を部屋の中へ入れてくださりませ」

コヤネがいんぎんな口調で言った。だがホデリの応答は変わらなかった。

「ムラクモは大事な宝剣じゃ。そのような愚かな戦いには使うわけにはいかぬ。オオヒミコムチノ尊、タカギ王にそう伝えてくれ」

コヤネはオモイカネを見た。オモイカネはしばらく考えこんでいる様子だったが、コヤネ、フトダマを促して廊下を引き返していった。

三重臣が居館を出ていくのを見届けてから、ナシメはホデリの居室へ入った。部屋の中を歩きまわっていたホデリが「帰ったのか」とナシメに念をおしてから、菅で編んだ畳に坐った。憮然とした様子で唇をかみしめ、青ざめた顔を引きつらせている。ナシメはホデリを見守りながら、突っ立ったままで言った。

「ムラクモさえあれば……ひきうけてもよいのだが」

「ちくしょう。トヨとタケミカヅチに一杯くわされたのだ」

ホデリは吐き捨てるように言うと、傍に置いていた剣を畳へたたきつけた。見事な環頭飾りがついた剣は、むなしい音をたてて転がった。その剣を拾いあげたナシメは、柄と鞘を見つめながら言った。

「わからんのは、このにせの剣を、どうしてトヨとタケミカヅチが持っていたかということじゃ」

ホデリもわからぬというように首をふった。ナシメは宙の一点をにらんで考えこんでいたが、

「そうか。読めたぞ」と言ってホデリの前へ座りこんだ。「いっとき眠りからさめたホホデミの従者ゴイチが、トヨになにか話したとウズメが申しておった。それに、この間から、タケミカヅチがアワジノクニへ出かけていた。おそらく、ホホデミを探すという口実を使って、このにせの剣をとりに行っていたのじゃ。ゴイチはにせの剣を隠しておいて、その場所をトヨに教えたのだろ。ホホデミが持っていたムラクモをこの剣とすり替えたのは吾らと知り、その仕返しをしたということじゃ」

「我らがやったことが、見破られてしまったということか」

「先程の三重臣の様子では、まだこのことは知ってはいないようだ。オオヒミコやタカギ王も同じだろ。なにを考えているのかわからんが、トヨとタケミカヅチは二人だけの秘密にしているようですぞ」

「しかし、いつまでもそういうわけにはいかんだろ。いつかオオヒミコ、タカギ王は知ることに

なる。そうなれば我はどうなる?!　剣をとり替えたのは……我ではないぞ！」

ホデリは頬をよじらせて唾を吐き捨て、両手で頭髪をわしづかみにした。

「おちつきなされ」

ナシメはなだめて言った。「オオヒミコやタカギがたとえ知ったとしてもだ、どうすることもできん。ゴイチは死んでしまったし、ホホデミもな。ホデリノ尊は、ムラクモはあくまであの崖縁で拾ったのだと、それでおしとおすことじゃ」

ホデリは黙っていたが、ナシメにそう言われていくらか安心したのか、傍の椀をとって白湯を飲み干した。

「とにかく、今のうちになんとかしてムラクモをとり返さねばならぬ」

ナシメは眦《まなじり》を決してどんと畳をたたいた。

「うかつな真似はするでないぞ。藪蛇になる」

今度はホデリがなだめた。


その夜、ホデリはヒミコに呼び出された。ホデリは会いたくはなかったが、ヒミコの命令にはしたがうほかない。

いつものように、上座の正面にヒミコが座を占め、その左右にタカギとトヨが控え、両側に三重臣とタケミカヅチ、タジカラオが居並んでいた。ホデリは促されて中央に坐った。

「ホデリノ尊」

タカギがおもむろに切り出した。

「ナガスネヒコがつきつけてきた果たし状に対して、汝《いまし》はヤマトノクニの剣士として受けて立つことはできぬと、そう申したそうじゃが、それは本心なのか？」

「本心であります」

ホデリは、悪びれる様子もなく答えた。

「どうしてじゃ。汝はホホデミノ尊に代わって、このヤマトノクニのために働こうという気はないのか」

「我がお断りしたのは、ナガスネヒコの身勝手で愚かな申し出には、応じるべきではないと考えたからであります」

「それは汝の考えにすぎぬ。オオヒミコムチノ尊と我はそうは思っておらぬ。オオヒミコムチノ尊は……」

「お待ちくだされ」

ナシメがタカギをさえぎって言った。「ジンリョウ邑落の祈祷師に占わせましたところ、ナガスネヒコの挑戦に応じて勝負をすれば、ヤマト軍は負けると、そう申しております。ホデリノ尊のお言葉のように、ナガスネヒコの申し出は、断るのがよかろうかと存じます」

「汝は、祈祷師の占いを信じるのか」

オモイカネが険しい声で詰問した。

「あの祈祷師は、ナガスネヒコ軍が必ず攻めてくると申しておりましたが、実際そのとおりだったではありませぬか。もしあのとき……」

祈祷師の言葉を信じ、ナガスネヒコらが遊興に耽っていると聞いたとき、ただちに先制攻撃をかけていれば、ホホデミは行方知れずにはならなかったと言おうとしたが、「黙れ」というタカギの叱声を浴びて言葉をのんだ。

タカギは、ナシメが口をつぐむのを見届けると、促すようにヒミコを見た。ヒミコは、ホデリを見、それから一同を見渡して静かに言った。

「神のみ言葉を聞いたのじゃ」

それから、底光りする目をぴたりとナシメへすえた。「汝《なれ》は神のみ言葉よりも、祈祷師の占いにしたがうと申すのか」

ヒミコの口調はおだやかだったが、有無をいわせない鋭い針を含んでいた。ナシメはなにか言いかけたが、口をもぐもぐさせて生唾を飲みこんだだけだった。

「汝《いまし》らはいかがじゃ」

ヒミコは、今度はオモイカネ、コヤネ、フトダマへ目を向けた。

「神の声と、祈祷師の占いと、そのどちらをとるのか?」

「もとより、神のみ言葉を信じます」

コヤネは言下に答え、オモイカネとフトダマを見た。二人ともうなずきあった。

「神のみ言葉は必ず成就する」

ヒミコは、さわやかな声で言い放った。「神のご加護により、ヤマトノクニのヒッギノミコが勝利するということじゃ」

一同を見渡したヒミコの目は、またホデリでとまった。

「ホデリノ尊、これでわかったであろう」

ホデリはヒミコを見返した。ヒミコの姿はいつになく神々しく映った。

ヒミコは、我のことをヒツギノミコと言ってくれた。そしてヒツギノミコは必ず勝つと。これはヒミコの言葉ではない。神の声なのだ。神がまちがうわけがない。相手がどんな強敵であろうと、我は勝つ。ヒツギノミコとして。たとえムラクモの剣がなくともだ。

ホデリは身ぶるいした。湯が煮えたぎるように闘志が胸の底から沸き立ってくる。

「承知しました」

ホデリは両手を突いて頭を下げ、ふたたび顔をあげて、

「オオヒミコムチノ尊、タカギ王のため、ヤマトノクニのために必ず相手を打ち負かしてみせます」

と力強く言いきった。

18

トヨはぼんやりしていた。機織りに取りくむ気がおこらない。ヒミコの神衣はもう少しで仕上がるというのに。

トヨの頭に、昨夜の場面が映し出される。ヒツギノミコとヒミコに言われ、ナガスネヒコ軍の剣士と戦う決意を語っていたホデリ。それは本来ならホホデミの役目だった。それが事もあろうにホデリの役目になるとは。ホホデミからムラクモの剣をだまし盗ったような悪人にだ。トヨは悔やんだ。やはり事の真相を打ち明けるべきだった。そうしていれば、ヒミコやタカギは、ホデリを選ばなかったはずだ。今からでも遅くはない、ヒミコかタカギに申し出よう。でも、もしかしたら、ホホデミは帰ってくるかもしれない。きょうか、明日にでも。

そうだ、必ず帰ってくる。そして妾の手からムラクモの剣をホホデミに渡そう。ホホデミは喜ぶだろう。それからおのれの身におきたことを語るだろう。真実をだ。そうなれば、ホデリに代わって、ナガスネヒコ軍の剣士と戦うのは、ホホデミということになるだろう。ヒミコの言葉、「ヒツギノミコは必ず勝つ」というのはホデリではなく、あくまでホホデミのことを指しているのだから。そうだ、きっとそうなる、そうなるにちがいない。

でも、と思う。もしホホデミが帰ってこなければホデリが戦うことになる。ヒミコの言葉どおり、ホデリが勝利するだろう。ヒミコやタカギ王、ヤマトノクニにとってそれはよいことだが、ホデリがヒツギノミコとして認められることになってしまう。それは、断じて許しがたいことだ。

そうならないためには、やはりホホデミが……ホホデミさえ帰ってくれば。ホホデミの尊。早く、早く帰ってきておくれ、ホホデミノ尊。トヨは心の中でその名を呼びつづけていた。

なんの前ぶれもなく、いきなり、「ヒミコは死にます」という声を聞いた。

澄んだ女の声だった。あたりを見まわしても誰もいない。空耳だろう。

「ヒミコは死にます」とまた聞こえた。今度はさらにはっきりとした声だった。なんとなく、これは神の声ではないのかと思った。

これまで神の声を聞いたことがなかった。ヒミコの宗女で、稚ヒミコといわれる自分がである。そのことがたえず心の中にわだかまり、神の声を聞いて誇らしげにタカギ王らに伝えるヒミコを羨ましく思っていた。

ヒミコは、心とからだの穢《けが》れをとり、耳を澄ませば、神の声はおのずと聞こえてくるものだと、つねづねトヨに言って聞かせる。だが、トヨは、そもそも神というものがよくわからなかった。

下民の間では、山や川、木、草、田、畑、石など、あらゆるところに神は宿り、その神に五穀豊穣、病気や怪我の平癒、悪霊からの守護、おのれや身内の幸せを願って祈れば、その祈りはかなえられると信じられている。トヨにとって、そのような神は、とりとめがなく漠然として至るところにいるようで、いないようにも見える。

ヒミコのいう神は、そのような神とはちがっていた。この天地とあらゆるものをつくり、人間さえもつくった唯一の神が、天からあらゆる人間を見守っている。神は、国や人間に対して戒めを要求し、その戒めを守るならば、神はその国と人間に祝福を与えるという。そんな神をつねに頭に描いておかねばならない。

　神は山や海、川、岩をはじめ樹木や草花、生物や動物などこの世のあらゆるものを生かし育《はぐく》んでいて、当然それらには神の霊が宿っている。その点ですべてを大切にしなければならないが、それらは神そのものではない。崇め祀り祈るのは、天におられる唯一の神に対してでなければならない。神は太陽のようなものだと思えばいい。太陽に向かって祈りなさい。そうすれば陽光のように神の慈愛が降りそそぐでしょう。夜は鏡を使いなさい。鏡は太陽のしるしなのだから。神はつねにトヨを見守っていることを忘れてはならない。いつも神を思い、神の道を歩んでいくのなら、神はトヨを導いてくれるし、力も与えてくださるでしょう。またその声も聞こえるようになる。ヒミコは、そんなふうによく語ってくれたものだ。

　先日、大広間で、ヒミコやタカギを前にしてヨセフが語ったまことの神やヨシュアは、ヒミコのいう神とどこが同じでどうちがうのか、まだトヨにはわからない。そのうちわかるようになるのだろうか。

　とにかく、ヒミコのいいつけを守り、昼は太陽、夜は鏡に向かって祈ってきたが、これまで神の声を聞いたことがなかったし、これからも聞けるような気がしなかった。ヒミコの宗女で、稚ヒミコといわれる自分がこんなことでいいのかと、不安と焦りを覚えていた。そんな矢先だった。

　先程聞いた「ヒミコは死にます」という声は、まさしく神の声だった。そう思ってまちがいがないような気がする。ヒミコのいいつけを守り、神とともに歩んできたのだから。そして、トヨはいずれオオヒミコになる身である。神の声を聞いて当然だった。やはり神の声にちがいない。

そのとたん、はっとした。よく考えてみると、これが神の言葉なら……ヒミコは死ぬ？

頭が混乱して、いても立ってもいられない気持ちになった。

「オオヒミコムチノ尊がお呼びです」

マキの声を聞いて、トヨは我に返った。

トヨが祭殿の大広間に入っていくと、すでにヒミコとタカギが上座に坐り、その前にヨセフがかしこまっていた。ヨセフをかこんで、三重臣、タケミカヅチ、タジカラオが並んでいたが、ホデリとナシメの姿はない。ホデリたちは、ナガスネヒコ軍とヤマト軍の剣士が真剣勝負を行う、アワジノクニ大野のナイゼン王城へ下見に出かけていた。

「きょう、われがお話ししたいことは」

ヨセフが一同を見渡しながら言った。「魏国から遣わされている張政という男のことでございます」

「張政のことだと？　張殿がいかが致したのじゃ」

タカギは、思いがけないといった様子で訊いた。

今回の集まりは、ヒミコとタカギがヨセフを呼び出したのではなく、ヨセフがぜひお話ししたいことがあると申し出たものだった。ヨセフの真剣そうな様子を見て、タカギの心中はおだやかではなかった。

「昨日、われが石立山へ参りましたところ、山頂近くで張殿と二人の部下に出会いました。張殿は、鶴石と亀石付近の崖にうがたれた洞窟を部下に掘らせようとしていましたが、われに気づくとあわててやめさせていました」

ヨセフはそのときのことを思い出したらしく、苦笑いを浮かべた。「そのあわてぶり、ごまかそうとする様子が滑稽なくらいでした」

「珍しい石でも見つけたのであろう。なにもうろたえたり、ごまかすこともあるまいに」

タカギもつられて、いたずらっぽく笑いかけながら言った。

「それでは申しあげましょう」

ヨセフは真顔にもどって言った。

「張殿は、本国からある重大な密命を帯びて、この宮殿へやってきているのであります」

「重大な密命ですと？」

フトダマが声を上ずらせ、オモイカネ、コヤネもおどろいたようにヨセフを見つめた。

「それは聞き捨てならぬ話じゃ」

タカギはさり気ない様子を装いながら、身をのり出して、「その重大な密命とは、一体どのようなものじゃ」と訊いた。

「その密命というのは」

ヨセフは、ごくりと生唾を飲みこんだ。「あなたがたをイスラエルの民、ダビデ王の血をつぐ者とみなし、あなたがたが隠し持っている秘宝、アークを発見することでございます」

静寂が訪れた。タカギは目をさまよわせ、ヒミコは顔をこわばらせ、三重臣はいちように苦い薬草でものまされたように顔をしかめた。その静かな空気を破ったのは、またしてもヒミコの笑声だった。

「またその話か」

ヒミコはおかしそうに笑いつづけながら、「妾らがイスラエルの民や、ダビデ王の血統であるとか、アークなるものを隠しているなどと申して、あげくの果てに、張殿がアークとやらを見つける使命を負っているとは聞いてあきれまする。重ねて申すが、そのようなことはすべて汝《なれ》の頭がつくり出した妄念にすぎぬ」

笑顔を消して、ヒミコはぴしゃりと言った。

きょうのヒミコは、髪を結いあげ、赤い漆塗りの髪飾りをさし、翡翠、瑪瑙《めのう》、硝子でつくられた勾玉、管玉、丸玉、小玉をつらねた首飾りを胸元に垂らし、手には白鷺《さぎ》の尾羽でこしらえた扇を持っていた。

「オオヒミコムチノ尊の申されるとおりじゃ。二度とその話は口にするでないぞ。わかったな」

タカギが語気を強めて念をおした。

「いいえ、わかりませぬ」

ヨセフは引きさがらなかった。「オオヒミコムチノ尊がまだ若い頃、スサノオ軍がこのアワへ攻めこんできたとき、オオヒミコムチノ尊が先祖代々の秘宝を持ち出して陣頭に立って戦うと、スサノオ軍は一挙に壊滅したというではありませんか。その秘宝こそ、アークではないのですか。アークは神からの授かり物、大勢の人間を殺傷し、建物を破壊する偉大な力を秘めております。魏国もそのことに気づいたのでしょう。気づいた以上、魏国が黙って見逃すはずはありません。彼らの大敵、蜀と呉を打ち破るためにも、どうしてもアークが必要なのでしょう」

「オオヒミコムチノ尊がスサノオ軍を撃退させたのは事実だが、あれはアークなどの力によるものではない。神が我らを救ってくださった。オオヒミコの祈りが通じたのじゃ」

「魏国は、そう考えてはいません。アークがこの高天原のどこかに隠されているにちがいないと考えて、張政をよこしたのです。そして張殿は、いろいろ調べたあげく、アークは石立山の頂上近くに隠されているとにらんだのかもしれません。それが当たっているのかどうか、われにはわかりませんが。……

毎年夏になると、アークとそっくりな御輿を、石立山の麓から頂上近くまで担ぎあげる祭りが行われているようですが、これは、アークを頂上近くに隠したことを忘れないためではないのかと、われにはそう思えてなりません」

「しつこいぞ」

オモイカネがたまりかねたように叱声を浴びせた。「その話はやめろと申されたではないか」

「いいえ、やめませぬ」

ヨセフは頑強に言った。「実は、あなたがたがこうして、かたく秘密を守っておられることに敬服しております。さすがダビデ王の子孫だと。……しかし、今ここには、張殿と通じているナシメはおりません。どうか、この際本当の話をしてくださいませ」

ヨセフは、心をこめて熱い口調で言うと、ヒミコ、タカギへ向かって頭をさげた。

「吾らはいついかなるときでも、本当のことを話しておるのじゃ。そのことがわからないのか」

タカギが感情をおさえて言った。

「われは長い間世界じゅうを渡り歩いて、さまざまな苦労を重ね、二人の部下を失ってまでこの地にたどり着いたのです。あなたがたと会い、真心こめて話をさせていただきました。われの話はわかっていただけたはずです。それなのに、どうして……われという人間が信頼できないということでしょうか」

ヨセフは声を詰まらせて涙ぐんだ。

ヒミコは顔を伏せた。赤い漆塗りの髪飾りが小刻みに揺れている。タカギは唇をかんで宙をにらみつけた。三重臣もうつむいて黙りこくっていた。ヒミコが顔をあげ、ヨセフの視線と合ってあわててそらした。

「ならば、尋ねるがの」

ヒミコがためらいがちに言った。

「汝は、妾らがイスラエルのユダ族で、ダビデ王の末裔だとか思いこんでいるようじゃが、先日汝が話したヨシュア・メシアも、同じユダ族で、ダビデ王の子孫ということであったな」

「そのとおりでございます」

「同じダビデ王の血を引く者なら、どうしてこうもちがうのじゃ。ヨシュアは大勢の病人を治したり、死人を生き返らせたり、神の道を説いて多くの人を教え導いたそうではないか。妾らはそのようなことはなにひとつやってこなかったし、これからもとてもできるものではありませぬ。それを考えれば、妾らは、ダビデ王の末孫などというだいそれた者ではないことがわかるであろう」

「聖書にはこうしるされております」

ヨセフは自信ありげに言った。

「イザヤがダビデ王の血を引くインマニエルという王子を連れ、アークを所有して故国を旅立つとき、神はイザヤにこう申されました。『あなたがたはくり返し聞くがよい。しかし悟ってはならない。あなたがたは行ってその民にこう言いなさい。あなたがたはくり返し見るがよい。しかしわかってはならない。あなたがたはこの民の心を鈍くし、その耳を聞こえにくくし、その目を閉じさせなさい。これは彼らがその目で見、その耳で聞き、その心で悟らせないためである』と。

あなたがたはまさに、この神の言葉を守っているではありませんか。あのダビデ王やヨシュア・メシアのようでなくてもかまわないわけです。あなたがたは今までどおり、神がイザヤに語られた言葉にしたがって生きていかねばなりません」

ヨセフの口調は、胸底からこみあげてくるように激越さを帯びてくる。

「聖書に書かれているように、あなたがたユダの杖と、ニギハヤヒノ尊一族のエフライムの杖を合わせて一本の杖とし、ひとりの王を立て、倭国の中心であるトミノクニにおいて、永遠に約束されたダビデの王座を誕生させなければなりません。そして、ダビデの王統と、神宝アークをおい隠して秘密を保ちながら、この倭国において永久に守っていくのが、あなたがたとあなたがた子孫に与えられた使命なのであります」

ヨセフは一段と声を張りあげて言い終わると、熱い眼差しでヒミコを見つめた。ヒミコはゆっくりと顔をあげてヨセフを見返した。二人の視線がからみあって火花が散った。ヒミコは静かに言った。

「重ねて申すが、妾らはダビデ王の血を引く者でもなければ、アークなどというものも知りませぬ。わかりましたか」

ヒミコは腰をあげて、ヨセフの顔をのぞきこむように見すえた。万感の思いがその目に沸き立ったかと思うと、そこから炸裂したように鋭い光がほとばしって、ヨセフの胸を刺しつらぬいた。ヨセフはひれ伏した。

「わかりましてございます」

ヨセフは声をつまらせた。垂れた黒い頭髪がかすかに揺れている。両手を突いたまま顔をあげようとはしなかった。

19

山部王は、顔をあげて物見櫓を見た。物見櫓の上では、鏑矢《かぶらや》をつがえた弓を持った兵士が、ヤマベ王の合図を待っていた。

アワジノクニ大野のナイゼン王城は、先山の南東麓にひろがる、なだらかな傾斜地に位置する。端麗な三角錐を描く先山を仰ぎ見て、後背には低くつらなる山地が迫っている。名所に門と物見櫓が立ち、ヤマベ王と一族が住む居館や、祭祀を行う神殿を中心にして、銅や鉄鍛冶の工房、高倉をはじめ平屋、穴屋などの住居群が並び、豊かな川が流れ幾重にも水路がひらけて、周辺には田や畑がひろがっている。

ヤマベ王が出仕して政治を行う高殿を控えて広場があり、そこには大勢の人々が寄り集まって、異様な雰囲気に包まれていた。広場の中央をとりかこんだ人々は、目の前にひろがる地面――今はがらんとしているが、間もなく死闘がくりひろげられるその場所を、見るともなしに見ていた。期待に目を輝かせる者、気遣わしそうに眉をひそめ、中には目を閉じて祈りの言葉を唱えている者もいた。

南北の両端に分かれて二人の剣士が立っていた。北はナガスネヒコ軍。ナガスネヒコとキクチを中心に重臣や兵士が居並び、その前に突っ立っている剣士は、シラヌと呼ばれる男だった。シラヌは、黒の眉庇付冑と目と口だけをあけた仮面をかぶり、黒い桂甲を身につけ革沓をはいている。顔付きは仮面に隠れて見えないが、仮面の孔から、澄んでおちついた目がのぞいていた。

南はヤマト軍。ヒミコ、タカギ王の姿はなく、トヨをかこんでオモイカネ、フトダマ、タケミカヅチ、タジカラオ、ナシメが控え、その前で、ホデリがいらいらしたように行きつもどりつしていた。ホデリは、赤い衝角付兜をかぶり、短甲と肩鎧、草摺、籠手をつけている。

中天から陽光がじりじりと照りつけている。両軍の剣士は、まだかというようにヤマベ王へ目を走らせ、二人の真剣勝負を見物する人々も、催促するようにヤマベ王のほうをうかがっていた。

ヤマベ王は、両軍の中間に位置する一段高い座所に腰をおろして、二人の剣士の様子を見比べていた。いよいよこのときがきたのかと思うと、ヤマベ王のからだはふるえた。

ヤマト軍の剣士が勝てば、ナガスネヒコ軍はアワジノクニに対して、今後いっさい攻撃しないという。それは結構なことだ。しかし、その逆の結果になればどうなる。ヤマト軍の剣士が負ければ、アワジノクニはナガスネヒコ軍に乗っ取られてしまう。そしてこの我は。……あまりにも身勝手なナガスネヒコ軍の挑戦を、ヤマトノクニはよくも承知したものだと思う。勝負の結果によって、手に入れるものに違いがありすぎる。ヤマト軍はよほど自信があるのかもしれない。

そうか。ヒミコだ。ヤマト軍にはヒミコがついている。神の守護があるというものだ。ヤマト軍の剣士は負けはしない。そう思うと気持ちに余裕ができてきた。――それにしては、ナガスネヒコ軍の剣士が堂々として冷静を保っているのに対して、ホデリとかいうヤマト軍の剣士はそわそわと落ちつきがない。あれで本当に大丈夫なのだろうか。

「落ちつけ、落ちつくんだ」

ナシメがホデリに声をかけた。あたりをうろついていたホデリは、ナガスネヒコ軍の剣士を指して言った。

「あいつは何者じゃ。どうして顔を隠しているのだ。あの仮面をとるように言ってくれ」

「放っておけ。あれでは前がよく見えないぞ。汝《いまし》には都合がいいではないか」

「言ってくれ。オオヒミコはなんと言ったのだ」

「ヤマトノクニのヒツギノミコは必ず勝つ。神の加護があると。そういうことじゃ」

ナシメは、自信をなくして不安そうにしているホデリを力づけることに懸命だった。ヤマト軍の剣士は負けると占った祈祷師の言葉が頭をかすめたが、すぐにその言葉を追い払った。

「なにも恐れることはないぞ。思いきって戦うのじゃ」

「よし、わかった」

ホデリは殊更に力強く言うと、柄頭に銅の環頭飾りをつけて、ムラクモと見せかけた剣の柄を握りしめ、相手の剣士をにらみつける。オオヒミコは我が勝つと言った、ムラクモの剣がなくとも負けることはないのだ、とおのが胸に言い聞かせた。

シラヌは、こちらをにらみつけているヤマト軍の剣士から目をそらして、近くに控えているキクチに声をかけた。

「あのサハシという男を奴隷の身分から抜けさせるという話は、まちがいないのだな」

「吾は、うそはいわん」

キクチは言下に答えたが、釘をさすのを忘れなかった。「しかし、汝《なれ》がこの戦いに勝てばの話じゃ」

シラヌは、キクチに言われるまでもなく、負けるわけにはいかないと思っていた。サハシを助けるのだ。どうしてだかわからないが、あのサハシのことが気になってならない。それに、この勝負に勝たねばならないのは、自分自身のためでもあった。大溝工事の土砂を運ぶ作業は、シラヌにとってもけっして楽ではなかったからだ。この果たしあいに勝利すれば、シラヌとサハシの二人を、奴隷の身から解き放つとキクチが約束してくれたのである。

「これをはずしてくれ。物がよく見えないのじゃ」

シラヌは、自分がつけている仮面を手で触れながら言った。

「ならん。わが軍の掟だ。わが軍の選ばれた剣士は、その仮面をつけて戦わねばならん」

キクチは、さらにシラヌに近づいて、その耳元へささやいた。「それをつけていても、汝の腕前なら負けはせぬ」

そうだ、我は必ず勝つ。シラヌはそう思った。ヤマトノクニがどのような国で、相手の剣士のこともなにも知らなかったが、とにかく自分が敗れるという気はしなかった。

太陽は、ちょうど中天にかかっている。

シラヌはヤマベ王を見た。そろそろ戦いを始める合図があるだろう。からだの奥から沸き立ってくる闘志をおさえながら、ヤマベ王の手があがるのを待った。

なんと落ちつきがないのだろう。こせこせと動きまわっているホデリの様子は、トヨの目にもそう映った。――無理もない。これは木剣による稽古ではなく、真剣勝負なのだ。命がかかっている。とはいえ、男子ではないか。もっと度胸をすえなければ。

あれで本当に勝てるのだろうか。いや勝つだろう、ヒミコがそう言ったのだから。ヒミコのためにも負けるわけにはいかない。だが、勝てば、ホデリはヒツギノミコとして認められることになる。それはいやだ。

本人は気づいているかどうかわからないが、あくまでホホデミでなければならないのだから。

ヒツギノミコは、ホデリが持っている剣はムラクモの剣はタケミカヅチに預けてあるのだから。とすると、ホデリは負けるのだろうか。負ければヤマトノクニは。……

勝ってほしい、負けてほしいという相反する願いが、取っ組みあいのようにせめぎあって、トヨの胸をしめつけてくる。

ハッとした。「ヒミコは死にます」という声が耳元をかすめたのだ。また神の声を聞いたのだろうか。それとも先日聞いた神の声がよみがえったのだろうか。

どちらにしても、こんなときに、なぜこの言葉が、と思う。

今、目の前にくりひろげられようとしているのは、ホデリの生と死である。ヒミコのそれではない。それとも、このホデリの勝負の行方が、ヒミコは死ぬということにかかわりがあるのだろうか。

トヨはますます混乱して頭に血がのぼり、目の前の地面が暗く翳ったり、大きく傾《かし》いだりした。

このとき、ヤマベ王が動いた。

ヤマベ王は、両軍の剣士を交互に見てから、物見櫓へ向かってさっと片手をさしあげ、振りおろした。物見櫓の兵士は、待ちかまえていた弓弦《ゆづる》を引き絞って矢を放った。鏑矢は動物の奇声のようにうなりながら空中高く飛び、急降下して、広場の中央へ落ちた。

両軍の陣営から一斉に喊声があがり、両剣士は前へ進み出る。ホデリは手に唾を吐きかけて剣を抜き放ち、鞘を捨てて小走りになった。シラヌは剣を抜くこともなく、ゆっくりとした足取りで歩み寄ってくる。ホデリは、広場の中央に立って大地を踏みしめた。シラヌが近づいてきて、二人は対峙した。両陣営からの喊声はやみ、重苦しい静けさがおしよせた。幾本もの剣や太刀を並べたように鋭い殺気をはらんでいる。

ホデリは、相手の仮面の孔からのぞく目をにらみつけながら、

「我は、ヤマトノクニのヒツギノミコ、ホデリじゃ」と威圧するように名乗りをあげた。

「我は……シラヌじゃ」

シラヌは口ごもりながら答えた。その声を聞いて、ホデリはいぶかしく思った。聞きなれたような声だ。しかし、相手はナガスネヒコ軍の剣士。そんなはずはないと打ち消した。

「その仮面をとれ。顔を見せてみろ」

「できぬ。わが軍の掟では、これで戦うことになっているのじゃ」

「卑怯者。汝《なれ》に勝ち目はないぞ」

ホデリはニヤリと笑った。これで気持ちのうえで優位に立つことができたと思った。シラヌは、黙って剣を抜いた。

ホデリは剣を中段にかまえながら、すり足で右へまわる。風上に立って、胴着にしみこませた韮の臭気をかがせるためだ。この悪臭によって強敵を倒したこともある。しかし、相手は少しも動じる気配がない。鼻をおおっている仮面のせいだ。やはり、なんとしてでもあの仮面をとらせるべきだった、と悔やんだ。

ホデリは風上に立ったために、陽差しをまともに浴びるようになった。タケミカヅチにムラクモの剣をすり替えられたときのことが、頭をよぎって心がゆらいだ。何気なくかまえているように見える相手の剣先から、凄まじい気迫がおし寄せてくる。それだけではない。相手の剣の構えにはどこか見覚えがある。そんなことはあるはずがないと、何度もその思いをしりぞけた。気持ちのうえで相手よりも優位になったはずだったが、今は逆になっていた。

ホデリは、じりじりと後退していた。左へまわってもとの位置にもどろうとしても、相手の剣がそれを許さなかった。容赦なく照りつける陽光。目の前に溢れる光。まぶしい。

相手の剣先だけが、獲物《え》を狙う猛禽《もうきん》の目のように執拗に追ってくる。あぶら汗が額ににじむ。

胸が苦しい。

ムラクモ。あの剣さえあればこんなやつに。……ヤマトノクニのヒツギノミコは必ず勝つとヒミコは言ったのだ。ムラクモはなくても、こんなやつに負けはせぬ。

そのとき、相手の影が跳躍した。光芒が走って鋭い一撃が襲いかかってくる。ホデリはとっさに飛びすさってかわしたが、相手は間髪を入れず、素早い剣のさばきをみせて追撃してくる。ホデリはその剣先から身をかわし、あるいは剣で受けとめるのが精いっぱいだった。守勢いっぽうになった。全身から汗がふき出し、胸は喘いでいる。やはりこの剣の使いかたには覚えがある。誰だろうかと、またしてもそんな疑問が頭をよぎったが、今はそんなことを考えている余裕はなかった。

「ホデリノ尊、しっかりしろ！」

叫ぶナシメの声が背後から聞こえた。いつのまにか、ヤマト軍の陣営近くまで追いつめられていた。

　ホデリは踏ん張って、反撃のかまえを見せた。その瞬間、相手の剣士は雄叫びをあげ、冑の受鉢をゆらしながら突進してくる。その叫び声はあたりを圧し、黒い影は魔物のように躍り、剣は稲妻のように大気をつんざいた。ホデリは甲高い悲鳴とどよめきを聞いた。気がついたときには、腕は雷撃をうけたようにしびれて、剣は地面に叩きつけられていた。閃光が目の前を走り、額に衝撃がくる。額から血がふき出た。血は目にしみる。見えない。殺《や》られる。——

　相手の剣士は、膝をついたホデリへ向かって剣を振りおろそうとした。

「ホホデミノ尊！」

　と言う声が、悲鳴とどよめきを引きさいた。その瞬間、シラヌの剣は止まった。シラヌは声がした方をちらりと見やり、それから血まみれになったホデリの顔を見つめた。引きつった表情がゆるみ、鋭い眼光が萎《な》えていく。戦意を喪失したようだった。地面に落ちているホデリの剣を拾いあげて高く掲げ、ナガスネヒコ軍の陣営に向かって放り投げた。

　ナガスネヒコ軍の陣営から、一斉に歓声と喝采があがった。シラヌは、憐れむようにホデリを一瞥してから、背を向けて歩き出す。ヤマト軍の陣営は、洪水にのみこまれたように静まり返っている。

「殺せ、殺せ！」

　立ち去っていくシラヌの後ろ姿へ向かってホデリが叫ぶ。ナシメがホデリを助けおこし、広場の片隅へ引きこんだ。ホデリはナシメの手をふり払い、シラヌの後ろ姿へ、殺せ、殺しやがれとなおも半狂乱になってわめきつづけていた。

トヨは茫然としていた。

ホデリが果たしあいで負けたことよりも、自分が「ホホデミノ尊」という叫び声をあげたことが気にかかっていた。どうしてあのとき、そんなことを叫んでしまったのかわからない。いつのまにか、気がつかないうちに口をついて出た声だった。

ナガスネヒコ軍の剣士をホホデミだと思ったのだろうか。たしかに年頃、背格好、からだの動き、剣のさばきは似ているといえる。しかし、顔は仮面におおわれて見えなかったし、仮面の孔からのぞく目は、殺気走っていてよくわからない。第一、本当にホホデミなら、ナガスネヒコ軍の剣士としてヤマト軍の剣士と戦うはずがない。あの剣士は、ホホデミでは断じてないのだ。だが、ホホデミと似ているということだけで、あれほど大きな声が出るものなのだろうか。どうしてホホデミノ尊と叫んでしまったのか。

疑問が頭の中で渦まいて、ホデリがこの戦いに敗れたこと、その結果、ヒミコやヤマトノクニが今後どうなっていくのか、そんなことを考えることも忘れていた。

ホデリが負けたことにもっとも衝撃をうけたのはヤマベ王だった。王は唇をかみしめ、うつろな目で宙の一点を見つめたまま、その場を動かなかった。ナガスネヒコ軍から伝わってくる歓呼の声も聞こえないようだった。従者に手をとられ、抱き支えられて座所を降りたが、このまま足がすくんだように立ちどまったままだった。

「ちくしょう、こんなはずではなかったぞ」

うめくように言ったのはナシメだった。ナシメは、血に染まったホデリの顔を見、ナガスネヒコ軍の陣営で喝采を浴びているシラヌをにらみつけながら、しきりに歯がみした。ホデリは、虚脱したようにうずくまって黙りこんでいたが、それでも時折発作をおこしたように「殺せ、殺してくれ」と声をかすれさせた。ナシメは、今度はトヨやオモイカネ、フトダマをにらみつけ、「ヤマトノクニのヒツギノミコは必ず勝つ、神の加護があるといったのはオオヒミコだぞ」と怒声を張りあげた。

「祈祷師は、ヤマト軍の剣士は負けると占った。ホデリノ尊は戦いたくなかったのだ。オオヒミコさえあのように煽りたてなければ……」

ナシメは怒りと悔しさがおさまらないといった様子で地面を蹴りつけ、唾を吐き飛ばしてなおもわめきつづける。「祈祷師の占いを信じてこの戦いを断っていれば、こんなざまにはならなかったんだ」

その声を背中で聞いて、オモイカネは、フトダマを促しトヨを連れて広場を引きあげていった。

雲が太陽をおおい隠し、行く手に影が投げかけられた。

20

燭台の炎が暗闇とせめぎあうように燃えたち、三人の男は明と暗に隈《くま》どられながら、彫像のように動かなかった。上座に坐ったタカギが太い吐息をもらすと、煽られたように燭台の灯がゆらめく。タカギの前に坐ったオモイカネ、フトダマも重苦しく黙りこんだままだった。足音が聞こえた。入ってきたのはコヤネだった。

「いかがであった?」

タカギが待ちかねたように訊いた。

「それが、やはり」

コヤネはタカギの前に坐りながら、首を横に振った。「誰にも会いとうないと申されております」

そうか、と力なくつぶやいて、タカギはがっくりと肩を落とした。

ナガスネヒコ軍の剣士との真剣勝負でホデリが打ち負かされて以来、ヒミコは宮室に引きこもったまま、コヤネ以外の誰とも会おうとはしなかった。こんなときこそ、男王であり弟でもあるおのれが、ヒミコに会って慰め力づけてやりたいと思ったのだが、誰にも会いたくないと言われてはどうしょうもなかった。しかし、実際会うことができても、どのような言葉をかければよいのかわからなかったが。

「ご様子はいかがでしたか？」

オモイカネが気遣わしそうに尋ねた。

「ただひたすら祈っておられます」

「食事は、しっかりとっておられるのですか？」

フトダマが訊いた。

「それが……あまりお召しあがりになっていません」

「その点は心配いらぬ。食事をとらないことにはなれておる」

タカギは言った。そのとおりだった。ヒミコが何日も断食して神に祈るのはよくあることだった。「それよりも、なにか言っておらなかったか？」と訊いた。

「とくになにも申されておりませぬが、ただ……」

コヤネは言葉を切って、ためらいを見せた。

「ただ？」

タカギが性急な様子でコヤネの顔をのぞきこむ。コヤネは思い切ったように言った。

「神は、妾を見捨てたもうたのかと」

タカギは大きく目をみはり、それからうめくように何事かつぶやいた。オモイカネは唇をぎゅっとかみしめ、フトダマは膝を両手でわし掴みにした。

「無理もありませぬ」

オモイカネが吐息まじりに言った。

「いっときの結果にとらわれたり、うわべだけで判断してはなりませぬ」

コヤネが声を励まして言った。「神のみ心というものは、吾らにははかり知れないもの。長い目で見なければなりませぬ」

「コヤネの申すとおりじゃ」

タカギが大きく相槌を打った。

「神がオオヒミコムチノ尊を見捨てることはないし、オオヒミコあってこそのヤマトノクニじゃ。我もオオヒミコムチノ尊を見捨てることはない」

オモイカネ、コヤネ、フトダマは同時にうなずきあった。タカギは、その三重臣を見て心丈夫に思ったが、心の奥底はけっして安心ではなかった。ヒミコは老齢になって、もはや神の声を聞くことができなくなったのではないか、という不安が胸の中にわだかまっていた。

「しかし、これからが大変ですぞ」

フトダマがタカギの表情をうかがいながら言った。「アワジノクニを手に入れたナガスネヒコは、いずれアワからこの高天原へ攻めのぼってくるにちがいありません」

「そのことなら心配には及ばぬ。すでに手は打っておいた」

タカギは力をこめて言った。「狼煙をあげ、使者を走らせて各国へ援軍を頼み、九州へ派遣しておるニニギ、ウガヤフキアエズにも急いで帰国を求めた。援軍が到着してアワのまわりを固めれば、たとえナガスネヒコといえども、たやすくは攻めてこれないはずじゃ」

そうですか、とフトダマはうなずいたが、けっして不安が去ったわけではない。援軍がやってくる前に、ナガスネヒコ軍が進撃してくるのではないのか。

「ナガスネヒコ軍はアワジノクニへ入ったばかりで、いろいろと忙しいはず。すぐに攻めてくるのには無理があるというものじゃ」

タカギは、フトダマの心中を見抜いたように言った。それから、「ホデリノ尊はいかが致しておる？」と誰にともなく訊いた。

「相変わらず、殺せ、殺せ、殺せとわめきちらしております」

オモイカネが答えた。「そうかと思うと、今度は不覚はとらん、あいつを打ち負かしてやると息まいています。まるで狂人のようです」

タカギは戦いの前から落ちつきを失い、敗れたあと荒れ狂ったホデリと、それとは対照的に終始冷静で堂々として戦い、勝利したあともけっして傲慢な態度をとらなかった、というナガスネヒコ軍の剣士を思い浮かべた。そのような勇者がナガスネヒコ軍にいたことがおどろきだったし、それだけにナガスネヒコ軍に対する底しれぬ脅威を感じた。

その気持ちをまぎらわせようとして、タカギは話題を転じた。

「張殿のほうはいかが致しておる？　ヨセフの話がまことなら、あの男にも心せねばならぬ」

ナシメが肩をいからせ、ぶつぶつとつぶやきながら通路を歩いていると、客殿から出てきた張政が呼びとめた。ふり向いたナシメは、張殿、お久しぶりですなと声をかけながら張政へ近づいていった。

「相変わらず、出かけることが多いようですが」

張政はそれには答えず、ホデリはいかが致しているかと訊いた。

「額の傷はよくなっているのですが」

ナシメは笑みを消し、渋面をつくって言葉を濁した。ホデリのことはこれ以上言いたくなかったし、聞きたくもなかった。

「ホデリノ尊が、まさかあのようになるとはな」

張政は、ナシメの気持ちを忖度《そんたく》する様子もなかった。

「オオヒミコのせいです。オオヒミコさえあのように……」

いや応なくホデリのことをよみがえらされたナシメは、それとともにヒミコに対する恨みつらみを吐き出そうとしたが、すぐ気をとり直して、「このままでは終わらせません。ホデリノ尊は、この吾が必ず立ち直らせてみせます」と語気を強めた。

「まあ、あせることはない」

張政はなだめるように言うと、にやりと笑った。

「われのほうはうまくいっているぞ。今にみていろ。はるばる海をこえてやってきた甲斐があるというものじゃ」

張政はナシメと別れ、女官や侍女が働く女人の郷の廂屋根の下を通りすぎて、高屋や平屋が並ぶ通路を歩いていった。何人かの女官や侍女、属臣、兵士とすれ違ったが、いずれも生気を失った表情を浮かべている。今のこの国の状況を考えると、この者たちが意気消沈するのは無理もないことだと、変に同情したりする。しかし、われはこいつらとはちがう。万事が好都合に運んでいる。いずれわれわれの出番が必ずめぐってくる。そのためにここへきたのだ。そう思うと胸が高鳴った。

張政が足をとめたのは高屋の前だった。急傾斜な茅葺きの屋根におおわれ、杉板が張りめぐらされた高屋は、昼下がりの陽光を浴びて静まり返っている。

張政が戸口へ歩み寄ると、どこからともなく二人の兵士が飛び出してきて、戸口の前に立ちふさがった。

「張殿、どこへ参られるのですか？」

ひとりの兵士が訊いた。

「トヨヒメのところに決まっておるではないか」

張政は、胸を張って権高《けんだか》な様子で答えた。

「何用ですか？」

もうひとりの兵士が尋ねた。二人とも、タケミカヅチに命じられて、トヨの住居を見張っていたのだ。

「無礼者。何用かとはなんだ」

張政はどなり声をあげた。「魏国の大使であるこのわれが、稚ヒミコに会いにきたのじゃ。汝《な》らは引っこんでろ」

二人の兵士は、しかたなさそうに立ちのいた。

トヨは、織りあがったばかりのヒミコの神衣を手にとって検分していた。張政は、入ってくるなり神衣へ目をやって、「その衣は、ヒメにお似合いだな」と言って目を眇《すが》めた。

「いいえ、これはオオヒミコムチノ尊が、祭儀のときにお召しになるものでございます」

トヨは素っ気なく言って、神衣をていねいに折りたたんで傍へ置いた。

「オオヒミコは、もう歳じゃ。もはやそんなものを着ることもないじゃろ」

張政は、トヨの前に無遠慮に坐った。

「汝《いまし》はいくつになった？」

「十三でございます」

「十三か。オオヒミコが女王になったのも、確かその年頃であったな」

トヨは張政の顔を見た。張政はうす笑いを浮かべながらトヨを見返している。張政はなにを考えているのだろうと思った。

「汝はさぞかし、その衣が着たいであろう」

張政はまたにやりと笑い、それから声をひそめた。

「このわれに任せろ。悪いようにはせん」

「それは、どういうことでございますか？」

トヨはとがめるように訊いた。

張政は、今度は声をたてて笑った。笑いながらすっと立ちあがって、「汝は、どういうことかと訊くのか？」と言い残し、そのまま外へ歩み去っていった。

張政が去って、部屋の中は森閑とした。トヨはぼんやりと坐っていた。窓からさしこむ陽光をうけて、神衣がますます白く輝いている。トヨは神衣を見つめる。なにを考えるでもなかった。

いつのまにか手が伸びていた。その手は神衣をとり、からだは立ちあがっていた。

気がつくと、トヨのからだは神衣をまとっている。それだけではない。なにかに憑《つ》き動かされるように、翡翠の勾玉を首から胸へつりさげ、蔓草でつくった冠を頭にかぶり、窓の突っかい棒を玉杖のように持ち、いっぽうの手で銅の鏡を胸元に掲げた。あたりを見渡し、にこやかに微笑んだ。それから一礼すると、姿勢を正しておごそかに神のみ言葉を伝える。口は自然に動いて、流れるように次から次へと言葉が発せられる。誇らしさと喜びが胸にあふれた。

そのとき、胸に掲げた銅鏡が鋭い光を走らせて、トヨの目を刺しつらぬいた。鏡は床に落ちた。からだを屈《かが》め鏡を拾いあげようとして、トヨは戦慄した。ヒミコの顔が鏡に映っている。血まみれの顔。もの悲しそうな様子。「ヒミコは死にます」という声が耳元をかすめた。怒りと憎しみに燃え立ったヒミコの目が、トヨをにらみつけていた。

トヨは悲鳴をあげて冠を払い落とし、勾玉をむしりとり、突っかい棒を投げ捨てた。

「ムラクモは、汝《いまし》が所持しておるのか。トヨヒメに頼まれて」

タカギはおどろいて声を上ずらせた。とつぜん訪れたタケミカヅチがためらいがちに打ち明けた話は、思いもよらないことだった。

「トヨヒメを責めないでくださりませ。ホホデミノ尊を思う、ひたむきな心からのことでございます。悪いのは、今まで秘密にしておりました吾でございます」

タケミカヅチは神妙な様子で両手をついた。

「トヨヒメや汝を責めているわけではない。むしろ喜んでいるくらいじゃ。敵の手に渡ったと思っていたムラクモが、汝の手元にあることがわかったのだからな。なんといっても悪いのは、ホデリとナシメ。そのためにホホデミは……」

タカギは、苦しそうに顔をゆがめて絶句した。敵の矢をうけて崖下へ転落したという、ホホデミのことが頭に浮かんだ。タケミカヅチの話を聞くに及んでは、その矢は敵が放ったものではないのかもしれない。そんな考えが浮かんだ。しかし、まさかそこまでは。……

「すると、ホデリがナガスネヒコ軍の剣士に敗れたのも、神罰がくだったということじゃな」

タカギは、暗い想念をふり払って、目を窓の外へ向けた。眼下に、急勾配の大屋根や、ゆるやかな勾配の廂屋根が並び、望楼や大門がそびえ立って、その向こうに高天原の山並みがつらなり、石立山へ延びる尾根道が見え隠れしていた。窓から吹きこむ風が春めいた香りを運んでくる。

「この国は大変なことになったたな」

窓から視線をもどしたタカギが、重々しくつぶやいた。

「ホホデミの行方はわからず、ホデリはあのざま、ナシメも許せぬ。張政にも油断がならない。アワジノクニは敵の手に渡り、ナガスネヒコ軍はいつここへ攻めてくるやもしれず……そして」

その言葉には、ヤマトノクニと連合国の王としての苦悩がにじみ出ていた。その胸をおし拉《ひし》ぎそうな苦悩が、言ってはならない言葉までもらしてしまった。

「唯一頼みの綱としていたオオヒミコは……もう歳じゃ……神の声を聞けなくなったのかもしれぬ」

「いいえ、それは違います」

タケミカヅチはきっとなって言った。「オオヒミコムチノ尊には、歳はかかわりありませぬ。どれほどお歳を召されることがあっても、オオヒミコムチノ尊は、神の声を聞く巫女ということに変わりはありませぬ」

「……そうであったな。悪かった」

タカギは、胸にこみあげてくるものをおさえて言った。「ありがとう、タケミカヅチ」

タケミカヅチは黙って頭をさげた。

タカギはいつもの冷静さをとりもどした。

「汝がうち明けたことは、当分の間は秘密にしておこう。これ以上国を混乱させてはならぬ。ムラクモはそのまま汝が預かっておいてくれ。オオヒミコムチノ尊には、折を見て我から話そう。トヨには、なにも言わないほうがいい」

21

「うまくいってなによりじゃ」

ナガスネヒコは、老いてもてかてかと艶のある顔をよじらせてにんまりと笑った。

「これほどうまくいくとは」

キクチも笑顔で答えた。「かえってうす気味が悪いくらいでございます」

二人は、酒を酌みかわして飲んだ。

神意をうかがう誓約と称した決闘で、ナガスネヒコ軍の剣士シラヌが勝利し、約束のとおり、ヤマベ王が明け渡したナイゼン王城へ、ニギハヤヒに代わってナガスネヒコが乗りこんできたのは、一昨日のことだった。アワジノクニの各衛星国の王や邑落の首長がどのような反応を示すのか気がかりだったが、彼らはなんの異議や不服を唱えることもなく、恭順の意をあらわし、不穏な動きはいっさいなかった。神意をうかがう誓約の結果なら、それにしたがうほかはないと決めたのだろう。さすが大陸の西の果てからやってきた、天神の子といわれる彼らの先祖が最初に拠点をおいた国だけはある、と妙に感心したものだった。

「しばらくは無理としても、そのうち王や首長をおさえつけて取り締まりをきびしくし、思う存分上納をとることにしましょう。あの製鉄場で鉄をどんどんつくらせ、剣や太刀、矛、戈などを手に入れなければなりません。そして」

キクチは、ゴクリと唾を飲みこんで言葉を継いだ。「ときを見計らって一挙にアワへ攻めのぼり、ヤマトノクニの本拠地、高天原を征服しましょう」

「そういうことじゃな」

ナガスネヒコは上機嫌で、キクチの椀へ酒を注《つ》いでやりながら言った。「高天原のヒミコの宮殿さえ乗っ取れば、ヤマトノクニはそれまでじゃ。安芸、吉備をはじめ、筑紫などの九州諸国も吾らに帰順《まつらう》であろう。出雲と丹波はいわずもがなことよ。オオナムチノ尊と吾らは通じ合っておるのだからな。そしてニギハヤヒノ尊……いや、あいつは話にならん。ウマシマジはまだ青二才。この倭国は、吾らの思いのままになるというものぞ」

二人はまた、酒をあおって箍《たが》がはずれたように笑いこけた。

シラヌは吐息をついた。

片隅に置かれた灯屋《ほや》の灯りが侘《わび》しげに部屋の中に投げ出され、時折忍びこんでくる隙間風にその炎がゆらめき立って、シラヌの影を床や壁に躍らせた。

シラヌの頭髪はみづらを結ってはいなかったが、きれいに梳《と》かされ、顔を半ばおおっていた無精ひげも剃り、麻物ではあったが、ま新しい衣と褌を身につけてさっぱりとした様子をしている。

ナガスネヒコ軍の剣士としてヤマト軍の剣士と戦い、勝利した。それにより、奴隷の身分を解き放たれて兵士となった。もはやマキムク宮殿での大溝工事の作業をやらされることはない。食事も満足できるものだった。そのうえ、剣の腕前を買われて兵の武術の指南をまかせられるようになり、この一室も与えられた。奴隷だった頃に比べると雲泥の差である。しかしシラヌの心中はけっしておだやかではなかった。

昼間は武術の訓練で時はすぎていったが、夜間になると、なにもすることがなくなり時はとまった。奴隷として働かされていたときは、昼間の重労働の疲れが出て、夜にはなにを考える間もなく眠りこむことができたが、今はそういうわけにはいかなくなった。

おのれに関する過去の記憶がいっさい失われている、という苦痛がいや応なく襲ってくる。自分がいったい誰で、どこでなにをしていたのか、どうしてここにいるのか、こんなことをしていていいのかなどと、考えるといても立ってもいられなくなる。

いろいろと頭を働かせて、頭の底に埋もれている過去の記憶を引き出そうとするのだが、その努力は報われることがない。

果てしない暗闇に包まれた深い森の中をさまよっているようだ。なんとか出口を見つけようとさまよい歩くのだが、目の前は闇がつづくばかり。ようやくかすかな明るみを見出して駆けつけても、いつのまにかそれは闇にのみこまれてしまう。

それでもあきらめることなく探しまわっていると、どこからともなく、ぼうっとした明かりがさしこんできて、今度こそはと喜び勇んで走っていくのだが、それはいつまでたってもぼんやりとした明かりにすぎず、しまいにはそれさえも消えうせて、またもとの暗闇にもどってしまうのだった。

そんな悪戦苦闘の夜がつづいていた。夜が怖くなった。昼間、武術の訓練を行っているときでも、夜のことがよぎって慄然となった。

これではいけない、こんなことをつづけていれば、自分を傷つけ、しまいには本当に狂人になってしまうと気づいた。焦ってもしかたがない、このままでも別にかまわないのではないかと、そう思った。どこかで頭を打って記憶を失ったまま、もうもとの自分にはもどれないのかもしれない。このままの自分を生きていくほかはない。考えてみれば、今の暮らしはそれほど悪くはないのだ。そんな開き直った気持ちになっていた。

気がつくと、目の前にひとりの男が坐っていた。その男は丁重に頭をさげて言った。

「ありがとうございました。おかげさまでこんなに元気になりました」

サハシだった。奴隷として土砂運搬をさせられていたときに比べて、本人も言うように血色がよくなり、からだにも肉がつくようになっていた。シラヌがヤマト軍の剣士との戦いで勝ったことにより、ナガスネヒコとの約束にしたがって奴隷の身分から脱け出し、今は属臣としてこのナイゼン王城で働いていた。

「それはなによりじゃ」

シラヌは、わがごとのように喜びをあらわした。

サハシは、今の仕事は掃除や薪割りなどの雑役でけっして楽とはいえないが、それでも以前の土砂運搬に比べると格段の差があり、食事も十分与えられるようになったと語り、あのままだったら自分はどうなっていたかわからない、恐らく今ごろは死んでいただろう、これもみなシラヌのおかげだと重ねて礼をのべた。

それから急に様子をあらためたサハシは、食い入るようにシラヌの顔を見つめながら、「尊は……もしかしたらヤマトノクニのホホデミノ尊ではありませぬか……たしかにホホデミノ尊……様子は変わっておられますが、たしかに」と声をふるわせた。

「ホホデミノ尊？」

シラヌは、その名を口の中でつぶやいた。自分がホホデミノ尊かと言われても、なんのことかさっぱりわからず、なにも思い当たることはない。おそらくこのサハシが思いちがいをしているのだろうと、そんなことしか考えなかった。

しかし、このホホデミノ尊という名はどこかで耳にしたことがある。ヤマト軍の剣士との戦いで、相手の剣士を追いつめたとき、ヤマト軍の陣営からその名を呼んだ甲高い女子の声だ。自分の過去に関することは思い出せないでいたが、あのときの声ははっきりと覚えている。

「ふしぎでなりませぬのは、ヤマトノクニのヒツギノミコである尊が、どうしてこんなところにおられるのですか。ヤマト軍の剣士と戦って打ち負かしたことも僕《やつがれ》にはわかりません。そのためにこのアワジノクニは、ナガスネヒコ軍に奪われてしまったではありませんか。これにはなにか理由があるのでございましょう。僕を助けるためだったとはとても思えません。どうか、その理由を教えてくださりませ」

サハシは声をひそめて膝を進めた。

「理由などない。我はホホデミというような者ではないのだから」

シラヌは素っ気なく言った。

「僕は野盗の群れに身を投じ、あげくの果てにナガスネヒコ軍の奴隷にされてしまいましたが、もとはといえばヤマト軍の兵士でありました」

サハシは率直な様子で言って、「それゆえ僕を信じて、まことのことをお話しくださりませ」と詰め寄った。

「我はどこかで頭を打って、正気をなくしてしまったのじゃ。過去のことはなにも覚えておらん。それがまことの話なのじゃ」

「そのようにあざむいて、このナガスネヒコ軍にもぐりこみ、隙を見計らって一挙に……そうお考えなのでしょう。この僕にもひと働きさせてくださいませ。こたびのご恩に報いとうござります」

「なにを申すのじゃ」

シラヌは、呆《あき》れたように苦笑した。

「汝《な》がそれほど思いこんだ、そのホホデミノ尊とは、一体いかなる者か聞かせてくれぬか」

「まだそのようなことを……」

たまりかねたように声を張りあげて、サハシは、「ホホデミノ尊!」とまたその名を口走った。

しかし、シラヌは相変わらず無表情のままだった。

とつぜん戸がひらいて、入ってきたのはキクチだった。

「ここでなにをしておるのだ」

キクチは、サハシをにらみつけながら言った。

サハシはあわててシラヌへ一礼し、それからキクチへ向かって頭を床にこすりつけると、急いで出ていった。

「あいつは、なんのためにここへきたのじゃ」

キクチは突っ立ったまま、尊大な様子で訊いた。

「わざわざ、礼を言いに参ったのじゃ」

シラヌは冷淡に言った。「その必要もないのに。我はあの男を助けるためではなく、おのれのために戦ったのじゃ」

「なるほどな」

キクチは納得したように言った。「あいつは汝《なれ》のおかげで大溝工事のつらい仕事から逃れることができたのだからな。どれほど感謝しても足りんというものじゃ」

キクチは上機嫌になってシラヌの前に坐りこみ、サハシはそのほかになにか言わなかったかと訊いた。

「よくわからぬが、あの男は、もとはヤマト軍の兵士をしていたとか申しておったな」

シラヌは無造作に答えた。

「ヤマト軍のもと兵士だと？」

キクチは鋭く目を光らせて、「それだけか。ほかにはなにか……」と性急な口調になった。

「それだけじゃ」

シラヌはあっさり言った。サハシがシラヌのことを、ホホデミノ尊などと口走ったことを話すつもりはなかった。そんなことはサハシの勘違いなのだから。

そうか、とキクチは安心したように表情をゆるめて、うちとけた態度を見せた。

「しばらくはゆっくりしてくれ。そのうちまたひと働きしてもらわねばならぬ」

「と言うと、また……」

シラヌは、気遣わしそうに言葉をとぎらせて、キクチを見た。

「そうではない。今度はちがうのじゃ」

キクチはきっぱりと言った。「吾らは時を見計らって、アワの高天原を攻める。そこはヤマトノクニと連合国の本拠地、女王ヒミコの宮殿があるところだ。そこを攻めつぶしてしまえば、九州諸国、安芸、吉備、越などの国は吾らになびいて、天下は吾らのものになる。汝は、その戦争の陣頭で戦ってもらう」

キクチは、そっとシラヌの顔をうかがった。シラヌの表情は変わらなかった。

今度の働きによっては、どこかの国の王にとりたててもらえるかもしれんぞ、とキクチはシラヌをたきつけて、部屋を出ていった。

キクチが立ち去ったあとも、シラヌはその場に坐りこんでぼんやりと虚空を見つめていた。キクチはヤマトノクニの高天原、ヒミコの宮殿を攻めると言った。その口ぶりでは、ヤマトノクニは強大な国らしい。その国のヒツギノミコであるホホデミが、シラヌだとサハシは言った。

もし自分がホホデミなら、ヤマト軍の剣士と戦うはずはなかったし、これからヤマト軍を攻略するという、ナガスネヒコ軍の陣頭に立って戦う兵士でいるわけがない。いくら自分が頭を打って正気を失っているとはいえ、そんなことは断じてあり得ないと思う。やはりサハシの思いちがいなのだ。

「あのサハシという男は、もとヤマト軍の兵士だったことがわかりました。しかもそのサハシがシラヌの部屋に入りこんで、なにやら話しこんでいました」

キクチが報告すると、ナガスネヒコは顔を険しくした。

「ご心配には及びません」

キクチは力をこめて言った。「サハシは、シラヌのことをなにも気づいていないようでしたし、シラヌにも探りを入れてみましたが、なにも感づいた様子はありませんでした」

「そうか」

ナガスネヒコはほっとしたように顔付きをゆるめたが、すぐその表情はこわばった。

「サハシがもとヤマト軍の兵士とわかった以上は、今のうちに始末したほうが後くされがないというものだぞ」

「それは待ってくださいませ」

キクチはあわてて言った。「サハシが急に姿を消したとなると、シラヌが承知しますまい」

わかったというように、ナガスネヒコはうなずいてみせた。今度は、キクチが心配そうな表情をみせる。

「それよりもですぞ。なにかの拍子に、シラヌがおのれがホホデミであることに気づいたときは、いかが致しましょう」

「いうまでもないことじゃ」

ナガスネヒコはためらうことなく答えた。

「そのときは、生かしてはおけぬ」

22

やわらかな陽光が、祭殿の棟飾りや千木、望楼に降りそそいでいた。なま暖かくさわやかな風が吹きわたっていく。かなたの山腹からさかんに山を焼く煙があがっていた。山焼きのあと、焼畑では粟、稗、豆類の植えつけが始まる。

いよいよ春の到来である。

ヨセフは、この国の四季のめぐりが好きだった。きびしい寒さと不毛に閉ざされた冬から、ぬくもりと生気がよみがえってくる春先をとくに好んだ。梅や桜、桃の花が咲いて、みずみずしい緑の若葉が生い茂ってくる。その下で呼吸していると、生きる喜びと生かされている感謝に胸が熱くなった。

しかし、今はちがっていた。宮殿全体をおおう重苦しい空気に息が詰まりそうだった。ホホデミは依然として行方がしれず、ホデリはナガスネヒコ軍の剣士との真剣勝負に敗れ、ヒミコは神の声を聞くことができず、ナガスネヒコ軍の足音が迫ってくる不安と恐怖におののいていた。

ヨセフはふと、ヨシュア・メシアが処刑される直前の弟子のことを思った。

ヨシュアは、自分に降りかかる悲惨な運命をほのめかせたが、弟子たちはなんのことかよくわからず、混迷と不安を抱えていた。弟子のひとりイスカオリテのユダの密告により、弟子たちの目の前でヨシュアはローマ兵に捕らえられ、総督ピラトの裁きをうけた。これといった罪科がないまま、処刑を宣告された。弟子たちはおろおろするばかりでなにもできず、中には、おのれはヨシュアの弟子ではないと言って、逃げる者もいた。

ヨシュアは十字架にかけられて死んだ。しかし、それは終わりではなかった。みずから予言したように、三日後によみがえり、弟子たちにその姿を見せたあと、天へ昇っていった。そのことを、おのれの目で見、手で触って知った弟子たちは、ヨシュアの教えをひろめるために命をかけて戦った。

いっぽう天に昇ったヨシュアは、神の右の座に坐った。神といってもヤハウェではない。ヨシュアがわが父と呼ぶ至高の神のことである。

ヨシュアが神の座の右に坐ったのなら、左に坐っている者は誰なのか。——偉大な指導者モーセでなく、預言者エリヤでもなく、エレミヤでもない。それでは誰なのか。

左に坐っているのも、やはりメシアだった。メシアは二人いる。ベツレヘムで生まれ、エルサレムで神の教えを説いたのち、処刑され復活して天へ昇ったヨシュア・メシア。もうひとりのメシアは、天地がつくられる以前から存在し、永遠に生きる至高の神の子としての霊である。

もともと、右の座に坐っていたメシアの霊が、ヨシュアのからだに入って肉化し、ヨシュア・メシアとなり、天に昇って右の座に坐るようになったのである。左のメシアの霊も肉化しなければならない。右に坐ったヨシュアは、男であり父である。左に坐るのは、女であり母でなければならない。神は、人間を男と女につくられたのだから。神は万物をこえ両性具有である。右の男・父と、左の女・母がひとつになったとき、神の座は完成することになり、この世は。……

メシアの霊が降りなければならない地上の女であり、母である者。そして、ヨシュア同様ダビデ王の血をひく者。

ヨセフは、窓から見える祭殿へ目を向けた。その一室に引きこもっているヒミコの姿が頭に浮かんだ。神の声にうらぎられたにもかかわらず、なおも神を信じつづけ、神のしるしである太陽に向かって祈りを捧げるヒミコ。

愕然となった。ヨシュアと同じようにメシアの霊がヒミコに入るということは、ヨシュアと同じような運命をたどることになる。――悲惨な死をとげたり、それこそ信じがたいことだが、処刑ということがあるのかもしれない。

恐ろしいことだ。あのたおやかな老いた女性に、ヨシュアに背負わされた過酷な道を歩ませることが許されてよいのだろうか。

第一ヒミコには伝えなければならないこと、わかってもらわねばならないことがある。ヒミコには特別な使命が与えられているからだ。まだ死なせるわけにはいかない。とんでもないことを考えたものだとヨセフは悔やんだ。

ヨセフは手元を探した。だがそれはなかった。いつも身のまわりにおいていた聖書。旅の途中で紛失してしまったのだ。しかたなく目を閉じ、太陽へ向かって祈りの言葉を唱えた。

「トヨは女王になります」

トヨは、また声を聞いた。以前と同じく澄んだ女の声。だが今は、「ヒミコは死にます」ではなく、「トヨは女王になります」と言ったのだ。

ぼんやりと坐っていた。油皿の灯が、風もないのにゆらめき立っている。

これも神の言葉なのだろうか。もしそうだとしたら、これはどういう意味だろう。ヒミコが死ぬことはないのだし、トヨが女王になることなど考えられない。どうして神は、こんな言葉を――

張政の言葉が頭をかすめた。ヒミコはもう歳だ、神の声を聞けなくなった。ヒミコが女王になったのは十三のとき、トヨも十三になった。われにまかせろと張政は言った。

張政がいけないのだ。あのようなことを言ったものだから。

油皿の灯がしきりに明滅して消えようとしている。

神の声ではない。「ヒミコは死にます」「トヨは女王になります」この言葉のどちらも、神から出た言葉ではない。そうだとしたなら。……

自分の声だ。自分の心の底から出た言葉なのだ。そうだ。おのれの願望が……心中にひそんでいた欲望が声となり口をついて出たのだ。

油皿の灯が消え、部屋の中は真っ暗になった。窓の外では、鵺《ぬえ》がうす気味悪い声で鳴いている。自分のたましいが鵺にさらわれてしまうのではないかという恐怖に襲われ、からだが底の知れない沼に落ちこんでいくような気がした。

人の気配を感じたのはそのときだった。次の瞬間、目の前へ手がのびてきてトヨの口をふさいだ。同時に両腕をつかまえられて、身動きがとれなくなった。頭巾をかぶった二人の男が見えた。悲鳴をあげようとしたが、声にならない。手足を捲縄で縛られ、口にも猿ぐつわをかまされた。

トヨのからだは、男たちが用意していた大きな荒布の袋に押しこめられた。部屋の外へ出てあたりをうかがうと、二人の男は、トヨを押しこんだ袋を担いで、戸口から外へ出て、暗闇にまぎれこんだ。

トヨは袋の中から助けを呼ぼうとしたが、声は出ず、手足を縛られてどうすることもできない。誰がなんのためにこんなことを。どこへ連れていくつもりだろう。これからどうなるのだろう。見張ってくれていた兵士はどうしたのだろう。——そんな考えが頭の中を駆けめぐるだけだった。

目の前は真っ暗。いやな匂い。息苦しさ。頭がぼうとして気が遠くなりかける。男たちの足がとまった。袋の口がひらいて、頭巾をかぶった男の顔が現れ、トヨのからだは床へ引きずり出された。猿ぐつわと手足を縛った縄はそのままにして、男たちは一言も発することなく出ていった。

がらんとした部屋だった。片隅の油皿で燃える炎が、埃まみれの床と丸太を並べた壁を、ぼんやりと照らし出していた。さかんにその炎がゆらめき立って、ひとりの男が現れた。男の顔は影に包まれている。一歩踏み出したとき、油皿の灯りが男の顔を浮かびあがらせた。

ナシメだった。その背後に先程の二人の男が控えていた。ナシメはトヨに向かって近づきながら、刀子を抜いた。トヨは口の中で悲鳴をあげ、はげしく身悶《みもだ》えた。ナシメは黙ったまま、刀子でトヨの手足を縛っていた縄を切り放ち、猿ぐつわをはずした。トヨは大きく息を吸い吐き出して、ナシメをにらみつける。

「手荒な真似をして申し訳ありませぬ。お詫び申しあげます」

ナシメは、両手を突いて頭を床にこすりつけながら、殊勝な様子で言った。

「汝《なれ》の差し金《がね》だったのか」

トヨは身繕いしながら、威厳をこめて言った。「妾を誰と思っているのじゃ。ゆるしませぬぞ」

「ご怒りはもっともでございます。これには理由《わけ》がありまして、実は……」

「理由など聞きとうない。妾は帰りたいだけじゃ」

「帰らせて進《しん》ぜましょう」

顔をあげたナシメは、急に険しい声になった。「ムラクモの剣は、今誰が持っているのか、それともどこかに隠してあるのか、それを正直に教えていただければ、すぐにでもお帰りになることができます」

やはり、とトヨは思った。ホデリが持っていたムラクモの剣をにせ物とすり替えたのはトヨだと、ナシメは気づいていたのだ。

「なにを申すのじゃ。妾にはなんのことかさっぱりわかりませぬ」

トヨはなに食わぬ顔で言った。「ムラクモは、ホデリノ尊がナガスネヒコ軍の剣士との戦いに敗れたとき、相手の剣士に奪われてしまったことを忘れたのか」

「とぼけたことを申されては困ります」

ナシメは相変わらず言葉づかいはていねいだったが、声は凄味をきかせた。「あの戦いの前に、すでにムラクモはヒメの手に渡っていたのだ。ホデリノ尊とタケミカヅチが剣の稽古をしているとき、ホデリノ尊が持っていたムラクモを、にせの剣ととり替えたのはトヨヒメだと……」

「妾は知りませぬ」

トヨはさえぎって、「ここにはおりたくありません」と叫んで立ちあがりかけた。ナシメはトヨの両肩をつかんで引き寄せた。「ヒメの部屋にないことはわかっている。どこかに隠したか、それともタケミカヅチが……」ナシメは、細い目を光らせてトヨの表情をうかがう。トヨはナシメを見返したが、あわてて目をそらした。

「わかったぞ」

ナシメは声を上ずらせた。「ムラクモは、タケミカヅチが持っているのだ。そうだな？」

「いいえ、タケミカヅチはなんのかかわりもありませぬ」

トヨは、思わず突拍子もない声をあげた。それからナシメをにらみつけた。「汝はなにを考えているのじゃ。ムラクモがどうのこうのと、一体あの剣をどうするつもりじゃ」

「もとよりホデリノ尊の手に返しまする。ムラクモは尊のものですからな」

「嘘じゃ。ムラクモはヒツギノミコのホホデミノ尊のもの。そのほかの誰のものでもないのじゃ」

「ホホデミノ尊は死んだのだぞ」

「いいえ、尊は生きています。そしてやがてここへ帰ってきます。帰ってきたら妾が……」

「帰ってきたら、ヒメはなんと致す？」

トヨはとっさになにか言いかけたが、あわてて手で口をおさえた。

ナシメは高笑いをした。

「これではっきりしたぞ。ムラクモをタケミカヅチに預けておいて、ホホデミノ尊が帰ってきたなら、ヒメみずからの手でその剣を渡すつもりだったのだな。聡《さと》いように見えて、しょせんは童女にすぎぬ」

ナシメは急に笑いやめて、油皿を引っ掴み、燃え立つ炎をトヨの顔に近づけた。トヨは悲鳴をあげて身をひいた。ナシメは油皿の炎をトヨに突きつけたまま、背後の男たちに告げた。

「タケミカヅチのところへ行って、こう言うのじゃ。ムラクモをよこせ。よこさなければ、トヨヒメの顔をこの炎で……」

「わかりました。ナシメ殿」

答えて、二人の男は戸口へ向かう。

「やめて！」

トヨは金切り声をあげた。「大声を出して、人を呼びますよ」

ナシメはせせら笑った。

「ここは森の中の一軒家じゃ。どんなに叫んでみても、誰も助けにきてはくれないぞ」

「果たしてそうかな」

声が聞こえて、ナシメは凍りついた。戸口から、ナシメの二人の部下が後ずさってくる。二人の男に迫りながら姿を現したのはタカギだった。その隣にタケミカヅチが控え、背後に武装した兵士たちが居並んでいた。タカギは、ナシメの二人の部下に向かって言った。

「タケミカヅチならここにいるぞ。汝《な》らは、タケミカヅチになにか言いたいことがあるそうじゃが」

ナシメの部下は怖《お》じ気づいて、首を横に振りながらさらに後退した。ナシメが茫然として突っ立っている隙に、トヨは身をひるがえして逃げようとする。すかさずトヨの背後へ手をのばそうとしたナシメは、兵士たちが突き出した矛先にさえぎられた。ナシメの部下二人は、兵士たちに包囲されて武器を捨てた。

「勘違いめさるな、タカギ王。吾らはここでトヨヒメと話をしていただけでございます」

ナシメはぬけぬけと言った。

「黙れっ！」

タカギは大喝した。

「稚ヒミコに対する無礼な振る舞い、とうてい許せるものではない」

兵士たちは太刀や矛を突きつけて、ナシメを追いつめていく。ナシメの部下は二人ともすでに捕りおさえられ、縛りあげられていた。

「やめろ！　吾は魏国の率善中郎将だぞ」

ナシメは、頭椎の太刀を抜き払った。

「率善中郎将なら、ホホデミノ尊が持っていたムラクモをにせの剣とすり替え、今またトヨヒメに無礼な働きをしてもよいと言うのか」

「ホホデミノ尊のムラクモをすり替えただと。そんなことは知らん」

ナシメはうそぶいた。

「汝《なれ》の仕業だということはわかっているのじゃ。観念しろ」

「ちがう。吾ではない」

「オオヒミコムチノ尊の前でも、そう言いはることができるのか」

ナシメは太刀をふるおうとしたが、突き出された数本の矛先にはじきとばされた。間髪を入れず兵士たちが躍りかかって、ナシメのからだをねじ伏せる。なにをする、やめろ、とわめき散らしながら、ナシメはなおも抵抗したが、兵士たちによってたちまち後ろ手に縛られ、猿ぐつわをかまされた。

「大丈夫ですか、トヨヒメ」

タケミカヅチが、うずくまっているトヨにやさしく声をかけた。

「こんなこともあろうかと、網をしかけて待っていたのじゃ。愚かなやつめ」

タカギは、なおもあがいているナシメへ、毒々しい一瞥を投げた。

トヨは顔を蒼ざめさせぐったりとなって、なにがどうなっているのかわからないまま、嗚咽をこらえるだけだった。

「この三人を、土牢へ放りこんでおけ」

タカギ王がおごそかに命じた。

23

「さすがだな」

　高殿の回廊に立ったキクチが感嘆の声をもらした。眼下の広場では、シラヌをとり囲んで、ナガスネヒコ軍の兵士が剣の稽古に励んでいた。春めいた風が吹いて、やわらかな陽光が、シラヌの孤愁の姿や、兵士たちの真剣な顔に照りつけている。

　木剣のふれあう音、土を踏みしめる音。大気を引きさく掛け声。荒い息遣い。今もはげしい木剣の音が鳴り響いて、苦痛をこらえるうめき声があがる。つづいてもうひとりの兵士が、シラヌの背後へ躍りかかって木剣を振りおろしたが、ふり返りざま揮ったシラヌの木剣に肩先を打たれて地面へ転がった。

「もっと気合いを入れてかかってこい」

　シラヌは、倒れた兵士の背へ足をかけて踏みにじりながら、どなり声をあげた。その声に誘われるように、屈強そうな兵士が雄叫びをあげながら突進して、シラヌの胸元へ剣を突き出す。次の瞬間、シラヌの木剣がその兵士の額を打ち割っていた。

「しっかりしろ。そんなことでヤマト軍に勝てると思っているのか」

シラヌは周囲の兵士をにらみつけながら、叱声を浴びせた。おちついて悠然とした態度、それでいて敏捷な動きと剣さばきの冴えだった。だがその表情は、木彫りの仮面のようにうつろだった。

「その調子で鍛えてやってくれ。わが軍の兵士は一段と強くなるぞ」

回廊から広場を見おろしながら、キクチは満足そうにつぶやいた。

シラヌがまだ正気をとりもどしていないことはまちがいない。ヤマトノクニのヒツギノミコであるホホデミが、ナガスネヒコ軍の兵士を鍛え、その兵士とともにヤマトノクニの宮都高天原へ攻めこんで、ヒミコの宮殿の兵士を斬り倒す。そのことを想像すると、腹の底からこみあげてくる笑いをこらえることができない。

その笑みは、すぐけし飛んでしまった。サハシがいなくなったと、駆けつけた二人の兵士が報告したのだ。

「あちこち探してみましたが、どこにも見当たりません」

ひとりの兵士が喘ぎながら言った。

「しっかり見張ってろと、あれほど言っておいたではないか」

キクチはいまいましそうに声を荒げた。

「申し訳ありません。ちょっと目を離した隙に」

もうひとりの兵士は、深々と頭をさげた。

アワジノクニ大野のナイゼン王城は、幾重にも環濠と土塁、城柵がめぐらされ、物見櫓からつねに兵士が監視している。サハシのような男が、容易にこの王城から脱出できるはずはないとキクチは思った。

「もっとよく探してみろ。どこかにひそんでいるはずだ」

わかりました、と二人の兵士はまたあわただしく走り出す。

「刀根利《トネリ》、念のため門番にも当たってみろ」

トネリと呼ばれた兵士は、承知しましたと答え、もうひとりの兵士とは別れて大門の方へ駆けていった。

「男を見なかったか？　雑役のやせた男じゃ」

トネリは大門の番兵のひとりに訊いた。もうひとりの門番の兵士は、大門の反対側に立っていた。

「その男なら……」

顎ひげを生やし、いかつい顔をしたその番兵は、おどおどした様子で口ごもった。

「どうした？　まさか」

トネリが詰問すると、番兵はしどろもどろに答えた。

「そんな男がここを通してくれと言ってきたんです。許可証を持っているかときくと、返事をしないものですから、それでは通すわけにはいかないと追い返しました。ところが、そこへ吉備国から使者が参りまして、その応対をしている間に門を通って出て行ってしまいました」

「いつ頃だ？」

「つい先程です。まだ遠くへは行っていないはずです。その道を真っすぐ行って、番小屋を左に曲がりました」

「どうして知らせなかった？」

「今知らせに参ろうと思っていたところです」

たわけと、トネリはその門番を蹴りつけ、もう一人の番兵を連れて駆け出した。

番小屋を左に曲がると、田畑がひろがり、その間を長い道が一直線にのびていた。道に人けはなかったが、田畑では男たちが作業に励んでいた。

田では稲株や雑草を掘りおこす田おこしが始まり、苗代に稲籾《いなもみ》をまいていた。畑では、真桑瓜《まっかうり》、瓢箪、紫蘇、生姜、大根、牛蒡、韮、隠元豆、藍草などの種まき、茗荷《みょうが》、里芋などの苗の植えつけが行われていた。そのいっぽうで、麦や春どりの大根などをとり入れている。田畑で働く百姓たちは、血相を変えて走っていくトネリと番兵には目もくれなかった。花を咲かせた桃や、実をつけ出した梅の木を通りこして、二人は駆けていく。その前に木立におおわれた丘が迫り、その丘は後方の山並みへつらなっていた。

その頃になって、トネリたちはようやくサハシを見つけた。走り疲れたのか、サハシの足取りはのろくなっている。ふり向いたサハシが追手に気づき、あわてて丘へ向かって走り出した。

丘にたどり着いて林の中へ入っていくと、道は上り坂になり、サハシの足はよろめいた。トネリと門番の兵士は、勢いづいて追いすがっていく。

「とまれ、サハシ」

トネリは太刀を抜いて叫ぶ。サハシはちらりとふり向いたが、なおも荒い息を吐きながら、必死に足を運ぶ。そんなサハシに、二人が追いつくのに時はかからなかった。

「世話をやかせやがって」

サハシの前に立ちふさがったトネリが、唇をゆがめて毒づいた。サハシはうつむいたまま胸を喘がせている。足元から渓流の音が聞こえていた。

「さあ、もどるんだ」

トネリは剣をつきつけて命じた。サハシは黙ったまま、じりじりと後退していく。木洩れ陽のまばらな影が青ざめたサハシの顔をよぎって、サハシの足は道端の草むらを踏んだ。

「危ないぞ！」

トネリが口走った瞬間、サハシの足は宙を泳いで、からだをのけぞらせ、そのまま落下した。

トネリが走り寄ってのぞくと、切り立った断崖の下を水嵩《かさ》をました谷川が流れていた。サハシの姿はどこにも見当たらず、川の流れがあちこちの岩に砕けて白く波立っている。


「亡骸は見つけたのか？」

キクチは不機嫌そうに言った。

ナイゼン王城へ引き返したトネリが、サハシは谷川に落ちて死んだと報告したのだった。

「いいえ、亡骸はみつかりませんでした」

トネリはそう答えるほかはなかった。

「亡骸をみつけなければ、死んだとはいえないぞ」

「あの川は、雨あがりで水嵩をましており、サハシはどこまで流されたかわかりません。探すのは大事《おおごと》ですし、あいつの体力を考えれば、とても生きているはずはありません」

トネリは弁解した。

キクチは、唸り声をあげて腕を拱いた。サハシが生きようが死のうが、そんなことはたいしたことではないが、サハシがいなくなったことを知ったときのシラヌのことが気がかりだった。サハシはどうした、また奴隷にもどしたのではないのか、とひと騒ぎするかもしれない。あげくの果てに剣をふるって大暴れでもされたら厄介だ。そう思うと背筋が寒くなった。

そのとき、頭に閃きが走った。

ちょうど、ニギハヤヒの子息のウマシマジとタカクラジが、トミノクニへ帰ってきたという知らせが入り、ナガスネヒコは、兵士を引き連れてマキムク宮殿へ帰っていったのだが、サハシをその手勢の一員として同行させたことにすればよい。それでシラヌを納得させることができるだろう。当分は、なんとかごまかすことができるはずだ。

もしサハシが死んでいなかったら。……あの男が、シラヌがホホデミだということに気づいていたら?……無理にここを脱出したのも、シラヌのことを、高天原のヒミコの宮殿へ知らせるためではなかったのか。そう思うと、キクチはまた寒気を覚えたが、トネリが言ったように、水嵩をまし流れが急になった川へ転落したのなら、あの体力ではとても生還は無理だろう。

「たしかにサハシは死んだのだな」

キクチは念をおしたが、それはおのれの胸にも言いきかせる言葉だった。

「まちがいありません。サハシは溺れて死んでいます」

トネリは断言した。

24

ヨセフは気落ちしながら、自分に与えられた客殿の一室へもどった。

ヒミコに会わせてほしいとコヤネに申し出たのだが、今は誰にも会いたくないという返事が返ってきただけだった。それなら、われはいつまでもここに滞在しているわけには参りません、帰らせていただきます、とヨセフは申し出た。

「今しばらく、汝《なれ》はここにいるようにとのオオヒミコムチノ尊のお言葉でございます」

コヤネは丁重な様子でヨセフにそう伝えた。

ヒミコに会えなかったのは残念だが、ヒミコはヨセフのことを忘れてはいない。気にかけてくれていることがわかったのが、せめてもの救いだった。

相変わらず、重苦しい空気が宮殿をおおっていた。ヨセフに対する女官や侍女、兵士たちの冷たい視線も変わらない。なにか大変なことがおこるかもしれないという不安と、不吉な予感もしていた。ヒミコに会いたいと思ったのも、このいやな空気から逃れたかったのと、女官や侍女に、自分がヒミコにとって大事な客だということを見せつけてやりたい、そんな気持ちが働いたのだった。

ヒミコに会って話したいことはいくらでもあった。なにをどう切り出せばいいのかわからないほどだったが、いざヒミコと顔を合わせると、ふしぎなことに言葉が次から次へと流れるように口をついて出てくるのだ。以前、大広間で、ヒミコ、タカギ、トヨなどを前にして話したときもそうだった。日頃話すことを苦手としている自分が、存分に語ることができたのにはおどろいたものだ。きっと神の霊に導かれたのだろう。

トヨが訪れてきたのは、そんなことを思っているときだった。

「ちょっと、いいでしょうか」

トヨは恐る恐る言った。どうぞ、どうぞとヨセフは笑顔で迎え入れた。

「われもトヨヒメとは、一度ゆっくりお話ししたいと思っていたところです」

「でも、あまりゆっくりはできませぬ」

トヨは、ヨセフの前に坐って言った。ナシメの一件以来、女官長ウズメの監視の目がきびしくなり、トヨの周囲には、たえずマキなどの女官を付かせていた。今も、マキが湯浴みに行ったときを見計らってここへやってきたのだ。ヨセフに会ったことがわかれば、ウズメになにを言われるかわかったものではない。

ナシメと二人の部下が土牢に閉じこめられたことで、ナシメがムラクモの剣をとり返しにくるのではという懸念からは解き放たれていた。ヨセフはこのナシメの一件は知らないようだった。

「あの話、妾らのご先祖が汝のいうイスラエルの国から、この倭国へやってきたというのは、本当《まこと》なのですか?」

以前からトヨが、ヨセフに直接訊いてみたいと思っていたことだった。

「もとより本当の話でございます」

ヨセフはトヨの質問を待ちかまえていたように、熱っぽい口調で言った。「オオヒミコムチノ尊、タカギ王、今は行方知れずになっておられるホホデミノ尊、ホデリノ尊、そしてトヨヒメ、汝《いまし》もダビデ王の血をひく尊いお人であります」

「でも、オオヒミコとタカギ王は認めていないではありませぬか。妾もなにも聞いておりませぬ」

「いいえ、オオヒミコ、タカギ王は心の中では認めておられます。われにはよくわかります。ただ、表向きにははっきりそうだと申されぬだけのこと。これには理由があって……」

トヨは、いつか張政が同じようなことを言ったのを思い出した。

「トヨヒメもいずれ近いうちにオオヒミコかタカギ王から、この話を聞くことになるでしょう」

いつもながらヨセフの口調と態度は、張政とちがって真摯で説得力があり、トヨはその気になった。ヨセフはつづけて言った。

「これで、われの第一の務めは果たせたことになります。しかし、われがここにいるということは、神のみ心、み言葉を伝える使命がまだ残っているということでございましょう」

トヨは、神のみ心、み言葉とヨセフが言ったのを聞いて決心がついた。ヨセフに会ったものの、言い出すべきかどうか迷っていたのだ。

「実は、妾も神の声というか、神のみ言葉を聞きました」

トヨは、ヨセフの顔をうかがいながら言った。

ヨセフはほおうというような声をあげた。トヨの言葉を聞いておどろいたのだが、考えてみればトヨはヒミコの宗女である。やがてはヒミコの跡を継いで女王になる身であり、神の声を聞いたというのは当然のことかもしれない。

「それで、どのような神の声を聞いたのですか？」

ヨセフは期待をこめて、トヨの顔をのぞきこんだ。トヨはためらった。言ったところで、そんなものは神の声でも言葉でもないと、一笑に付されるかもしれない。だが、いたわるような慈愛のこもったヨセフの表情を見て、唇は自然に動き出していた。

「神の声というのは……それは……ヒミコは死にます。トヨは……」

トヨはそこまで言ったが、後の言葉は喉にのみこんだ。

ヨセフは凍りついた。目の前の虚空をじっと見つめている。その目が妖しい火のように燃えている。下顎がふるえているようにも見えた。

「妾が悪うございました」

トヨは床に身を投げ出して、「神の声などではありませぬ。女王になりたいという妾の心の中の願いが、欲望があのような言葉となって……あれはけっして神のみ言葉ではありませぬ。どうかお許しくださりませ」と泣きじゃくった。

「いいや、そうではない」

ヨセフは目の前を見つめたまま、つぶやくように言った。トヨが聞いた声、「ヒミコは死にます」……先日考えたことがよみがえった。神が約束された西のカナン、エルサレムの地において、ダビデ王の血をひくユダヤの王、男であり父であるヨシュアにメシアの霊が入り、神によって定められた宿命のもとに死んで天に昇り、神の座の右に坐る。そして神が約束された東のカナン、倭国の高天原において、ダビデ王の血をつぐヤマトノクニの女王、女であり母であるヒミコにメシアの霊が入り、神によって定められた宿命により死んで天に昇り神の座の左に坐る。それにより、父なる至高神と、その子で男であり、メシアの霊が肉化したヨシュアと、その子で女であり、メシアの霊が肉化したヒミコの三座がそろうことになる。自分のこの考えが、トヨの言葉を聞いて単なる妄念でないことがわかってきた。ヨセフは、感にたえない様子で言った。

「トヨヒメが聞いたのは神の声であり、み言葉であった。確かなことです」

トヨは突っ伏したまま泣きやめようとはしなかった。

ヨセフは、トヨの気持ちがわかるような気がした。「ヒミコは死にます」という声が、みずからの心の中の願望などではなく、ヨセフによって神の声だと知らされたのは、トヨにとって喜ばしいことだったかもしれないが、その半面「ヒミコは死にます」という言葉の意味をひしひしと感じ、ヒミコの行く末を思って嘆き悲しんでいるのだろう。

「なにも心配したり、恐れることはない。これからなにがおころうとも、それは神のみ業によるものです。神のみ心にすべてを任せることです」

それは、トヨに対する言葉であるとともに、ヨセフ自身を納得させるための言葉だった。

トヨはなおも泣いていた。ヨセフは、ほかになにか言わなければと思ったが、どんな言葉をかければいいのかわからない。そのとき、どこからともなく浮かんできた言葉が、いつのまにか口をついて出ていた。

「目の前のものを見なさい。それからみずからの心の中を見なさい。そうすれば光り輝くものを見出すことができるだろう。隠されているもので現れてこないものはないのです」

ヨセフは、どうして自分がそんなことを言ったかわからなかった。自分の頭の中で考え出したことなのか、それとも聖書で読んだ言葉だったのだろうか。それとも。……トヨは泣きやんだ。ヨセフの言葉がわかったのだろうか。涙を手でおし拭って、トヨは思いがけないことを言った。

「昨年、この国では日蝕《にっしょく》がありました。今年もつづいて日蝕がおこると、ジンリョウ邑落の祈祷師がそう申しております。そんなことがつづいておこるなど、気味がわるうございます」

日蝕。

ヨセフは、九州諸国を遍歴していたとき、日蝕がおこり大騒動になったことを思い出した。太陽が欠け出し、あたりがうす暗くなってくると、住民から恐怖の声と悲鳴があがり、中には狂人のように駆けまわる者もいた。これは日蝕というものだ、すぐ太陽はもとへもどるから大丈夫だと、何人かの長老が右往左往する住民をなだめまわった。間もなく長老が言ったように欠けていた太陽が満ちてきて、ようやく住民は安堵したものだ。その日蝕が昨年につづいてまた今年もあるという。

トヨはどうしていきなり日蝕のことを言ったのだろう。おそらくなんの気はなしに話したのだろうが、その言葉が妙に気にかかった。……そのとき思いあたった。ヨシュアが処刑され復活した年の前後にも、日蝕が相次いでおきていたのだ。

そうだったのか。ヨセフは心の中でうめいた。やはり、これは神のみ計画なのだ。ヨセフの頭に浮かんだ想念は、今やゆるぎない確信となり、盤石《ばんじゃく》の重みとなって胸に居すわった。

女官が稽古しているのだろう、琴や笛、鼓などの合奏の音が女人の郷から昼下がりのけだるい空気を伝わってきた。

　ホデリは、窓際に近づいて外を見た。

　女人の郷の屋根越しに朝陽を浴びた広場が見えたが、そこは人けもなく静まり返っている。空耳だったのかとホデリは思った。木剣のふれあう音と、掛け声が聞こえたような気がしたのだ。

　あの広場で、弟のホホデミとよく木剣の試合をしたものだ。二人の技量はまったくの互角だった。ところが、実際の戦争になるときまってホホデミがめざましい働きをし、兄であるホデリはふるわなかった。どうしてだろうといつもふしぎに思っていた。

　アワジノクニ大野のアサカの丘の戦いでは、それが逆になった。ホデリが鮮やかな戦闘ぶりをみせ、弟のホホデミは精彩を欠いた。あれはムラクモの剣のせいだったのか。あの戦いの前に、ナシメがこれを使えと言って差し出したあの剣が、ムラクモだったのか？

　いいや、それはちがう。ムラクモの剣は、アサカの丘の戦いでホホデミが敵の矢をうけ、崖下に転落する直前、死を覚悟し兄のホデリに譲るために崖縁へ置いていったものだ。我はそれを拾ったにすぎない。だからあのときの戦いぶりは、ムラクモのせいではなく我の実力だったのだ。

　あっ、とうめいてホデリは額を手でおさえた。ナガスネヒコ軍の剣士との真剣勝負でうけた額の傷は、今ではすっかり癒《い》えていたが、どうかした拍子にはげしく痛むことがある。そのたびに、敗れたときの悔しさと屈辱感が襲いかかってくる。

「ちくしょう、この恨み辱《はずかし》めは、必ず晴らしてやる」

　ホデリは奥歯をギリギリかみしめながら、心の中でそう誓った。

またいつもの疑念が頭の中をよぎった。あのナガスネヒコ軍の剣士。——あれはホホデミだったのか？　仮面でおおわれていて顔はよくわからなかったが、仮面からのぞくあの眼差し、からだつき、剣のさばき、あれはホホデミとそっくりだった。あの剣士は、やはりホホデミだったのか——いいや、そんなはずはない。頭をふってその邪念を追い払った。

ホホデミがナガスネヒコ軍の剣士として、ヤマトノクニの我と戦うわけがない。第一、ホホデミは死んで、もうこの世にはいないのだ。ばかげたことを考えたものだ。ホデリは自分を笑いたくなった。

目の前に白いものがふわっと漂った。ホデリは息をのんだ。それはしばらくそのまま漂っていたが、やがて引き絞られるように形がはっきりしてくる。気がついたときには、白いものはくっきりとした人影になっていた。

男だった。首から足元まで白色におおわれ、黒く長い髪がゆったりとした流れを描いて肩先まで垂れている。端正で彫りの深い目鼻立ちで、表情はおだやかだったが、目はもののけのように妖しく光ってホデリを見つめている。髪形こそちがうが、それは。——

「ホホデミ！」

ホデリは思わず口走った。そのとたん、白い人影は、すっとあたりの空気へ吸いこまれるように消えていった。

25

「吾《あれ》は、タケミカヅチがホデリノ尊から奪いとったムラクモを、とり返したかっただけでございます。トヨヒメには手荒なことをしてしまい、申しわけなく思っております」

ナシメは、トヨへ向かって殊勝げに頭をさげてみせた。

祭殿の大広間。上座の正面にヒミコが坐り、その左右にタカギ王とトヨが控えている。タカギの隣に張政が権柄《けんぺい》な様子で坐って、ホデリ、オモイカネ、コヤネ、フトダマ、タケミカヅチ、タジカラオが両側に並んでいる。その中央で、後ろ手に縛られたナシメが神妙にかしこまり、背後には、これも後ろ手に縛られたナシメの二人の部下が小さくなっていた。

きょうのヒミコは、頭に青い管玉をつらねた冠をかぶり、眉を濃く描いて唇を赤く塗り、枝分かれした鹿の角をあしらった儀仗を握りしめていた。いつもとはちがって険しい雰囲気を漂わせている。

「ナシメの申したとおりじゃ」

張政がおもむろに言った。「こうしてトヨヒメには詫びていることだし、十日間土牢へ入って罪を償ってもいる。だから、もう自由の身にしてやってくれ。ナシメは、わが魏国の皇帝が任命した率善中郎将でもあるのだからな。われからもお願い致す」

タカギは張政を無視し、ナシメをにらみつけた。

「汝《なれ》は、タケミカヅチがホデリノ尊から奪ったムラクモの剣を、とり返そうとしただけだと申したが、そうではあるまい。そもそも汝は、ホホデミノ尊のムラクモをにせの剣とすり替えてホデリノ尊に渡し、アサカの丘の崖縁で拾ったようにみせかけたのじゃ。ホホデミノ尊が行方知れずになったのも、もとはといえば、汝がホホデミノ尊のムラクモを奪ったせいじゃ。その罪こそ重いことを知らねばならぬ」

「嘘だ、そんなことはでたらめだ」

ナシメは、後ろ手に縛られながら大声でわめいた。

「アサカの丘の戦いで、ホホデミノ尊が敵の矢をうけて崖下へ落ちる直前、ムラクモの剣を崖縁に残していかれた。それをホデリノ尊が拾ったということにまちがいありません。そうでしたな、ホデリノ尊」

ナシメはホデリを見た。ホデリは、一瞬おどろいたようにナシメを見返していたが、すぐうなずいた。

「ナシメの申したとおりじゃ。弟はみずからの死を悟って、兄の我にムラクモを譲ろうとしたのでしょう」

ホデリは、ナガスネヒコ軍の剣士との果たしあいで受けた額の傷を、前髪を垂らしておおい隠していた。

「ナシメ、それでは訊くがの」

タカギがナシメへ向かって膝をのり出した。「そうであれば、タケミカヅチがムラクモの剣をホデリノ尊から奪ったと知ったとき、どうして正々堂々と我らに訴え出なかったのじゃ。やましいことがあったからこそ、なにも言えず、トヨヒメにあのような……」

ナシメは目をむいてなにかいいかけたが、口をもぐもぐさせるばかりだった。

「それは、ナシメのやさしい思いやりというものじゃ」

張政が助け舟を出した。「ナシメは、トヨヒメとタケミカヅチが組んで、ホデリノ尊のムラクモを奪ったということを、表沙汰にしたくなかった。二人を傷つけたくなかったのじゃ。こう見えても、ナシメは実にやさしい男なのですぞ。そうであろう、ナシメ」

「仰せのとおりでございます」

ナシメはうやうやしさをとり繕って、深々と頭をさげてみせた。トヨがなにか言いかけた。

「吾から申しあげましょう」

タケミカヅチは、いたわるようにトヨを制して言った。「トヨヒメは、アサカの丘の戦いで、ホホデミノ尊とともに矢弾をうけた従者ゴイチから話を聞いたのです。ゴイチによると、あの戦いのとき、ホホデミノ尊は、ムラクモを誰かによってにせの剣ととり替えられたと申されて、にせの剣をゴイチに手渡した直後に、敵の矢に射られ崖下へ転落したのです。それゆえ、ホデリノ尊があの崖縁でムラクモを拾ったということはあり得ません。ホデリノ尊は、あの戦争のはじめからムラクモの剣を持っておりました。ゴイチは正直な男です。嘘いつわりは申しません」

「ゴイチがトヨヒメにそんな話をしたと言うのか」

ナシメは信じられないというように首をひねった。「ゴイチは矢傷が膿《う》んで高熱を出し、眠りつづけていたというぞ」

「ゴイチは眠りからさめたときがありました。そのとき話してくれたのじゃ」

トヨが思いきって言った。

「それからゴイチはどうなりました？」

ナシメは底意地わるそうな眼差しでトヨを見つめた。トヨはしばらく逡巡してから小さな声で言った。

「また眠ってしまいました」

「それから間もなくゴイチは死んだというではないか」

ナシメは勢いづいて声をはずませた。張政が笑いだした。

「そんな男の話を真にうけたのか。ゴイチは、眠っている間に悪い夢でも見たのだろ。あるいは狐か狸にたぶらかされたのかもしれんぞ」

「悪い夢でも、動物にだまされたのでもありませぬ」

タケミカヅチは断固として言った。「ゴイチは、ホホデミノ尊から渡されたにせの剣を、深傷《ふかで》を負いながらも、草原の一本杉の根元に隠したのです。そのことを、ゴイチはトコヒメに話しました。トヨヒメから聞いた吾がアワジノクニへ出かけて探してみたところ、ゴイチの中したとおり、アサカの丘の草原の一本杉の根元で、にせのムラクモの剣を見つけました。これで、あの男の申したことがけっして夢や幻などではなく、本当《まこと》だったことがわかりましょう」

タケミカヅチはそう言って、ヒミコとタカギを見た。ヒミコとタカギは黙ってうなずいてみせた。だが張政は後へ引かなかった。

「タケミカヅチ。それでは訊くが、今の汝《なれ》の話が本当だということを証しできるのか。本当だと証しできる物、証しができる誰かがいるのか」

タケミカヅチは返答に窮した。ゴイチがトヨに語ったことは、ほかに誰も聞いていなかったし、それ以後も、トヨとタケミカヅチだけの秘密として事を進めたのだ。アワジノクニへ行ってにせの剣を発見したときも、タケミカヅチ以外に誰もいなかった。あのとき、誰かを連れていけばよかったと悔やんだ。ゴイチは死んでしまったし、ほかに証しできることはなにもなかった。トヨのほうを見たが、トヨも黙ったままもじもじしている。

「証すことができないのなら、先程の話は信じられぬ」

張政は勝ち誇ったように言った。「汝ら二人が、ホデリノ尊からムラクモを奪った罪を逃れるために考え出した謀《はか》り事と思われてもしかたあるまい。ナシメにありもせぬ罪を着せようとする汝らこそ、土牢へ入るべきなのじゃ」

張政はちらとトヨへ目を走らせ、タケミカヅチをにらみすえた。タケミカヅチがなにか言いかけるとさえぎって、「これでナシメの濡れ衣は晴れた。釈放してやるのだ。ナシメは自由の身なのじゃ」と一座を見わたしながら、威丈高に叫びたてた。その声に応じて張政の二人の部下が現れ、短刀を抜いてナシメの縄目を切ろうとした。

そのとき、凜とした声が響いた。

「待ちなさい」

ヒミコだった。ヒミコは面やつれして疲れたような様子だったが、漂ってくる威厳に変わりはなかった。

張政の二人の部下は、ナシメの戒めを切ろうとした手をとめ、張政はぎょっとしてヒミコをふり返った。

「ナシメよ。人をあざむくことはできる。されど神の眼をごまかすことはできませぬぞ」

ヒミコは、おだやかだが、冷ややかな声で言った。

「人間の目は、白を黒、黒を白と見誤り、にせ物を本物とみなしたりすることがあっても、神の眼は一点の曇りもなく、けっしてみまちがえることはない。汝が、ホホデミノ尊のムラクモをにせの剣ととり替えたのは明らかなことじゃ。それだけではない。ホホデミノ尊に矢を射かけて殺そうとしたのも汝である。神はすべてをお見通しなるぞ」

ヒミコは鋭い眼光で見つめながら、ナシメへ儀仗をつきつけた。

「嘘だ、吾はムラクモの剣をすり替えてもいないし、まして、ホホデミノ尊に矢を射かけるなど、そんなことは……」

「汝が無実だと言いはるのなら、神の裁きをうけねばなりませぬ」

ヒミコは鋭い口調で言い放った。「隣の部屋に湯をたぎらせている。その湯の中へ、汝の手をしばらくつけるのじゃ。汝が無実ならその手は何事もないが、もし罪を犯しているなら、その手は火傷でただれるであろう。さあ、隣の部屋へ行きなさい」

「たわけたことを。そんなことはできん」

ナシメは顔をゆがめてわめきたてた。

「神の証をうけなさい」

「まやかしじゃ。ナシメ、だまされてはならんぞ」

張政が立ちあがって叫んだ。

「まやかしではない。これは探湯《くがたち》の法と申して、古くから伝わる神の裁きなのじゃ」

タカギがいかめしく口を添えた。

「それなら、タケミカヅチから先にやらせろ」

ナシメは、タケミカヅチのほうへ顎をしゃくって言った。

「ナシメが先じゃ」

ヒミコがぴしゃりと言った。「トヨヒメに狼藉を働いたのは汝じゃ。タケミカヅチではないぞ」

張政はヒミコをにらみつけ、人差し指をつきつけながら言う。

「オオヒミコ、汝《いまし》は神の名を使って人をあざむこうとしておる。ナガスネヒコ軍の剣士との戦いのとき、汝は、ヤマトノクニのヒツギノミコ、ホデリノ尊が勝つと言ったのだぞ。神のみ言葉だとな。だが結果はどうだった。これでも汝の言葉にしたがえというのか」

「張殿、今のそのお言葉、オオヒミコムチノ尊に向かって無礼というものですぞ」

オモイカネが、たまりかねたようにたしなめた。

「我らは神の子であり、神の民なのじゃ。どのようなことがあっても、神の裁きにはしたがわねばならぬ。それが我らの定めというものじゃ。そうであろう。ナシメ」

タカギがナシメに詰め寄った。「身に覚えがないのなら、湯の中へ手をつけてもなんともないはずじゃ。さあ、隣の部屋へ」

「断る」

ナシメは、縛られた手をふりほどこうとしてあがいた。

「隣の部屋へ行かないというのなら、汝は罪を犯したことを認めることになる。それでもかまわないのか」

「吾は罪を犯してはいない」

「それなら、なにも恐れることはないではないか。さあ」

タカギはタケミカヅチを促した。タケミカヅチは立ちあがってナシメの縄尻をとり、隣の部屋へ引っ立てようとした。ナシメは後ろ手に縛られたまま、足をあげてタケミカヅチを蹴った。タケミカヅチが身をひいた隙に、ナシメは戸口へ駆けていく。いち早くタケミカヅチが追いすがって、あらがうナシメをねじ伏せた。「張殿、助けてくれ」とナシメは哀れな声を出した。

「ホホデミノ尊のムラクモをにせの剣とすり替え、そのうえ尊を殺そうとした罪で、ナシメに永牢を申しつける」

タカギが高らかに宣告した。

ナシメは、タケミカヅチに引っ張られて広間を出て行った。「張殿、助けてくれ」とわめきながら。ナシメの二人の部下も、タジカラオに引っ立てられて広間を去った。

張政は、顔を引きつらせ唇をかみしめながらその場に突っ立っていた。ホデリがすっと立ちあがって、「我はなにも知らん。ナシメが勝手にやったことじゃ」と言い捨てると、足早に広間を出て行った。

26

「どうしてこんなことになってしまったのだ」

ナシメの嘆きに誰も答える者はない。聞こえるのは自分の声だけだった。

土牢の中は、暗くひんやりとしていた。まわりは荒くれた岩にかこまれ、天井が低く迫って今にも押しつぶされそうだった。表口には太くて頑丈な格子戸がはめこまれてびくともしない。その格子戸から僅かな月明かりがさしこみ、ごつごつした岩壁に明暗のまだら模様を描いている。月光が届かない奥には物の怪がひそんでいるように思えた。格子戸の外は、こんもりと木立が茂り、立木の間からヒミコの宮殿の灯影がちらちらしている。

いつもなら、夕食がすんで妻と団欒《だんらん》のひとときを過ごしたあと、暖かい楮の繊維でつくった夜具にくるまって、安らかな眠りにつく頃だった。そのことを思うと、今の惨めさがひとしお身にしみる。朝と夕、雑役の男が食事を運んでくるのだが、ナシメがいくら語りかけても一言の返事もせず、粟か稗の団子、山菜の煮物、水を置くと逃げるように立ち去っていく。

「オオヒミコにしてやられたのだ」

ナシメはまたひとりごちた。探湯の法のことだ。無実なら、熱湯に手をつけてもなんともないと言ったが、そんなことはあり得ない。罪があろうがなかろうが、熱湯に手を入れれば大火傷するに決まっている。だから断った。それができないのなら、罪を認めたことになると言いくるめられてしまった。

しかたがないのか。実際、ホホデミが持っていたムラクモを、にせの剣とすり替えたのはこの吾なのだから。

ホホデミが戦場でめざましい働きをするのは、ムラクモの剣のせいだと羨ましがるホデリのために、ムラクモそっくりの剣をつくり、本物ととり替えてやった。本物のムラクモを持ったホデリは、アサカの丘の戦いですばらしい働きをし、それにひきかえ、にせのムラクモの剣を持たされたホホデミは不甲斐なかった。

ムラクモの剣の凄さがよくわかった。それで満足だった。あとは、本物のムラクモを、こっそりホホデミに返すつもりだった。

いっときとはいえ、ホホデミからムラクモを奪いとったことは確かなことだ。だから、その罪で入牢を命じられたのならしかたがない。しかし、ヒミコが言うように、あのときホホデミへ矢を射かけて殺そうとしたなどということは断じてない。そうだ、断じてだ。

この吾がヒツギノミコであるホホデミに矢を射かけるはずはない。あれは敵兵が放った矢なのだ。永牢という刑は重すぎる。なにがなんでも厳しすぎる。ヒミコ、タカギよ、わかってくれ。張殿、なんとかしてくれ。

心の中でぶつくさ言いながら、何気なく格子戸の外を見た。そのとたん、からだがすくんだ。

戦慄が背筋を走った。白い影が月光をかすめたかと思うと、格子戸を通りこし、牢の中へ入ってきてナシメの前に立った。なんの音もなくふんわりと。

すらりとした長身に輝くような白衣をまとい、黒い髪はみづらを崩して肩まで垂れ流し、端正な顔は蝋のように青ざめ、目が妖しく光ってナシメを見つめている。

「ホホデミノ尊！」

ナシメのわななく唇から、かすれた声がもれた。白い影は黙ったまま、さらに歩み寄ってくる。その唇から鋭い剣が突き出て、どろりと血が滴りおちた。

「尊、ゆるしてくれ。殺すつもりはなかった。吾はただ……」

ナシメは、這いつくばって声を絞り出す。白い影は顔を血まみれにし、唇から突き出した二本の剣先を光らせながら、さらに迫ってくる。

「悪かった。ゆるしてくれ。ホホデミノ尊」

ナシメは、大声を張りあげて後ずさる。白い影はなにも言わず、鋭い眼光でにらみつけていた。ゆるしてくれ、助けてくれとなおもナシメは叫びつづけた。

「しっかりしろ、ナシメ」

その声を聞いてナシメがふり返ると、格子戸の外から張政が顔をのぞかせていた。

「助けてくれ、張殿」

ナシメは駆け寄って、張政の手にすがりつきながら、「ホホデミが……ホホデミノ尊が……」と怯《おび》えた声をふるわせた。ナシメの顔は恐怖に引きつり血の気がひいて、目はうつろだった。

「ホホデミだと？　ホホデミがいかが致した？」

「わからないのか。そこ……そこに」

ナシメは、自分の背後を指でさした。

「馬鹿者。ホホデミがこんなところにいるわけはないだろ。しっかりしろ」

張政は一喝した。

張政の声を聞き、その落ちついた顔を見たナシメが恐る恐るふり向くと、白い影はいつのまにか消え失せていた。

「ホホデミは死んだと言ったのは、ナシメ、汝《なれ》ではないか」

「張殿、頼む、ここから出してくれ。こんなところにいたくない。こんなところに……」

ナシメは張政の手を握りしめながら、涙声で訴えた。

「わかっておる」

張政は、声に力をこめて励ました。

「こんなところに、汝をいつまでもいれておくと思っているのか。心配することはない。われが必ずここから出してやる。それまで安心して待っていろ」

「嘘じゃないのだな、本当なんだな。張殿を信じて待っていれば……ここから吾を……頼みまするぞ、張殿」

ナシメは同じ言葉を何度もくり返しながら、張政の手を離そうとはしなかった。

「剣の稽古をつけてくれるのはいいのだが、あの男は、なんともいえん恐ろしい男だぞ」

長身の兵士が、あたりの兵士たちを見まわしながら声をかけた。

「僕《やつがれ》もそう思う」

隣にいた、あばた面《づら》の兵士が同調した。「僕らをまるで敵兵のようににらみつけ、容赦なく打ちこんでくる」

「そのとおりだ」

もうひとりのひげ面の男も相槌を打った。「殺されるかと思ったぞ」

「そうだ、思い出したぞ」

長身の兵士が上ずった声で言った。「あいつは、ヤマトノクニのホホデミという男ではないのか」

「なにを言うのだ」

あばた面の兵士は笑った。

「いいや、言われてみれば確かにそうだ」

ひげ面の兵士が感心したように言った。「この前のアサカの丘の戦いのとき、ヤマト軍のホホデミをこの目で見たのだ。今まで気づかなかったが、よく見るとそっくりなのだ」

「ホホデミといえば、ヤマトノクニのヒツギノミコだぞ。そのホホデミがこんなところにいて、僕らに剣の術を教えるわけがない」

あばた面の兵士がしたり顔で言った。

「それは、そのとおりだが」

長身の兵士は、さらに見きわめようとしてシラヌを見つめた。

広場の中央に突っ立ったシラヌは、とりかこんだ兵士たちをにらみまわしながら、「そんなことでヤマト軍に勝てると思っているのか」とどなり声を浴びせていた。その顔は相変わらず無表情だったが、目は異様に光り、なにかにとり憑《つ》かれたように凄まじい気迫をみなぎらせている。剣術の稽古をつける指南役というよりは、戦場に立つ兵士を思わせた。地面に倒れたまま立ちあがれない兵士や、うずくまって肩や腰に手を当てて苦痛をこらえる兵士がいた。シラヌが一同へ向かって剣を突きつけると、兵士たちはこぞって逃げ腰になった。

「どうして逃げるのじゃ。それでも汝《な》らはナガスネヒコ軍の兵士なのか」

シラヌはまた叱声を投げかけながら、ひとりの兵士へ剣先を向けて「前へ出ろ」と命じた。その長身の兵士は尻ごみしたが、後ろから背中を押されて、しかたなく前へ進み出た。

「かかってこい」

シラヌは、だらりと木剣をさげた。長身の兵士はしばらくためらっていたが、思いきったように木剣をふりかざして襲いかかっていった。次の瞬間、その剣は宙にはね飛ばされ、シラヌの木剣は、長身の兵士の肩先をしたたかに打ちこんでいた。

「参りました」

長身の兵士はひれ伏した。シラヌは近づいて、その兵士の肩先を足で踏んづけた。兵士は苦痛の悲鳴をあげた。

「参ったと言っているではありませんか」

兵士は、肩先を手でおさえながら抗議した。シラヌは耳を貸さず、剣先で兵士の頭をこづきながら、「さあ、教えろ、この頃サハシという男を見かけないが、いかが致した？」と詰問した。

長身の兵士は、すぐには返事ができなかった。

「どこかへ行ったのか？　それともまた奴隷にもどされたのか？」

「違う」

長身の兵士はあわてて言った。「サハシなら、ナガスネヒコの君のお供をして、トミノクニのマキムク宮殿に行ったはずだ。属臣としてだ。奴隷ではない」

「その話は本当だろうな」

シラヌは、なおも木剣の先で兵士の頭をこづいた。

「嘘ではない、本当のことです」

兵士は哀れっぽい声を出した。

「マキムク宮殿へ行って、この目で確かめてやる」

シラヌはその兵士から離れ、「次はどいつだ」と声を張りあげて、とりかこんだ兵士たちをにらみまわした。

「そうか、シラヌがそんなことを言ったのか」

部下から報告を聞いたキクチは険しい顔になった。しばらく黙りこんで考えている様子だったが、「そろそろかたをつけるときがきたのかもしれん。あの男から目を離すでないぞ」と厳しく命じた。

27

タカギは腕組みをといて、ふっと吐息をもらした。オモイカネはごくりとなま唾を飲みこみ、フトダマは両膝をやたらとゆすっていた。タケミカヅチ、タジカラオも黙りこんで時折タカギをうかがい、ヒミコの宮室のほうへ目をやっている。

傾いた春の陽差しがさす窓辺に一匹の蝶が飛んできたが、この場の張りつめた空気に怯えたように、羽根をひらひらさせて飛び去っていった。

広場のほうから、男の叫び声が聞こえてくる。フトダマが立ちあがって窓からのぞくと、短甲を身につけたホデリが、剣を掲げながら「ナガスネヒコ軍をやっつけてやる。ノリジノクニをとり返すぞ」とわめきたてていた。

「ホデリノ尊は、狂ったように血気にはやっておりますぞ。吾らの手には負えませぬ」

座にもどったフトダマは嘆いた。

ナガスネヒコが手勢を率いてトミノクニのマキムクへ帰り、アワジノクニ大野のナイゼン王城に駐屯したナガスネヒコ軍は手薄になっている、と密偵が知らせてきたのはこの日の真昼頃だった。

　早速、タカギは、ホデリ、三重臣、タケミカヅチ、タジカラオを呼び集めて会議をひらいた。ホデリ、タケミカヅチ、タジカラオはいい機会だ、今のうちにナイゼン王城へ攻めこんで、アワジノクニを奪い返しましょうと意気ごんだ。いっぽう、オモイカネら三重臣は、九州諸国や安芸、吉備などからの援軍の到着を待つべきだと慎重論を唱えた。タカギは、ふたつの意見に挟まれて迷っていた。

　ホデリは、ナガスネヒコ軍がいつ攻めてくるのか気をもみながら待ってはいられない、今こそかたをつけるべきだ、この好機を逃せば、あとで必ず悔やむことになると煽りたて、オモイカネは、頭を冷やせ、あせって兵をあげて、もししくじるととり返しのつかないことになると応じて、両者は一歩も譲らなかった。

　結局は、いつものようにヒミコにうかがいをたてることになり、コヤネはヒミコの宮室へ入っていった。それから夕暮れが近づいてきた今になっても、コヤネはもどってこない。業を煮やしたホデリは大広間を出ていってしまい。そして今や鎧を着こんで意気盛んな様子を見せるようになっていた。

　タカギは、気持ちを落ちつかせようとして、また目を閉じた。まぶたにヒミコの姿が映った。ヒミコは一心に祈っている。沈みゆく太陽に向かって。傍に銅の鏡を置いている。もう神の声を聞いたのだろうか。それとも……もはやヒミコは、老齢のゆえに神の声は聞けなくなったのだろうか。

　いや、断じてそんなことはない。ヒミコは日御子《ヒミコ》だ。太陽の子であり、神の子である。いかなることがあろうとも、どれほど歳をとることがあっても、それは変わることはない。ヒミコの神への信仰の強さは、我らの比ではないのだ。神がヒミコを見捨てることはない。

廊下から足音が聞こえてきた。コヤネがヒミコの神の言葉を伝えるためにもどってきたのだと思い、タカギがふり向くと、姿を現したのは張政だった。

「戦いがはじまるのか。ナガスネヒコ軍を打ち破ってアワジノクニをとり返すのだな」

張政は、顔をこわばらせている一同を見まわして、傲岸そうに言った。ナシメが入牢を命じられてから、張政はいやに虚勢を張り、露骨に図々しい態度をみせるようになっていた。

「まだわかりませぬ」

タカギは苦々しく言った。

「そうか。汝《いまし》らはオオヒミコのお告げを待っているのか」

張政は、この場の空気を察したようにタカギを指さした。「オオヒミコにうかがいをたてることはない。タカギ王、汝が決断をくだせばよいことではないか」

タカギと三重臣は冷ややかな目で張政を見た。その視線が一斉に広間の入口へ移った。張政がふり返ると、そこにコヤネが立っていた。

コヤネは、タカギの前に坐って口を切ろうとしたが、張政に気づいてためらいをみせた。タカギが目で張政へ退席を促した。

「いいではないか」

張政は意に介するふうもなく言った。「われは、この国を支援するために来た魏国の特使じゃ。この際オオヒミコの言う神のみ言葉とやらを聞かせてもらおう」

タカギはしかたなさそうに、コヤネへうなずいてみせた。

「オオヒミコムチノ尊は」

コヤネはひと息ついて、それから一気に言った。「戦いなさい。神が与えてくれた好機というものじゃ。アワジノクニは、もともとわがヤマトノクニのもの。天神の子の力を発揮してとり返しなさい、とのことでございます」

タカギと三重臣は、しばらくなにも言わなかった。

「わかりました。神のみ言葉、ありがとうございました」

タカギはコヤネに会釈し、ヒミコの宮室へ向かって頭をさげた。それから重々しく口をひらいて言った「そういうことじゃ。神のみ言葉なら出陣するほかはあるまい」

三重臣はそろってわかりましたと頭を垂れた。タケミカヅチとタジカラオは、勇み立って広間を出ていった。

「オオヒミコの言葉を待つまでのこともなかったであろう。戦うほかはないではないか」

張政は皮肉たっぷりに言うと、口調をあらため、「こうなれば、ナシメを牢から出してやれ。戦争には欠かせぬ男じゃ」と命じた。

「それはなりませぬ」

タカギはきびしく言った。「ナシメは重大な罪を犯したのじゃ。出すわけには参らぬ」

「そのようなことを言っているときではあるまい。ホホデミノ尊はおらず、ナシメもいないでは、ナガスネヒコ軍に勝てると思っているのか」

「だからと申して、我らの掟を破るわけにはいきませぬ」

「それでは、オオヒミコを出陣させるのじゃ」

張政は大戸を開《あ》け放つように言った。

「なんですと?!」

タカギはおどろいて、突拍子もない声をあげた。

「出雲のスサノオ軍がこの国へ攻めこんできたとき、オオヒミコが先陣に立って、一挙に追い散らしたのであろう。あのときのオオヒミコの力を借りれば、ナガスネヒコ軍のごときは」

「あれは昔のこと、今は――」

「昔も今もあるまい。ヤマトノクニの危急存亡のときなるぞ。オオヒミコを出陣させるのじゃ！」

張政は高飛車に声を荒げた。

「オオヒミコムチノ尊の出陣はなりませぬ」

タカギの口調はおだやかだったが、断固とした力強さがこもっていた。

「汝らでは、埒があかん」

投げ捨てるように言うと、張政は肩をいからせて戸口へ向かった。「どこへ行きめさる」とフトダマがとがめた。「決まっているだろ、オオヒミコのところじゃ」と張政は言い、「それはなりませぬ」とコヤネが張政を追って、その袖口をとらえ押しとどめようとした。その前に張政は棒のように立ちすくんでいた。張政の前に白い姿がほの見えた。ヒミコだった。底光りのする眼差しで張政を見すえながら、ヒミコが戸口から歩み寄ってくる。張政は、気おされたようにじりじりと後退しながらかろうじて言った。

「オオヒミコみずから出陣されよ。この戦いは負けるわけにはいきませぬぞ」

「妾《あ》は出陣いたしませぬ」

ヒミコは静かに言った。

「ならば、アークを使うのじゃ」

張政は思いきったように言った。アークという声を聞いて、一座は毒々しい風が吹き抜けたように静まり返った。

「アークなどというものは――」

ヒミコは笑って打ち消そうとした。

「ないとはいわせぬぞ」

張政がさえぎって言った。「汝らはイスラエルの民でダビデ王の末孫じゃ。イスラエルの民にとって神宝であるアークを所有していることはわかっておる。スサノオ軍が攻めこんできたとき、アークを使って撃退したこともな」

「あれは神のご加護というものじゃ。アークなるものとはかかわりがない」

ヒミコはおごそかに言った。「神の声にしたがったがゆえに、神の霊が働いた。今度《こたび》も神のみ言葉にしたがえば……」

「またしても神の声か、神のみ言葉か」

張政はふんと鼻を鳴らした。「もはやそんなものは当てにならぬ。神の声にしたがって果たしあいに応じたホデリノ尊はあのざまだ。行方知れずのホホデミノ尊が無事に帰ってくると、オオヒミコはそう申されたそうだが、実際はどうだ？　ホホデミノ尊は帰ってきたのか」そう言ってせせら笑いながら、一同を見渡し、「今こそ目をさますのじゃ。オオヒミコにたぶらかされてはならぬぞ」と大声を張りあげた。

「オオヒミコムチノ尊に対する不埒なお言葉、ゆるしませぬぞ」

コヤネがきっとなって言った。そうじゃと、オモイカネ、フトダマも同調した。

「汝らは、われのいうことがきけんというのだな」

張政は唇をよじらせて言うと、戸口へ向かって合図を送った。廊下で控えていた張政の部下が、しずしずと入ってくる。その手で掲げているのは、魏国の軍旗黄撞。張政はその黄撞を引っ掴んで、タカギとヒミコの前にどすんと置いた。

「われではない。この旗が命じる。アークを出陣させよ」

張政は、威厳をこめて力強く言った。ヒミコ、タカギは黄撞を見つめた。三重臣も息をのんで黄撞を見守っている。

「そのようなことを申されても……」

タカギは、鼻白んだように口ごもった。

「この旗の命令にしたがわぬということは、わが国にそむくことになるのだぞ。それがどういうことかわかっているのか」

張政は、なおも権高な様子で吼えた。一同は黙りこんで互いの顔を見かわした。

ヒミコが張政の前へ進み出た。その表情はおだやかだったが、目は深海の怪魚にように妖しく光っている。

「汝《なれ》の指図はうけぬ。この国のことは、タカギ王と妾で決めまする」

ヒミコは底力のこもった声で、張政へ向かってそう言うと、今度は一同を見渡した。

「妾らは神の子であり、神の民なるぞ。どのようなことがあっても神を信じ、神の声にしたがわねばならぬ。妾は神のみ言葉を聞いた。わが軍は勝利する。アークなどというものの力を借りることはないのじゃ」

ヒミコの声は、弓弦から放たれた矢のように鋭くその場の空気を引きさいて、タカギ、三重臣の胸を刺しつらぬいた。

「そういうことじゃ」

タカギは昂然と胸を張り、「我らはオオヒミコを信じ、神のみ言葉にしたがうのみじゃ。神のご加護により、わが軍は必ずナガスネヒコ軍を打ち破るであろう」と高らかに言い放って、腕をさしあげた。それに応じて三重臣も、わが軍は必ず勝つと叫びながら、拳をつきあげた。オモイカネが窓辺へ近づき、広場へ向かって「狼煙をあげろ」と命じた。

張政は声をのんで、枯れ木のように突っ立っていた。顔は引きつって、かみしめる唇から唸り声がもれている。窓から風が入ったのか、手がふるえているのか、黄撞がひとしきりはためいた。

28

トヨは、自室に閉じこもってヤマト軍の戦勝を祈っていた。

兵舎や広場から、兵士の声や武器、武具のふれあう音が伝わってくる。間もなく出陣のようだ。狼煙に応じて高天原の各所から兵士が駆けつけ、ヤマトノクニの衛星国からも兵が寄り集まって、各地で待機していることだろう。女官、侍女の声や足音も聞こえ、兵士たちの出陣を見送ろうとしている。

トヨは、とてもそんな気持ちにはなれなかった。この兵士たちの中にホホデミの姿がないこともその理由のひとつだが、それにもまして、この戦争の重要さを思うとそら恐ろしくなって、兵士たちの顔を見ることもできない。ヤマト軍は必ず勝利すると言ったヒミコの言葉を、皆は信じこんでいる。トヨもそう思いたい。だがホデリの場合はどうだった。ホホデミは依然として帰ってこないではないか。もし今度の戦争でヤマト軍が敗れるようなら。……

いけない、皆のようにヒミコの言葉を信じなければと思う。そんなときまたしても、「ヒミコは死にます」という声が聞こえてくる。思わず両手で耳をふさいだ。今この声を聞いたのか、それとも以前聞いた声がよみがえってきたのか、それもわからなかった。

ヨセフはそれを神の声だと言ったけれど、そんなはずはない。妾は神の声を聞いたことはないのだ。もし…もしもヨセフが言うように、これが神のみ言葉だとしたら……ヒミコは。……

またそんな考えが頭の中に渦まいて、胸が苦しくなった。

不意にあわただしい足音がして、姿を現したのはタケミカヅチだった。タケミカヅチは、ふだんと様子がちがっていた。鉄製の冑と小札《ざね》を革で縫いあわせた鎧をつけ、これから戦争に臨むのだから、それは当然のことかもしれない。しかし、タケミカヅチが告げたことは、トヨをおどろかせずにはおかなかった。

「ホホデミノ尊が、生きているですって?!」

そんな声が喉の奥からほとばしり出た。ホホデミが生きていた! やはり思ったとおりだった。ホホデミが死ぬわけはないのだから。今までトヨの心をおおっていた不安や悩みはけしとんで、喜びが全身を駆けめぐり、まさに天にも昇る気持ちだった。

だが、この喜びを伝えたタケミカヅチは、浮かぬ顔をして溜息さえついている。

「いかが致したのじゃ。汝《いまし》は、ホホデミノ尊が無事だとわかってうれしくないのですか」

そう声をかけずにはいられなかった。

「実は……」

ためらいがちに語ったタケミカヅチの言葉は、今度はトヨを打ちのめした。

ホホデミは生きてはいたものの、過去の記憶を失い、自分が誰だかわからなくなり、事もあろうにナガスネヒコ軍の兵士になっているというのだ。

ヤマト軍の元兵士だったサハシが、先程宮殿へ駆けこんできて知らせたことだった。サハシの話によれば、ホホデミは、トミノクニのマキムク宮殿で奴隷になっていたが、同じ奴隷で重労働に苦しんでいたサハシを救うために、ヤマト軍の剣士との真剣勝負に応じ、その戦いでホホデミが勝ったことで、ホホデミとサハシは奴隷から解放され、ホホデミはナイゼン王城において剣術指南の兵士にとりたてられ、サハシは属臣になった。ホホデミは自分のことを覚えていなかったが、サハシは、ホホデミにまちがいないと気づいて、そのことを知らせるためにナイゼン王城を脱出したということだった。

あの真剣勝負でホデリを打ち負かしたナガスネヒコ軍の剣士は、ホホデミだったということだ。あのとき、顔を隠したナガスネヒコ軍の剣士を見て、トヨはホホデミノ尊と思わず叫んでしまったのだが、それはまちがっていなかったことになる。

それにしても、頭を打ったために正気を失い、おのれが何者かわからないまま敵国の兵士になっているというのは、なんというおぞましく奇《く》しき運命なのだろう。ホホデミがサハシを救ったりして、そのやさしい心を失っていないことがせめてもの救いだった。

これからの戦いで、ホホデミはなにもわからないままナガスネヒコ軍の兵士として、ヤマト軍の兵士と殺しあうことになるのだろうか。そのことを思うと、ホホデミが生きていることがわかった喜びは吹き飛んで、胸ははり裂けそうだった。なんとかならないものか。なんとか……ホホデミが、自分がホホデミであることに気づくことさえできれば。……

タケミカヅチが立ち去りかけたとき、トヨの頭の中がはじけた。

「お待ちくだされ」

トヨは呼びかけた。板戸へ手をかけながら、タケミカヅチはふり向いた。

「ムラクモを……ムラクモの剣を、ホホデミノ尊に渡してくださりませ」

トヨは熱っぽい声で言った。「そうすれば、おのれがホホデミノ尊だということを思い出すかもしれませぬ」

タケミカヅチは、じっとトヨの顔を見つめていた。しばらくして「承知しました」とうなずいた。「よく気づいてくだされた。ムラクモを手にとれば、尊はきっとおのれのことに気づかれることでございましょう」

タケミカヅチはにっこり微笑むと、いそいそと出ていった。自分の部屋へムラクモの剣をとりに行ったのだろう。ホホデミが帰ってきたときトヨの手から渡そうと、タケミカヅチに預けておいた剣である。トヨみずからの手でという念願はかなわなかったが、代わりにタケミカヅチがやってくれる。

そう考えたとたん、胸がうねった。タケミカヅチがムラクモの剣を渡そうとしても、なにもわからないホホデミは、タケミカヅチを敵兵とみなして殺そうとするのではないか。ホホデミの腕前なら、いくらタケミカヅチが勇猛といってもかなわないだろう。

あんなことをたのむべきではなかったと悔やんだ。すぐにやめさせようと思ったが、どういうわけか足がすくんで動かない。

ヤマト軍は出陣していった。

宮殿は不気味なほどに静まり返っている。トヨは、灯りがもれているタカギ王の居館へ向かった。タカギは眠ってはいなかった。トヨは今まで胸に秘めていたことを、タカギに洗いざらいうちあけた。タカギはすでに知っているとは思ったが、みずからの口からも話さなければならないと決心したのだ。

タケミカヅチから話は聞いたと、タカギは言った。

「タケミカヅチは、秘密を守ると汝《いまし》に約束したらしいが、汝のことやオオヒミコ、我のこと、ヤマトノクニのことを思ってうちあけてくれたのじゃ。けっして恨みに思ってはならぬ。実際ナシメが汝に狼藉を働いたとき汝を助けることができ、ナシメに永牢を申しつけることができたのも、タケミカヅチが話してくれたおかげなのだ」

タカギは、今回はよかったが、いつもこううまくいくとはかぎらない。これからはどのようなことでも包み隠さず話すようにと諭した。

ホホデミが正気を失ったまま、ナガスネヒコ軍の兵士になっていることも、タカギはタケミカヅチから聞いて知っていた。

ホデリと真剣勝負を争ったナガスネヒコ軍の剣士はホホデミだった、とトヨが話すと、タカギはこの目で見たわけではないが、三重臣から聞いたあのときの話を、今思い返してみれば、あれはたしかにホホデミだと言った。

「そうであれば、あの果たしあいで、ヤマトノクニのヒツギノミコが勝利するといったオオヒミコムチノ尊の言葉はまちがっていなかったことになるぞ。それなら、今度の戦いにおいても、オオヒミコが申したように……」

タカギは表情を輝かせて、胸の前で両手を握りしめた。

ホホデミがムラクモの剣を手にとれば、おのれのことを思い出してくれるはずと思って、タケミカヅチからホホデミにムラクモを渡すように頼んだとトヨが言うと、それはいいことを思いついてくれたとタカギは喜んだ。余計なことをしてくれたと叱られるのではと心配していただけにトヨはうれしく思った。いっそのこと、ヒミコは死にます、トヨは女王になります、という声を聞いたことを話そうとしたが、さすがにその言葉はのみこんだ。

ヨセフは、窓辺に立って外を見た。やわらかな春の陽差しに照らされた広場はがらんとしている。兵士の数はめっきり減り、女官や侍女の姿も見えない。女たちは一堂に集まって、今度の戦勝を祈願しているのかもしれない。ヒミコも宮室に閉じこもって、一心に神への祈りを捧げているのだろう。

ヨセフも祈った。だが胸にわだかまる鬱屈は晴れることはない。

いよいよ張政が正体を現した。張政は、ヒミコとタカギ王にアークの使用を求めたという。もちろんヒミコとタカギは、アークなどというものはないとはねつけたらしいが。

ヒミコが必ず勝つと宣したこの合戦の行方も気にかかった。それから、「ヒミコは死にます」というトヨが聞いた神の声も。

故国エルサレムでおきたヨシュア・メシアの死と復活の秘蹟。その前後に相次いだ日蝕が、この倭国でもおころうとしている。胸の奥がおののく。風がまきおこり、荒れ狂う旋風となり、目に見えない巨大な影を巻きこんで、逆巻く怒濤のようにおし寄せてくる。

声を聞いた。はじめその声はかすかでよく聞きとれなかったが、今ははっきりとわかるようになった。それは「メシアの霊が降りたもうた」という声だった。これは神の声にちがいない。いよいよ始まるのだとヨセフは直感した。

メシアの霊が、失われたイスラエルの民のもとへ降りてくるということだろうか。必ず訪れると約束したヨシュアの言葉どおりに。ダビデ王の血をひき、女であり母である者へ。……これからどうなっていくのだろう。

何気なくヨセフは空を見あげた。そのとき、蒼穹《そうきゅう》の一点がひときわきらめいたかと思うと、白い影がにじむように浮かび出た。それは次第に大きくなり、やがてくっきりとした形をつくった。人影だった。真っ白で長い衣をまとい、黒く長い髪を肩まで垂らしていた。男女のどちらともいえない。その人影は、ゆっくりと舞うように降りてくる。

「これがメシアの霊か」

ヨセフはその人影を見つめながら、感にたえないようにつぶやいた。次の瞬間、はっとした。白い人影は様変わりしていた。髪は乱れ、柔和で崇高だった顔は消えて、とげとげしく狡猾《こうかつ》そうな男の顔になった。真っ白だった衣もうす汚れている。その男は、ヨセフの目の高さまで舞い降りてきて、ゆっくりと空中を歩んで近づいてくる。その顔はどこかで見たことがある。実物ではない。なにかの絵だ。聖画だ。聖画でヨシュアと一緒に描かれていた弟子たち……そのひとり……そうだ、わかった。

「そのとおりだ」

その男は、低く嗄《しわが》れた声で言った。

「われは、ヨシュアの弟子イスカリオテのユダだ」

さらにその男は近づいてくる。冷たく光る目。貪婪《どんらん》そうな唇。とがった鼻梁がヨセフの前に迫ってきた。ヨセフは居すくんだまま、息をのんでその男を見つめていた。

「おまえは、われがヨシュアをうらぎったと思っているのだろう。われが金ほしさのためにヨシュアをローマ兵に売り渡し、十字架にかけて殺させたと思っているのだろ」

ユダと名乗った男は、ヨセフの前にふわふわと漂いながら、なおも語りつづけた。

「だが実際はそうではないのだ。たしかに密告して、ヨシュアをローマ兵に捕らえさせたのはこのわれだが、けっして金のためではなかった。金など犬にでもくれてやればよかった。われは、やらねばならぬことをやっただけだ。われは神のみ心を知ったのだ。神のみ計画を成就するためにやったことだ。ヨシュアもそのことは知っていた。われのことを恨んではいない。むしろよくやったと、心の中では賞賛していたのだ。なにしろ、並の弟子ならできないことを、勇気をもってやってのけたのだからな。われは神のみ旨《むね》を行った。だからわれは、ヨシュアの第一の弟子といえる。わかったか。まことのわれのことが」

言い終わると、ユダはじっとヨセフを見すえた。一陣の風が吹いて、衣をはためかせながら、ユダがヨセフへ向かって突進してきた。目を光らせたユダの顔とからだが目の前におおいかぶさってくると、ヨセフはのけぞって倒れ、なにもわからなくなった。

29

春の空はおだやかに晴れて、山や野、邑落もうららかな陽光を浴びていた。

森や林では、萌え出た若葉が照りはえ、小鳥のさえずりが樹間から聞こえている。川では、漁師が拷糸で編んだ網で魚をとり、畑では、牛蒡の種まきや、茄子の苗の植えつけが行われ、田では、鍬、鋤、柄振《えぶ》りで耕地を整え畦《あぜ》を補修し、水を引いて田植えに備えていた。

田畑で働いていた百姓たちは、その一団を見て目をみはり、思わず作業の手をとめた。

ものものしく武装した軍団が進んでいく。これからナガスネヒコ軍と戦うヤマト軍だとわかると、百姓たちは安堵し、笑顔を送ったり、頭をさげた。田畑から出て、軍団に加わる若者もいた。

ヤマト軍の先頭に立っているのはホデリだった。その後ろにタケミカヅチ、タジカラオが並び、つづいて高天原の兵士や雑兵が行進している。高天原を出る頃は少人数だったが、ジンリョウ邑落や衛星国から駆けつけた兵士が合流して次第にその数はふえ、今では総勢五百人ほどの軍団になっていた。

タケミカヅチは、布袋に包んだムラクモを背負っていた。この剣をホホデミに渡すことさえできれば、ホホデミは、自分が誰であるかを思い出すにちがいない。なにしろこの名剣は、はかりしれない神秘な力を秘めているのだから。ホホデミに正気をとりもどさせ、連れて帰ることができれば、どんなにトヨは喜ぶことだろう。そのトヨの顔が見たかった。いや、トヨだけではない。ヒミコのためにも。——この戦いはヤマト軍が勝つと言ったヒミコの言葉も成就させねばならない。

だが、この大事な戦いに、ヤマト軍はホホデミとナシメを欠いている。そしてホデリが指揮をとるのだ。タケミカヅチは、自分に与えられた任務の大きさをひしひしと感じて、胸のおののきをおさえることができないでいた。

タケミカヅチはちらりとふり向いた。何列目かの後方に、巴の飾り金具がついた盾を掲げ、矛を持ち胸当てをつけたサハシの姿が見えた。

サハシは、タケミカヅチが背負っている、ムラクモの剣を包んだ布袋を見た。その剣を渡せば、ホホデミはきっとまことのおのれに気づくはずだと、タケミカヅチは言った。そんなことで気づくだろうかとサハシはいぶかしく思ったが、タケミカヅチの真摯さに心を動かされ、信じよう、信じなければと思うようになっていた。

今自分がこうしていられるのもホホデミのおかげだ。ホホデミのためになんとか役にたちたい。ホホデミが、正気を失ったまま、ナガスネヒコ軍の思いのままに操られていることを思うと、胸がはり裂けそうになる。だから、門番の油断を見すまして、ナイゼン王城を脱出したのだ。

脱出には成功したものの、ナガスネヒコ軍の兵士に追われて谷川へ転落し、溺れかけたが、かろうじて岩にとりついて助かった。ようやく高天原のヒミコの宮殿にたどり着いて、タケミカヅチにすべてを話したとき、ヤマト軍はナイゼン王城のナガスネヒコ軍へ向かって出陣しようとしているところだった。サハシは、迷うことなくその軍団に加わったのだった。

ヤマト軍の行く手に、樹木におおわれた小高い丘が見えてきた。その丘をこえれば、ナイゼン王城はすぐそこだ。

タケミカヅチは、偵察を出すようホデリに進言した。ホデリは渋い顔をして応じようとはしなかったが、タジカラオにも促されてようやく承知した。

ホデリが指名した二人の兵士が、丘へ向かって駆け出した。油断なくあたりに目を配りながら、二人の兵士は丘の麓から林の中へ入っていく。

静かだった。聞こえてくるのは、のどかな小鳥の鳴き声と、道の片側を流れる小川の音だけだった。

二人の兵士は木立から出てこない。

ホデリ、タケミカヅチ、タジカラオはじりじりしながら待った。それでも偵察の兵士からはなんの合図もなく、姿も見せる気配もない。

「あの林の中に、敵兵がひそんでいるのかもしれませんぞ」

タジカラオがたまりかねたように言った。

「あの二人は殺されるか、捕まるかしたのだろ。このまま引きさがるわけにはいかぬ」

ホデリは、歯ぎしりしながらいきりたった。

タケミカヅチは制止しようとしたが、間にあわなかった。ホデリは剣を抜いて掲げ、「行くぞ！」と叫んだ。その声に応じて、兵士たちが鬨の声をあげながら突進していく。タケミカヅチ、タジカラオもしかたなく進撃に加わった。

丘の木立がきらめき、青空をかすめて矢が飛んできた。兵士たちは一斉に盾を掲げ、剣や太刀を振りかざして矢を払う。防ぎきれなかった矢弾をうけて、うめき声をあげ、倒れる兵士が続出した。軍団は浮き足だった。

「怯むな。ヤマト軍の兵士は、こんなことで挫けてはならぬ」

ホデリが叱声をとばす。たじろぎかけた兵士たちは立ち直って、飛来する矢を盾ではね飛ばし、剣や太刀、矛で払いながらつき進んでいく。林が間近に迫ってくる。

いつのまにか矢はやみ、あたりは静まり返った。それも束の間、わぁっという喊声があがって、太刀、矛、戈をひらめかせながら、ナガスネヒコ軍の兵士が、野獣の群れのように樹間から躍り出てきた。

ヤマト軍とナガスネヒコ軍は激突した。タケミカヅチは剣をふるって応戦しながら目を走らせたが、ナガスネヒコ軍の兵士の中にホホデミの姿は見当たらない。

ホデリは、獅子奮迅の戦いぶりを見せていた。眦をつりあげ歯をくいしばって、敵兵の群れへ割って入っては、斬り伏せなぎ倒していく。腕に覚えのある敵兵が襲いかかってきても、苦もなく斬り倒して雄叫びをあげていた。

ナガスネヒコ軍は次第に後退していった。ヤマト軍の兵士が勢いづいて喊声をあげたとき、「引けえ」という声がして、ナガスネヒコ軍の兵士は、一斉に背を向けて林の中へ駆けこんでいく。

「追え！　逃がすな！」

血が滴る剣をふりまわしながら、ホデリが檄をとばす。ヤマト軍の兵士は、敵兵を追って林へ殺到した。

「ひとりも逃がすな。皆殺しにしろ」

ホデリはなおもわめきたてた。木洩れ陽を浴びてまだら模様を描くその姿は、ものの怪のように見えた。

ヤマト軍の兵士は、敗走するナガスネヒコ軍を追って、木立の道を行く。道は次第に上り坂になった。坂を登りつめると、そこには懸崖がそそり立ち、先程まで見えていた敵兵はいなくなっていた。

よく見ると、崖の一方が切れこんで細い道が通じている。ナガスネヒコ軍の兵士はそこへ逃げこんだようだ。崖に挟まれ細くほの暗い通路は、その先は明るんで草原が見えた。

「ホデリノ尊」

タケミカヅチは、狭い道へ入っていこうとするホデリを呼びとめて、「ここはやめて、別の道を行きましょう」といさめた。

「なにを言うのじゃ」

ホデリはこともなげに言った。「せっかくここまで追ってきたのだ。あとひと息でやつらに追いつくのだぞ」

「悪い予感がします。道を変えましょう」

タケミカヅチは、気遣わしそうになおも言い募った。

「怖じ気づいたのか」

ホデリは鼻先で笑った。

「恐れることはなにもないのじゃ。オオヒミコの言葉を忘れたのか」

ホデリはなんのためらいもなく、狭い通路へ入っていく。兵士たちもつづいた。タケミカヅチは、しかたなくまがまがしい不安と戦いながら、岩壁にかこまれた狭い道を歩いた。暗くひんやりとして、両側に迫ってくるごつごつした岩肌。その岩壁に押しつぶされるのではと思い、あるいは、今にも岩壁の間から何本もの矛が突き出されてくるような気がした。

何事もなく全員が通過して、目の前にひろがる草原に立ったときは、ほっとして胸が安らいだ。敵兵の姿はなかった。隠れの原と呼ばれる草原。だだっ広い草原の両側に切り立った断崖がつらなり、その先で草原は急に狭まって、そこから小道が通じていた。ナガスネヒコ軍はその小道へ逃げこんだにちがいない。

ホデリが号令をかけて、軍団はその小道へ向かう。両側にそそり立つ断崖は岩や土砂を採取した跡らしく、荒あらしい地肌がむき出しになり、右方の崖は陽光が照りつけ、左方はほの暗い陰におおわれていた。

静かだった。小鳥の囀りも聞こえず、風もやんでいた。タケミカヅチはまたしても胸苦しさを覚えた。なんともいえない不安と不吉な予感。あたりの空気がいやに濃密になり、今にもはちきれそうな気配を漂わせていた。周囲に並ぶ兵士たちは人形のように薄っぺらに見え、踏みしめる草原は、足元から沈みこんで自分をのみこんでいくような感じがした。

そのときだった。

一本の矢が飛んできて、軍団の横手の草むらに落ちた。その瞬間はのどかだった。兵士たちは、珍しいものでも見るように、その一本の矢を見ていた。頭上で鋭い音が鳴り響いた。このときになってようやく兵士たちは顔をあげた。両側の崖の上にナガスネヒコ軍の兵士がずらりと並んで、一斉に矢を放ったのだった。

ヤマト軍の兵士は叫び声をあげながら、盾を掲げ剣や太刀をふるって飛来する矢を防いだが、矢を避けることができなかった兵士が、あちこちでうめき、のけぞり、倒れ伏していった。

「急げ」

ホデリはあたりの兵士に声をかけ、前方の小道へ向かって走り出す。兵士たちも散開して落下してくる矢を避けながら、一斉に小道へ殺到していく。その間も矢は容赦なく降りそそいで、作物の芽が間引かれるように何人もの兵士が落伍していった。

小道へ入った兵士から、あっという声があがった。岩壁に挟まれた小道の向こうで、ナガスネヒコ軍の兵士が矛ぶすまをつくって待ちかまえていたのだ。小道を進んでいったヤマト軍の兵士は、次から次とその矛の餌食になった。それに気づいてもどろうとする兵士と、前へ進もうとする兵士たちがもみあいになる。小道の先で倒れている味方の死体と、敵の矛ぶすまを垣間《かいま》見ると、前進しようとする兵士も引き返さざるを得なくなった。

行き場を失ったヤマト軍の兵士が、飛来する矢の中をさまよう。矢から逃れる建物や樹木、窪地もない。両側に切り立つ崖。その上から矢を放つナガスネヒコ軍の兵士の列。

「もとの道へ引き返せ」

ホデリは、悔しそうに顔を引きつらせて下知した。兵士たちは草原を駆け、もときた細い道へ向かった。その頭上へ容赦ない矢弾が降りそそぐ。盾にはね飛ばされた矢が宙を舞い、剣や太刀に払われた矢が草むらへ落ちる。太股を射抜かれた兵士がうめき声をあげ、首に矢を受けた兵士が血しぶきをあげてくずおれた。

兵士たちは先を争ってもとの細い道へ駆けこんだ。そこも同じだった。両側に岩壁が迫る細い道の先には、敵の太刀や矛が待ちかまえていた。次々と逃げこんでいくヤマト軍の兵士は、死体の山をつくった。

「謀られたか」

ホデリは無念そうに切歯しながら、「怯むな、そこを突き破れ」となおも叱声をとばす。その声に応じて奮《ふる》いたった兵士が細い道へ駆けこんでいったが、折り重なった味方の死体がじゃまになって前へ進めない。

タケミカヅチは、飛んできた矢を剣で払い落としてあたりを見まわした。多くの兵士が矢弾をうけて倒れたりうずくまったりし、残った兵士たちも、前後の出入口を塞がれて立ち往生していた。もはや進退窮まった。このままでは、ヤマト軍は全滅するだろう。

「挫けるな。吾らには神の加護がある。負けはせぬ。オオヒミコの言葉を忘れるな」

ホデリは、肩先に矢をうけて血まみれになりながら、幽鬼のように、残り少なくなった兵士へ向かって声を嗄らしていた。

タケミカヅチは神へ祈った。

「神よ。どうか吾らを救いたまえ。昔、かの国で数々の奇蹟を行って、われらの先祖を窮地から脱出させたように、あるいはオオヒミコムチノ尊が陣頭に立って、スサノオ軍を瞬時に撃退したときのように」

タケミカヅチの頭にひらめきが走った。近くにサハシがいた。サハシも矢弾をうけていたが、致命傷というほどではない。サハシの持っていた巴の飾り金具がついた盾が役にたったようだ。
「死んだふりをするんだ」
タケミカヅチはサハシを促し、小道近くの草原へともによろめき歩いた。そこに横たわってい
る味方の死体の間に倒れ伏して、死者を装った。
小道から、ヤマト軍の死骸をのりこえて、ナガスネヒコ軍の兵士が勢いよく草原へ走り出てき
た。喊声をあげながら、残り少なくなって戦意を喪失しているヤマト軍へ向かって襲いかかって
いく。
タケミカヅチは、死んだふりをしながら、薄目をあけてナガスネヒコ軍が小道から出払ったの
を見届けると、「今だ」とサハシに声をかけて、さっと立ちあがり小道へ駆けこんだ。ふり向い
て気づいた敵兵が「逃げたぞ、追え」と叫びかわしながら、タケミカヅチとサハシの後を追う。
タケミカヅチとサハシは、味方の死骸をのりこえ、岩壁に挟まれた小道から木立の中の道へ抜
け出た。後方からは二人の兵士が追ってきていた。タケミカヅチとサハシが、でこぼこの坂道を
下ると、行く手から数名の敵兵が歩いてくる。後ろからは二人の敵兵。タケミカヅチは一瞬迷っ
たが、サハシへ合図を送ると、樹木や熊笹が生い茂る斜面へ飛びおりた。木の枝葉、熊笹をかい
くぐり、岩の間を抜けたり飛びこえたりしながら、斜面を滑りおちていく。それでも二人の敵兵
は執拗に追ってきた。
タケミカヅチとサハシが大木の幹をまわり、灌木の茂みへ躍りこんだとき、足が宙を踏んで、
二人は、木の枝や茨にひっかかれながら斜面を転がりおちた。
タケミカヅチのからだが止まったのは、雑草におおわれた窪地だった。つづいてサハシも転が

りこんでくる。二人はそこで息を整え、様子をうかがった。

タケミカヅチは、背負っているムラクモの無事をたしかめた。

頭上で声がした。先程の二人の兵士が窪地をのぞきこんでいる。タケミカヅチはサハシへ合図し、同時に二人は剣を突きあげた。うめき声があがって、二人の敵兵がそろって窪地へ倒れこんできた。タケミカヅチとサハシは、素早くとどめを刺した。頭上をうかがったが、もうナガスネヒコ軍の兵士の気配はない。

これで助かったぞ。タケミカヅチはそう思うと、考える余裕ができた。

これからどうすればいいのだろう。味方は壊滅した。ホデリやタジカラオはどうなったのだろう。懇意にしていた兵士は？　自分たちだけが助かっていいのだろうか。といっても、いまさらあの草原へ引き返してもなんになろう。ただ犬死するばかりだ。やはりこのままむざむざと高天原へ帰るほかはないのか。ムラクモの剣をホホデミに渡すこともできなかった。トヨに合わせる顔がない。ヒミコやタカギにも。こんなことになってしまって申し訳ない。お詫びのしようがない。

涙がこみあげておさえることができなかった。高天原へは帰れない。そうなれば……死ぬほかはない。ここで潔く自死を。……タケミカヅチはサハシを見た。サハシは、タケミカヅチを見返しながら、こっくりとうなずいてみせた。サハシも同じことを考えているにちがいない。タケミカヅチは覚悟を決めた。

そのときトヨの顔が浮かんだ。それとともにトヨの言葉がよみがえってくる。

「ムラクモをホホデミノ尊に渡してくだされ。ムラクモを手にとれば、尊はきっとおのれがホホデミであることに気づくはずじゃ」

この声が聞こえたように男がふりむいた。暗く沈んだ顔がいきいきと輝いた。男はこちらへ向かって駆け出した。手をさしのべながら、次第に近づいてくる。それはホホデミ。凛々しく希望に燃えた表情。

その顔がパッと消えた。その瞬間、タケミカヅチの頭に妙案が浮かんだ。

30

衝撃が宮殿をゆさぶった。

あちこちで男たちのあわただしい足音やうろたえる声が聞こえ、女人の郷からは悲鳴や嘆声が入り乱れた。

狼煙が伝えてきたのは、ヤマト軍の敗北だった。タカギ、三重臣は敗戦が信じられず、狼煙をあげ返して確かめてみたが、返答は変わらなかった。

「なんということじゃ。なんということじゃ」

タカギは声を絞り出すように、同じ言葉を何度もくり返して、がくんと頭を垂れた。頭髪が小刻みにゆれている。三重臣は声をかけることもできず、木彫りの人形のように坐っているだけだった。

衝撃はトヨも苛《さいな》んだ。

敗戦もさることながら、トヨが一番先に思ったのはホホデミのことだった。ホホデミはムラクモの剣を受けとって、おのれが何者であるかを思い出したのだろうか。ムラクモは、名剣であり神剣である。その剣を手にとれば、本来の自分にめざめないはずはない。でもそれは、本人がムラクモを手にしての話である。タケミカヅチは、ムラクモをホホデミに手渡すことができたのだろうか。戦争に負けたのだから、それどころではなかったかもしれない。タケミカヅチの生死さえわからないのだ。そもそもこの戦いは勝たねばならなかった。負けるわけにはいかなかった。ヒミコの言葉のためにも。

戦争に敗れたということだけではない。ナガスネヒコ軍が、今度の戦いで勝った勢いで、このアワへ、この高天原へ攻めこんでくるのではないのだろうか。高天原の兵士のほとんどは出陣し、高天原は手薄になっている。ナガスネヒコ軍が攻めてくればどうなるかは明らかだった。怖い。死にたくない。トヨは、鏡を引きよせて祈った。

トヨが祈っているのは、これまでのような漠然とした神ではなかった。

ヨセフの言葉を信じよう。妾らはイスラエルの民で、ダビデ王の末孫だ。妾らを導き守ってくださる神、その神が頭の中でかたちづくられる。そして祈った。妾らや多くの人々を救うために、この世へ遣わされた神の子ヨシュア・メシアに。そしてヨシュアを遣わし、ヨシュアが父と呼ぶまことの至高の神に。

いつか語ったヨセフの言葉——目の前を見なさい。それからみずからの心の中を見なさい。そうすれば光り輝くものを見出すだろう。

窓から外を見た——ヨセフの言ったようなことは、なにもおこらなかった。妾のような者がいくら祈ったところで、どうなるものでもないのだ。

いかめしい祭殿の屋根の千木や棟飾り、各所に立つ望楼や楼門、幼いころよりなれ親しみ、夢と希望をはぐくんでくれたそれらのものが、今や悲しみと絶望をまとって、おぞましいものに思えるだけだった。

いつのまにか、侍女のマキが傍にいた。マキは、間もなく九州諸国や安芸、吉備などから援軍が駆けつけてくるゆえ、なにも心配することはないと言うタカギ王の言葉を伝えた。それを聞いて、トヨの気持ちは少し休まった。

「オオヒミコムチノ尊は、いかがなされていますか⁉」

トヨは訊いてみた。

「存じませぬ」

マキは冷然と言い放った。トヨがはっとしたくらいだった。

無理もない。ヤマト軍は必ず勝つ、戦いなさいと言ったヒミコの言葉にしたがった結果がこれなのだから。マキをはじめ、女官や侍女でさえ、神を呪い、ヒミコへの不信を露《あら》わにしている。

「けれど、オオヒミコは……」

トヨが言おうとしたとき、マキはさっと部屋を出ていってしまった。

オオヒミコは……の後はなにを言おうとしたのか、自分でもわからなかった。

部屋はもとの静けさへもどった。そのとき、耳元をかすめ頭の中をよぎる声がした。

「ヒミコは死にます」

「トヨは女王になります」

あたりを明るませていた残照がひいて、暮色が迫っていた。次第に濃さをましてくる夕闇に溶けこんでいくように、タカギ、三重臣は動かなかった。黙りこくったまま、頭を垂れ、顔を引きつらせ、深い吐息をもらしていた。なにかの拍子に、一斉に声をあげて泣きくずれるのではないかと思えた。

ヤマト軍は、ナガスネヒコ軍に殺されるか、捕らわれるかして全滅した、と最新の狼煙が伝えてきていた。

九州の筑紫、豊前、肥前や安芸、吉備から間もなく援軍が到着するだろう。またナガスネヒコ軍が、急にはこちらへ向かって攻めてくることがないことも狼煙でわかった。そのことを触れまわると、いっときは騒然とした宮殿もいくらかは鎮静した。だが、ヤマト軍全滅の知らせは、あまりにも大きな痛手だった。ヤマトノクニはこれからどうなるのだろうと思うと、タカギの身も心もふるえてとまらなかった。

コヤネが伝えてきた、ヒミコの様子にも胸をえぐられた。

ヤマト軍の全滅を告げると、ヒミコの顔は青ざめて唇をわななかせ、目からは涙があふれた。そして一言も発することなく、逃げるように奥の間に引っこんでしまった。男のように剛毅で、神への信仰は鉄のように固いヒミコにとっても、味方の全滅はたえがたいことにちがいない。

ヤマト軍とナガスネヒコ軍の剣士による果たしあいにつづいて、この戦争においてもヒミコの言葉は覆《くつがえ》されたのだ。ナガスネヒコ軍の剣士がホホデミだったことがわかり、ヒミコの託宣はまちがっていなかったことになったが、この大事な戦いで敗れては、そんなことはたいしたことではなかった。ヒミコは、神からの声を聞くことができなかったということに変わりはないのである。

ヒミコが頼みの綱だった。ヒミコが伝える神の言葉に導かれてこそ、ヤマトノクニと連合国は繁栄の道を歩むことができた。そのヒミコが神の声を聞くことができなくなれば、この先ヤマトノクニと連合国はどうなるのかわからない。トヨは若すぎるし、ヒミコのような力は望めそうもない。やはりヒミコが頼りなのだ。なんとか立ち直り、神からの声を聞いて我らを導いてくれねばならない。タカギは、暗い淵へ沈んでいくような気持ちと戦いながら、心の中で自問自答をくり返していた。

廊下から足音が近づいてきた。せかせかして重々しい足取り。タカギにとっては、迫りくる運命の足音のようにも思えた。

廊下から大広間に入ってきたのは張政だった。張政は、窓からさしこむうす明かりで目をぎらつかせ、勝ち誇ったような笑みを浮かべていた。突っ立ったまま胸をそらせ、傲岸そうにタカギと三重臣を見おろした。自信にあふれている。張政は言った。

「どうじゃ、思い知ったか、われの言ったとおりではないか」

張政は、ヤマト軍の敗北を直接知らされたわけではないが、これほどの事態なだけにおのずと耳に入ったのだろう。

「オオヒミコを出陣させよ、アークを持ち出せ、そうでなければ負けるとわれは言ったが、汝《いまし》らはわれの言葉に耳をかさず、オオヒミコが聞いた神の声とやらを信じた。オオヒミコが出陣しなくても、アークを持ち出さなくても、ヤマト軍は必ず勝つ、と言ったオオヒミコの神の言葉とやらにしたがって出兵させたその結果がこのざまじゃ」

張政は昂然として、タカギと三重臣の前を行きつもどりつしながら声をうわずらせた。タカギと三重臣は、風雨にさらされた岩のように黙って聞いているだけだった。

「だが、汝たちを責めるつもりはない。汝たちはオオヒミコのお告げにしたがったまでのことだからな」

張政は憐れむように口調をやわらげたが、それから一転して語気鋭く、「すべての負い目は、オオヒミコにある。われの命令にそむき、汝たちの信頼をうらぎり、この国を窮地に追いこんだオオヒミコの罪は重い」と言うと、さらにタカギの前へ立ちふさがって、高らかに言い放った。

「オオヒミコの処刑を命じる!」

ヒミコの処刑を命じるという張政の声が、大広間の壁にこだましてあたりを駆けめぐり、タカギ、三重臣を撃った。そして静かになった。

「張殿、今なんと申されたのですか?」

タカギが深い眠りからさめたように、目をしばたたかせて言った。

「聞こえなかったのか。オオヒミコを処刑すると申したのじゃ」

「お戯《たわむ》れはやめてくだされ」

タカギは声をふるわせた。

「戯れで、このようなことを言うと思っているのか」

張政は一喝し、それからいかめしく語気を強めた。「オオヒミコの女王としての力は地に落ちた。役目を終えた王は、もはや生きてはおれぬ。死なねばならぬ。臣下や下民の前で処刑されるのだ。それがあらゆる国の掟というものじゃ」

「なにを申されるのだ」「たわけたことを」「お気が狂われたのか」

三重臣が口々に叫びたてた。

張政は背後へ手をのばして、そこに控えていた部下から黄撞をひっつかむと、三重臣の前へ掲げ、「われではない、この旗が命じるのじゃ、オオヒミコを死刑に処する！」と威儀を正しておごそかに宣言した。

「その旗がなんだ」

タカギが鋭く言った。「この国の王は我じゃ。勝手な真似はさせぬぞ」

張政は、今度はタカギの前へ黄撞を突き出した。

「この旗は、わが大国魏国をあらわし、われの言葉は、魏国の皇帝のご意思なるぞ」

「我は知らぬ、皇帝などは」

「まだわからんのか」

張政は語気を荒げおっかぶせて言った。「われの言葉に逆らい、皇帝をないがしろにすればどういうことになるのか、わかっているのか」

張政は足を踏んばって、タカギと三重臣の前へ黄撞を振りまわした。その顔は紅潮し、目は赤い玉をはめこんだように燃えている。顎をがくがくとふるわせ、額やこめかみの血管が怒張していた。

「わが魏国は大軍を誇っておる。兵士の数は夜空の星のように数知れず、武器や装備、兵法などは、他国とは比べものにならぬほどすぐれておるのじゃ。わが大軍がその気になれば、このようなちっぽけな島国を攻め滅ぼすのに造作はない。この国は象の足に踏みつぶされる小犬のようなものじゃ」

張政は居丈高にまくしたて、黄撞をタカギの頭上へ垂らしながら、なおも嵩にかかって、「それでも汝たちは、この旗にそむき、わが皇帝に逆らうというのか」と吼えた。

タカギは雷に打たれたように、からだをすくませ唇をわななかせてなにか言いかけたが、言葉にならない。オモイカネ、コヤネ、フトダマも、なにか言いたげに口を半ばあけたままおし黙っていた。

タカギと三重臣の様子をうかがっていた張政は、満足そうな笑みを浮かべて、黄撞を引きさげながら口調をやわらげた。

「オオヒミコ亡き後は、トヨヒメを女王に立てるがいい。この国は魏国が守ってやる。この張政が約束するのじゃ」

フトダマが握りしめた両こぶしをふるわせ、怒りと憎しみのこもった目で張政をにらみつけた。張政はまた、フトダマの顔へ黄撞を突きつけ、「つまらぬことは考えぬことだな。もしわれの身になにかあれば、魏国が黙ってはおらぬ。早速大軍がおし寄せてくることだろうよ。この国は破滅じゃ」とせせら笑った。フトダマは、両こぶしをゆるめて唇をかんだ。

タカギも黙りこんでいた。なにか言わなければと気は焦るのだが、張政の様子と言葉、黄撞に圧倒されてしまい、なにを言えばいいのかわからなかった。魏国の大軍、この国の破滅という言葉が頭の中を駆けめぐり、恐怖が胸をおののかせた。

タカギは、魏国の軍隊の強大さは知っていた。だからこそ、その威を借りてナガスネヒコを懐柔しようとしたのだ。ナガスネヒコには通じなかったが、我にはよくわかっていた。その魏の大軍が我が国へ攻め込んでくる――アークがあれば、そんな大軍でも撃退することができるのか。

しかしアークは——アークはヒミコが携行したときしかその効力を発揮しないことがわかっていた。ヒミコは老齢のためもはや出陣できない。ヒミコが携行したときでさえ、アークは十分に働かないことがあった。やはりアークは、武器などではなく、神と人間の契約のしるしであることを思い知らされた。

ヒミコは、アークを殺戮《さつりく》には使いたくないと言ったし、これ以上アークを使用すれば周辺の異国に気どられる懸念もあった。それで数年前、ヒミコ、タカギ、三重臣が神前で、アークは二度と使わないとかたく誓いあったのだった。

一段と濃さをましてきた夕闇の中で、タカギと三重臣は異形な影となって漂い、張政のゆがんだ顔だけが悪鬼のように浮かんでいた。その顔が口をひらいて、高らかに言った。

「明日の真昼刻《どき》、オオヒミコを死刑に処す」

31

トヨは、はっとしてふり返った。

先程から、大勢の人たちが低く囁きかわすような、あるいは悲鳴をこらえているようなそんな空気を感じていた。じっとしていられなくなり、立って窓から外をのぞこうとした。

そのとき、戸口に人の気配がした。見ると、人影がトヨに向かってひれ伏していた。

「そこにいるのは、誰じゃ」

トヨは思わず甲走った声をあげた。ナシメの部下に襲われたときの恐怖がよみがえった。

その人影は、額《ぬか》ずいたまま返事もしない。碧玉製の管玉をつらねた髪飾りをまきつけた黒い髪。白い縑《かとり》の衣。床についた白くしなやかな手。女だった。相手が女ということがわかり、少し安心した。なおも誰じゃと、声をかけようとしたとき、その女が顔をあげた。油皿の灯影がその顔を照らし出す。

「ウズメではないか」

トヨはおどろいて言った。いつも冷たくトヨを見くだしていたウズメが、いつものように険を含んだ表情を浮かべながらも、今は神妙にして恭しい態度をとっている。信じられない。それだけではなかった。ウズメの赤い唇からもれた言葉は、思いもよらないことだった。

「おめでとうございます。トヨヒメは女王になられます」

ウズメは感情をおし殺して言った。

「それは、一体どういうことじゃ」

トヨは思わず性急な口調になって訊かずにいられなかった。ウズメはトヨが女王になると言い、おめでとうございますとさえ言った。戯れを言っているのかと思ったが、ウズメの様子はそのようには見えない。次にウズメが言った言葉は、さらにトヨをおどろかせた。

「オオヒミコは死にます」

えっという突拍子もない声が、トヨの口をついて出た。同時に胸の中がうねり、全身の血が沸きたった。ヒミコは死にます。トヨは女王になります。自分の心の中の声ではなく、神からの言葉でもなく、ウズメの口から出た言葉だった。どうしてウズメはこんなことを言ったのだろう。

「なにを申すのじゃ。オオヒミコムチノ尊が死ぬはずはないであろうに」

「張殿がオオヒミコムチノ尊の処刑を命じたのでございます。今度の負け戦《いくさ》の責をとらされるのでしょう」

ウズメは相変わらず抑揚のない声で言った。たしかにヒミコには負い目がある。今度の戦争は、ヤマト軍は必ず勝つといったヒミコの言葉にしたがって戦ったのだから。でも処刑とはあまりなことだ。

「張殿がそのようなことを申されても、タカギ王が承知なさるわけが……」

「張殿は」

ウズメはさえぎって言った。「張殿は魏国の大使、魏国は有数の大国でございます。タカギ王といえども、張殿の言葉に逆らうことはできませぬ」

なりませぬ。そのようなことは、このトヨが許しませぬぞとトヨは言おうとしたが、その言葉は喉の奥につかえて出てこなかった。なにか言わなければと思うのだが、なにも思いつかずいたずらに唇をなめただけだった。

いつのまにかウズメの姿は消えていた。油皿の灯りが、侘しげにトヨの影を床と壁に投げ出しているだけだった。今そこにいたのは本当にウズメだったのだろうか。ウズメがあのようなことを言うはずがない。なにかのまぼろしを見たのではないのか。あるいはなにかの霊だったのかもしれない。そのまぼろしか霊が、たまたまウズメに似ていただけのことではないのだろうか。

そうだ、そうにちがいない。そう思うと、先程のウズメの顔は闇にのまれて消えていき、「ヒミコは処刑されます」「トヨが女王になられます」という声だけが耳の底に残った。

やがてその声も遠のいて、代わりにトヨが何度か聞いたことのある、「ヒミコは死にます」「トヨは女王になります」という声が、物の怪や邪霊の叫びのように頭の中に鳴りひびき、背筋を走って心臓を打ちつけた。

トヨは悲鳴をあげた。

ヨセフは、板戸をあけるなり部屋の中へ倒れこんだ。身悶《もだ》えしながら、自分の耳を両手でおおった。聞きたくもないことを聞いてしまった。胸がはり裂けそうで、全身を切り苛まれるようだった。

　女官たちの話しあう声を立ち聞きしたのだ。張政がヒミコに対して、ヤマト軍を敗北に導いた科《とが》により、処刑を申し渡したというのである。なんということだ。あの張政がよくも。

　しかし張政は、ヨセフの進言をとり入れたのだった。先日、客殿の廊下で、ヨセフへ冷淡な一瞥をくれてすれちがっていく張政を呼びとめて、ヨセフは言った。

「いいことを教えて進ぜよう。オオヒミコに処刑を命じるがよい。そうすればタカギ王はアークを差し出して、オオヒミコの命乞いをするでしょう。オオヒミコの死を願う者は誰もいないのですから」

　ヨセフは自分の言葉におどろいた。どうしてこのような恐ろしいことを言ってしまったのだろう。いつのまにか口が動いて、勝手に言葉が出ていった、そんな感じだった。まるで、誰かがヨセフの口を借りて話したようにも思えた。

　ヨセフの言葉を聞いたとき、張政はたわけたことを申すな、と一笑に付して立ち去っていったが、心中ではけっしてそうではなかったことが、今になってみてわかった。

　張政の下心は手にとるようにわかる。張政の目的はヒミコの処刑ではない。アークだ。アークを狙ってヨセフの助言をとりいれたのだ。ヒミコに死刑を宣告すれば、タカギ王らはヒミコを救うために、アークを差し出すにちがいないと。

　ヨセフは張政の野望に手を貸したことになる。しかし、タカギらはヒミコの命を救うために本当にアークを差し出すだろうか。いくらヒミコの助命のためといっても、アークは先祖代々の神宝である。むざむざと張政に渡せるはずがない。それならヒミコは処刑されるのか。……だめだ、そんな恐ろしいことを許してはならない。それならやはりアークを……いや、それは。……ヨセフはのた打ちまわって、苦悶のうめき声をあげた。

そのとき、男の声が頭上から降ってきた。

「われがヨシュアをローマ兵に引き渡し処刑させたのは、それが神のみ心だと知ったからだ。われは、神のみ業の成就のためにやったことなのだ」

ユダだった。ユダの言ったとおりだった。これも神のみ心なのだ。ヨセフがヒミコに会って以来、予感していた神のみ業が行われようとしている。男であり父であるヨシュアにメシアの霊が入って処刑されたように、女であり母であるヒミコに、メシアの霊が入って処刑される。……

ヨセフは悟った。ヒミコの処刑を命じるように張政にすすめたのはユダの霊だ。先日ユダのまぼろしを見たとき、そのまぼろしが急に襲いかかってきて失神状態になった。その間にユダの霊がヨセフのからだにのり移ったにちがいない。

ヨセフは起きあがって坐り直した。心は平静をとりもどしていた。あのときのヒミコの顔が目の前に浮かんだ。ヒミコらがイスラエルの民で、ダビデ王の血をつぐ者にちがいないとヨセフが問いつめたとき、ヒミコは断固として否定した。そうしながらも、ヨセフと見かわした熱い視線のうちにはじめて心が通じあい、暗黙の了解がなりたった瞬間。

あのときのことは、これからの人生においてけっして忘れ去ることはないだろう。そう考えたとたん、ヒミコの顔がゆがんで血まみれになり、苦痛の悲鳴をあげた。

「ゆるしてくだされ」

ヨセフは床に身を投げ出し、声をあげて泣いた。

張政は、こみあげてくる笑いをこらえることができなかった。計画どおりに事は進んでいる。やがてやつらは。……

あのヨセフという男は、いい助言をしてくれたものだ。ヒミコに処刑を命じなさいと、ヨセフがそう言ったとき、いったんは妙なことを言うやつだと相手にしなかった。まさかそこまではと思っていた。

そこへヤマト軍の敗戦の知らせが届き、そのときになって、ヨセフの言葉が張政の胸を射抜いたのだ。敗戦の責をとらせてヒミコに死刑を命じる。わが国の皇帝の命令として。皇帝の命令なら誰も逆らうことはできないはずだ。そうなれば、タカギらは、神のように崇めるヒミコをみすみす殺させるわけにはいかず、アークを差し出してヒミコの命乞いをするに決まっている。ヨセフの言ったことが図に当たるわけだ。

張政がヤマトノクニへの使節に選ばれたとき、皇帝はひそかに張政を呼んで、ヤマトノクニの高天原にアークが隠されているかもしれない、という知らせが入った。それが真実かどうか確めてこい、もしアークがあるのなら、あわよくば持ち帰ってこい、とそう命じた。

実際ここへやってきて、いろいろ調べた結果、高天原のどこかにアークが隠されているという確信を抱いたが、その場所がわからず困惑していたところへ、この好機だ。今やアークは、張政の手の届きそうなところまで近づいている。皇帝の喜ぶ顔が目に見えるようだ。強大な力を秘めた武器であるアークを手中にして、多くの国々を征服すれば、かつてのイスラエルのダビデ王やソロモン王のように栄耀栄華は思いのままである。われの立身出世も約束されたようなものだ。

張政の夢想はとどまるところを知らなかった。

廊下から、あわただしい足音が聞こえてきた。もうタカギがやってきたのかと思った。ヒミコの命乞いのために、アークをのことを口にするのだろう。

部屋に入ってきたのは、タカギではなくトヨだった。トヨはいつになく髪をふり乱し、顔を青ざめさせている。

「オオヒミコを処刑にするという話は、本当《まこと》でござりまするか。嘘でございましょう」

トヨは張政の前に坐るなり、声をふるわせて言った。ウズメかまぼろしともしれない女から聞いた話を女官に確かめ、それが事実だとわかると、まっすぐ張政の部屋へ向かったのだった。

「なにもヒメがうろたえることはあるまい。汝《いまし》にとっては、喜ばしい話だと思うがのう」

張政は機嫌よさそうに目をすがめて、善良ぶっている小童《こわっぱ》にすぎないトヨを見た。

「なにを申されるのじゃ、妾が喜ぶなどと」

トヨは色をなして言った。

「そうではないか。ヒメが女王になる話なんだぞ」

「妾は、女王なんかになりとうございませぬ」

「嘘じゃ」

張政はこともなげに言った。「われにはわかるのじゃ。汝の顔には、女王になりたくてしかたがないと描いてある。女王はこの妾だとな」

「張さまこそ、嘘を！」

トヨの目がつりあがって、張政の顔をにらみつけた。

「怒ったのか」

張政は辟易《へきえき》したように笑ってまぎらせながら、「怒るとますます愛《いと》しくなる。われは汝が愛しくてしかたがないのじゃ。それゆえ、汝の願いをかなえてやりたいと思ったんだぞ」

「妾をそのように思ってくださり、妾の願いをかなえてくださるのなら……」

トヨは、熱い息を吐いてにじり寄った。

「汝の願いどおりにしてやっておるではないか」

「いいえ、妾の願いはただひとつです。オオヒミコムチノ尊の命をお助けくださりませ」

「本当に汝は、オオヒミコの命を助けたいと思っておるのか」

「嘘も本当もございませぬ。どうか、オオヒミコのお命を」

トヨは両手を突いて頭をさげた。

「オオヒミコの命を助けることはできる。その道はひとつしかない」

「その道とは、どういうことでございまするか」

顔をあげたトヨは、ひたむきな目でじっと張政を見た。

それは、と言いかけて張政は口をつぐんだ。このトヨに、アークの話を持ち出してもむだだろう。トヨは、心からヒミコを助けたいとは思っていない。いくら言葉でとり繕うとしても、この小童の本心はわかっている。ヒミコが死んで、女王になるのはおのれしかいないとそう思っているにちがいない。

なにもトヨの力を借りる必要はない。タカギはよく承知しているはずだ。大船に乗ったつもりで待っていればいいのだ。張政は言った。

「汝はなにも心配することはない。すべてこのわれに任せておけばよいのじゃ」

32

「それでは、いつヤマトノクニのアワへ攻めこみますか」

トネリは椀の酒を一気にあおった。

「なにも焦ることはあるまい」

キクチは上機嫌で答えて、トネリの椀へ甕の酒を注いでやった。

「こうなってしまえば、ヤマトノクニは、吾らのものになったも同然じゃ」

キクチを囲んで、主だった部下の兵士たちが酒宴をひらいていた。中央に置かれた燭台の灯が勢いよく燃えて、酒気を帯びて赤らんだ顔や脂ぎった顔へ、妖しい影を躍らせている。

「そういえば、隊長のホデリとかいう男、ホホデミに代わってヤマトノクニのヒツギノミコになったということだが、この男がヒミコにだまされたとか申して、ひどくヒミコを恨んでいました」

トネリの隣に坐った男が、殊勝げに言った。

「そういうことじゃ」

キクチは、その兵士にも酒を注いでやりながら、「もともとヒツギノミコだったホホデミの行方はわからず、代わってヒツギノミコになったホデリも吾らの捕虜《とりこ》になりさがった。汝が申したように、ヒミコはもはや神の声を聞く巫女ではなくなった。遅かれ早かれ女王の座を追われることだろうよ。跡をつぐトヨヒメはまだ稚《おさな》い。ヤマトノクニはもうおしまいじゃ。いずれ吾らの軍門にくだり、連合諸国も吾らになびくというものじゃ」と気炎をあげた。

酒席の男たちは、さかんにキクチを持ちあげたり、各自の手柄を大仰に吹聴しては、ゲタゲタと笑いながら、酒を飲み猪や鹿の肉を食らっていた。

キクチは得意だった。

ナガスネヒコが手勢を率いてマキムク宮殿へ帰っていったときを見計らって、ヤマト軍が攻めてくるとにらみ、罠をしかけて待ちかまえていたのだ。計略どおり、ヤマト軍を袋のような隠れの原へ誘いこみ、両側の入口をふさいで挟み撃ちにして追いつめ、一網打尽にしたのだ。ひとりの兵士も逃《のが》さなかったと部下から聞いていた。

隊長のホデリは捕らえたし、そのほかの兵士も殺してしまうのは惜しく生け捕りにした。いずれ奴隷として使うつもりだ。いずれにしても、隠れの原の戦いほどの戦果は、これまでの戦争ではなかったことだし、これからもめったにあるものではない。それだけに、マキムク宮殿のナガスネヒコが使者をよこして、賞賛の言葉を惜しまなかったのも当然のことだろう。きょうその使者の要請に応じて、ホデリの身を引き渡したところだった。

「いよいよニギハヤヒノ尊か、さもなくばウマシマジノ尊がこの倭国の大王になるときが近づいた。ナガスネヒコノ君の長年の念願がかなうというものじゃ」

キクチは椀を高く掲げて、「さあ、今宵は飲め。思う存分たのしむがよい」と言い終わると、自分も椀の酒をあおった。部下たちもおうと応じて、椀の酒を飲み干した。

足音が聞こえて、戸口にぬっと人影が現れた。燭台の灯からは遠のいて陰におおわれ、誰だかわからなかった。部下たちは口へ運ぶ椀の手をとめ、目をこらしてその人影を見た。

「おお、シラヌではないか」

いち早く気づいたキクチが声をかけた。人影は、一歩前へ出た。燭台の灯が照らし出したシラヌの顔は、この場にはそぐわない険しい表情をつくっていた。

「そんな顔してないで、ここへきてのめ。ヤマト軍を打ち破った祝いをしているところじゃ」

キクチは、わざとらしい気さくな様子で言いながら、シラヌへ向かって手招きした。

「酒など飲みたくもない」

シラヌはにべもなく言った。それから、しらけている一同を冷然と見渡した。

「そんなこと言わずに、まあ、ここへ坐れ」

キクチは自分の隣の席を手で示しながら、語を継いだ。

「汝《なれ》を、この戦いに加えなかったことが気にいらんのかもしれんが、今度は汝の力を借りることもなかったのじゃ。これから吾らはアワを攻めることになるが、そのときには、大いに働いてもらわねばならぬ」

シラヌは、キクチの声が聞こえなかったように表情を変えることなく、おし黙ったまま突っ立っている。その様子にうす気味わるくなったキクチは、「こうしてヤマト軍を負かすことができたのも、いってみれば、汝が兵士をきびしく仕込んでくれたからじゃ」とおもねるように言った。

「我は、人を殺すために兵士を鍛えているのではない。からだと魂を鍛えるためなのじゃ」

シラヌは、相変わらず冷ややかに言った。

「そうか、それはそれで、結構なことじゃ」

キクチはつくり笑いを浮かべ、「とにかく、ここへ坐ってのめ」としらけきったこの場をとり繕うように、磊落《らいらく》な様子で酒を注いだ椀をシラヌの前へ差し出した。その椀は伸びてきたシラヌの手によってはね落とされ、椀の酒は飛び散った。

「キクチ殿に向かって、無礼だぞ」

トネリが気色ばんで声を凄ませたが、語尾はふるえを帯びた。シラヌの凄腕は知りすぎるほど知っていた。キクチはなにやらうす笑いを浮かべながら、酒でぬれた褌をていねいに手で拭っている。

「サハシはどこだ？」

いきなりシラヌはそう言うと、キクチをにらみつけた。

「あんな男のことなど、どうでもよいではないか」

キクチは声をたてて笑って、ごまかそうとした。

「サハシは、どこにいるのかと訊いたんだぞ」

シラヌは険しい口調で言った。「また奴隷として、こき使っているのか」

「違うんだ」

キクチはあわてて言った。「サハシは、ナガスネヒコの君のお供をして、マキムク宮殿へ行ったのだ。そのうちここへもどってくるだろう」

「そのうちではだめじゃ。すぐにでも連れもどしてこい」

「すぐにもと言われてもな」

キクチはうんざりしたように口ごもった。

「すぐにといえば、すぐにだ」

シラヌは頑《かたく》なに言い募った。「あの男は、つねに我の目がとどくところにいさせると、約束したのは汝だぞ」

言い捨てると、シラヌは足音高く部屋を出ていった。


シラヌは廊下を歩いていく。どの部屋でも酒宴のまっ最中らしく、さんざめく声が聞こえてくる。笛や琴、鼓の音もまじって、歌ったり踊ったりしながら、その間に下卑《げび》た男の笑い声、なまめかしい女の嬌声が伝わってくる。

たるんでいるな。こんなことでは、ヤマト軍に逆に打ち負かされてしまうぞ。明日になれば、たるんだ兵士どもの土性骨をたたき直してやる。そんなことを思いながらシラヌが戸外へ出ると、さわやかな風が吹いていて、見あげれば、夜空を埋めつくした星々が、シラヌの心を抱きこむように輝いていた。

「どこへ行っておられた。少し目を離した隙に」

シラヌの見張り役の二人の兵士が駆けつけてきて、シラヌの両側に寄り添った。いくつかの高屋や平屋の建物の間を通って、三人は、シラヌの住居である黒の館へもどっていった。

「いかがでした？」

サハシはふり向いて尋ねた。

「汝《な》の申したとおりじゃ」

タケミカヅチは熱っぽい声で応じた。

「やはりあのおかたは、ホホデミノ尊に相違ない」

タケミカヅチとサハシは囁きかわしながら、屋根や壁が黒く塗られた黒の館の前でたたずんでいた。

隠れの原の戦いでナガスネヒコ軍に追いつめられ、死者を装ってかろうじて脱出した二人だった。追ってきた二人の兵士を斬り伏せたとき、その敵兵になりすましてナガスネヒコ軍にまぎれこむことを思いついた。素早く敵の兵士の軍服を身につけ、武器を持って、隠れの原へ引き返しナガスネヒコ軍に合流したが、誰にも気づかれることはなかった。たぶん緊急に傭兵を集めたのだろう、見知らぬ兵士がいても気にとめなかったようだ。草原では、捕縛されたホデリが殺せ、殺せと狂人のようにわめき散らしていた。生き残ったヤマト軍の兵士も、ほとんどは生け捕りにされた。

ナイゼン王城へもどっても気づかれることはなかった。サハシは、髪形を変え、ひげを伸ばし、眉を描いたりして、脱走した本人とは気どられないように気を配った。

ホホデミがこの黒の館にいることはわかったが、ホホデミは兵士のために武術の指南に出るほかはこの居館から一歩も出ることがなく、またつねに数名の兵士が見張っていた。ホホデミが兵士に剣術の稽古をつけるときは、タケミカヅチとサハシは炊事や雑役に従事させられ、ホホデミの顔を見ることもできなかった。今宵たまたま黒の館の前にいたところ、ホホデミが姿を現し、タケミカヅチ自身の目で、本人だということを確認したのだった。

「しかし、尊は、ずいぶんお変わりになられたものだな」

タケミカヅチは実感をこめて言った。ヒミコの宮殿にいた頃のホホデミは、いつも快活で堂々としていたが、今見た当人は生気が乏しく、薄っぺらな板きれのようにうつろな表情だった。やはりサハシが言ったように、頭を打って正気を失っているのだろう。

「なんとかしてムラクモを尊に手渡して、正気をとりもどしていただかねばならぬ」

タケミカヅチは決然として言った。ムラクモの剣は、二人にあてがわれた部屋の床下に隠してある。

「そうは言っても、尊はめったに外へお出にならないし、つねに見張りの兵士が張りついているではありませぬか。一体どうすれば……」

サハシの言ったとおりだった。ホホデミに近づくことさえむずかしい。ましてムラクモの剣を手渡すことは至難の業といえるだろう。

そのとき、タケミカヅチの頭に光がさしこんだ。二人の敵兵になりすますことを思いついたときと同じだった。

「いいことを思いついたぞ。やつらが酒盛りにうつつをぬかしている今だ」

タケミカヅチは声をはずませた。


シラヌの怒りはおさまらなかった。吐き気さえ覚えている。キクチらの酒宴から帰ってきたところだった。

ヤマト軍に対する勝利に酔いしれているやつらへの怒り。ヤマト軍の兵士といえども、人間であることに変わりはない。人間の命はかけがえなく尊いものだ。一人ひとりの兵士にはそれぞれ妻や子供がいる。両親、兄弟姉妹がいる。殺された兵士の無念はもちろん、残された者たちの悲しみははかりしれないものがある。やつらはそんなことは露ほども考えることなく、酒を飲み、肉を食らい、女とふざけあっている。

たしかに兵士として、人間として、戦わねばならないときがあるだろう。しかし、それは神が求めるときや、相手がしかけてきた戦いを防御するときだけだ。これほどの剣の腕をもつ我のことだから、幾度かの戦争に参じ、そのたびに敵兵を殺しているのかもしれない。だが、今のやつらのような真似はしない。殺した敵の兵士と、残された家族のことを思って静かにその時を過ごしたはずだ。

そうだ。自分はやつらとはちがう。

自分が誰かということは依然として思い出せないでいたが、自分がやつらの仲間でないことだけはよくわかった。いっそのことここを脱出して、どこかへ行ってしまおうかとも思ったが、サハシのことが気がかりだった。自分がいなくなれば、やつらはまたサハシを奴隷として、以前のように重労働をやらせるような気がする。それは許せなかった。

そのサハシを最近見かけなくなり、たまりかねて今宵キクチに問いつめたところ、サハシはナガスネヒコの供をしてマキムク宮殿へ行ったとのこと、すぐ連れもどすようにときびしく言っておいた。

サハシが帰ってきたら、二人でここを脱走してもよいと思った。どこかよその国へ行って、サハシと一緒に静かに暮らそう。そうすればいつか、過去のことを思い出すこともできるだろう。

それこそが、今のおのれが望んでいることだった。

シラヌはその願いをこめて、灯屋の炎をじっと見つめた。

とつぜん、「火事だぁ」という叫び声があがった。つづいて「火つけだぞ」という声が伝わってきて、あわただしい足音が廊下を走り、階段をおりていく。

窓辺に立って見ると、裏庭に立つ掘立小屋から黒煙がたなびいて、めらめらと炎がふきあがっていた。数名の男たちが叫びかわしながら、脱いだ衣服で火をはたき、運んできた甕の水を浴びせようとしていた。暗闇の中で、燃えさかる炎に照らし出される男たちの姿が魑魅魍魎《ちみもうりよう》のように躍った。

「ホホデミノ尊」

声が聞こえてシラヌがふり返ると、ひとりの男がかしこまって、シラヌをじっと見つめていた。麻の衣をまとい、短い褌をはいて、鉢巻をしめたその男は、ナガスネヒコ軍の兵士のようだったが、見知らぬ顔だった。酒宴でも見かけなかったし、酒気を帯びている様子もない。いつも剣の稽古をつけてやる兵士の中にも見かけない顔だった。シラヌを見張っている兵士は消火に出払って、この部屋には二人以外は誰もいない。シラヌは、不審そうにしながら、男の前に坐ってあらためてその顔を見た。

「まだ、おわかりにならないのですか。吾はタケミカヅチでございます」

タケミカヅチは感にたえない様子で、「ホホデミノ尊のご無事なお顔を拝見して、吾はうれしゅうございます」と声をつまらせた。

依然として、シラヌはけげんそうな表情を浮かべて黙っていた。

「この顔がわからないのですか。吾はタケミカヅチです」

タケミカヅチはたまらなくなって、もう一度名乗った。シラヌは、タケミカヅチか、知らんなと、ぼそりとつぶやいただけだった。

タケミカヅチの胸は疼いた。予期していたことではあったが、タケミカヅチの顔を見て、声を聞いても素知らぬ顔をしているホホデミを、実際に目の当たりにするのはつらかった。だが、今はそんなことを言っている場合ではない。

「火は消しとめたぞ」「曲者《くせもの》は見つかったのか」という声が裏庭から聞こえてくる。

「吾のことがわからないのも無理はありません。尊はアサカノ丘の戦いで崖下に落ち、川に流されて、そのときどこかで頭を打って正気をなくされたことは、存じあげておりまする」

タケミカヅチは、隠し持っていたムラクモの剣を、シラヌの前へ置いた。

「これは、ムラクモという名剣で、尊のものです。これを手にとってくださいませ。きっと、ご自身がホホデミノ尊であることを思い出していただけるでしょう」

シラヌは無表情のままムラクモの剣を見ていたが、タケミカヅチに再度促されて、しかたなさそうに剣を掴んだ。環頭飾りのついた柄と、藤葛の蔓でまいた鞘をひとわたり眺め、それから鞘を払った。灯屋の灯りをうけて、ぬめるように刃が光った。

「そのムラクモは、ヤマトノクニのヒツギノミコのしるしの剣です。尊こそそのヒツギノミコ、ホホデミノ尊であらせられます」

シラヌはじっと目をこらして、鍔元から切っ先へと見渡している。タケミカヅチは息をのんで待った。静かに時が過ぎていく。

「汝《なれ》の言うとおり」

シラヌは剣を鞘に納めて、「たしかにこれは名剣だが、我にはなんの覚えもない」と素っ気なく言った。

「いいえ、それは尊が命よりも大事にしていた剣です。知らぬはずはありませぬ。どうか、思い出してくださりませ。ヤマトノクニのヒツギノミコ、ホホデミノ尊！」

タケミカヅチは熱い声を絞って、その名をくり返した。

「ヤマトノクニのヒツギノミコ、ホホデミか」

シラヌは嘲るように笑った。

「誰かもそう呼んだことがあるが、我はそういう者ではない。もし我がヤマトノクニのヒツギノミコなら、こんなところでこうしているわけがないではないか」

「それは……」

タケミカヅチが言いかけたとき、「曲者は見つかりません」「あれは火つけじゃ。曲者が火をつけて逃げおったのだ」と言いかわす声が次第に近づいてくる。

「吾は、タケミカヅチは赤の館におります。なにか思い出したときは、呼んでくださりませ」

タケミカヅチは立ちあがって、急いで部屋を出ていこうとした。

「タケミカヅチ」

シラヌが呼んだ。タケミカヅチは足をとめた。ホホデミは気づいたのだ。タケミカヅチは、期待に胸を躍らせてふり返った。

「忘れ物だぞ。これは汝の剣であろう」

シラヌは、ムラクモの剣を差し出していた。

「いいえ、それは尊の物です」

言い残して、タケミカヅチは部屋を出た。

33

燭台の灯が静かに燃えていた。

隙間風が入って、その灯が瞬くたび、タカギと二重臣の姿が闇の中に浮かびあがったり、のみこまれたりした。あたりは、刃物でたちきられたように静まり返っている。宮殿の奥の森で、鵺の鳴く声が不気味に聞こえてくる。その鳴き声に誘われたように、コヤネがぶるっとからだをふるわせた。

コヤネは先程、ヒミコの宮室へいってきた。ヒミコはふだんとは少しも変わりがなく、静かにもの思いに耽っていた。張政がヒミコに対して処刑を宣告したことは、まだヒミコに伝えていない。だが、いずれは知らせなければならないだろう。そのときヒミコは。……いいや、とてもそんなことはできない。してはならない。そう思うと、コヤネの身の毛はよだった。

「張政の思うどおりにはさせぬ」

オモイカネが、いたたまれなくなったように重い口をひらいた。

「そうじゃ」

コヤネはすぐ同調した。「オオヒミコムチノ尊の処刑は、断じて許してはならぬ」

「ならば、いかが致す?」

フトダマがコヤネに向かって問いかけた。「張殿はあのとおりじゃ。魏国という人国の力を借りて、いったん言い出したからには後へはひきませぬぞ」

コヤネは黙りこんだ。しばらく戸惑っていたが、思いきって言った。

「アークを持ち出すほかはあるまい。あやつの腹の中はわかっておる」

「それこそ、あいつの思う壺だぞ。吾が張殿の思いどおりにさせぬと言ったのは、このことも含んでいるのじゃ」

オモイカネは厳しい口調で言った。

「ただ見せるだけじゃ。張殿はアークを渡せと、そこまでは言わんだろ」

「それではすまぬ」

オモイカネは、さらに険しい顔付きになって言った。「アークがここにあるとわかった以上は、いずれやつらはアークを奪いにくる。それこそ大軍でおし寄せてくるやもしれぬ。アークが強力な武器であることを、やつらは知っているのだぞ」

コヤネは、苦しそうにうめき声をもらして黙りこんだ。しばらくして、コヤネは急に思い当たったように言った。

「アークが武器として働くのは、オオヒミコムチノ尊が使うときだけだ。魏国へ持ち帰ってもなんの役にもたちはせん。そのことを教えてやれば、張殿はあきらめるかもしれませんぞ」

「そんなことを話せば、アークはここにあることがわかってしまうではないか」

オモイカネがたしなめるように言った。

そうだったなと、と力なくつぶやいてコヤネは頭を垂れた。

「アークは」

それまで黙っていたタカギがおもむろに言った。「神と人間の契約の証じゃ。神の戒めを守るならば、神は我らに祝福を与えるという契約なのじゃ。このアークがあるかぎり、我らの安全は神によって約束されている。もしなくなれば、神の約束を見失うことになる。アークは命よりも大事な神宝であり、先祖代々守りつづけてきたもの。これからも我らと子孫が守っていかねばならぬ。けっして人手に渡ってよいものではない。そのためには隠しとおさねばならぬということじゃ」

「命よりも大事なものですか」

コヤネがむきになって言った。「それでは、オオヒミコムチノ尊は殺されてもよいと申されるのですか」

「そうは申してはおらぬ」

タカギは激越な口調で言った。それから、うめくような声を唇からおし出した。

「オオヒミコムチノ尊は、我にとって姉上《なねのみこと》なるぞ」

タカギはがくんと頭を垂れて、両手で膝を引っつかんだ。その手がふるえている。こみあげてくるものを必死にこらえているようだった。

「アークは隠しとおして出さぬ。もとよりオオヒミコムチノ尊を見殺しにもできぬ。それでは吾らは、いったいどうすれば……」

フトダマは苦しそうに声を絞り出して、オモイカネとコヤネを見た。二人ともうなだれて口をつぐみ、誰もフトダマの問いかけに答えることはできなかった。

荒あらしい足音が近づいてきた。

大広間に躍りこんできたのはタジカラオだった。タジカラオは、隠れの原の戦いでただひとり逃げのびてきて、ホデリをはじめ、タケミカヅチなどのヤマト軍の兵士のことごとくが、殺されるか捕虜にされたと伝えたのはこの黄昏刻だった。その後、衣服をあらため傷の手当てをうけて、自室で休養しているはずだった。

今、大広間に入ってきたタジカラオは、血相を変え、目は狂気じみた光を宿していた。

「おのおのがたは、なにをしておるのじゃ。吾は、張のやつをゆるさんぞ」

タジカラオは、一同を見まわしながら息まいた。張政がヒミコに死刑を命じたことを、誰かに聞いたにちがいない。

「あやつを殺してやる！」

剣を抜き放ちながらタジカラオは、踵をめぐらせ廊下へ出て、階段へ向かって歩いていく。

「とめろ！」

タカギが叫ぶ。その声に応じて、コヤネとフトダマが立ちあがって廊下へ出た。フトダマは待てと言いかけた。その前にタジカラオは、廊下の途中でこり固まったように立ちすくんでいた。

「そこをどけ、斬るぞ」

タジカラオは目の前を見つめ、剣を振りあげた。コヤネとフトダマが見ると、タジカラオの前の廊下は、暗闇が立ちこめて誰もいるようには見えない。

「じゃまだてする気か」

タジカラオは叫んで、目の前の暗がりへ剣をふるって斬りつけた。あっという声があがり、小さい足音がして、うす明かりへ白っぽい人影がよろめき出てきた。

「トヨヒメではありませぬか」

コヤネがおどろきの声をあげた。ふわっと黒い髪が波うって、トヨはその場へ突っ伏した。タジカラオは、剣をだらりとさげたまま茫然としている。

「大丈夫ですか」

コヤネが近づいてトヨの肩先に手をかけたとき、トヨは勢いよく立ちあがった。その目はつりあがって、異様な光を放っていた。怪我はない。

「なりませぬ。張殿を殺してはなりませぬ」

トヨはタジカラオに向かって、熱にうかされたように言った。

「そのとおりじゃ」

タカギはトヨの言葉を引きとって、タジカラオへ向かってなだめるように言った。

「張殿を殺せば、魏という大国を敵にまわすことになる。そうなれば我が国は破滅じゃ」

タジカラオは悔しそうに歯がみをしていたが、しかたないといった様子で剣を鞘におさめた。

一同は大広間にもどって、それぞれの席についた。トヨは坐るなり言った。

「オオヒミコムチノ尊のお命は助けねばなりませぬ。そのためにアークとやらをさし出すのじゃ。それしか手だてはないではありませぬか」

その声は厳粛で力強く、ヒミコが神の言葉を伝えるときのような響きをもっていた。一同ははっとして、一斉にトヨの顔を見たほどだった。トヨは胸をそらせ堂々とした様子で、一同を見返しながら言葉を継いだ。

「アークは手放すことがあっても、またとり返すことができまする。なれど、オオヒミコのお命は、一度失えばそれでおしまいじゃ。二度ともどってくることはありませぬ」

誰も答える者はなく、ますます険しい顔付きになって黙りこんだ。

トヨもつられて口をつぐんだ。

一同は、あたりに立ちこめる重く淀んだ空気に包まれながら、底しれぬ淵へ落ちていくような苦悶と戦い、胸をひき裂く決断を迫られていた。

「こうなれば、ふたつの道しかない」

タカギが閉じていた瞼をひらいて、重々しい口調で切り出した。一同は待ちかねていたようにタカギを見守り、その言葉を待った。タカギは、一同を見渡して言う。

「そのひとつは、張政を、張のやつをひと思いに亡き者にして、変事に見せかけるのじゃ。誤って川に落ちたとか、獣に襲われたことにする。それならば、魏国は、やむを得ないこととして承服するだろう」

コヤネとフトダマは、それがよいと言うようにうなずいてみせた。オモイカネは「もうひとつは？」と訊いた。

「もうひとつは……」

タカギは言葉を切って、それから唇をかみしめながら一挙に声を吐き出した。「トヨヒメが申したように、アークを……」

トヨは、そのとおりですと言うように、こっくりとうなずいた。三重臣はうなり、吐息をついた。

「ふたつのうち、どちらを選ぶのがよいと思うか」

タカギは悲愴な決意をあらわしながら、また一同を見まわした。

「どちらもなりませぬ」

凛とした声が響きわたった。一同がその声に打たれたように戸口を見ると、闇からにじみ出るように人影が現れた。ヒミコだった。紫の布を頭にまいて結び垂らし、白絹の御衣と白く長い裳の上に黒い襲をまとっていた。

一同は息をのんでヒミコを見つめたまま、なにも言うことができないでいた。

ヒミコは静かに言った。

「タカギ王が申したように、張殿を殺《あや》めて変事を装うとしても、二人の部下はいかが致すのじゃ。張殿と二人の部下がともに川に落ち、あるいは獣に襲われて死んだとあらば、魏国は納得するまい。それに張殿は本国へ文を送って、この国での出来事を逐一知らせておるのじゃ。張殿と部下がもしそのような死にかたをすれば、魏国はきっと怪しみきびしく取り調べることであろう。魏国をあざむくことは、しょせん無理というものじゃ」

タカギはうなった。そう言われてみて、張政がよく本国へ文を書き送っていたことを思い出した。

「もうひとつの件、アークのことじゃが……」

ヒミコは、タカギとトヨを見つめ、それから一同を見渡して言った。

「アークは神からの賜物、先祖から伝わる秘宝じゃ。はじめにタカギが申したように、妾らの命より大事なもの。いかなることがあっても、アークだけは守り通さなければなりませぬ。これは鉄の掟じゃ」

ヒミコの厳しくおごそかな声は、一同の間を駆けめぐり、胸を刺しつらぬいた。同はうなだれるだけだった。

「それでは、吾らはいかが致せばよいのですか」

オモイカネがたまりかねたように言った。

「すべては神のみ旨どおりに進んでいる。神のみ心にまかせなさい」

ヒミコは、やさしく諭すように言った。

オモイカネは、ヒミコがなにを言おうとしたのかわからなかった。オモイカネはタカギを見た。タカギは、目を閉じ腕を拱いている。

オモイカネは思いきって言った。

「今のお言葉、吾にはよくわかりませぬ。吾らはいったいどうすれば……」

「張殿の言葉にしたがいなさい」

ヒミコは打ちおろすように言った。

「張殿の言葉にしたがえですと？　それはどういうことですか？」

今度は、フトダマが解せないといった様子で訊いた。トヨもからだを乗り出して、ヒミコの返事を待つ。

「まだわからないのですか」

ヒミコは厳しい口調になって、「張殿の言葉にしたがいなさい、妾はそう申しました」と重ねて言い、鋭い眼光でフトダマの顔を見すえた。

それでもなお、フトダマはわからないというように首を振った。オモイカネ、コヤネも、フトダマにならって首を横に振った。タカギは相変わらず瞼を閉じ、腕を拱いて身じろぎもしない。

トヨもヒミコがなにを考えているのかわからなかった。タカギの観念したような態度と、三重臣の当惑ぶりを見比べながら、この場の成り行きがどうなるのか気が気でなかった。

そのとき、コヤネがあっと口走って、口を手でおさえた。その顔を見て、フトダマもからだをびくっとふるわせた。オモイカネの背筋を戦慄がつらぬいた。

「ま、まさか」

オモイカネは声をふるわせた。一同は、引きよせられるようにヒミコの顔を見た。

「そのとおりじゃ」

ヒミコは言った。険しかった声はおだやかになり、顔には笑みさえ浮かべている。ヒミコは一同を見まわし、静かに言葉をつづけた。

「妾は覚悟ができている。恐れるものはなにもない。神のみ旨にしたがうだけのこと。妾の命は神に捧げたのじゃ」

誰もなにも言わなかった。タカギはなにかをこらえるように顔をゆがめ、オモイカネは全身の力が抜けてくずおれそうになった。コヤネは垂れた頭をがくがくとふるわせ、フトダマは膝を両手で引っつかんで宙をにらんでいる。タジカラオは歯を食いしばりながら、なおも張政を殺してやるというように樹皮でまいた剣の柄を握りしめていた。

トヨはわっと声をあげて泣き伏した。

34

トヨは起き出して、灯屋の灯をともした。夜が更けても眠りは訪れそうにもない。いつもなら寝静まっている女官や侍女の住居からも灯りがもれている。嘆く声や、恨みがましい声がそこから聞こえてくるようだった。

魏という大国の力を背負った張政がヒミコに命じた理不尽な刑。タカギ、三重臣がなんとかとりやめさせようと相談をめぐらしているところへ、姿を現したヒミコは、甘んじて受けると宣言した。神のみ心だと、ヒミコにそう言われれば、もはやタカギや三重臣は、どうすることもできない。明日の真昼刻にヒミコは処刑されるだろう。張政がやめるといわないかぎりは。そのときは刻々と近づいている……誰も眠れるはずはない。眠っているのは、張政と二人の部下だけだろう。

なんとかしなければ……どうしてもヒミコを死なせるわけにはいかない。トヨは、そのことだけを思いつづけていた。それとともに、過ぎし日のことがよみがえってくる。ホデリがホホデミのムラクモを、にせの剣とすり替えたことを知り、逆ににせの剣を使ってホデリの手からムラクモを奪い返した。そのことをヒミコやタカギに内密にした……

そのときから、それは始まっていたのだ。「ヒミコは死にます」「トヨは女王になります」という声を聞いたのも、ヨセフはそれを神の声だと言ってくれたが、実はそうではなかった。その言葉は、自分の心の中にひそんでいた願望だった。ヒミコが妬ましい、ヒミコのように女王になりたいという願望だった。そんな心の中の欲望が、人間の目には見えない、理解をこえた働きをして、今のようなおぞましい出来事をひきおこそうとしているにちがいない。

それだけではすまない。そんなおぞましいことが今度は形を変えて、自分の身に降りかかってくることだろう。それが神罰というものだ。そう思うと、恐怖感がからだを突きぬけて、自分のからだが底しれぬ深淵へ投げこまれるような気がしてくる。

たまらなくなり、窓から身をのり出して外をのぞくと、張政が寝泊まりしている客殿の部屋の灯りが見えた。張政もまだ起きているようだ。

トヨは被衣をかぶると、部屋を出て、広場をよぎり客殿へ向かった。

満月が夜空に浮かび、ちりばめられた星々が輝いて、信じられないほどの美しさを呈していた。鵺が鳴きかわす声が聞こえる。いつもとはちがい、夜が更けても宮殿のあちこちに灯影が見える。

張政は起きていた。トヨの顔を見るなり、「なんだ、また汝《いまし》か。タカギ王がきたのかと思ったぞ」と張政は不機嫌そうに言った。トヨは、ヒミコがみずからの処刑を承諾したと話した。張政はふんと鼻先で笑った。

「オオヒミコがな。それでタカギ王はいかが致した？」

「もとよりオオヒミコムチノ尊が申されたことですから、したがうほかはありませぬ」

「たわけたことを」

張政はうなった。そんなはずはない。そうはいってもタカギは、実際にヒミコの処刑の時が近づいてくればたまらなくなるだろう。ヒミコを助けてくだされ、アークはここにあります、隠していて悪かった。どうかよくごらんくだされ、その代わりヒミコの命を……そうだ、そうなるに決まっている。まちがいない。大船に乗った気持ちでそのときを待っていればよいのだ。

トヨは思いつめた表情を浮かべて坐っていた。その顔を見つめながら、張政は言った。

「汝がここへ参ったのは、そのことを伝えるためだったのか」

ちがう、と言うようにトヨは首を振った。

「よけいなことは考えるでない。汝は間もなく女王になるのだから。万事われにまかせろ」

張政はつくり笑いを浮かべながら、にじり寄ってトヨの手をとろうとした。トヨはその手をふり払うと、両手をついて頭をさげて言った。

「前にも申しましたが、妾は女王にはなりとうはございませぬ。妾の願いはただひとつ、オオヒミコのお命を助けることでございます。そのためには、張殿のお情けにすがるほかはありませぬ。どうか、オオヒミコの処刑をおとりやめくださりませ。張殿の申されることならなんでも致しますから、どうかお願い申しあげます」

トヨは目に涙を浮かべて哀願した。張政は禿げかかった額をてかてかさせ、目が蕩《とろ》けるように光った。

「われのいうことなら、なんでもすると申したな」

張政は膝を進めて、トヨの白くたおやかな手をとった。今度は、張政の手をふり払おうとせず、トヨはじっとしていた。張政は、熱っぽい息を吐きながら、トヨの肩をつかんでひき寄せ、朱がさしたトヨの顔を両手で挟んで口づけをしようとした。トヨは顔を振って抗った。

「オオヒミコの命を助けたくはないのか」

張政がねちこい声で、トヨの耳元に囁いた。

トヨは目を閉じて、からだの力を抜いた。トヨのからだを抱きしめながら、張政は蕾のような唇を吸おうとした。

がたん、と音がした。

「誰だ、そこにいるのは」

張政はトヨのからだを離してふり向いた。

部屋の隅の暗がりにひそんでいた人影が、燭台の灯りの中へ姿を現した。海の底から水面へ浮かびあがってきた怪魚のように。タジカラオだった。

タジカラオは剣を抜いた。

ひやっと悲鳴をあげて、張政は立ちあがり、「勘違い致すな、われはなにも」と言い訳しようとした。トヨはその場でいすくんだまま、二人の様子を見守っている。

「張殿こそ、勘違いめされるな」

タジカラオは剣を鞘におさめて、いんぎんな口調で言った。

「吾がここへ参ったのは、オオヒミコムチノ尊の処刑をとりさげていただくためです」

「ならん」

張政は一喝した。「オオヒミコの処刑は、魏国の皇帝がお決めになったことじゃ」

「とりさげぬと言うのなら」

タジカラオの態度ががらりと変わって、また剣を抜き放った。

「汝《なれ》を殺す！」

タジカラオは、剣先を張政の胸元へ突きつけた。張政はじりじりと後退しながら、「馬鹿な真似はやめろ」とわめいた。

「われの後ろには魏国の皇帝が控えておる。われを殺せば、どうなるかわかっているのか」

「わかっている。オオヒミコのお命が助かるということじゃ」

「わかっておらん！　オオヒミコの神の声を信じて、戦ったヤマト軍はどうなった。生きのびて帰ってきたのは汝だけではないか。ほかの兵士はすべて殺されるか、捕虜にされたのだろ。それでもオオヒミコを助けたいのか」

タジカラオは唇をかんだ。その頭をよぎったのは、隠れの原の戦いで崖の上から矢を射かけられ、次から次へと倒れていったり、追いつめられてむざむざと捕らえられていった兵士たちの姿だった。張政は嵩にかかって言う。

「神の声を聞けなくなった王は、生かしておけぬというのが世界各国の掟なのじゃ。それをわからねばならぬ」

「そんなことは、この国にはかかわりのないことじゃ」

タジカラオはかまわず剣を振りかぶった。

「われの身になにかあったら」

張政は必死になって言い募る。「われらの皇帝は黙っておらぬぞ。皇帝の大軍がこの国へ攻めこんでくるのだぞ。そうなれば、汝らは皆殺しにされ、この国は滅びる。それでもかまわんというのか」

「その前に、汝は死ぬ」

タジカラオは、剣を振りかざしたまま冷ややかに言った。

「汝が死ねばなにもわからなくなってしまう、すべては終わりなのじゃ。この倭国や魏国がどうなろうとも、汝の命があってのことであろう。それがわからんのか」

張政はうめいた。タジカラオは剣を振りおろす気配をみせた。

「わ、わかった」

張政は、タジカラオの前に這いつくばって頭をさげた。

「それでは、オオヒミコの死刑はとりやめるのだな」

タジカラオは、なおも剣を振りおろそうとしながら迫った。

「そのとおりじゃ。オオヒミコの処刑は……」

張政はかすれた声で言いかけた。そのときだった。

どこからともなく眩《まばゆ》い光がさしこんできた。その光が部屋の中に溢れかえったかと思うと、ごおっという音とともに凄まじい旋風がまきおこった。タジカラオの手から剣がもぎとられ、宙を飛んで壁に当たった。張政のからだもはね飛ばされて床に転がった。

タジカラオはうつろな目をして突っ立ったまま、全身を痙攣させた。

張政は、眩しい光に目を射られ、恐ろしい力に圧倒されて、なにがおきたのかもわからなかった。気がつくと、光は消え、嵐は去って、いつものおだやかな部屋がそこにあった。タジカラオの剣が目の前の床に落ちていたが、タジカラオの姿はなかった。いつのまにか、トヨもいなくなっていた。

今おきたことは、われらの天のなせる業だ。張政はそう思った。

われの危機を救ってくださったのだ。タジカラオはわれらの天の怒りに恐れをなして、逃げ出してしまったではないか。われらの天がいてくださるかぎり、タジカラオごときのこけ脅しにびくともすることはないのだ。予定どおり、われの計画をおし進めるだけだ。張政は自信をとりもどした。

「真昼刻、オオヒミコを死刑に処す！」

張政は叫んだ。

35

「やはり」

ヨセフは感嘆の声をもらした。先程訪ねてきたトヨが話してくれたのだ。

タケミカヅチの脅しに屈して、張政がヒミコの処刑をとりやめようとしたとき、凄まじい光と風がまきおこったのは、神のみ業にちがいない。ヒミコの死刑は神の謀《はか》りごとなのだ。神の手がそのように運んでいる。神のみ旨にほかならない。

ヨセフの力で、なんとかしてヒミコの命を助けてくだされとトヨは頼んだが、ヨセフは、神の謀り事だ、神のみ心だとそんな言葉をくり返すばかりだった。とうとうトヨは「ヨセフさまを見損じておりました」と怒声を投げつけて部屋を出ていってしまった。

ひたすらヒミコの助命を願うトヨのやさしい気持ちはよくわかる。だが、これは神のみ計画だということを知らねばならない。神のみ心には、誰であろうとしたがわなければならないのだ。

この神のみ計画が、自分の目の前で行われようとしている。自分はそれをこの目で見ることができるのだ。ヨシュアが磔刑《たっけい》に処せられたとき、その場に居合わせたヨシュアの弟子をどれほど羨ましく思ったことだろう。弟子たちはヨシュアの処刑の意味がわからず、うろたえて逃げまどった。それを理解したのは、処刑がすんで、三日後にヨシュアがよみがえったことを知ったときだった。

ヨセフはちがう。はじめから神のみ旨、み計画を知り、微力ながらその一翼を担《にな》い、そしてその場に立ち会うことができる。そう思うと、胸はいやがうえにもときめいた。

いつのまにか、ヨセフの前に人影が立っていた。またトヨがもどってきたのだろうと思った。ヨセフの目の前がゆらいで、ぼんやりとかすんだ。目をこらして見つめると、その霞の中から次第に像が結ばれて、人の顔が現れた。

ヒミコだった。黒っぽい被布を頭にかぶり、白い上衣と紅色の裳をまとって、女官になりすまし、こっそり忍んできたのだろう。顔は青ざめていたが、大広間で会うときとはちがい、とりすましたような冷ややかな威厳はなく、うちとけた様子を見せていた。

「いよいよ、汝《いまし》とも別れのときが参ったようじゃな」

ヨセフの前に坐ったヒミコは、感慨深そうに言った。ヨセフは、胸が詰まってなにも言うことができないまま、両手をついて頭を垂れた。神のみ心、み計画、そのことばかりを思って、現実にヒミコの身におこることを気づいていなかった。

死刑を宣告され、殺される。それは男子でもたえがたいことだが、ましてヒミコは女性であり、しかも老女である。いくら神の声を聞く巫女であっても、その苦悩はわれらの想像をこえたものがあるだろう。それにもかかわらず、ヒミコのおちついて毅然とした態度には感嘆せずにいられなかった。さすがヒミコである。神を信じ、神の声にしたがい、神のみ旨を行う、そのことに一点の迷いや、疑い、恐れもないのだろう。

だが、ヒミコの口をついて出た言葉は、思いがけないものだった。

「どうして、このような目にあわなければならぬのか。妾は、神に見捨てられてしもうたのか」

ヒミコのおだやかだった顔は引きつり、隠れていた感情があらわになった。

それだけではなかった。ヒミコは、胸の底からつきあがってきたはげしい情念につき動かされるように、ヨセフへにじり寄って、「妾を……どうかこの妾を」と喘ぐように言った。「汝のいうイスラエル、ユダヤ、とやらいう国へ連れ出してくだされ」

「なにを仰せられます」

ヨセフは動揺をおさえて言った。

「先日申しあげたように、それらの国はもうありませぬ。オオヒミコムチノ尊には、この国しかありません。この倭国こそ、豊葦原瑞穂国、神に約束された新しいカナンの地だと申しあげたはずです」

ヒミコは、黙ってうつむいた。

「それにオオヒミコノムチノ尊には」

ヨセフは語気を強めてさらに言った。「この地において、神の道を歩み、果たさなければならない使命があります。ヨシュア・メシアのように、大いなることを成しとげねばなりません。そのことはおわかりのはずだと思っておりましたが」

「またしても、ヨシュアのことか」

ヒミコは冷静さをとりもどし、居ずまいを直して言った。

「ヨシュアは神の子であろう。妾はただの女人、ただの巫女にすぎませぬ。ヨシュアが処刑されることは、聖書であらかじめ予言されており、神の思《おぼ》し召《め》しだったことは明らかであろう。それに比べて、妾は……」

「いいえ、オオヒミコムチノ尊のことも聖書にしるされております」

「それは、本当《まこと》か」

「神に誓ってうそは申しません。われはこのことを伝えるために、わざわざ遠い国からこの倭国へやってきたのです」

ヒミコとヨセフは見つめあった。二人の視線が宙でからみあって、火花を散らした。はじめて心が通じあったあのときのように。

ヨセフがそこに見出したのは、いつものようにおだやかで、威厳にあふれたヒミコの姿だった。

ヒミコは静かに言った。

「汝は先程、妾がヨシュアのように大いなることを成しとげると申したが、ヨシュアはどのようなことを成しとげたのか」

ヨセフは、しばらく考えこむように黙っていたが、やがて言った。

「ヨシュアが十字架に磔にされて亡くなられたとき、雷鳴がとどろき、嵐が吹き荒れました。まさにそのとき、天と地、神と人は結ばれ、われら人間は、罪と悪に縛られたこの世のくびきから解き放たれ、新しい生命が吹きこまれました。ヨシュアは、死んで三日後によみがえったことによって、死に打ち勝ったのです。すなわち、われらの人生において死が終わりではなく、次の世で新しい生命を得て生きつづけることを示されたのであります」

ヨセフは語りつづけた。言い淀むことはなく、次から次へと言葉が口をついて出てきた。まるで、誰かがヨセフのからだに入りこんで話しているのではと、そんな気さえしてくる。ヒミコは熱心に聞き入っていた。

「ヨシュアはエルサレムの地で果たされましたが、オオヒミコムチノ尊は、この地で、この国とこの国の人々のために成しとげねばなりません。ヨシュアは男性でしたが、オオヒミコは女性ということにも意味があります。神は人間を男と女につくられたのですから。父なる至高のまことの神と、その子で男神のヨシュアと、その子で女神のオオヒミコの三座がそろわなければなりません。それに――」

ヨセフは口調をあらためて、さらに言いつづけた。

「オオヒミコムチノ尊には特別な使命が与えられています。われらの神宝であるアークを守るとともに、ダビデ王の血脈を倭国の大王として、その王統を永久につづけさせなければならないということです」

ヒミコはうなずいた。張政が命じた理不尽な刑を甘んじてうけいれたのも、ヨセフが言ったことのためだった。それを、ヨセフは特別な使命だと言った。

「なれど」

ヒミコはためらいがちに言った。「ヤマト軍はナガスネヒコ軍に敗れ、ヒツギノミコであるホホデミは正気を失って敵の手中にある。もうひとりのヒツギノミコ、ホデリも、今や敵の捕虜となってしまったではないか。それでも、妾らの一族が倭国の大王になると言やるのか」

「なにも気遣うことはありません」

ヨセフは確信に満ちた語調で言った。「すべては神のみ旨のとおりに進んでいると申しあげたではありませぬか。まことの神を信じ、時が過ぎゆくのをお待ちなさい。そうすれば、大いなることが成しとげられ、オオヒミコムチノ尊は使命を果たすことができるでしょう」

ヨセフは窓の外へ目をやった。宙の一点をじっと見つめ、それからまたヒミコへ視線をもどして語りつづける。

「まことの神は、われらの考えをはるかにこえて、とても言葉であらわせるものではありません。強いて言えば、光、命、愛、善そのものといえるかもしれません。ヨシュア・メシアは、その至高の神から、われらを救うために遣わされたのです。ヨシュアのことがわかれば、ヨシュアが父と呼ぶ、まことの至高の神を知ることができます。オオヒミコムチノ尊においては、まもなくまことの神を、みずからの目で見て、心で知るようになるでしょう」

ヨセフの真心がこもった口調は、あたりの空気を熱し、油皿の灯をかきたてるようだった。いつしかヨセフは、ヒミコだけではなく、ヒミコの後ろに控えた多くの人びとに語りかけるような気持ちになっていた。

「まことの神とともに、まことのおのれを知らねばなりません。まことのおのれとは、肉のからだだけではなく、からだの中に隠されている霊であり、霊の国からきて、霊の国へ帰るということです。まことの至高の神と同じ霊がわれらの中にも宿っている。おのおのがそのことに気づいて、古いおのれを脱ぎすて、ヨシュアとともに生き、まことの神のもとへ帰らねばなりません。信じることは大事ですが、それとともに知ることもまた大切なことです」

ヨセフは語り終えてひと息ついた。それまで胸につかえていたものをすべて吐き出したように、すがすがしい気持ちになった。

ヒミコはなにも言わなかった。閉じていた目がひらいて、そこには、それまではなかった、研ぎすましたような、それでいてなごんだ輝きを宿していた。

「まことの至高の神と、ヨシュア・メシア。そしてまことのおのれ……」

ヒミコは感にたえないようにつぶやいた。それからヨセフがやったように、窓の外へ目をやり、宙の一点をすかすように見つめた。

「ヨシュアは、おのれが処刑される身と知り、ローマ兵に捕らえられるまでの間、どのように過ごされたのですか」

ヒミコは尋ねた。

「まことの神に祈っておられました。神のみ旨が行われますようにということをです」

「ほかには？」

「弟子たちとともに食事をなさいました」

「そのとき、ヨシュアは弟子になにか言われたのですか」

「パンを引きさいて弟子たちに分け与え、これを肉とし、ぶどう酒をすすめて、これを血として、ヨシュアのからだを受けついで生きていきなさい、と教えられました」

「そのほかには、どのような言葉を？」

ヒミコは、なおも熱心な様子で訊いた。

みずからの処刑を控えたヒミコが、ヨシュアの処刑を引き合いにして、なにかを求めていることがヨセフには痛いほどわかったが、それにふさわしい言葉はすぐには思いつかなかった。そのとき、頭の中がひらめいた。

「一粒の麦、地に落ちて死なないならばただの一粒の麦にすぎない。しかし、地に落ちて死んだなら、多くの実を結ぶであろう、と申されました」

このヨシュアの言葉は、弟子と一緒に食事をしたときのものではなかったが、今のヒミコにとっては、もっともふさわしい言葉のように思えた。

ヒミコは、ヨセフの言葉をかみしめるように、口の中で反芻《はんすう》していた。それから、また窓へ目を向け、宙の一点を見すえた。そこにヨシュアの姿を探し求めるように。ヨセフもつられて窓の外を見た。

ヒミコはそっと立ちあがって、窓辺に近づいた。窓の外は果てしない暗闇が立ちこめ、先程まで鳴きかわしていた鵺の鳴き声はやんでいた。雲間をもれた月光が銀の粉をまいたようにひろがって、ヒミコの顔をほのかに照らし出した。ヨセフはその姿に胸をつかれた。思わずヨシュア・メシア、とその名を口走りそうになった。

ひっそりと立っているヒミコの姿。すらりとした背格好、端正な面差し、おだやかながら鋭い眼差し、肩まで垂らした黒く長い髪、広く豊かな額とくっきりとした目鼻立ち。しなやかな肩とくびれた腰……それは、絵で見たことのあるヨシュアそのものだった。神に祈りを捧げているヨシュアの姿だった。

ヨセフは目を閉じ、またあけて窓辺に立ったその姿を見直した。たしかに似てはいるが、それはヨシュアではなく、ヒミコだった。なにかの力が働いて、一瞬ヨシュアであるかのようにヨセフの目に映ったのだろう。

「ヨシュアのように、まことの神に祈りなされませ」

ヨセフは、そんな言葉をかけずにはいられなかった。そのヨセフの言葉に呼応するように、ヒミコはゆっくりと力強い声で言った。

「一粒の麦、地に落ちて死なないならばただの一粒の麦にすぎない。しかし、地に落ちて死んだなら、多くの実を結ぶであろう」

36

夜が明けた。

山の端から昇った太陽が、霧におおわれた宮殿を照らし出すと、霧の中から、祭殿の屋根の千木や棟飾り、望楼、楼門などがしだいにその影を現してくる。

静かだった。いつもならあちこちの建物から炊煙が立ちのぼるのだが、けさはほとんどその煙は見えず、忙しそうに働く女官や侍女の足音、話し声も聞こえてこない。甕で水を運ぶ女官の姿もなく、楼門や通用門に立つ兵士が影絵のように浮かんでいるだけだった。

宮殿には、息がつまるような、濃密で異様な空気がみなぎっていた。声にならない声、言葉にならない言葉があたりにひそんでいて、それが今にも爆発しそうで、あるいは地の底から響いてくる不気味な音や、悪霊の哄《わら》う声、物の怪が泣き叫ぶような声が聞こえてくるようだった。

張政は、いつもの時がきても朝食にありつけず、空腹のためいらいらしていた。ようやく侍女が食事を運んできたが、冷えた団子と干魚だけだった。こんなときだからしかたがないかとあきらめて、全部平らげた。食べ終わると、きょうは大変な一日になるだろう、そう思った。

けさ早く、タカギを伴い黄撞を持ってヒミコの宮室を訪れた。ヒミコは待ちうけていたように、平静な態度で張政を迎え入れた。トヨが織りあげた真っ白な神衣を着ていた。

「われの命令、ひいては魏国の皇帝の意にそむいた科《とが》と、ヤマト軍がナガスネヒコ軍との戦いで敗れた責により、本日の真昼刻、汝《いまし》を磔に処す」

張政は突っ立ったまま、威儀を正して高らかに申し渡した。それから黄撞を掲げ、タカギ王をかえり見て、「これは、この旗のもと、魏国の皇帝と、タカギ王が決めたことであるぞ」と釘を刺した。タカギはちがうと言いかけたが、張政ににらまれて口を閉じた。

ヒミコは泰然としていた。表情も変わらなかった。黙ったまま、わかりましたと言うように頭をさげただけだった。

張政は拍子抜けした。本当にわかっているのかと念をおしたいくらいだった。ヒミコにそう言う代わりに、「わかっておるな」とタカギに言っておいた。ヒミコが覚悟を決めて刑に服そうとしても、タカギがそれを許すはずがない。そのときになれば、どうかヒミコの命を助けてくだされと、われの前にひれ伏すにちがいない。ヒミコの助命の代わりに、どうかアークをと言い出すに決まっている。……張政の確信にゆるぎはなかった。

時は進んでいく。朝陽は中天をめざして昇っていた。

張政は準備にとりかかった。部下に命じて、太い木の柱をより出し、その上部に横木を組み合わせて十字架をつくらせた。失格した王は、十字架に磔にして処刑するものだとどこかで聞いたことがある。

十字架をつくる音は大きく響いて、宮殿じゅうに聞こえたことだろう。もちろん、タカギの耳にも入ったにちがいない。いよいよそのときがきたのかと、じっとしていられないはずだ。

それにしては静かすぎる。

客殿の廊下から、騒がしい声が伝わってきた。やはりきたぞ、と張政は思った。しかし、それはヨセフの声だった。

「われは、うつけ者だった」

ヨセフは、廊下を歩きながら大声を張りあげた。

「オオヒミコやタカギ王がイスラエルの民で、ダビデ王の末孫とばかり思っていたが、そうではないことがわかった。とんだ見込みちがいをしたものだ。もとより、アークなどというものはここにはないのだ。わざわざこんな遠国までくることはなかった。骨折り損だった。もう二度と、こんなところへなんかこないぞ」

笠を手に持ち、足ごしらえをして、すっかり旅支度を整えたヨセフは、あけすけに不平を鳴らしながら、廊下から階段を降りて客殿を出ていった。

「なんだ、あやつは」

張政は、ヨセフの後ろ姿を見送って悪態をついた。そうか、あいつもアークを狙っていたのか。そのアークがわれの手に入ることがわかって、あきらめてここを出ていったというわけか。そうにきまっている。張政はこみあげてくる笑みをかみ殺した。

しかし、太陽が中天へ近づいてきても、タカギはおろか誰も姿を現す気配はない。あたりは嘘のように静まり返っていた。

張政は焦りはじめた。

頭の中がぐるぐると回転している。そうか、やつらは脅しにすぎないと思っているのか。われがまさか、神の声を聞く巫女で、ヤマトノクニの女王であるヒミコを殺すはずはないとたかをくくっているのかもしれん。よし、それなら目にもの見せてやる。

部下に命じて十字架を広場へ運び出させた。そして、張政みずから、客殿から広場へ足を運んだ。二人の部下は、とがった十字架の根元を広場の土中へ突き刺し、押しこんだ。粗削《あらけず》りのささくれだった木でつくられた十字架は、ぎらつく陽光を浴びて、不気味な巨人のようにそそり立った。祭殿の大広間、タカギや三重臣が住む居館、女人の郷、どこからでもこの十字架は目に入った。

どうだ、これでわかっただろう。われが本気だということが。冗談や遊びではなく、また単なる脅しのためではないのだぞ。これからヒミコの死刑が始まるのだ。わかったか。止めるなら今のうちだぞ。張政はあたりをうかがいながら、心の中で吼えていた。

静かだった。広場には誰も姿を見せず、窓からのぞく人影もない。おどろき悲しむような声も伝わってこない。依然としてなんの変化もなかった。

見あげると、太陽は中天へさしかかっている。いよいよ真昼刻だ。張政は唇をかんだ。

ウズメは部屋じゅうを見まわした。

すべての女官や侍女がこの部屋に集まっていた。誰もが同じように白い衣を着て、赤い裳をはき、頭を垂れて祈っている。どの顔も青ざめて引きつり、中にはこみあげてくる涙を懸命にこらえたり、今にも泣き叫びそうな様子をしていた。

このままヒミコが死ねば、この女官や侍女の中から、ヒミコの後を追って死を選ぶ者が出てくるにちがいない、とウズメは思う。それほどヒミコは皆から敬愛されているのだ。

ウズメは、若い頃から侍女としてヒミコに仕え、やがて女官となり、年を経てその長の役割を担うようになった。それもヒミコの推薦によるものだ。ヒミコの後を追って一番先に死ななければならないのは、この妾かもしれない。しかし妾は死ぬ気はない。命が惜しいのではない。ヒミコの跡を継ぐトヨの行く末を見たいからだ。トヨはヒミコのようには神の声を聞くことができず、皆の期待に応えることはできないだろう。無能ぶりを露呈するだけのことだろう。そのときになって、オオヒミコがいかに偉大であったかということをあらためて思い知らされるにちがいない。それをこの目で見届けたかった。だから今は死ぬわけにいかないのだ。

しかし、次から次へと女官や侍女が殉死していくなかで、妾が生き残っていけるだろうか。どうして死なないのかと、きっと冷たい非難の目が向けられることだろう。そう思うと、からだの震えがとまらなかった。

ヒミコがこのように死ぬことがなければ、と思う。どうして、タカギ王はヒミコの処刑をむざむざと手を束ねて見ているのか。ヤマトノクニの王権を行使して、張政の理不尽な仕打ちは一蹴すればよいではないか。タカギは王であるばかりではない、ヒミコは実の姉ではないか。それがこのざまだ。オモイカネ、コヤネ、フトダマはなにをしているのだ、男でありながら。……

妾が王や男なら、こんなことは金輪際許さない。いかなることがあろうとも、ヒミコの死刑など許さない。妾が王なら、男なら。——

いいえ、王や男でなくとも、今からでも遅くない、この妾が。——

いったいどうなっているのだ。これ見よがしに十字架を立ててやったというのに、この静けさは。

張政は胸の中でうめきつづけていた。

ヒミコを処刑してもかまわんと言うのか。そうではあるまい。おまえたちにとってヒミコの処刑はたえられないはずだ。そうか、いろいろと意見が分かれて、もめているのかもしれん。なにしろ、ヒミコの命と、大事な秘宝アークがかかっているのだからな。無理もない。もう少し待ってやろう。それ以上は待てないぞ。

時は過ぎていく。

中天にかかった陽光が、じりじりと照りつけてくる。無人の広場には、風に吹かれながら、十字架が今にもなにか叫び出しそうな様子で突っ立っている。

張政はいらだった。その辺をうろうろとした。あぶら汗が額ににじむ。脈打って全身をめぐる血の音が聞こえるようだった。

どうした？　まだ決着がつかないのか。いい加減にしろ。これ以上は待てないと言ったはずだぞ。まだわれを甘くみているのか。まさかこのわれがヒミコを殺すはずはない、ただの脅しにすぎないと。――よし、われの決意をみせてやる。

「オオヒミコを十字架にかけろ」

張政は濁声《だみごえ》をふり絞って部下に命令をくだした。

ヒミコが広場へ出てきた。部下が引っ立てているわけではない。ヒミコが先頭に立ち、張政の部下を後ろにしたがえて、まるでヒミコ自身が望んで十字架にかかろうとしているようだった。

十字架に縛りつけられるときも、それは変わらなかった。部下が立っていた十字架を引き抜いてヒミコの前に置くと、ヒミコは、ためらうことなく柱の上に身を横たえ、横木にそって両手をひろげた。ひとりの部下は、拷縄でヒミコの両足を柱に縛りつけ、もうひとりの部下は、両手を横木にくくりつけた。この間もヒミコは、目を閉じてなんの抵抗も示さなかった。

張政の合図に応じて、二人の部下はヒミコの身体ぐるみ十字架を立て、そのとがった根元を土中に深く突き刺して、まわりを踏みかためた。

十字架を背負って立ったヒミコは、目の前の宙の一点を見つめていた。顔はやや青ざめていたが、木彫りの仮面のように無表情だった。胸に飾った翡翠の勾玉がきらめき、長く流した頭髪に紫の布をまいて結び垂らし、身にまとった純白の神衣が、風をはらんではためいていた。

これでどうだというように、張政はあたりを見まわした。もうたまらなくなっただろう。四の五の言っている場合ではないぞ。ヒミコの命乞いをして泣き叫べ。アークを差し出してひれ伏すがよい。

しかし、依然として誰も現れず、なんの声も聞こえてこない。張政の頭に血がのぼった。逆に冷たいものが背筋を走った。

「これより、オオヒミコを処刑する！」

張政は声を嗄らして叫んだ。反応はなにもない。

とめるなら今のうちだぞ。今しかないぞと胸のうちで吠《ほ》えながら、もう一度「オオヒミコを処刑する」と声をふり絞った。あたりは静まり返っている。

広場の片隅へ向かって手を振った。それに応じて、弓矢を携えたヤマト軍の二人の兵士が、恐る恐る歩み寄ってくる。今だ、とめるのなら今のうちだぞと、張政は心の中で叫びつづける。

張政が手をあげて、二人の兵士は立ちどまった。その前方には、十字架に磔にされたヒミコが立っている。二人の兵士は、今にも泣き出しそうになりながら、ヒミコを見、張政のほうをうかがった。張政の顔は蒼白になったかと思うと、朱を注いだように赤らんだ。日は狂気じみて血走り、頬を引きつらせ、痙攣をおこしたように唇をわななかせていた。ぎらつく陽光を浴びて隈どられたその姿は、黄泉《よみ》に立つ幽鬼のようだった。


「これより、オオヒミコを処刑する」

張政のその声を、トヨは聞いた。

心臓がうねった。頭の血がひいて、暗い淵へ吸いこまれそうになり、胸は鋭い鉤でえぐられるようだった。いても立ってもいられなくなった。そこへまた「オオヒミコを処刑する」と言う張政の声が伝わってくる。トヨは、思わずやめなさいと口走った。立ちあがり部屋を出て、廊下を走り階段をおり、戸口から広場へ向かった。青ざめた女官たちの顔が見え、悪鬼のように張政が突っ立ち、弓矢を持った二人の兵士が途方にくれ、十字架にかけられたヒミコは泣き叫んでいる。トヨは張政に向かって、「やめなさい、妾は女王なるぞ、妾の命令にしたがいなさい」と叫びたてた。

だが実際は、部屋の床にうずくまって、「やめなさい、やめなさい」とつぶやいているだけだった。

広場は静まり返っている。

どうしたのだろう。タカギが死刑をやめさせたのだろうか。それともヒミコはもう。……全身が刃物で切り刻まれるように痛み、心臓が今にも破裂しそうだった。喉がからからに渇《かわ》いている。

広場からは、なんの音も声も聞こえてこない。

どうしたの？　どうしたの？　ヒミコは？

「オオヒミコムチノ尊」

その名を呼んだ。すると、ヒミコの顔が目の前に現れた。おだやかだった。とつぜんその顔から血が噴き出す。トヨは悲鳴をあげた。その声が尾を引いて消えていったとき、今度は、「ヒミコは死にます」「トヨは女王になります」という声がどこからともなく湧きあがってきて、津波のようにおし寄せてくる。トヨは両手で耳をふさぎ、喘ぎながら「やめなさい、やめなさい」と叫び声をあげた。


張政は握りしめた拳をふるわせ、足で地面を踏みにじった。

なんということだ。この期に及んでも、タカギをはじめ誰もとめようとはしない。われを、この張政をみくびっているのだな。まさかヒミコを殺しはしないだろう、ただの脅しにすぎないと。ちくしょう。われはそんな男ではない。やると言ったらやるのだ。後になって吠え面かくなよ。ヒミコの死に顔を見て泣き叫ぶんじゃないぞ。

「弓をかまえて、的を狙え」

張政は命じた。二人の兵士は、ふるえる手で弓に矢をつがえ、弦を引きしぼってヒミコに狙いをつけた。ヒミコは目を閉じた。表情はおだやかだったが、瞼がふるえ胸が喘いでいる。まぶしい陽光が照りつけ、さっと風が吹いて白い神衣をひらひらさせ、その向こうに青く透けた空がひろがっている。

まだか、これでもとめる者はいないのか。とめるなら今しかないぞ。これが最後だ。

張政はあたりを見渡した。広場に現れる人影はなく、祭殿、タカギ王や三重臣の居館、女人の郷も静寂に包まれている。

全身の血が逆流し、頭の中はせき止められたように空白になった。張政は絶叫した。

「矢を射かけろ！」

おのれのその声を聞き、二人の兵士へ向かって振りおろすおのれの手を見た。

ぎりぎりと、二人の兵士は弓弦を引きしぼった。目の前で陽光が躍り、風が渦をまいて、十字架のヒミコがぐるぐるまわっている。ヒミコの目から鋭い光がほとばしってくる。口がひらいてなにか叫んでいる。兵士の両手がはげしくふるえ、からだが揺らいで、弓矢はその手からぽろりと落ちた。張政の部下が近づいて、その兵士を蹴り倒した。

もうひとりの兵士は矢を放った。その矢はとんでもない方向にそれて、広場の片隅へ落ちた。

張政の部下が剣を抜いて斬りつけ、その兵士はうめき声をあげてつんのめった。

「腰抜けめ」

張政は二人の兵士に罵声を浴びせると、凄まじい形相になりながら、「こいつらに代わって、汝《なれ》たちがやれ」と二人の部下に命じた。

「われは、弓は苦手であります」

二人の部下は、口をそろえて拒んだ。
そのとき、声が聞こえた。

37

その声はかすかでよく聞きとれず、どこからかその方角もわからなかった。あたりを見まわしても人影が現れる気配はない。たしかに声をこの耳で聞いたのだ。空耳ではない。タカギか誰かが、待ってくだされと出てくるにちがいない。

張政はやれやれと思った。ひどく気をもませたが、とうとう覚悟を決めたのだな。さあ、早くこい。

また先程の声が伝わってきた。今度は、風に運ばれてはっきりと聞き分けることができた。

「ここから出してくれ。吾を、ここから出してくれ」

ナシメの声だった。土牢の中から叫んでいるのだろう。

「忘れていたぞ、ナシメがいたのだ」

張政は、ナシメが弓の名手だったことを思い出した。

「ナシメを、牢から出してやれ」

張政は部下に指示した。

「牢には錠がかかっています」

「かまわん、ぶちこわせ」

逡巡する二人の部下の背を押しながら、張政は言った。

「牢から出してやる代わりに、われが言ったことは、なんでもやると誓わせるのだ」


タカギはうめき声をもらすと、苦しそうに身悶えした。胸が波打っている。タカギの後ろに控えたオモイカネ、コヤネ、フトダマは頭を垂れ、目を閉じて、ひたすら祈りつづけていた。四人の前に、簡素な白木つくりの祭壇がすえられていた。鏡と勾玉が飾られ、木綿四手を枝先につけた日陰の蔓が立てかけられている。

先程、「弓をかまえて的を狙え」につづいて、「矢を射かけろ」という張政の声を聞いたとき、タカギは全身を抉《えぐ》られ、心臓が止まりそうに感じた。その後は静まり返っている。ヒミコは死んでしまったのか。十字架にかけられ、矢を射かけられて。

ヒミコは、ヤマトノクニの女王と同時に、タカギにとっては血を分けた姉だった。そのヒミコが、張政という男のために自分の目の前で処刑されるとは。魏国の使者にすぎない張政の専横ぶりを、どうして制止することができなかったのか。ヤマトノクニの王として、ヒミコの弟として、おのれに対する無力感、怒り、悔しさが胸をひき裂いた。

いつのまにか、傍に置いた剣へ手を伸ばしていた。ヒミコとともに死のうと思った。とても生きてはおれない。

樹皮で巻いた剣の柄をつかむ。その手を、後ろから腕を伸ばしておさえつけたのは、オモイカネだった。オモイカネはタカギの手をおさえたまま、思いのこもった眼差しでタカギの顔を見つめている。タカギも見返した。頭によぎったのはヒミコの言葉だった。

「これは神のみ心なるぞ。神のみ旨はなしとげられねばならぬのじゃ」

神の巫女であるヒミコがそう言ったのだ。タカギには、神のみ旨というものがどういうものかよくわからなかったが、ヒミコの言うとおり、神のみ旨に任せるほかはない。

タカギは、わかったというようにオモイカネへうなずいて、剣の柄から手を離した。居ずまいを正し頭を垂れて、神へ祈りを捧げた。神のみ業が行われますように。そして、ヒミコが苦しむことなく、安らかな霊となって天へ、神のもとへ帰っていきますようにと祈りつづけた。


「ありがとうございました。張殿のおかげで牢を出ることができました」

ナシメは、張政の前に坐り両手をついて、感謝の言葉を述べた。ナシメはすっかり様変わりしていた。頭髪は伸び放題で、無精ひげにおおわれた顔は青黒く、頬はそげ落ちて目もどんよりとしている。

「そうだ。汝《なれ》を牢から出してやったのはこのわれだぞ」

張政は尊大ぶって言った。「われの言うことなら、どのようなことでもしたがうと誓ったはずだ」

「誓いました。張殿の申されることなら、なんでも致します」

ナシメはためらいなく言った。

「汝は弓の名手だったな」

「仰せのとおりです。弓にかけては、誰にもひけはとりませぬぞ」

ナシメは元気づいて、自信たっぷりに言った。張政はにやりと笑った。

「ならば、あれを射るのだ」

張政は十字架のヒミコを指さした。張政の部下が、ナシメに桜の皮で巻いた弓と矢を手渡す。ナシメは弓矢を受けとりながら、そのときはじめて気づいたように十字架を見た。あっとおどろきの声をあげて、何度も目をこすって見直した。

「オオヒミコではありませぬか」

声をふるわせて、ナシメは張政をかえり見た。

「あれを射ろと言ったのだぞ」

「悪ふざけはやめてくだされ」

ナシメは弓矢を部下に返そうとした。

「われの言うことならなんでもやりますと、汝は、いまここで言ったのを忘れたのか」

ナシメは、雷撃をうけたようにからだを竦《すく》ませて、弓矢を見、張政を見て、それから十字架のヒミコを見直した。すぐにまた、できませんと言うように頭を振った。

「できんというのなら、しかたがない。また牢へもどるだけのことじゃ」

ナシメはうめいた。弣《にぎり》をつかんだ手をぶるぶるとふるわせ、唇をかみしめて虚空をにらんだ。

張政がそれっと声をかけると、二人の部下がナシメのからだを捕らえ、土牢のほうへ引っ立てようとした。ナシメは荒々しい手付きで部下の腕をふり払った。その青ざめた顔からさらに血の気がひいて、くぼんだ目に妖しい光が宿った。風が吹いて砂煙をまきあげ、ナシメの乱れた頭髪をなぶった。その風に煽られたように、ナシメは、弓をかまえて十字架のヒミコへ狙いをつけた。

そして、きりきりと弓弦を引きしぼる。弓の手だれとあって、鮮やかな手付きだった。風はやんであたりは静まりかえり、十字架にかけられたヒミコの姿だけが白く浮き立っていた。

「やれっ！」

顔を引きつらせた張政が、鬼神のようにわめいた。

弓弦を引きしぼったナシメの手は動かない。十字架のヒミコへ狙いをつけたまま、唇をわななかせてこり固まったように突っ立っているだけだった。ナシメは、できませんというように首を振った。

そのとき、ヒミコの姿が十字架からふわっと浮きあがり、白い影と化して空中へ漂った。

それは風をはらんで膨《ふく》らみながら、ナシメのほうへ近づいてくる。ぼんやりとした白い影の中から、渦をまきながら、形づくられたものが立ちあがってくる。男の顔だった。彫りが深く端正な顔。鋭い眼光。黒く長い髪を肩まで垂らし、白い衣をまとっている。その全体から、人並みはずれた威厳と崇高さ、叡智が漂ってくる。男の口からは、二本の剣が突き出ていた。陽光をうけて、その剣がぎらりと光った。

ナシメは思わずうなり声を発した。いつかの夜、土牢の中へ入ってきたあの男だった。ためいはなかった。男をめがけて、弦から矢を放った。矢は空気をひき裂いて走り、ぴゅっという矢羽の音が広場をよぎっていく。そのときには、男の姿は消えていた。十字架のヒミコが胸をのけぞらせた。矢は、ヒミコの左胸に突き立っている。そこから血が噴き出して流れ落ち、白い神衣を赤く染めた。あっという金切り声があちこちからおこって、長く尾をひいた。

ヒミコは口を半ばあけて、宙の一点を鋭く見つめた。なにかを追い求めるように、その目はじっと見開かれている。かすかに唇が動いて、なにかを言ったようだった。急に目の光がひいてうつろになった。胸が大きく喘いで、長く静かな息を吐いた。そして、がくっと頭が垂れて動かなくなった。頭にまいた紫の布がだらりと垂れ、胸元からまた血が流れおちた。

それまで晴れ渡っていた大空に急に黒い雲が張り出してきたかと思うと、黒雲は全空をおおいつくして、あたりは黄昏のような薄闇が立ちこめた。風が唸りをあげて吹き荒れ、遠くの空で雷鳴がとどろいた。

女人の郷からつんざくような悲鳴があがったとき、トヨは知った。窓からのぞかなくても、誰かに確かめることもない。

平静だった。今まで吹き荒れていた嵐が急にやんだようにおだやかな気持ちになった。ふしぎだった。胸の高鳴りはおさまり、狂ったように奔騰していた血流もおちついている。頭の中で鳴り響いていた音もやみ、全身を切り苛まれるような痛みも消えていた。呼吸も楽になっている。頭はぼおっとしてなにを考えるでもなかったが、やらねばならぬことがある、それをやるだけだという、そんな思いだけが頭や胸にこびりついていた。水が高い所から低所へ流れるように、からだの中のすべてのものが、その思いに収斂《しゅうれん》されていく。

どこからか声が伝わってくる。その声は次第に大きくなり「ヒミコは死にます」と聞こえ、そしてそれは、「トヨは死にます」と変わって全身を駆けめぐり、頭の中でこだました。

トヨは立ちあがって窓際に近づいた。そこに置かれていた、藺草を綾織りしてつくられた袋をとりあげる。袋の中には刀子が入っていた。刀子を手にとり、木の鞘から抜き放った。そのとたん、あたりは急にうす暗くなり、遠雷がとどろいた。それでもトヨはなんの躊躇《ちゅうちょ》もなく、「トヨは死にます」という声につき動かされるだけだった。

刀子の柄を握りしめて、切っ先を喉へあてがう。一瞬の間をおいて、切っ先を勢いよく喉元へ突き立てた。痛みもなかった。血が噴き出しただけだった。

あたりは暗く、風がうなる音が聞こえ、近くで雷鳴がはじけた。

ヨセフは、胸をつかれて足をとめた。

ふり返ると、山林越しにヒミコの宮殿が見える。そこから悲鳴や泣き声が聞こえてきたような気がした。

それまで快晴だった空が急に厚い雲におおわれて、あたりはうす暗くなった。ヨセフにはわかった。神のみ業が行われたのだ。その場にうずくまって額ずいた。すべては神にお任せします、どうぞ、神のみ旨を行ってくだされと祈った。

ヒミコの顔が浮かんだ。髪が乱れ、血まみれのその顔。口をあけてなにか叫んでいる。手を差しのべてなにかを求めている。ヨセフは耳を澄ます。小さく苦しそうな声。ようやくヨセフは聞きとった。水、水。――ヒミコは喉が渇《かわ》いて、水を求めているのだ。水を注いだ椀をヒミコへ差し出そうとした。そのとたん、ヒミコの顔は消えた。厚く黒い雲が垂れこめ、あたりはさらに暗くなっていた。

ヨセフは息をのんだ。

宮殿の暗い上空に、ほの白いものが浮き出た。やがてその中から形が現れて、くっきりとした柱のようになり、さらに人影になった。白い衣をまとっている。

ヒミコだった。いや、ヨシュア・メシアだった。ヨセフの目には、そのどちらとも見分けがつかない。ヒミコであり、ヨシュアでもある人影は、ヨセフに向かって微笑みかけたようにも見えた。その人影は、ゆっくりと上昇しはじめた。薄闇の中を、白く輝く姿をひきながら、静かに昇りつづけていく。

やがて、ヨシュアともヒミコともしれない人影は、雲間へ消えていった。同時に稲妻が雲をよぎり、雷鳴が鳴りひびいた。ヨセフは声を聞いた。

「ヒミコは神の花嫁として死んだ。神の霊と一体となって天に昇り、秘儀はなしとげられた。これにより、この国は神の国となり、この国の住人は神の民となった」

まさしく神の声だった。ヨセフの目から涙がこぼれ落ちた。

38

はっとして目がさめた。

あたりは夕闇に包まれている。そんなはずはないとシラヌは思った。

昼食を終えたあと、頭痛に襲われた。頭痛はよくあることでなれていたが、このときはいつもとはちがっていた。頭の中を鋭い鉤で引っかけまわされるような猛烈な痛みだった。それに加えて、胸が押しつぶされるように苦しくなった。あまりの烈《はげ》しさに堪えかねて、まどろんだのかもしれない。

窓から外を見ると、黒雲が全空をおおっている。夕暮れと思ったのはこの天候のせいだった。

気がつくと、あれほど烈しかった頭痛、胸苦しさが洗い流したように消えている。頭の中は、これまでなかったほどすっきりとして、気分も爽やかだった。どうしてこうなったのだろうとふしぎな気持ちがした。

外は荒れていた。風が唸りをあげて吹きつけ、稲妻が走り雷鳴がとどろいている。ひとしきりの雷鳴がやんで、シラヌは音を聞いた。聞いたこともないような音。

カタカタ　カチャ　カチャ

シラヌはふりむいた。部屋の片隅に置いてある剣。タケミカヅチと名乗った兵士が置いていった剣である。稲妻が部屋の薄闇をひきさき、雷鳴が天井と壁を揺らした。

カタ　カタ　カチャ　カチャ。

目をこらして見ると、その剣は異様な光を放ちながら、小刻みに揺れている。音はそこから発していた。立ちあがって、その剣を手にとってみた。すると、音はやみ、異様な光も消えた。妙な剣だと思った。手にした感触が、タケミカヅチという兵士が手渡したときとはちがっている。

あのとき、タケミカヅチはシラヌのことを、ヤマトノクニのヒツギノミコ、ホホデミだと言った。この剣はそのホホデミが大切にしていた名剣だと話していたのを思い出した。

剣の鞘を払った。刃が妖しい光を帯びながら暗がりへのびた。じっと見つめていると、稲妻がきらめいて雷鳴が響きわたった。

その瞬間、シラヌの頭の中に閃光が走り、背筋をつらぬいた。全身が戦慄している。

「おお、これは！」

シラヌは、剣をみつめながら上ずった声をあげた。

「ムラクモじゃ！」

うつろだった目がいきいきと輝き、表情は喜びにあふれ、全身からつきあがってきた声がほとばしった。

「我は、ヤマトノクニのヒツギノミコ、ホホデミなるぞ！」

頭の中がぐるぐると回転している。それまで闇に沈んでいた記憶が、次から次と明るみへ浮かびあがってくる。幼少時から、高天原やヒミコの宮殿で過ごしたさまざまな思い出。兄のホデリと剣の稽古を競いあったこと、父のオシホミミから名剣ムラクモを譲りうけ、ヒミコ、タカギからヒツギノミコとして認められたこと、愛らしいトヨのことや、三重臣、タケミカヅチ、タジカラオのこと……そして、アサカの丘におけるナガスネヒコ軍との戦いで、ムラクモがにせの剣とすり替えられていたことに気づいたとき、不覚にも敵の矢に射られて川に転落し流されたことが鮮やかによみがえった。

おそらく、崖から谷川へ落ちて流されたときどこかで頭を岩に打ちつけ、その衝撃で記憶を失い、自分が誰であるかもわからなくなったのにちがいない。

失っていた記憶をとりもどし、本当の自分を知ることができた。このムラクモのおかげで。この剣が秘めるふしぎな力によって。

「我は、ヤマトノクニのヒツギノミコ、ホホデミじゃ」

ホホデミは剣を掲げながら、今一度雄叫びをあげた。

タケミカヅチ――この剣を渡してくれたのは、タケミカヅチだ。よくぞやってくれた。さすがタケミカヅチだ。たしか赤の館にいると言ったはずだ。

「タケミカヅチ！」

叫びながら、ホホデミは部屋を出ようとして戸をあけた。目の前に光芒がきらめく。見張りの兵士が、剣を振りかざして斬りつけてきた。ホホデミはさっと身をかわして剣をふるった。兵士はのけぞって倒れた。

汝《な》らはナガスネヒコ軍の兵士。だが我はちがう。ヤマトノクニのホホデミなるぞ。汝らは仇敵なのじゃ、と自分の胸に言いきかせた。

つづいて兵士が駆けつけてきたが、血の滴る剣と、これまでとはちがうホホデミの様子を見て、一斉に尻ごみした。ホホデミは廊下を歩いて黒の館を出た。館の前にも兵士たちが集まってきていたが、ひそひそと囁きかわすだけで、ホホデミに敵対しようとする者はいない。

「赤の館は、どこじゃ」

ホホデミはひとりの兵士へ向かって、剣先を突きつけた。兵士はあっと声をあげて後退しながら、太刀でいっぽうを指し示した。ホホデミはその方向へ歩き出す。兵士たちは急いで道をあけた。ホホデミの剣の腕前は、ふだんの稽古でいやというほど知っている。いたずらに手出しする者はいなかった。

ホホデミは、高屋や平屋が並ぶ道を歩いていく。ナガスネヒコ軍の兵士は、ホホデミを遠巻きにしながら、先導するように進んだ。空は厚い雲が張りつめてうす暗く、しきりに犬が鳴いていた。兵士たちは立ちどまった。赤く塗られた屋根と板壁で囲った粗末なつくりの兵舎の前だった。ホホデミが板戸をあけて中へ入っていくと、廊下が通じ、その両側にいくつもの部屋が仕切られていた。そこにいた兵士は、ホホデミの表情と剣を見てあわてて逃げ去った。

「タケミカヅチ」

ホホデミは、声を張りあげて呼んだ。どの部屋からもその声に応じる者はなく、タケミカヅチが現れる気配もない。相変わらず遠巻きにしながら、ホホデミの様子をうかがっているナガスネヒコ軍の兵士が見えるだけだった。

「なにを致しておるのだ、あいつを斬れ、殺せ」

キクチの怒声が高殿のほうから伝わってくる。それでも、ホホデミに刃向かう兵士はいない。

「タケミカヅチは、どこだ」

ホホデミは、近くにいた兵士に訊いた。その兵士は、知らないというように首を振った。タケミカヅチは敵陣にもぐりこんでいるのだから、本名を名乗っているはずはないと気づいた。兵士たちを押し分けて、屈強そうな男がホホデミの前へ出てきた。ホホデミが身がまえたとき、その男は言った。

「ホホデミノ尊！」

タケミカヅチだった。タケミカヅチは、ホホデミの様子をひと目見るなり、ホホデミが正気をとりもどしたことがわかったらしく、表情を輝かせていた。

「タケミカヅチ！」

ホホデミは、タケミカヅチの手をとった。「汝《いまし》のおかげじゃ。汝が……」胸がこみあげて、後は言葉にならなかった。

「尊こそ、よくぞ、ご無事で……」

タケミカヅチは声をつまらせた。ナガスネヒコ軍の兵士は、ひそひそと耳打ちしながら、二人の様子を見守っている。そこへもうひとりの男が現れた。

「サハシではないか」

ホホデミが喜びの声をあげた。

「汝《な》の姿が見えなくて、心配しておったのだぞ」

サハシは、このナイゼン王城を脱出して高天原の宮殿へ駆けつけ、ホホデミのことを知らせてくれたのだとタケミカヅチが手短に話した。

「そうか、よくやってくれた。あつく礼をいうぞ」

ホホデミは感謝の言葉を述べた。

「いいえ、礼をいわなければならないのは、僕《やつがれ》のほうです。尊のおかげで僕は……」

サハシも涙声になった。

三人は手をとって喜びを分かちあった。

「このムラクモはどこにあった？　誰が持っていたのじゃ？」

過去の記憶をとりもどした今、ホホデミがもっとも知りたいと思ったのはこのことだった。

「そのことですが」

タケミカヅチは言いかけて、「危ない！」と叫んだ。ホホデミの背後から、キクチの部下が矛を突き出して襲いかかってくる。ホホデミはふり向きざま、剣をふるって矛を払い落とした。キクチの部下は、背を向けて逃げ出した。

「今のことは、後程ゆっくりとお話し致します」

タケミカヅチは言った。「それよりも、ヤマト軍の兵士が捕らわれています。助け出さねばなりません」

「どこじゃ」

「こちらです」

タケミカヅチが先に立ち、廊下を歩いて戸口へ向かう。とり囲んでいたナガスネヒコ軍の兵士は、さっと後退して三人を通した。外へ出ると、あたりは依然としてうす暗かった。風が吹き、稲妻が走り、雷鳴がとどろいて、鵺がしきりに鳴きかわしていた。

三人は広場をよぎり、工房や高倉を通りすぎていくと、下民が住む平屋、穴屋が並ぶ一郭の向こうに、小高い丘が見えてきた。後ろから、すっかり戦意を失ったナガスネヒコ軍の兵士がついてくる。丘へ近づくと、なだらかな丘の斜面にナガスネヒコ軍の兵士が現れて、弓をかまえ、三人へめがけて矢を射かけてきた。三人は剣をふるって、飛来する矢を造作なく払い落としながら、なおも丘へ近づいていく。兵士たちの背後の岩壁にはめこまれた格子戸が見える。その中にヤマト軍の兵士が閉じこめられているようだった。

「我は、ヤマトノクニのヒツギノミコ、ホホデミじゃ」

ホホデミは、矢を射るのをやめて突っ立っている見張り番の兵士に向かって声をかけた。

「汝らと戦うつもりはない。しかし手向かってくるのなら、容赦はしないぞ」

ホホデミはムラクモの剣を掲げて、兵士をにらみまわした。兵士たちはひとかたまりになって何事か話しあっていたが、やがて一言も発することなく、全員そろってぞろぞろと引きあげていった。

格子戸の中から歓声があがった。洞窟内に監禁されていたヤマト軍の兵士が、格子戸へ群がって、「ホホデミノ尊、ご無事でしたか」「吾らを助けにきてくださったのですか」などと口ぐちに叫んでいた。

「これでアワジノクニは、ヤマト軍の手にもどりましたぞ」

タケミカヅチが声をはずませてホホデミを見た。ホホデミは、大きくうなずいた。

ホホデミらが、土牢に閉じこめられていたヤマト軍の兵士を解放して王城の中央へ引き返してみると、どこもがらんとして、ナガスネヒコ軍の兵士はすべて退散したあとだった。

ホホデミは感無量だった。自分が正気をなくしていたとはいえ、ナガスネヒコ軍の剣士として、ヤマト軍の剣士と果たしあいを行い、相手を打ち破った結果、ナガスネヒコ軍の支配下におかれていたアワジノクニを、今わが手で奪還することができたのだ。ヒミコやタカギ王が喜ぶことだろう。にっこりと微笑むヒミコの顔が浮かぶ。

「ホデリノ尊はいかがなされたのですか。僕らとともに捕らえられ、ここへ連れてこられたはずですが」

土牢から助け出された兵士のひとりが訊いた。

「ホデリノ尊は、トミノクニのマキムクへ連れていかれてしまいました」

タケミカヅチが表情をくもらせて答えながら、ホホデミを見た。

「兄上は捕らえられて、マキムクへ送られたのか」

ホホデミがおどろいて言った。タケミカヅチはこのときだと思って、ホホデミが正気を失っている間におきたことを話した。

ホホデミはすべてを理解した。うれしかったのは、トヨがホホデミの生還を信じ、ホホデミのためを思っていろいろ働いてくれたことだ。ムラクモをホホデミに手渡すことができたのも、トヨの働きがあったからこそだとタケミカヅチは語った。

ゆるせないのは兄のホデリだった。実際にムラクモをにせの剣とすり替えたのはナシメかもしれないが、おそらく、ナシメをそそのかしたのはホデリなのだろう。兄はあれほどムラクモに執着していたのだから。

敵の矢に射られて崖から川へ転落し、頭を打って記憶を失い、あげくの果てにナガスネヒコ軍の奴隷にされてさんざん辛酸をなめさせられたのも、もとはといえばホデリのせいだった。ホデリが憎かった。だが、ホホデミの口をついて出た言葉はそんなことではなかった。

「これからマキムクへいくぞ」

ホホデミは、タケミカヅチをはじめ、そこに集まっていた兵士たちへ向かって、決然とした様子で言った。

「兄上を助け出さなければならぬ」

タケミカヅチは、呆気にとられたようにホホデミを見ていたが、急に顔をくしゃくしゃにして、

「そのお言葉、タケミカヅチもうれしゅうございます」と感にたえないように言った。ホデリがやったことを知った以上、ホホデミは、ホデリ救出に向かうはずはないと思っていたのだ。

「しかし、今はそのときではありません」

タケミカヅチは、冷静になって言った。

「どうしてじゃ？」

ホホデミはとがめるように訊いた。

「このとおり兵は疲れておりますし、この人数では足りません。武器や武具も不足しております」

タケミカヅチはそう説明し、この王城を守らなければならない、そうでなければ、せっかく奪還したこの王城がどうなるかわからないと訴えた。

「そんな悠長なことを言っているときではない。兄上の命がどうなるかわからないのだぞ」

ホホデミは断固として言った。

タケミカヅチは、ホデリに対するホホデミの気持ちが本物だということがわかった。本来なら憎むべき兄を、必死になって助けようとするホホデミの心のやさしさ、寛容、勇気に胸を打たれた。ホホデミの言うことは断れない。この人のためなら、命を捨てても惜しくはないと、そんな気持ちになった。

「武器庫を調べろ。剣や太刀、矛、戈、盾、鎧、冑が残っているはずだ」

タケミカヅチは兵士たちに命じた。

「それから、狼煙をあげて兵士をかき集めろ。ヤマベ王を呼びもどして、この王城を守るように伝えるのだ」

兵士たちは相談して役割分担をきめると、それぞれの方角へ走り去っていった。

「ホホデミノ尊、気をつけてくださりませ」

タケミカヅチは、これからの壮絶な戦いを思い浮かべ、ホホデミの身を案じて言った。

「尊はヤマトノクニの王、いや、倭国の大王になられるおかたなのですから」

「心配はいらぬ」

ホホデミは力強い口調で応《こた》えた。

「オオヒミコが申されたではないか。我らには神のご加護があり、神が導いてくださると」

風が吹いて、ホホデミの髪をなびかせた。その目は真珠のように光を発し、唇をきつく引き結んで、かたい決意と自信があふれていた。

「タケミカヅチはここに残れ。ヤマベ王がもどるまで、この城を守るのじゃ」

ホホデミは命じた。
垂れこめた黒雲をよぎって稲妻がひらめき、雷鳴が炸裂した。

39

トヨは目がさめた。

あたりを見まわす。見なれたいつもの部屋。その部屋にいる自分——生きているのがふしぎだった。

たしかに死んだはずだった。刀子をつかんで自分の喉元を突き刺し、血が噴き出してなにもわからなくなったのだから。

今、気がついてみると、たしかに刀子の柄を握りしめ、切っ先には血が付着して、喉元にも血がこびりついている。だが、トヨは生きていた。喉元の出血は止まっており、そこが少し痛む程度だった。刀子をひきよせてよく見た。それは木でできていた。たしかに鉄でつくられた刀子のはずだったが、いつのまにすり替わったのだろう。

あたりはうす暗い。先程まで真昼だったのが、もうそんな時分になったのかといぶかった。もしかしたら、日蝕なのだろうか。ジンリョウ邑落の祈祷師が、昨年につづいて本年もおこると言っていた日蝕。

窓辺に立って外を見た。全空は黒く厚い雲におおわれ、ところどころの雲間から僅かな薄陽がもれている。日蝕ではなかった。第一日蝕なら、こんなにつづくはずはないのだ。

そのままぼんやりと立っていた。頭の中は空白だった。なにを感じることもなく、なにも考えられなかった。薄闇の中にひろがるいつもの光景、祭殿の千木や棟飾り、露台、高殿や居館の急勾配な屋根のつらなり、そびえ立つ望楼や大門を眺め、小鳥の囀りを聞いているだけだった。

とつぜん、風が運んできたように、大勢の女たちの泣き叫ぶ声が耳をつんざいた。

それでわかった。ヒミコは処刑されて死んだのだ。女官や侍女が、ヒミコの亡骸をかこんで悲嘆にくれているにちがいない。

それでもトヨの気持ちに変わりはなかった。ヒミコの死に対して、悲しいと思うこともなく、無法な刑を断行した張政への怒りもない。ヒミコの死は、トヨみずからの心の中の願望によっておきたのだという恐れも消えていた。起こるべきことが起こり、成さなければならないことが成しとげられたのだと、そんな気さえした。

雷鳴が厚い雲を割って響き、稲妻が窓辺をひき裂いた。

窓から離れようとしたとき、稲妻とは別な光線が走ったように見えた。ふたたび外を見ると、祭殿の上の空間がぼんやりと明るんでいる。その明るみはゆっくりと上昇しながら、次第にかたちづくられて、白く輝く柱のようになり、そこにくっきりとした人影が現れた。長くのばした髪。すらりとしたからだつき。やさしそうで鋭い面差し。女のように見えた。ヒミコ。いや、男のようにも見える。いつかヨセフが教えてくれたヨシュア・メシア。

ヒミコであり、ヨシュアでもある人影は、トヨへ向かって微笑んだようにも見えた。その人影は上昇していく。薄闇の中を、鮮やかに輝く姿を浮きあがらせながら、さらに昇って、やがて厚い雲間へ吸いこまれるように消えていった。またひとしきり雷鳴がはじけ、稲妻が光って枯れ枝のようにひろがった。

涙がとまらなかった。悲しいからではない。これまで味わったこともなく、言葉であらわせない気持ちだった。いつか語ったヨセフの言葉が聞こえてくる。

「目の前を見なさい。そしておのれの心の中を見なさい。そうすれば、光り輝くものを見るだろう」

その言葉どおりのことが、今まさにおこったのだということ、そのことがトヨにはわかった。

「ヒミコは死にます」「トヨは女王になります」という声も、みずからの願望や欲望からのものでなく、それは神の声だった。

天から黒い雲をひき裂いて光がさしこみ、トヨのからだを貫いた。トヨの全身にみずみずしい力が満ちあふれた。その瞬間、古いおのれが死んで、新しい生命を得てよみがえったのだということ、そして自分がどこからきて、どこへいくのかということを、頭の中ではなく、心の奥の霊で理解することができたのだった。

殯《もがり》が行われていた。

祭殿の奥の小高い台地に檜でつくられた喪屋が建てられ、その中にヒミコの亡骸を納めた木棺が安置されていた。タカギ、トヨ、三重臣、タジカラオたちが祭壇の前に坐って祈りを捧げ、その背後に大勢の女官や侍女が、うずくまって涙を流したり嗚咽をもらしたりしていた。

絶命したヒミコを十字架からおろすと、女官、侍女は、血染めの衣を新しい衣に着かえさせた。髪を梳かし、顔を拭いて白粉をぬり、頬に朱を添えた。すると生気がよみがえって、ヒミコが死んだとはとても思えなかった。ただ眠っているにすぎず、今にも起き出して、皆に話しかけてくるように思えた。しかし、いつまで経ってもその気配はなかった。あらためてヒミコは死んだのだと思い知らされ、女官、侍女たちはまた泣きくずれた。

そんなときだった。

髪を乱し、無精ひげをのばしたナシメが現れて、異様に目を光らせ、剣をひらめかせながら、祈ったり泣いたりしている女官や侍女へ向かって、「なにをしているのだ。オオヒミコを起こすのだ、早く」とわめきたてた。女たちは一斉に顔をあげ、ヒミコを矢で射殺したナシメを、憎悪をこめてにらみつけた。

「なんだ、その目付きは。吾がなにをしたというのだ」

ナシメは女たちをにらみ返しながら、どなり声をあげた。女たちは黙ったまま、なおもナシメへ険しい目を向けていた。

「汝《なれ》らも死ね。オオヒミコのあとを追って死ね」

ナシメは狂気のように叫びながら、剣を振りかざして女官、侍女の輪の中へ躍りこんだ。女たちは一斉に逃げ散った。中には逃げ去ることもなく、その場でじっとしている者もいた。ナシメはためらうことなくその女を斬った。それにつられたように、何人かの女官がナシメの前へ出て、斬られて死んだ。ヒミコのあとを追って、みずから死を望んだのだ。ひとりの女官が、またナシメの前へ進み出た。ナシメが斬りつけようとしたとき、「やめろ！」と叫んで、タジカラオが剣を抜き放ちながら駆けつけてくる。ナシメがふり返ったときだった。凄まじい大音響とともに、まばゆい閃光がナシメを包んだ。——間もなく大音響と光が消えると、ナシメは倒れて死んでいた。

女官が笛、鼓、琴を奏でている。その静かで典雅な楽の音は、高く低くもの哀しい響きがこもって、ヒミコの亡骸が安置された喪屋の中に居並ぶタカギやトヨ、三重臣、女官、侍女の間を流れ、厚い雲におおわれた空へ昇っていく。相変わらず、昼夜も分かちがたいほどあたりは暗く、小鳥の鳴きかわす声や、犬、狼の遠吠えが伝わってくる。

喪屋の奥の平らな岩盤の上で、ウズメがただひとり、女官の楽の音に合わせて踊っていた。瑪瑙の勾玉を胸に飾り、髪に紫の布を巻いて、白い木綿四手をつけた日陰の蔓を手に持ちながら、しなやかに手をあげ、手の平を返し、足をあげ踏んばる。その表情は冷静にとぎ澄まされ、目は宙の一点を見すえて動かず、唇は一文字に引き結ばれていた。女官や侍女は、ウズメがヒミコのあとを追って自死するだろうと信じて疑わなかった。

薄闇の中から、ぼうとした影がにじんで、引き出されたように男の姿が現れた。

張政だった。張政はヒミコを死刑に処したときの興奮がさめやらないように顔を青ざめさせ、手には黄撞を捧げ持っていた。

「なにかご用ですか」

トヨが冷ややかに言った。

「なにか用とはなんだ。汝を女王にしてやったわれに向かって」

張政は、傲岸そうに唇をとがらせた。それから、黄撞をトヨの前へ掲げながら、威厳をこめて言った。

「オオヒミコは死んだ。今から汝が女王じゃ。われではないぞ、この旗が任命するのじゃ」

トヨは黙っていた。表情も変わらなかった。

「それゆえ、この旗の前では、何事も正直に話さなければならぬ」

張政は語気に力をこめて言った。トヨはちらりと張政を見て、すぐに顔をそむけた。

「さあ、言うのだ。汝らはイスラエルの民で、ダビデ王の血をひく者であろう。そして、祖先から伝わる秘宝アークを所有しているのだな」

「いいえ、妾はそのような話は知りませぬ」

トヨは、きっぱりとした口調で答えた。

「とぼけるでない」

張政はおっかぶせて言った。「われは知っているのだぞ。オオヒミコは、処刑の前に汝らを呼び集めて、大事な話をしたそうではないか」

「そうです。オオヒミコは話をされました」

「なにを話したのじゃ？」

「だから申しあげたではありませぬか」

トヨの口調は落ちついて、相変わらず冷ややかだった。

「オオヒミコムチノ尊が話されたのは、妾らがイスラエルの民でもなければ、ダビデ王ともなんのかかわりもなく、アークなどというものも知らぬということでございます」

「うそだ」

張政は手をあげて制し、「この旗に向かって、偽りを申すのはゆるさんぞ。オオヒミコの二の舞にしてやる」と恫喝するように言った。

「妾は、ヤマトノクニの女王です」

トヨは凜として声を張りあげた。

「その妾が、張殿に対し、その旗に向かって、うそ偽りを申すはずがありませぬ」

そのトヨの様子は、ヒミコの霊がのり移ったかのように、気高さと威厳がこもっている。張政は思わず息をのんだ。

「よくお考えなされませ」

トヨはさらに言い募った。「アークなどというものがあれば、みすみすオオヒミコムチノ尊を見殺しにしてはおりませぬ。張殿にアークなるものを差し出して、オオヒミコの助命を頼んだはずでございます」

「汝らにとって、アークは――」

張政は、こんな小童になめられてはたまるか、というように尊大ぶった様子で言った。「アークは神から授かったもの。オオヒミコの命よりも、大事な宝物ということじゃろ」

「それでは、ヨセフさまのことはいかがですか」

トヨは矛先を変えた。「あのおかたは、妾らがダビデ王の子孫でもなく、アークも隠していなかったと、恨み言を並べてここを出ていかれたのですよ」

「あれは、われを欺《あざむ》くためだった。その手にのるわれではない」

「では、申しあげますが」

トヨは粘りづよく言った。「実は、オオヒミコムチノ尊は処刑を前にして、ユダヤとやらいう国へ連れていってくれと、ヨセフさまに頼んだのです。ヨセフさまはそれを断りました。オオヒミコは、戦争に敗れた責により、死刑に処せられてもしかたがないと突き放したのです。もしオオヒミコがダビデ王の子孫なら、ヨセフさまがそのような冷たいことを言うはずがありませぬ」

もし張政が、アークのことやダビデ王の血脈のことで追求してきたならこう言いなさい、これは本当《まこと》のことなのだから、とヒミコから聞かされていたのだ。

張政はうなった。そういえば、そもそも張政にヒミコの処刑を勧めたのはヨセフだった。それでは、やはりトヨの言うとおりなのか。……いや、そんなはずはない。

広場のほうからどよめきがおこった。それは、ヒミコの死を嘆き悲しむ声とはちがっていた。何事がおきたのかと、張政が窓の外をのぞこうとしたとき、二人の部下が駆けつけてきた。

「ホホデミノ尊が、タケミカヅチと力をあわせて、ナイゼン王城のナガスネヒコ軍を打ち破り、アワジノクニを奪い返したということですぞ」

部下は、息を切らしながら報告した。

「それは、本当か」

張政は信じられないというように、目を白黒させた。

「ホホデミは、行方知れずだったはずだぞ」

「詳しいことはわかりません。アワジノクニから、狼煙で知らせてきたようです。それに……」

もうひとりの部下が気遣わしそうに声をひそめて言った。

「ナイゼン王城の果たしあいで勝利したのは、オオヒミコが申されたように、ヤマトノクニのヒツギノミコホホデミだったし、オオヒミコの言葉どおりホホデミ率いるヤマト軍がナガスネヒコ軍を倒して、アワジノクニをとり返したのだから、オオヒミコはけっしてまちがっていなかった。オオヒミコは神の声を正しく聞いてタカギ王に伝えたのだ。そのオオヒミコをなぜ殺したのかと、やつらは張殿へ怒りを募らせています」

また広場のほうがどよめいた。はっきりとは聞きとれなかったが、それは張政へ向かってなにかを訴えているようだった。

今更なにを言うのだとつぶやいて、張政は窓辺に立った。黄撞をふりまわしながら、「われではない。この旗が、魏国という大国の皇帝が決めたことじゃ。文句があるのなら、わが皇帝にもの申すことだな」と声を嗄らした。

40

「カラコ王城は、すぐそこだぞ」

ホホデミは、後ろの兵士たちへふり返って声を励ました。おうと兵士たちは応じて、隊の士気はいやがうえにもあがった。

田植えがはじまった水田や、種蒔きを終えた畑をよぎってハツセ川が流れ、その川に沿って築かれた土堤の向こう、厚い雲が垂れこめてうす暗く、カラコ王城はぼやけていたが、渦巻きの飾りをつけた楼閣はそれとはっきりわかった。

水田や畑、疎林、その間の道のどこにも人影はなく、しんと静まり返っている。不気味に鳴きかわす鳥の声だけが聞こえ、前方に横たわる土堤が次第に近づいてくる。

ナイゼン王城を出発したときは百人くらいだった兵士の数も、ヤマトノクニ連合国の援兵が駆けつけ、通りすがりの邑落や集落からも志願者が出て、次第に人数がふえ、今では三百人ほどになっていた。

アワジノクニの由良から木国へ入り、木川《キノカワ》に乗り捨てられていた舟に分乗して、一隊はトミノクニのマキムク宮殿をめざして進んだ。そこにホデリが捕らえられ、ナガスネヒコやキクチもいるだろうと見当をつけていた。山地に入ると川幅が狭まり、一隊は舟を捨てて徒歩で進軍した。険しい吉野の山路をこえて、宇陀にさしかかったところで、兄猾《エウカシ》、弟猾《オトウカシ》の兄弟や、五十猛《イソタケル》という土地の豪族の勇士が一隊の行く手を阻もうと戦いを挑んできたが、多少手をやいたものの、いずれも撃退することができた。

その頃、放っていた密偵が帰ってきた。報告によると、ホデリはマキムクではなく、カラコ王城で幽閉され、そこにナガスネヒコやキクチもいるということだった。

一隊は、宇陀の山路をこえ、平野部に入ると、胆駒山や二上山のほうへ進路を変更して、ようやくハツセ川をこえれば、カラコ王城はすぐそこというところまでたどり着いたのだった。

静けさに包まれたハツセ川の土堤が、次第に近づいてくる。

ホホデミは自信にあふれていた。ナイゼン王城におけるナガスネヒコ軍の脆弱《ぜいじゃく》ぶりを知っていたからだ。このカラコ王城においても、それはたいして変わらないだろう。それに比べて、我が軍には騎虎の勢いがある。神の加護と導きがある。そして、我が手にはムラクモがある。正気をとりもどしたからだには、その喜びと勇気がみなぎっている。

ナガスネヒコとキクチを討ちとってカラコ王城を奪取し、ホデリを救出したうえで、さらにマキムク宮殿へのりこんでニギハヤヒを屈服させ、ヤマトノクニが倭国を統治する道をひらくのだ。いつか祭殿の大広間で、客人ヨセフが語ったように。あのとき、ヨセフが真心と熱意をこめて語ったその言葉を、今ではっきりと思い出すことができる。ホホデミは、はやる胸をおさえた。

とつぜん、土堤からきらめきが走った。多数の矢がつらなりながら、上空をよぎって飛来してくる。兵士たちは剣や太刀、矛、盾を使って矢を払い落としたが、何人かの兵士は矢弾をうけて倒れた。土堤の上に大勢の敵の兵士が立ち並んで、弓をかまえ矢を放っている。ヤマト軍の兵士は浮き足だった。

「怯むな!」

ホホデミは叱咤し、「伏せろ!」と命じた。ヤマト軍の兵士は踏みとどまって、地面に這いつくばった。その上へ容赦なく矢が降りそそぐ。土堤の兵士たちは、交代しながら次から次へと矢を射かけてくる。空気を切る矢の音。飛来してくる矢の列。ヤマト軍のあちこちからうめき声があがり、血しぶきがあがった。

「引けえ」とホホデミが命じようとしたときだった。稲妻が走り、雷鳴がとどろいて、風が吹きつけてきた。風はさらに唸りを発して猛烈に吹き荒れ、飛んでくる矢は、その風に煽られてあらぬ方向へそれた。次から次と放たれる矢も、風に吹き飛ばされた。

「突っこめ!」

ホホデミは号令を放った。奮い立ったヤマト軍の兵士は、土堤へ向かって突進した。もはや矢が飛んでくることはない。兵士は土堤にとりつき、駈けのぼっていく。先程まで矢を射かけていたナガスネヒコ軍の兵士はどこにもいなかった。よく見ると、田や畑の間の道を、王城へ駈けもどる兵士たちがいた。ヤマト軍の兵士は川の浅瀬を渡ると、鬨の声をあげ雪崩をうって王城へ殺到していく。

王城のまわりは、広くて深い環濠がめぐらされ、その向こうに土塁が築かれ、高い城柵が立っている。門は樫の木でつくられ、閂《かんぬき》がはめられて堅固を誇っていた。

あちこちの物見櫓から、王城をとりかこんだヤマト軍へ矢を射かけてきたが、これも吹き荒れる風に流されてしまった。ヤマト軍の兵士は崖を伝って、環濠の底へおりていく。

「逆茂木《さかもぎ》に気をつけろ」

ホホデミが叫んだ。ホホデミが注意したとおり、環濠の底には逆茂木や乱杭がしかけられていた。兵士は用心深く、鋭く尖った逆茂木や乱杭を避けながら、濠の底を渡って、王城側の崖へとりつく。切り立った崖はよじ登るのが容易ではなく、途中でずり落ちる兵士が続出した。転落した兵士は、逆茂木に引っかけられてうめき声をあげた。

ひとりの兵士がかろうじて濠の上へ登りつめた。腰に巻きつけていた縄梯子の先端を、土塁に打ちこまれた杭に繋ぎとめると、縄梯子を濠の底へおろした。

縄梯子を伝って登ってきた兵士たちが、土塁をこえ城柵へ向かうと、城柵から敵兵が一斉に剣や矛を突き出してきた。ヤマト軍の兵士はたじろぐことなく、突き出してくる剣や矛を太刀で払い落とし、逆に柵の間へ矛先を突き入れた。突き出す敵方の剣や矛がとぎれた隙を見はからって、兵士たちは城柵をよじ登りはじめた。そこを狙って放たれた矢は、すべて風にあおられて失速した。

数名の兵士が城柵をのりこえ、太刀や戈を振りかざしながら、果敢に城内へ飛びおりた。待ちかまえていた敵兵が襲いかかってきたが、次々と飛びおりてくるヤマト軍の勢いにたじろいでいく。数名の兵士が城門へまわって門をはずすと、待っていたホホデミと兵士たちが、ひらいた城門から喚声をあげながら乱入した。

「我は、ヤマトノクニのヒツギノミコホホデミなるぞ」

大声を張りあげながら、ホホデミはムラクモの剣をひらめかせて、敵陣へ斬りこんでいく。城兵はその声と名を聞いて、戦意を失い逃げまどった。

ホホデミは駆けた。無人の門番小屋や渦巻き模様の飾りをつけた楼閣を通りぬけ、広い道を進むと、大きな兵舎が建っていた。ホホデミは兵舎の中へ踏みこんだ。敵の兵士たちが右往左往し、「かかれ」「逃げるな」という怒声や叫喚が飛びかっている。何人かの兵士が、太刀や矛をかまえて迎え討とうとしたが、ホホデミが一騎当千の勢いで斬りこんでいくと、兵士たちはこぞって背を向けた。

ホホデミは廊下を走った。どの部屋にも兵士の姿はなく、武器や武具が投げ出され、衣類が散乱し、酒食の膳がひっくり返っていた。

奥の部屋へ入った。そこにも人けはない。奥まったところに上段の間があり、倭錦の帳がおりていた。薄闇を透かして見ると、帳がかすかに揺れている。ホホデミは剣で帳をひき裂いた。誰もいない。背を向けたとき殺気を感じた。とっさに飛びすさってふり向くと、板戸の陰から矛先が鋭く伸びてくる。胸元へ伸びてきた矛先をかわし、その矛を掴んで引きこんだ。兵士はつんのめって、床に膝をついた。キクチの部下トネリだった。

「兄者は？　ホデリノ尊はどこじゃ」

ホホデミは、ムラクモの剣を突きつけて詰問した。トネリはうつむいて返事をしない。

「言わなければ、命はないぞ」

ホホデミは、剣の切っ先をトネリの喉元へのばした。それでもトネリは黙っている。剣先が走った。あっと言って、トネリは手で喉元をおさえた。その指の間から血が流れおちている。

「わ、わかった」

トネリは胸を喘がせて、「樫の木の館にいる。この前の道を右へまっすぐ行って、五軒目の建物だ」と観念したように言った。

ホホデミと一隊が樫の木の館へ駆けつけると、その前で、ナガスネヒコ軍の兵士が太刀や矛、戈をかまえて待ちうけていた。ホホデミはムラクモの剣をふるって躍りかかった。敵兵は応戦したが、鬼神のようなホホデミの働きぶりに圧倒されて、みるみるうちに後退していく。後方で「引くな」「かかれ」と叱声があがったが、逃げ足をくいとめることはできなかった。

一隊は樫の木の館へ躍りこんだ。廊下をいく。どこにも兵士はおろか誰もいない。

「兄上」

呼んでみたが返答はない。廊下を奥へ進むと、広間に突き当たった。中はがらんとして人けはなく、その奥に厚い帳が垂れさがっていた。ホデリがそこに捕らわれているのかもしれない。そこへ向かおうとして板敷きの間を歩いていくと、とつぜん足元が揺れた。

ホホデミはとっさに飛んだ。床板は軋《きし》りながら中央からふたつに割れ、あっと声があがって、数名の兵士がぽっかりとひらいた暗がりへ落ちていった。ドスンという音とともに、うめき声が聞こえた。床下の穴蔵に逆茂木がしかけられていた。

「押すな」「落とし穴だ」と叫びあって、後続の兵士たちは部屋の前で立ち往生した。誰かが叫ぶ。

「ホホデミノ尊は?」

ホホデミは、柱にとりついて危うく難をのがれた。壁を伝って帳のほうへ進む。後続の兵士たちは、穴底に落ちた兵士を助けあげたり、あるいは壁伝いに歩いて、ホホデミの後を追った。

壁からまわりこんだホホデミは、厚い帳をはねあげて中へ入った。暗闇に目がなれてくると、わら敷きの狭い部屋の中に寝床や甕、壺、高坏、椀、小皿などが置かれ、壁には大きな斧がつりさがっていた。人の気配がした。奥のほうで人影がうずくまっていた。柱へ後ろ手に縛られ、両足も縛られている。

「兄者？　ホデリノ尊！」

ホホデミは、呼びかけながら近づいていく。うずくまっていた人影は顔をあげた。その顔をよく見ようとした瞬間、ぴかりと光芒が走った。

「そこで止まれ」

険しい声が聞こえた。かすかな明かりの中へ、にじみ出るように男の姿が現れ、顔が浮き出た。キクチだった。キクチは、縛りつけられている男の背後に立って、剣先をその男の胸元へあてがっていた。

「剣を捨てろ」

キクチは鋭く命じた。「捨てなければ、こいつを殺すぞ」

「我は、どうなってもかまわん。そいつの言うことは聞くな」

縛られた男が低く嗄れた声で言った。ホデリだった。ホデリの髪はふり乱れ、ひげはのび放題で、とげとげしい顔付きになっていた。

ホホデミは、ムラクモの剣を床においた。キクチはにやりとしながら、その剣をおのれの手元へ送るように手で合図した。ホホデミはしかたなく、床に置いた剣を、キクチの足元へ押しやった。

キクチが手をのばして剣を拾いあげようとしたそのとき、ムラクモの剣は、いきなりぴょんとはねあがって、キクチの喉元へ飛びかかった。キクチはぎゃっとおどろきの声をあげて身をのけぞらせる。その隙に、ホホデミは身を躍らせて、宙に浮かんだムラクモの剣を引っ掴んだ。キクチは暗がりへ姿を消していた。

ホホデミは、ホデリの前へ屈みこんで言った。

「兄上、我です」

ホデリは、力のない目でホホデミの顔を見つめていたが、ぷいと顔をそむけた。

「誰じゃ、汝《なれ》は。見たこともない顔じゃ」

「わからないのですか。弟のホホデミです。兄上を助けに参りました」

ホホデミは、ホデリを縛りつけている縄目を切りほどこうとしたが、ホデリは身をよじって拒んだ。

「助けてくれと頼んだ覚えはないぞ」

「なにを申されるのですか」

ホホデミは、素早くホデリの手と足を縛っている縄を剣で切り放った。両肩をつかんでホデリを立たせようとして、額に垂れさがった髪の間から、えぐられた傷跡を見た。

ホホデミは、あのナイゼン王城の決闘で戦った相手がホデリだったことを知った。あのとき「ホホデミノ尊」という甲高い声を聞いて、ホデリにとどめを刺すのを思いとどまったことがよみがえる。あの声はトヨだったにちがいないと、トヨへの感謝の気持ちを新たにした。

「ナガスネヒコとキクチを倒し、ニギハヤヒノ尊を説得して、我らが大王となって、この倭国を統一しなければなりませぬ。さぁ兄上、ともに戦いましょうぞ」

ホホデミは熱い口調で語りかけ、ホデリへ手をさしのべた。

「勝手にしろ。我にはかかわりのないことじゃ」

ホデリはホホデミの手を邪険にふり払い、顔を引きつらせて、「そんなことより、我を殺せ。殺《や》るんだ」とわめきたてた。

41

ホホデミと一隊は、ナガスネヒコの居館「黄金の館」へ向かっていた。

思い出したように稲妻がきらめいて雷鳴が響きわたり、風が吹き荒れ、全空をおおった雲から雨が降り出した。ナガスネヒコ軍は遠巻きにしたまま、建物の陰から様子をうかがっているだけだった。物見櫓から矢を射かけてくることもない。

ホデリは、ホホデミの言うことには頑として耳を貸そうとせず、殺せ、殺せとわめきちらすばかりだった。しかたなく数名の兵士をつけて、樫の木の館へ残してきた。

黄金の館が近づいてきたときだった。横手の通路から、広場へ静かに人影が現れた。ひとりではない。貴人の身なりをした二人の男が、供の兵士をしたがえて、ホホデミと一隊の方へ歩み寄ってくる。武装もせず、戦う意思がない様子のこの二人が、いったい何者で、なんのためにやってきたのかと、ホホデミはいぶかしく思った。

「武器を捨てろ。無用な戦争はやめるのじゃ」

貴人の身なりをしたいっぽうの男が、ホホデミに向かって威厳をこめて言った。

「汝《いまし》は、誰じゃ」

　ホホデミは訊いた。

「我は、ニギハヤヒノ尊の子ウマシマジじゃ」

　その男は名乗った。ウマシマジは、白絹の衣と褌にたてひだのある褶をつけ、ゴボウラ貝の腕輪をはめ、胸に翡翠の勾玉を飾っていた。

「こちらは、弟のタカクラジ」

　ウマシマジは隣の男をかえり見て言った。タカクラジはウマシマジと同じ身なりをし、見事な飾りをつけた剣を大事そうに捧げ持っている。

　ホホデミはおどろいた。この兄弟のことは噂で聞いて知っていたが、まさかこんなところで出会うとは思わなかった。彼らの父ニギハヤヒといえば、丹波から山城、河内国を経てトミノクニへ入り、出雲のスサノオなどの支援を得て、北は山城から、南は熊野へ及ぶ一大勢力圏を築いた王である。今ではニギハヤヒは老齢を迎え、ナガスネヒコが権力を握って傍若無人ぶりを発揮するようになっているが、そのナガスネヒコでさえ、当初はニギハヤヒを敬愛し、ニギハヤヒを倭国の大王にするためにはどんなことでもいとわないと誓ったくらいだった。これも今は昔の話になってしまった。

　ニギハヤヒ王の跡をつぐウマシマジは科野《シナノ》へ、タカクラジは熊野へ派遣されていたが、最近時を同じくしてトミノクニへ帰ってきたのだった。

「我は、ヤマトノクニのヒツギノミコ、ホホデミなのじゃ」

　ホホデミは、悪びれることなく名乗った。

「汝がヤマトノクニのホホデミか」

ウマシマジは、皮肉そうにうす笑いを浮かべて言った。「汝のことは噂で聞いておる。その汝が、なんのためにここへ参ったのじゃ」

「我がこの国の大王になって、倭国を治めるためじゃ」

ホホデミは、声を張りあげて言い放った。

「たわけたことを申すでない」

ウマシマジは語気を荒げた。「ニギハヤヒノ尊こそ、トミノクニの王であり、倭国の大王になられるおかたなるぞ。その跡をつぐのは、この我にほかならぬ」

「倭国の大王になるのは、ヤマトノクニのヒツギノミコ、我でなければならぬのじゃ」

ホホデミは力をこめて言った。

「これは、神がお決めになったことだぞ。オオヒミコムチノ尊が神の声を聞いたのじゃ。このことはニギハヤヒノ尊もご存じのはずだが」

「そんなことは知らぬ」

ウマシマジは大喝して、「ここを立ち去れ、戦いたくはないが、立ち去らないというのなら、この剣にかけても」と剣の柄に手をかけた。

「このムラクモが目に入らぬのか」

ホホデミは、ムラクモの剣を高く掲げて叫んだ。

「この剣こそ、豊葦原瑞穂国の王位継承のしるしなるぞ」

ウマシマジは笑った。タカクラジが持っていた剣をうけとって、「この剣こそが、豊葦原瑞穂国の王位継承のしるしなのじゃ」と言いながら、ホホデミにならってその剣を高く掲げてみせた。手のこんだ金の環頭飾りを目釘でとめた柄と、内反りの刃をもつ剣である。

「これは布都御魂《フツノミタマ》と申してな、出雲のスサノオ家に伝わる名剣ぞ。ヤマトノクニに先がけて倭国づくりに励まれたスサノオノ尊から、王位継承のしるしとしてニギハヤヒノ尊が譲りうけたものじゃ。この剣こそ、国平《くにむ》けの剣なるぞ」

ウマシマジが言い終わると、供の兵士がそうだ、そうだとはやしたてた。

依然として、あたりは薄闇に包まれていた。雨は降るかと思うとやみ、時折遠く近くで雷鳴がはじけた。ヤマト軍とナガスネヒコ軍の兵士は戦うことをやめ、それぞれひとかたまりになって、ホホデミとウマシマジを見守っている。

「この剣は」

ホホデミは、ムラクモを掲げながら言った。「スサノオノ尊が、倭国の王位をオオヒミコとタカギ王に譲るしるしとして、オオヒミコムチノ尊に献上したものじゃ。それを、オオヒミコから我の父オシホミミに、その父から我に授けられたのだ。このムラクモこそ倭国王位のしるしであり、国平《くにむ》けの剣なるぞ」

ホホデミは、ウマシマジが掲げているフツノミタマの剣よりも一層高く、ムラクモの剣を突きあげた。ヤマト軍の兵士から一斉に歓声があがった。

「うつけ者」

ウマシマジが嘲るように言った。「そのムラクモは、スサノオノ尊がこのフツノミタマの剣で、ヤマタノオロチという地元の豪族を滅ぼしたときに奪いとったものじゃ。そんな剣は、王位のしるしでもなければ、国平けの剣でもないのだ。これこそが本物の聖剣なのじゃ」

ウマシマジはもう一段高く、フツノミタマの剣を突きのばした。競いあって高く突きあげた二本の剣に、稲光が走って同時にきらめいた。

「それでは、勝負じゃ」

ホホデミは剣をおろして言った。

「剣の勝負で神意をうかがい、どちらが王位継承の剣か決めるのじゃ」

「望むところだ」

ウマシマジも剣をおろし、そして早くも剣を抜き放った。

「このフツノミタマこそが王位のしるしであり、国平けの剣だということを思い知らせてやる」

ホホデミもムラクモの剣の鞘を払った。ナイゼン王城での果たしあいを思い出した。あのときも神意をうかがう誓約だった。ホホデミは正気を失ってナガスネヒコ軍の剣士として戦ったが、今はちがう。ヤマトノクニのヒツギノミコとして、倭国の大王の地位をかけての一戦である。あの果たしあいでは勝利したが、この戦いは、なおさら勝たねばならない。ホホデミはおのが胸にいいきかせた。

二人は、剣をかまえて対峙した。二人の間で風と雨が渦をまいて流れる。稲妻が光るたびに薄闇から、二本の剣が浮かびあがった。雨の幕を通して、二人の眼光と気迫がぶつかりからみあう。ヤマト軍、ナガスネヒコ軍、ウマシマジの供の兵士は三方に分かれて、二人の真剣勝負を見守っていた。ウマシマジの兵の後ろに控えている伊須気余理比売《イスケヨリヒメ》は、心配で見ていられないというように目を閉じていた。イスケヨリヒメは神武天皇の正妃になる女性である。

ウマシマジが鋭い気合いを発して、剣を振りかぶりながら跳躍した。その姿が一瞬、きらめく稲妻を浴びて浮きあがる。ホホデミはさっと飛びすさってその剣をかわすと、ウマシマジの胸へ横なぎの一閃を送った。ガシッと、ウマシマジはフツノミタマで受けとめる。二本の剣が火花を散らしてからみあった。ホホデミは渾身の力をこめて相手の剣をおし伏せようとし、ウマシマジは必死になってこらえる。刃が噛みあってギリギリとはげしい音をたて、凄まじい二人の形相へ雨が降りそそいだ。

雨の幕に包まれて二人の姿が折り重なったかと思うと、両者はとび離れ、同時に大地を蹴って飛びあがりながら剣をふるう。二人の剣がふれあって光を発した瞬間、二本の剣はともに二人の手元を離れて、宙へはね飛んだ。二本の剣はもつれあいながら宙を舞い、それから二手に分かれて、まっすぐ落下してくる。ホホデミはいっぽうの剣を宙で受けとめ、ウマシマジは地面に落ちたもういっぽうの剣を拾いあげた。

ホホデミは、剣の柄を掴みとったとき、なにかを感じた。身ぶるいがおきた。

薄闇をひき裂いて光の条《すじ》が走ってきて、剣を撃《う》った。その瞬間、剣はまばゆい光を放って、あたりを照らした。急に風が凪ぎ、雨はやんだ。ホホデミは、なにかの力につき動かされたように、輝く剣を高く掲げた。剣の輝きが一段とましたかと思うと、その輝きは剣先からほとばしって、目もくらむような光の帯となり、渦をまきながら闇の中を上昇していく。それにつれてひとしきり稲妻と雷鳴が交差し、全空をおおっていた厚い雲が走り出した。たちまち雲の層はうすれ、あちこちに切れ間ができ、そこから陽光がさしこんできた。

長らく夜のような暗さがつづいた地上は明るくなった。いつのまにか空には一片の雲もなくなって、青く透けた空がひろがり、太陽が照り輝いた。あたりは真昼になった。四方から、どよめきと喚声があがった。ヤマト軍、ナガスネヒコ軍、ウマシマジの兵士の区別はなかった。

そのときになって、ホホデミは、自分が捧げ持っている剣がムラクモではなく、ウマシマジのフツノミタマであることに気がついた。

ウマシマジは大地にひれ伏していた。その前に、投げ出されているムラクモの剣。

「恐れ入りました」

ウマシマジは、顔をあげて恭しく言った。それまでの敵意は消えていた。

「倭国の大王は、ホホデミノ尊がなるべきじゃ」

ホホデミの胸は熱くなった。先程まで、倭国の大王になるのはニギハヤヒ、その跡をつぐのはおのれだと言って譲らなかったウマシマジの言葉である。

ホホデミが大王になる。それはホホデミの幼いころからの夢だった。もしかしたら、母の胎内にいた頃からだったかもしれない。

ヒミコも同じ夢をもっていたことだろう。いや、ヒミコは、ホホデミが大王になることを知っていたのにちがいない。神の声を聞いたのだから。そして、今おこったことは、まさに神のみ業にほかならない、そう思った。

「危ない！」

叫び声があがった。ホホデミがふり向くと、目の前に鋭い矛先がのびてくる。身をかわそうとしたが、その必要はなかった。矛を突き出して襲いかかってきた男は、そのまま棒立ちになり、顔をゆがめ目がうつろになってくずおれていった。キクチだった。キクチの背中に矛が突っ立っていた。キクチの背後に立っているのは、ホデリだった。

「ありがとう、兄上」

ホホデミは礼を言った。返事もせず、ホデリは逃げるようにヤマト軍の一団へまぎれこんでいった。

ウマシマジが立ちあがり、ホホデミに近づいてあらためて言った。

「ホホデミノ尊が、ヤマトの高天原からトミノクニのマキムクへ移り住んで大王となり、この倭国を治めてくださりませ。我からもお願い致す」

ホホデミはウマシマジを見返しながらうなずいた。

「ならん！」

一喝する声がした。兵士の間から姿を現したのはナガスネヒコだった。ナガスネヒコは険しい表情を浮かべ、胸をそらせ権高な様子をみせながら歩み寄ってくる。ナガスネヒコの後ろには、護衛の兵士がつきしたがっていた。ホホデミとウマシマジへ向かって、ナガスネヒコがなにか言おうとしたときだった。

笛、銅の鐸、鼓の音がして、男たちに担がれた輿《こし》がしずしずと進んできた。

輿に乗っているのは白髪の老人だった。

42

白髪の老人を乗せた輿台は、ナガスネヒコを無視してホホデミへ近づいた。

「汝《いまし》がヤマトノクニのヒッギノミコ、ホホデミノ尊か。我はニギハヤヒじゃ」

老人は名乗った。

ホホデミは、深々と一礼した。ニギハヤヒのことは幼少の頃からよく聞かされていたが、会うのははじめてだった。ニギハヤヒは、総白髪で、顔は深い皺が刻まれ、やせてもいた。眼光は鋭かったが、それでいてそこはかとなく慈愛が漂ってくる。頭に菅玉や勾玉をつらねた冠をかぶり、白絹の長衣を袈裟状にまとっていた。ニギハヤヒはおごそかに言った。

「ウマシマジが申したとおり、汝こそ倭国の大王にふさわしい。ダビデ王の血をつぐユダ族の汝が王位について、この大八州を治めるのが神意というものじゃ」

ニギハヤヒの声は、年齢を感じさせない張りと力強さがこもっていた。ウマシマジ、タカクラジも微笑を浮かべて聞いている。ニギハヤヒは語をついだ。

「汝らのユダの杖と、我らのエフライムの杖を合わせてひとりの王をたて、我らはその王を支えていく。これで十二に分かれていた我ら神の民は、この国においてひとつにまとまることになるのだぞ」

ホホデミはわかりましたというように何度もうなずいてみせた。

「勝手な真似はゆるさんぞ」

ナガスネヒコがたまりかねたように、ホホデミとニギハヤヒの間へ割って入った。

「控えよ！」

ニギハヤヒが叱声を浴びせた。

「汝《なれ》こそ、控えろ！」

ナガスネヒコはどなり返した。「この国のことは、吾が決める。汝らはひっこんでろ」

「もはやがまんがならぬ」

ニギハヤヒは険しい口調で言った。

「わが妻の兄者と思っておさえてきたが、汝の所行は目にあまるものがある。今こそ、ものの理非を悟って、我ら天神《あまつかみ》にしたがわねばならぬ」

「天神がどうした？　吾らのご先祖は、汝たちの先祖が大陸の西の果ての国よりくるそ以前から、この国に住みついていた国神《くにつかみ》なるぞ。国神は大いなる力をもっておる。力にかけては、天神に負けはせぬ。今こそ汝らは、国神にしたがうことだな」

「汝らの力というものは、いつか滅びるときがくる。しかし、神のみ言葉は永久に滅びることはない。このことこそわきまえよ」

ニギハヤヒは諭すように言った。

「汝らこそ知るべきだ。吾らの力をな」

ナガスネヒコはせせら笑った。

「目にもの見せてやる！」

ナガスネヒコは、さっと手を振った。広場をかこむ建物の屋根の上、回廊、露台にナガスネヒコ軍の兵士が姿を見せた。手には見なれない弓矢をかまえていた。ホホデミ、ニギハヤヒ、ウマシマジの供の兵士たちは、目をみはってその弓矢を見あげた。ナガスネヒコ軍の兵士たちは勢いをとりもどして、ヤマト軍への敵意を新たにした。

「あの兵士らが持っているのは、連弩《れんど》というものぞ。あの弓はな、つづけざまにいくらでも矢を射ることができるのじゃ」

ナガスネヒコは勝ち誇ったように、ホホデミとニギハヤヒを交互に見た。屋根の上、回廊、露台の兵士たちは連弩をかまえて、ホホデミの一隊、ニギハヤヒ、ウマシマジの供の兵士へ狙いを定めた。

「吾が合図をすれば矢を射かけるぞ。汝らは皆殺しじゃ」

ナガスネヒコはいきりたってあたりを見回しながら、「武器を捨てろ！」とわめいた。

ホホデミは機敏だった。ナガスネヒコの護衛の兵士が、連弩をかまえる頭上の兵士に気をとられている隙をついて、疾風のように駆けぬけ、ナガスネヒコのからだをつかまえ、その喉元へ剣先を突きつけていた。

ナガスネヒコは、両手を泳がせてもがいた。ホホデミは護衛の兵士を牽制し、連弩をかまえる兵士たちに目をやった。それからナガスネヒコへ向かって、「あの者どもへ、さがるように言え」

と命じた。

「わ、わかった」

ナガスネヒコは嗄れた声をふるわせた。

「手を離してくれ、合図をする」

「妙な真似はするでないぞ」

ホホデミは、剣先を喉元に突きつけたまま、おさえていたナガスネヒコの手を離した。ナガスネヒコは唇をかみしめてホホデミをにらみつけていた。その顔にうす笑いが走り、さっと片手をあげて振りおろした。

屋根の上、回廊、露台の兵士たちが一斉に矢を放った。陽光をよぎってきらめきながら、無数の矢がつらなって飛んでくる。広場を埋めた兵士たちは敵味方入りまじって逃げまどい、右往左往しながら、飛来する矢を剣や太刀で斬り払い、盾で受けとめたりしたが、次から次と矢弾をうけて倒れていった。

ホホデミは、フツノミタマの剣をふるって矢を払った。ウマシマジは、ムラクモの剣をひらめかせて矢をたたき落とす。ニギハヤヒの供の兵士は、輿台からニギハヤヒを地面へおろし、そのまわりを囲ってニギハヤヒを守った。

矢は間断なく雨のように降りかかってくる。もはや敵味方の区別はなかった。ホホデミへ斬りかかってきたナガスネヒコの護衛の兵士も、背中を射抜かれて倒れた。ナガスネヒコもうめき声をあげてのけぞった。その胸元に矢が突き立っている。それを見て護衛の兵士は逃げ出した。矢をうけて倒れるか、逃げるかして、広場の兵士の数は減っていった。残った兵士めがけて、矢は容赦なく襲いかかってくる。

ウマシマジが、ムラクモの剣を振りかざしながらホホデミのほうへ駆けてくる。ホホデミも、ウマシマジへ近づいた。二人はうなずきあい、二本の剣を並べて空へ向かって掲げた。

二本の剣からまばゆい閃光がほとばしり、飛来してくる矢ははね飛ばされた。次から次と連弩から放たれる矢も、同じようにあらぬ方向へそれた。やがて矢は飛んでこなくなった。

ヤマト軍の兵士が、屋根、回廊、露台へ昇って、なおも連弩をかまえる兵士たちを斬り伏せ、退散させた。ホホデミとウマシマジは微笑をかわしながら、掲げていた剣をおろした。逃げていた兵士たちは広場へもどり、倒れている兵士を見てまわった。

ナガスネヒコは、仰向けに倒れて死んでいた。

ニギハヤヒのまわりに、ウマシマジ、タカクラジと供の兵士が集まっていた。ホホデミがその間から顔をのぞかせると、ニギハヤヒの肩先に突き立った矢を、ウマシマジが引き抜いたところだった。

「大丈夫ですか、ニギハヤヒノ尊」

ホホデミが気づかわしげに声をかけた。ニギハヤヒは傷の手当てをうけながら、大丈夫だというようにうなずいてみせた。顔は青ざめていたが、目はしっかりとした力を保っている。

「汝に言っておきたいことがある」

ニギハヤヒはホホデミを見つめて、真摯な口調で言った。

「汝は、マキムク宮殿に移り住んで、このトミノクニを、汝らの国の名をとってヤマトと変えなさい。そして倭国、この大八州を治めるようになれば、倭国の名をヤマトと改めるがよい。このヤマトというのは、我の先祖の言葉で神の民ということを表しておる。その代わり、汝が大王となったときは、神日本磐余彦天皇《カムヤマトイワレビコスメラミコト》（神武天皇）と名乗ってほしい。この名は、ご先祖の言葉で、サマリアの王、神のヘブライ民族の高尚な創始者、という意味じゃ。

サマリアというのは、ご先祖が長らく住んでいた北イスラエル王国の都。ご先祖はそこで代々の王を務めていたのだ。ご先祖が同じく北イスラエルに住んでいたスサノオノ尊は、そのことを知っていたからこそ、倭国王位継承のしるしとして、フツノミタマの剣を我に献上してくれたのじゃ。カムヤマトイワレビコスメラミコトの名は、我か、息子のウマシマジが大王になったときのために用意しておいたのだが、もはやその必要はなくなった。汝がこの名をとって、我の先祖の栄光を輝かせてほしいと思う」

ニギハヤヒはウマシマジを見た。ウマシマジはホホデミを見た。ホホデミはうなずいてみせた。

ウマシマジは、ニギハヤヒをかえり見て、わかりましたというようにうなずいた。

「我からも、望みたいことがある」

ウマシマジは、ホホデミへ向かってあらたまった口調で言った。

「汝と、代々の王の妃は、我らの一族から選ぶこと、大王を支える重臣も、我が一族から出さなければならぬ。それから――」ウマシマジは、ニギハヤヒへ目を走らせて言葉をついだ。「ニギハヤヒノ尊の事績をたたえて、末ながくその名を残してほしい」

「そのようなことよりも」

ニギハヤヒがさえぎって言った。「もうひとつ頼みがある。汝らユダの者と、我らエフライムの者が手を結んでひとりの王を立てた証として、神殿や社にユダの紋章である獅子と、エフライムの紋章である一角獣《ユニコーン》を並べて立ててほしいのじゃ」

「承知しました」

ホホデミは快く応じた。「それから、ウマシマジノ尊が申されたこと、ニギハヤヒノ尊をたたえる話も考えましょう」

ウマシマジは、持っていたムラクモをホホデミへ差し出した。ホホデミはその剣を受けとって、代わりに手にしていたフツノミタマを返そうとした。「それも汝のものじゃ」と言って、ウマシマジは受けとろうとはしなかった。

戦いは終わり、死者や負傷者は運び去られた。広場には陽光が溢れかえって、あちこちに咲く花や木の葉が照り映え、さわやかな風が吹いている。小鳥たちがのどかそうに囀り、犬が戯れあい、鳩が群がって舞いおりてくる。

ホホデミ、ニギハヤヒ、ウマシマジを囲んで、兵士たちはもはや敵も味方もなかった。武器も捨てていた。その兵士たちの眼差しが、一斉にホホデミへ集まった。軽くうなずくと、ホホデミは目を輝かせ唇をかたく引き結び、堂々とした足取りで歩いて、広場の中央へ立った。両手をあげて、フツノミタマとムラクモの剣を、太陽へ向かって高々と掲げた。

「この国をヤマトとし、我は、カムヤマトイワレビコホホデミと名乗り、この大八州国は、我と我が子孫が永久に治めるぞ」

ホホデミは高らかに宣言した。一斉に歓声があがった。

ニギハヤヒ、ウマシマジ、タカクラジ、イスケヨリヒメ、それから兵士たち……ナガスネヒコ軍の兵士さえも歓声と拍手を惜しまなかった。

フツノミタマとムラクモの二本の剣は、虹のように色とりどりに彩られた光の帯に包まれた。エンヤラヤーという声があがり、その声はいつのまにか大合唱となって、広場にこだまし大空へひろがっていった。

ホホデミノ尊が、ナガスネヒコ軍を倒して倭国の大王になられた、と言いかわす住民の声を、ヨセフは聞いた。

神のみ業はなしとげられたのだ、そう思うと胸が熱くなった。

長い間垂れこめていた厚い雲は流れ去り、輝かしい陽光があふれている。さわやかな風が吹いて、小鳥がさえずっていた。

ヨセフの傍に白馬はいなかった。宮殿を去るとき、自分のことを忘れないでほしいという願いをこめて宮殿に残してきたのだ。愛馬と別れるのは淋しいことだったが、感謝の気持ちをこめて献上するものといえば、この白馬をおいてほかにはなかった。

何気なく高天原の方をふり向いたヨセフは、思わず息をのんだ。宮殿の上空に虹が立っていた。赤、緑、黄などの色が鮮やかに帯をなし、弧を描きながら、東の空のかなたトミノクニのほうへ延びている。トミノクニは、倭国の中心に位置する要衝の地で、水に恵まれ作物がよく実る豊《ほう》穣《じょう》の地でもあり、倭国を統治するにはふさわしいところである。この虹はそのことを指し、ここ高天原からトミノクニへ宮都が移っていくことを指し示しているのだろう。

ヨセフは虹に見とれていた。ふと思い出して、懐中から漆塗りの木箱をとり出した。宮殿を去るとき、ヒミコから、落ちついたらあけてみなさい、と言われて手渡された品である。しばらくためらったが、今があけるときではないかと、そんな気がした。

蓋をあけた。中から出てきたのは、ガラスでつくられた壺だった。ヨセフにはすぐわかった。実際に見たことはないが、絵で見たことがある。――マナの壺だった。

マナの壺そのものではない、模造品だった。われらの先祖が、奴隷のように扱われていたエジプトを脱出し、神が約束した地カナンへの長い旅路の間、毎朝天から降ってきたマナといわれる食料を入れておいた壺である。神の戒めがしるされた石板、アロンの杖とともに三種の神器といわれる、わが民族の秘宝。実際のマナの壺よりは小さいが、形はそっくりにつくられたその壺が、ヒミコの手から渡されたのだった。やはり、と思った。

壺を振るとかすかな音がした。逆さまにしてみると、手に落ちたのは一粒の米だった。すぐに、ヒミコがなにを伝えようとしたのかわかった。

ヨセフはいつのまにか大地にひれ伏していた。宮殿からトミノクニへ渡っていく虹を目の前にして。どこからともなく、ヒミコの声が聞こえてくる。

「一粒の米、地に落ちて死なないならば、ただ一粒の米にすぎない。地に落ちて死んだなら、多くの実を結ぶであろう」

ヨセフはいつまでも頷いていた。顔をあげると、トミノクニへと架け橋になっている虹が、鮮明な色を浮き立たせて一段と輝いた。

「ダビデの家は永久につづき、彼らの位は、太陽の前のようにつねに神の前にある」

ヨセフは、太陽と虹を見ながらつぶやいていた。

「彼らは神の定めにしたがい歩み、神の掟を守り行う。神は、彼らと平和の契約を結ぶ。これは彼らと永久の契約となる。神は彼らをかばい、彼らをふやし、神の聖所を彼らのうちに永遠に置く」

それは聖書の言葉だった。次いで、ヨセフの口をついて出たのは、祈りの言葉だった。

「唯一で至高のまことの神よ、この国とダビデ王統を守りたまえ。この国とダビデ王統が永遠につづきますように」

いつのことになるかわからないが、われかわれの子孫が、同朋とともにこの国へ渡来して、国づくりを手伝い、ダビデ王座を守る礎《いしずえ》をかためます。今度は、おのれの心に誓う言葉になった。

43

ヒミコの宮殿は歓喜に包まれた。

生死さえわからなかったホホデミが、アワジノクニを奪還したばかりではなく、捕らわれていたヤマト軍の兵士とともにトミノクニのカラコ王城へ乗りこんで、ナガスネヒコ一派を打倒し、さらにニギハヤヒ、ウマシマジに受けいれられて、倭国の大王になることが決まった、という知らせが入ったのだった。

長年の宿願がかなったと、宮殿じゅうは喜びにわきたった。ヒミコの死や、女官、侍女の殉死も忘れたくらいだった。いや、けっして忘れてはいなかった。この喜びは、いたましいヒミコの犠牲によってもたらされたのだと思い知らされて、今さらながらヒミコをたたえ、惜しむ声が高まり、いつのまにかまた、ヒミコの柩《ひつぎ》をかこんで祈りを捧げることになった。

タカギはヒミコが言ったように、すべては神のみ旨どおりに運ばれたことを痛感させられた。神への感謝を捧げるとともに、どこまでも神を信じ、従容《しょうよう》として無法な死刑さえうけいれたヒミコに対する畏敬の念が胸に迫ってくる。やわらかな陽光に包まれ、安らかなヒミコの死に顔を見守りながら、タカギは、いつまでも柩の傍を離れることができなかった。

そんなとき、九州から、相次いでニニギとウガヤフキアエズが兵を率いて高天原へ到着した。すでに援兵の必要はなくなっていたが、再会と宿願成就を喜びあう場となった。

大広間で祝宴がひらかれた。タカギとトヨが上座に坐り、ニニギとウガヤフキアエズを囲んで、オモイカネ、コヤネ、フトダマの三重臣とタジカラオが並び、トヨの背後に黄撞を掲げた張政が控えた。ニニギは色白で華奢なからだつきをして、柔和そうだったが、ウガヤフキアエズは、陽やけして筋骨たくましかった。

タカギは一同に対して、ヒミコをたたえ、神の偉業に感謝する言葉をのべた。

「オオヒミコムチノ尊に会えることを、たのしみにして帰って参ったというのに……残念じゃ」

ニニギが言うと、ウガヤフキアエズもうなずいて、酒の椀を傾けながら、じろりと張政のほうを一瞥した。

「オオヒミコムチノ尊は、まさに神女だった」

オモイカネは、感にたえないように言った。

「そのとおりじゃ」

タカギが引きとって言った。「それゆえ、オオヒミコムチノ尊が死ぬことはない。オオヒミコは生きている。今は我らの目に見えぬだけのこと、いつの日かまた会えるときがくるであろう」

ニニギとウガヤフキアエズはうなずいた。一同も顔を見合わせて、そのことを認めあった。

張政だけは別だった。これはおためごかしだ。やつらの腹の中は見え見えだと思った。タカギは口ではりっぱなことを言ってはいるが、われをけっしてゆるしてはいない。タカギだけではない。この宮殿じゅうすべての者たちの目付きや態度がそのことを物語っている。

それにしても、こんなことになろうとはと、張政は心の中でじだんだを踏んだ。行方知れずのはずだったホホデミが、ナガスネヒコ軍を打倒し、倭国の大王におさまったとは。そのうちヤマトノクニはナガスネヒコ軍に追いつめられて、助けてくれと泣きついてくるだろう。そのときこそ、魏国の大軍がナガスネヒコ軍を討伐し、ヤマトノクニを安泰にし、そのうえでアークをものにする。それが当初の目論見《もくろみ》だったが、それもみごとに覆されてしまった。

こうなってしまえば、ヤマトノクニの援助のためにやってきたわれはもはや邪魔者にすぎない。ましてヒミコを処刑した張本人である。遅かれ早かれこの宮殿から追い出されるのがおちだろう。なんということだ。われがやったことといえば、心ならずもヒミコを死刑にし、トヨを女王に仕立てただけだ。ヒミコら一族がダビデ王の血をつぐ者かどうかもつきとめることができず、アークの所在も謎に包まれたままだ。これでは皇帝に顔向けができない。帰国して皇帝の前でどう申し開きすればいいのだろう。必ず使命は果たします、と広言して出国した面目がたたない。

皇帝の苦りきった顔が浮かんだ。いまや望んでいた出世はおろか、命さえ危ぶまれる。

ちくしょう。こんな目にあわせやがって。この国と汝《なれ》らを呪ってやる。

このヤマトノクニが、倭国の中でどこに位置するのかわからないようにしてやろう。他国の誰かがここでアークを見つけるようなことがあれば、それこそわれの首は飛ぶのだからな。なにが巫女だ、神女だ。ヒミコには卑弥呼の字を当ててやろう。そうだ、卑しい女子にすぎないのだ。そして鬼道を行って衆を惑わしていたと書いてやろう。ヤマトノクニ《ヤマトノクニ》も、邪馬台国という字をあてがってやる。高天原は、遠方から見ると、奇妙な馬が台のごとく横たわっているように見えるからだ。そして、倭国の住人は無知蒙昧だったと報告してやる。

さかんに心の中で毒づきながら、張政は黄撞を掲げて、一同をにらみまわしていた。

トヨはいたたまれない気持ちだった。

三重臣やタジカラオ、ニニギ、ウガヤフキアエズが酒をくみかわしながら、ヒミコをたたえてはトヨへちらりと走らせる眼差しが、なにを意味しているのかよくわかっていた。トヨはとてもヒミコのようにはなれないと、そう思っているにちがいなかった。

そのことはトヨ自身にも痛いほどわかっていた。後ろ楯になってくれるはずの張政には、もう以前の力はない。ナガスネヒコ軍が滅びてヤマトノクニが安全になった以上、もはや張政は無用の長物にすぎないのだ。いずれ本国へ帰っていくことだろう。頼みのホホデミはトミノクニのマキムクに住みつくようだし、代わりにホデリがここへ帰ってくる。ニニギ、ウガヤフキアエズもまた九州へもどるだろう。年老いたタカギの跡をついで王になるのは、ホデリしか考えられない。ホデリは妾を疎《うと》んでいる。妾はいくら女王になったとしても。……

こんなことは、もうどうでもいいように思えた。いずれこの高天原や宮殿は消滅するだろう、ヒミコが最後にそんなことを語った場面がよみがえってくる。

トヨは大広間の戸口を見た。あのときと同じように、階段へつづく廊下がそこにあった。

トヨは、その場にからだを残して静かに立ちあがり、大広間から廊下へ出た。板敷きの廊下を音もなく進んでいく。昇ったばかりの朝陽が庇屋根からさしこんで、目先の空間を黄金色に染めていた。山桜の花が散り敷く中庭がひろがり、広場をこえた女人の郷の屋根の向こうに石立山へつらなる山稜が見えた。階段を昇りつめると、そこはうす暗くひっそりしていた。目の前に、太陽を染めぬいた御簾が垂れさがっている。礼拝の間だった。

トヨは、御簾をまくって中へ入る。それが合図だったように雅《みや》びやかな音曲が奏でられ、ヒミコが祭壇の前で静かに舞いはじめた。タカギ、オモイカネ、コヤネ、フトダマ、タジカラオが厳粛な表情で坐り、ヒミコの舞を見守っている。トヨはタカギの隣に坐った。その前に、赤飯が盛られた彩文高坏がおかれていた。

ヒミコは、日陰の蔓を頭に巻いて、翡翠の勾玉を胸に飾り、純白の神衣を着ていた。顔に白粉をぬり、頬を赤く染めて、目は遠くの一点を見つめたままだった。女官が奏でる笛、鼓、琴の音に合わせて、手をあげて返し、腰をひねってまわし、足をあげおろし、すり足で行ったり来たりした。燭台の灯りがその姿を浮かびあがらせて、黄泉に咲くまぼろしの花のように、この世のものとは思えない神秘をたたえている。まもなく処刑を控える身とはとても思えなかった。

「全員そろったようじゃな」

ヒミコは舞をやめ、祭壇の前に坐って一同を見渡した。音曲を奏でていた女官は静かに退去していった。

「汝《いまし》たちを呼んだのは、この期に及んで言い遺したいことがあるからじゃ」

ヒミコはもう一度、たしかめるように一同を見まわした。一同は居ずまいを正して、ヒミコの言葉を待った。

「真昼刻になれば、張殿は予定どおり妾を処刑するであろう。妾は覚悟ができています。恐れることはなにもありませぬ。神のみ旨が行われることを知っているからです。妾の最後の大事な役目というものぞ。それゆえ、汝たちはなにも嘆き悲しむことはないのじゃ」

ヒミコの口調はおだやかながら力づよく、言葉どおり、その表情からはなんの苦悩も不安もうかがい知ることはできない。ヒミコは、トヨのほうへ顔を向けて言った。

「今こそこの場ではっきりと言いますが、ヨセフが申したとおり、妾らは、イスラエル人の十二部族のひとつ、ユダ族の末裔なのじゃ。妾とタカギをはじめ、汝らは、ダビデ王の血をうけつぐ者なるぞ。そのことをしっかりと胸に刻みつけておくがよい」

トヨは納得した。今まで、そうではないだろうかと思っていたことが、今のヒミコの言葉を聞いて、この目で見、この手でつかめるように理解することができた。ヒミコは、トヨから一同へ目をもどして言いつづける。

「妾らのご先祖は、はるかな昔、祖国を発《た》って倭国へたどり着き、この高天原に住みつくようになりはしたが、いつか祖国へ帰ることを願っておった。妾もタカギも、その願いは捨ててはいなかった。なれど、ヨセフによれば、妾らの故国は周囲の大国に滅ぼされ、再建の望みも消え失せたとのこと。もはや帰る祖国はないのじゃ。そうであれば、この倭国においてダビデ王の血統を守っていくしかない。ダビデが王位についてイスラエルの国を統一したように、この大八州を統治し、妾らの血族を王座につかせ、永久につづかせていかねばならぬ。そのことは、聖書にはっきりと書かれているということじゃ」

一同は黙って聞き入っていた。そのとき、タカギがもそもそと膝を動かし、ためらいがちに言った。

「オオヒミコムチノ尊はそう申されるが、今のこの国の有様はどうじゃ。アワジノクニはナガスネヒコに奪われ、ヒツギノミコであるホホデミとホデリは敵の手に捕らえられて……それでも……」

「申したではないか」

ヒミコは鋭くさえぎり、「これから、神のみ業が行われ、妾は大きな使命を果たす。そう申したはずじゃ」と凜とした声で言い放った。タカギは、口をつぐんで頭を垂れた。ヒミコはまた、おだやかな口調になって言葉をつづけた。

「大事なことは、倭国の王座がダビデ王の血脈であることをおおい隠さねばならぬということじゃ。そのときがくるまでは」

ヒミコは、そこでひと息ついた。一同は彫像と化したように身じろぎもせず、ヒミコの話に耳を傾ける。

「妾らがダビデの王統であることがわかってしまえばどうなるか、汝らにも想像がつくであろう。魏国がそうであるように、あちこちの国が血眼になってこの国を追い求めてこよう。あげくの果てに、西の果ての祖国のような憂き目にあってしまうであろう」

タカギは、ヨセフが語ったことを思い出した。北イスラエル王国と南ユダ王国が、相次いで周辺の大国に攻め滅ぼされ、両国の人々は祖国を失って、世界じゅうに散らされたという。この倭国がそうあってはならない、そうさせてはならないとタカギは胸に誓った。

「妾らの正体を知られぬためには、この高天原という地をおおい隠さねばなりませぬ。封印するのじゃ。妾らの大王の出自が、この高天原であることを知られてはならぬ。この地には、ダビデ王の血統を示すものが残されている。代々の王の陵もそのひとつなるぞ。

汝らは、この高天原の地を引き払って、トミノクニへ移り住みなさい。そして、このような宮殿などはなかったように、このあたりを埋めつくしなさい」

タカギは胸をつかれたように身じろぎして、なにか言いかけたがやめた。三重臣も黙っていた。

ヒミコは言いつづける。

「トヨは別じゃ。いつになるかわからないが、汝は丹波へいくがよい」

トヨはおどろいた。どうして自分だけが丹波へ行かなければならないのだろう。この高天原を埋めつくすという、ヒミコの言葉も心にかかった。生まれ育った故里である。思い出のつきないこの高天原や宮殿が消えてなくなってしまうというのは、たえがたいことだ。けれど、ヒミコが言ったように、一族の秘密を守るためにはやむを得ないことなのかもしれない。この地が地上から消えたとしても、妾の心の中では生きている。そして妾は生きつづける。死ぬことはなく、永遠に、ヒミコと同じように。

そんなことを思いながら、トヨは今この席に座ってヒミコの話を聞いているのか、それとも過ぎ去った時か、あるいは来たるべき世に身をおいているのか、そのいずれともわからなくなっていた。

「重ねて申します」

ヒミコは一段とおごそかな口調で言った。

「この豊葦原瑞穂国は、わが子孫が大王として治める国なるぞ。汝ら皇孫よ、行って治めなさい。天日継《アマノヒツギ》が栄えることは、天地とともに終わることはないであろう。これは神が約束されたことじゃ。豊葦原瑞穂国は、ヨセフが申したように、失われた西のカナンになり代わって、神が選んだ新しいカナンなるぞ。ヨシュア・メシアの父の国に対して、ここは隠された母の国ということじゃ。

この国は海と山にかこまれ、水が豊かで稲作に適している。稲作を中心にして、農耕に励みなさい。また樹木が多く茂り、社をはじめ住居、建物などは木でつくるがよい。各地とくに西国では、祭祀のとき銅鐸を使っているようだが、これからは妾が好む鏡に変えさせなさい。魏からいただいた銅鏡をもとに増産し、わが王権のしるしとして、各王や首長に贈るがよい。

それから、代々の王の陵は、マナの壺をかたどってつくるのじゃ。マナの壺は、聖なる食物を入れる器《うつわ》であるとともに、死者の霊魂を納める器でもある。ダビデの王統がここに眠っていることがわかるように、天へ向かって巨大な陵をつくりなさい。そこを王統継承の儀式の場とするように。

出雲や越では、王の陵を四隅を突き出した型にしているが、これをやめさせて、マナの壺に似せた型に変えさせなさい。

妾の陵は、喜野辺山につくってほしい。今申したように、全体はマナの壺をかたどり、祭壇は神の玉座の栄光をあらわす青石を使い、ダビデ王の紋章である五芒星の五角の形に築くこと。妾は、そこで永遠の眠りにつきまする」

言い終わると、ヒミコは急に疲れたように深い吐息をもらした。すぐ気をとり直して、椀をとり酒を飲んだ。その椀をタカギに手渡し、甕の酒を注いだ。タカギは椀の酒を飲むと、トヨに差し出した。トヨは、少し酒を口に含んだだけでオモイカネに手渡した。そのように椀は順にまわっていった。

ヒミコは高坏の赤飯を食べ、一同にもすすめた。

「高天原の焼畑でとれた小豆でこしらえた赤飯じゃ。この地を忘れぬために、祝いごとやなにかの儀式の際には、赤飯を食べるようにしなさい」

タカギは赤飯を噛みながら、いつかヨセフが語ったこと、ヨシュア・メシアが処刑される前日、弟子たちとともに飲食し、ブドウ酒をヨシュアの血とし、パンをヨシュアのからだにせよと弟子たちに誓わせたことを思い出した。そして今、処刑を控えたヒミコとともに酒を飲み、赤飯を食べている。涙があふれてきた。

「先程、吾らの大王が秘密を保ちながら、そのときまではつづくと仰せられましたが」

オモイカネが思いきったように言った。「そのときになれば、吾らの秘密は明らかになるということでしょうか。そのときとは、いつの頃になるのですか」

「聖書には、こう書かれている」

ヒミコは声に力をこめて答えた。

「神が神の民を召集し、憐れみをくださるときまで、その場所は知られないであろう。しかしそのときになれば、神はそこに運び入れた者たちをふたたび示してくださり、メシアの栄光が天の雲とともに現れるだろう。そのとき、妾らの秘密のおおいはとり除かれ、古い世は滅びて新しい神の国が訪れるであろう。

そのときは、五百年後か、千年後か、それとも二千年後になるのやら、それは誰にもわかりませぬ。ただ神のみが知りたもうことなのじゃ」

淀みなく熱のこもった口調で語りながら、ヒミコはタカギ、トヨ、三重臣、タジカラオ、と順に見つめていく。

「墓場で眠りつづける妾らの子孫は、そのとき、ひからびた骨と肉がつなぎ合わされて生ける者となり、墓場から立ちあがるであろう。そしておのれが何者であるかを知るであろう」

ヒミコの目は、一同の頭上をとおり、天井をこえて宙の一点を見つめた。その目が清澄な光を放った。

「光と善の至高であるまことの神が在《おわ》すことを知らねばなりませぬ。これは、人間にとってとても大事なことなるぞ。神を信じ、おのれのからだの中の霊を知り、神とともに歩むことじゃ。天と地、光と闇、外と内が結ばれるように、男が男でなく、女が女でないように、善が善でなく、悪が悪でないように、生が生でなく、死が死でないように、ふたつのものは、まことの神のもとにひとつにならねばなりませぬ。父の国と、隠された母の国もひとつに結ばれねばなるまい」

語り終わったヒミコは、そっと立ちあがり、感慨深そうに一同を見まわした。それから、いつのまにか現れた女官が奏でる楽の音に合わせて、静かに舞いはじめた。

うすくあけた目は一点を見つめたまま、ふくよかな顎をひき、唇をかたく結んで、ヒミコの表情は澄みきっていた。肩まで流れる髪をふわりと浮きあがらせ、神衣の裾をつむじのようにひるがえし、足はひめやかに床を踏み、手は勁《つよ》くしなやかに空を泳ぐ。おごそかな楽の音と、あやしげな燭台の灯影にいざなわれ、時空にとけこみ幽明を翔《かけ》らう。その姿は形があってないもののようで、目に見えて見えないもののようだった。

ヒミコは、舞をやめ、礼拝の間を出て、階段をのぼって姿を消した。

歌をうたい　鼓を打て
よい音楽と琴と竪琴をかき鳴らせ

新月と満月とわれらの祭りの日に
笛を吹き鳴らせ
これはイスラエルの定め
ヤコブの神のおきてである

かごめ　かごめ
籠の中の鳥は
いついつ出やる

十二人の童子女が手をつないで輪になり、両手で顔をおおってうずくまっている童女の周囲を、ぐるぐるまわりながら、歌をうたっていた。

夜明けの晩に
鶴と亀がすべった
後ろの正面だあれ

十二人の童子女は、うたい終わって一斉に立ちどまった。両手で顔を隠したまま、鬼に扮した童女は考えこむ。やがて誰かの名前を呼ぶと、両手を目から離し、くるりとふり返って正面を見た。その顔はいきいきと輝いて、うれしそうな笑みがひろがっていく。

主要参考文献

『古事記』倉野憲司校注（岩波書店）
『日本書紀』日本古典文学大系（岩波書店）
『聖書・新共同訳』日本聖書協会
『魏志倭人伝』石原道博編訳（岩波書店）
『日本の中のユダヤ』川守田英二（たま出版）
『日本ヘルブ詩歌の研究』川守田英二（八幡書店）
『日本人のルーツはユダヤ人だ』小谷部全一郎（たま出版）
『日本及日本国民の起源』小谷部全一郎（厚生閣）
『大和民族はユダヤ人だった』ヨセフ・アイデルバーグ（たま出版）
『大和民族ユダヤ人説の謎を追う』ヨセフ・アイデルバーグ（たま出版）
『日本書記と日本語のユダヤ起源』ヨセフ・アイデルバーグ（徳間書店）
『天皇家とイスラエル十支族の真実』ノーマン・マックレオド（たま出版）
『日本固有文明の謎はユダヤで解ける』ノーマン・マックレオド（徳間書店）
『日本とユダヤ謎の三千年史』高橋良典（自由国民社）
『古代ユダヤは日本に封印された』宇野正美（日本文芸社）
『古代ユダヤは日本で復活する』宇野正美（日本文芸社）
『聖書に隠された日本・ユダヤ封印の古代史』ラビ・マーヴィン・トケイヤー（徳間書店）

『聖書に隠された日本・ユダヤ封印の古代史〈2〉仏教・景教編』ラビ・マーヴィン・トケイヤー、ケン・ジョセフ（徳間書店）
『ユダヤと日本謎の古代史』ラビ・マーヴィン・トケイヤー（産能大学出版部）
『日本の中のユダヤ文化』久保有政（学習研究社）
『神道の中のユダヤ文化』久保有政（学習研究社）
『古代日本にイスラエル人がやってきた』久保有政（レムナント出版）
『失われたイエス・キリスト「天照大神」の謎』飛鳥昭雄、三神たける（学習研究社）
『失われた契約の聖櫃「アーク」の謎』飛鳥昭雄、三神たける（学習研究社）
『失われたイスラエル10支族「神武天皇」の謎』飛鳥昭雄、三神たける（学習研究社）
『古代ユダヤの大予言』小石豊（日本文芸社）
『古代出雲イスラエル王国の謎』小石豊（学習研究社）
『聖書に預言された神国日本』小石豊（学習研究社）
『日本ユダヤ王朝の謎』鹿島昇（新国民社）
『女王卑弥呼とユダヤ人』鹿島昇（新国民社）
『ユダヤ問題と裏返して見た日本歴史』三村三郎（八幡書店）
『日本神道の謎』鹿島昇（光文社）
『日本超古代史の謎に挑む』佐木田龍善（風涛社）
『日本民族秘史』川瀬勇（山手書房新社）
『天皇家とユダヤ人』篠原央憲（光風社出版）

『日本学とイスラエル』武智時三郎（思兼書房）
『日本の秘儀』淵江淳一（ライフネットワーク社）
『諏訪神社謎の古代史』清川理一郎（彩流社）
『伝承行事から見た日本民族の起源』渡辺次男（キリスト聖協団体出版）
『ユダヤ人と日本人の秘密』水上涼（日本文芸社）
『古代ユダヤから21世紀の日本へ』畠田秀生（文芸社）
『祇園祭の大いなる秘密』久滋力（批評社）
『日本神道に封印された古代ユダヤの暗号』月海黄樹、石沢貞夫（日本文芸社）
『聖書は日本神話の続きだった！』佐野雄二（ハギシン出版）
『封印された古代日本のユダヤ』中原和人（たま出版）
『古代日本ユダヤ人渡来伝説』坂東誠（ＰＨＰ研究所）
『古事記に隠された聖書の暗号』石川倉二（たま出版）
『天皇陛下の経済学』ベン・アミ・シロニー（光文社）
『失われたイスラエル10支族』ラビ・エリヤフ・アビハイル（学習研究社）
『大使が書いた日本人とユダヤ人』エリ・コーヘン（中経出版）
『隠された十字架の国・日本』ケン・シニア・ジョセフ、ケン・ジュニア・ジョセフ（徳間出版）
『四国剣山千古の謎』高根正教（四国剣山顕彰会）
『邪馬台国はまちがいなく四国にあった』大杉博（たま出版）
『邪馬台国の結論は四国山上説だ』大杉博（たま出版）

『古代ユダヤと日本建国の秘密』大杉博（日本文芸社）
『建国日本秘匿史の解析と魏志倭人伝の新解釈』保田兵次郎（私家復刻版）
『邪馬壱国は阿波だった』古代阿波研究会編（新人物往来社）
『道は阿波より始まる』岩利大閑
『高天原は阿波だった』山中康男（講談社）
『記・紀の説話は阿波に実在した』高木隆弘（たま出版）
『卑弥呼＝天照大神日本建国』富田徹郎（郵研社）
『卑弥呼の幻像』富田徹郎（日本放送出版協会）
『謎解き日本建国史』富田徹郎（扶桑社）
『大いなる邪馬台国』鳥越憲三郎（講談社）
『女王卑弥呼の国』鳥越憲三郎（中央公論新社）
『ヤマト国家成立の秘密』沢田洋太郎（新泉社）
『天皇家と卑弥呼の系図』沢田洋太郎（新泉社）
『古代日本正史』原田常治（同志社）
『読み解き異端古代史書』田中勝也（大和書房）
『知られざる古代』水谷慶一（日本放送出版協会）
『秀真伝が明かす超古代の秘密』鳥居礼（日本文芸社）
『古代万華』小椋一葉（河出書房新社）
『箸墓の歌』小椋一葉（河出書房新社）

『卑弥呼誕生』大阪府立弥生文化博物館編
『卑弥呼の世界』大阪府立弥生文化博物館編
『卑弥呼時代を復元する』坪井清定監修（学習研究社）
『日本の古代〈4〉縄文弥生の生活』森浩一編（中央公論社）
『弥生文化の研究〈5〉道具と技術』金開恕、佐原真編（雄山閣出版）
『図解技術の考古学』潮見浩（有斐閣）
『ものづくりの考古学』大田区立博物館編（東京美術）
『古墳時代の研究〈3〉生活と祭祀』石野博信編（雄山閣出版）
『魏志倭人伝の考古学』佐原真（岩波書店）
『邪馬台国の考古学』石野博信（吉川弘文館）
『日本の古代遺跡〈37〉徳島』菅原康夫（保育社）
『日本の古代遺跡〈3〉兵庫南部』櫃本誠一、松下勝（保育社）
『唐古・鍵遺跡の考古学』田原本町教育委員会編（学生社）
『大和・纒向遺跡』石野博信編（学生社）
『稲作以前』佐々木高明（日本放送出版協会）
『日本の焼畑』佐々木高明（古今書院）
『衣服で読み直す日本史』武田佐知子（朝日新聞社）
『弥生の布を織る』竹内晶子（東京大学出版）
『日本原始織物の研究』岡村吉右衛門（文化出版局）

『古代出雲の薬草文化』伊田喜光監修（出帆新社）
『正倉院薬物の世界』鳥越泰義（平凡社）
『日本薬草全書』田中俊弘（新日本法規出版）
『新約聖書外典』荒井献編（岩波書店）
『荒井献著作集〈4〉原始キリスト教』荒井献（岩波書店）
『荒井献著作集〈6〉グノーシス主義』荒井献（岩波書店）
『ナグ・ハマディ写本』エレーヌ・ベイゲルズ（白水社）
『キリストの遺言〈1〉「トマスによる福音書」への道』小丘零二（たま出版）
『グノーシス・古代キリスト教の異端思想』筒井賢治（講談社）

著者プロフィール

安達　勝彦（あだち　かつひこ）

本名　安達　勝弘
　　　1938年　大阪市生まれ

著書　01年「炎の音」（「果し合い」併載）
　　　02年「あぶら照り」（「流れ星」併載）
　　　03年「冬の雷鳴」
　　　05年「小説　大塩平八郎」耕文社
　　　06年「まぼろしの女」耕文社

卑弥呼の秘密　—記紀神話と聖書と魏志倭人伝より生まれた歴史ロマン—

2011年4月18日　初版第1刷発行

著　者　安達　勝彦
発行者　韮澤 潤一郎
発行所　株式会社 たま出版
〒160-0004　東京都新宿区四谷4-28-20
電話　03-5369-3051（代表）
http://tamabook.com
振替　00130-5-94804

印刷所　神谷印刷株式会社

ISBN978-4-8127-0315-1 C0021